Vorübergehend Tot

Ein skurriler Vampir-Krimi aus den Südstaaten

Charlaine Harris

Charlaine Harris
Dorothee Danzmann

Oliver Hoffmann
Lars Schiele und Thomas Russow

Oliver Graute
Eva Widermann

© Charlaine Harris Schulz 2001
© der deutschen Übersetzung Feder&Schwert 2004
5. Auflage 2008
Gedruckt in Deutschland, C. H. Beck, Nördlingen
ISBN 978-3-937255-14-9
Originaltitel: Dead until Dark

Vorübergehend tot ist ein Produkt von Feder&Schwert unter Lizenz von Charlaine Harris Schulz 2003. Alle Copyrights mit Ausnahme dessen an der deutschen Übersetzung liegen bei Charlaine Harris Schulz.

Alle Rechte vorbehalten. Nachdruck außer zu Rezensionszwecken nur mit schriftlicher Genehmigung des Verlags.

Die in diesem Buch beschriebenen Charaktere und Ereignisse sind frei erfunden. Jede Ähnlichkeit zwischen den Charakteren und lebenden oder toten Personen ist rein zufällig.

Die Erwähnung von oder Bezugnahme auf Firmen oder Produkte auf den folgenden Seiten stellt keine Verletzung des Copyrights dar.

Feder&Schwert im Internet:
http://www.feder-und-schwert.com

Mein Dank geht an die Menschen, die die Idee zu dieser Geschichte gut fanden:
Dean James, Toni L. P. Kelner und Gary und Susan Nowlin

Charlaine Harris

Vorübergehend tot

Kapitel 1

Als der Vampir das Lokal betrat, hatte ich schon jahrelang auf ihn gewartet.

Seit Vampire vor vier Jahren ganz offiziell hatten aus ihren Särgen kriechen dürfen (wie sie selbst es scherzhaft zu beschreiben pflegten), hatte ich immer gehofft, einer von ihnen würde auch nach Bon Temps kommen. Alle anderen Minderheiten waren schließlich in unserer Stadt vertreten, warum sollte dann diese eine, die neueste, fehlen, die der rechtlich anerkannten Untoten? Aber anscheinend war der ländliche Norden Louisianas für Vampire nicht attraktiv genug. New Orleans dagegen hatte sich rasch zu einem richtigen Vampirzentrum gemausert: Anne Rice und all diese Geschichten, Sie wissen schon.

Von Bon Temps bis New Orleans ist es nicht weit, und alle Besucher unserer Kneipe wußten zu erzählen, dort träfe man, wenn man an einer Straßenecke einen Stein aufhob und warf, unter Garantie einen Vampir – auch wenn man das ja lieber sein lassen sollte.

Ich jedoch wartete auf meinen eigenen Vampir.

Sie werden wohl schon bemerkt haben, daß ich nicht oft ausgehe und nicht viel herumkomme. Das liegt nicht daran, daß ich nicht hübsch bin. Ich bin nämlich hübsch: blondes Haar, blaue Augen, 25. Meine Beine sind straff, mein Busen macht einiges her, und ich verfüge über eine Wespentaille. Die Kellnerinnentracht, die Sam uns für den Sommer verordnet hat, kleidet mich ausgezeichnet: schwarze Shorts, ein weißes T-Shirt, schwarze Turnschuhe der Marke Nike.

Aber ich habe eine Behinderung – ich jedenfalls versuche, das so zu sehen.

Bei den Gästen gelte ich lediglich als verrückt.

Egal, wie man die Sache nennt, sie hat zur Folge, daß sich so gut wie nie jemand mit mir verabreden will. Daher spielen die kleinen Freuden des Lebens für mich eine große Rolle.

Noch dazu saß er an einem meiner Tische – der Vampir.

Ich wußte sofort, was er war und es wunderte mich sehr, daß niemand sonst sich umwandte, um ihn anzustarren. Sie hatten es alle nicht mitbekommen! Ich schon – mir war nicht entgangen, daß seine Haut sanft schimmerte, und ich wußte es einfach!

Vor Freude hätte ich tanzen mögen, und ich tat auch wirklich einen kleinen Freudensprung, während ich noch am Tresen stand und zu ihm hinübersah. Sam Merlotte, mein Chef, blickte von dem Cocktail auf, den er gerade mixte, und warf mir ein kleines Lächeln zu. Ich schnappte mir Tablett und Block und ging hinüber zum Tisch, an dem der Vampir saß, wobei ich hoffte, mein Lippenstift wäre noch nicht verschmiert und mein Pferdeschwanz säße ordentlich. Ich bin ein wenig schüchtern und spürte genau, wie meine Mundwinkel nach oben gezogen wurden, weil ich so angestrengt lächelte.

Der Vampir saß tief in Gedanken versunken da, und so hatte ich Gelegenheit, ihn mir genau anzusehen, eher er mich überhaupt bemerkte. Ich schätzte ihn auf etwa 1,90 m; er hatte dichtes braunes Haar, das er glatt nach hinten gekämmt trug und das ihm bis auf den Hemdkragen fiel. Seine langen Koteletten wirkten altmodisch. Er war blaß. Natürlich war er blaß: Wollte man den alten Geschichten Glauben schenken, dann war er schließlich tot. Die politisch korrekte, von den Vampiren selbst in der Öffentlichkeit vertretene These zu dem Thema lautete, der Mann da vor mir sei einem Virus zum Opfer gefallen. Was zur Folge gehabt habe, daß er ein paar Tage lang für tot gehalten worden sei und nun unter einer Allergie gegen Sonnenlicht, Silber und Knoblauch litte. Mit welchen Details man diese These ergänzte, hing von der Tageszeitung ab, die man abonniert hatte. Dieser Tage waren alle Zeitungen voller Informationen über Vampire.

Wie dem auch sein mochte: Die Lippen meines Vampirs waren wunderschön, scharf geschnitten und geschwungen. Auch seine Augenbrauen waren schön geschwungen, und dort, wo sie sich trafen, entsprang unmittelbar seine Nase, wie bei einem Prinzen auf einem byzantinischen Mosaik. Nun sah er endlich auf, und ich bemerkte, daß seine Augen noch dunkler waren als sein Haar und das Weiß in ihnen einfach unglaublich weiß.

„Was kann ich für Sie tun?" fragte ich, und vor lauter Glück versagte mir fast die Stimme.

Er hob beide Brauen. „Führen Sie synthetisches Blut in Flaschen?" erkundigte er sich.

„Leider nicht. Oh, das tut mir so leid! Sam hat welches bestellt, aber es soll erst nächste Woche geliefert werden."

Vorübergehend tot

„In diesem Fall hätte ich gern einen Rotwein", sagte er, und seine Stimme klang kalt und klar wie ein Fluß, der über glatte Steine rinnt. Ich lachte laut auf. Es war einfach alles zu perfekt!

„Kümmern Sie sich nicht um Sookie, Mister, sie ist verrückt", erklang aus einer der Nischen, die sich an der Wand entlang erstreckten, eine allzu vertraute Stimme. Sofort war mein Glücksgefühl verflogen – auch wenn ich immer noch das Lächeln spürte, das meine Mundwinkel hochzog. Der Vampir, der mich die ganze Zeit prüfend ansah, konnte dabei zusehen, wie alles Leben aus meinem Gesicht wich.

„Ihr Wein kommt sofort", sagte ich und stolzierte davon, ohne einen einzigen Blick auf Mack Rattrays selbstzufriedenes Gesicht zu werfen. Mack kam fast jeden Abend, zusammen mit seiner Frau Denise. Das Rattenpärchen – so nannte ich die beiden im Stillen. Seit sie den Wohnwagen auf dem Stellplatz bei Four Tracks Corner gemietet hatten, hatten die beiden ihr Bestes getan, mir das Leben zur Hölle zu machen, und ich hoffte sehr, der Wind möge sie ebenso schnell wieder aus Bon Temps herauswehen, wie er sie hereingeweht hatte.

Als sie zum ersten Mal ins Merlottes gekommen waren, war ich so unhöflich gewesen, ihren Gedanken zu lauschen – ich weiß, das ist ziemlich daneben. Aber ich langweile mich eben manchmal, wie andere Leute auch. Meist gelingt es mir ja, die Gedanken anderer rauszufiltern, wenn sie versuchen, sich in meinen Kopf zu stehlen. Aber ganz selten einmal gebe ich nach und höre zu. Also wußte ich ein paar Dinge über die Rattrays, die vielleicht niemand sonst wußte. Ich wußte, daß sie im Gefängnis gesessen hatten – wenn auch nicht weswegen –, und ich hatte die häßlichen Gedanken gehört, die Mack Rattray über mich in seinem Hirn bewegte. Den Gedanken Denises hatte ich entnehmen können, daß sie vor zwei Jahren ein Baby ausgesetzt hatte, dessen Vater nicht Mack gewesen war.

Zudem gab keiner von beiden je Trinkgeld.

Sam schenkte ein Glas von unserem offenen Roten ein, und während er es auf meinem Tablett zurechtrückte, warf er einen Blick zum Tisch hinüber, an dem der Vampir hockte.

Dann sah Sam mich an, und ich wußte, daß auch er mitbekommen hatte, daß unser neuer Gast zu den Untoten zählte. Sam hat Augen, so blau wie die Paul Newmans. Nicht wie meine, die eher verwaschen graublau sind. Sam ist blond wie ich, aber mit drahtigem, dickem Haar, das schimmert wie rötliches Gold. Sein Gesicht ist von der Sonne immer leicht gerötet, und bekleidet wirkt er eher zierlich. Ich sah ihn aber schon mit nacktem Oberkörper einen Lastwagen abladen und weiß, wie muskulös er ist. Sams Gedanken höre ich mir nie an. Er ist mein Chef. Ich mußte schon mehrere Arbeitsstellen verlassen, weil ich Sachen über die jeweiligen Chefs herausgefunden hatte, die ich gar nicht hatte wissen wollen.

Aber Sam sagte nichts, er reichte mir lediglich das Tablett mit dem Weinglas. Ich prüfte noch einmal, ob es auch wirklich ganz sauber war und glänzte und machte mich dann auf den Weg zum Tisch des Vampirs.

„Ihr Wein, Sir", sagte ich formvollendet und stellte das Glas vorsichtig direkt vor ihm auf dem Tisch ab. Erneut sah er zu mir auf, und ich nahm die Gelegenheit wahr, in seine wunderschönen Augen zu blicken. „Zum Wohl!" sagte ich stolz. Hinter mir schrie Mack Rattray: „He, Sookie, wir brauchen noch einen Krug Bier!" Seufzend wandte ich mich um und schnappte mir den leeren Bierkrug vom Tisch der Ratten. Wie ich feststellen konnte, war Denise an diesem Abend in Hochform. Sie trug ein bauchfreies Oberteil und ultrakurze Hosen; perfekt auf die neueste Mode abgestimmt ergossen sich ihre braunen Locken wie ein Wasserfall auf ihre Schultern. Denise war nicht hübsch, aber sie war so strahlend und selbstsicher, daß es eine Weile dauerte, ehe man das mitbekam.

Wenig später mußte ich zu meinem Kummer feststellen, daß sich die Rattrays zu dem Vampir an den Tisch gesetzt hatten. Beide redeten auf ihn ein. Ob er sich am Gespräch beteiligte, konnte ich nicht sehen. Aber er ging auch nicht.

„Guck dir das an!" sagte ich angewidert zu Arlene, meiner Kollegin. Arlene ist ein Rotschopf mit Sommersprossen, zehn Jahre älter als ich und war schon viermal verheiratet. Sie hat zwei Kinder, und ich glaube, von Zeit zu Zeit denkt sie, ich sei ihr drittes.

„Neuer Typ?" fragte sie, klang aber nicht besonders interessiert. Arlene geht im Moment mit Rene Lenier aus, und auch wenn ich nicht verstehe, was sie an ihm findet, scheint sie ziemlich zufrieden mit ihm. Ich glaube, Rene war ihr zweiter Ehemann.

„Er ist ein Vampir!" sagte ich, denn ich mußte meine Freude einfach mit jemandem teilen.

„Wirklich? Hier? Wer hätte das gedacht", sagte Arlene und lächelte ein wenig, um mir zu zeigen, daß sie sich für mich freute. „Besonders schlau kann er aber nicht sein, meine Süße, wenn er mit den Ratten zusammenhockt. Andererseits bietet Denise ihm auch reichlich Einblicke."

Das war mir noch gar nicht aufgefallen, ich bekam es erst jetzt mit, wo Arlene mich darauf hingewiesen hatte. Meine Kollegin ist immer schneller als ich bei der Hand, wenn es darum geht, einzuschätzen, ob es sexuell knistert oder nicht. Das liegt daran, daß sie so viel Erfahrung hat und ich so wenig.

Der Vampir hatte Hunger. Ich hatte schon oft sagen hören, das synthetische Blut, das die Japaner entwickelt hatten, decke zwar den Nährstoffbedarf von Vampiren, sei aber nicht in der Lage, ihren Hunger zu stillen. So kam es von Zeit zu Zeit zu „unglücklichen Zwischenfällen" (so umschrieben die Vampire in offiziellen Verlautbarungen das blutige Hinschlachten eines Menschen), und da saß Denise Rattray, streichelte sich die Kehle und wandte den Hals von einer Seite zur anderen – was für ein schamlos aufdringliches Weibsbild!

Dann kam mein Bruder Jason in die Bar und trottete herbei, um mich pflichtschuldig in den Arm zu nehmen. Er weiß, daß Frauen Männer mögen, die nett zu ihren Familien und freundlich zu Behinderten sind, also dient es seinem Ruf in doppelter Weise, wenn er mich in den Arm nimmt. Wobei Jason eigentlich gar keine zusätzlichen Pluspunkte sammeln müßte, was Frauen betrifft. Er kommt auch so zurecht. Jason ist attraktiv. Er kann weiß Gott auch ziemlich fies sein, aber die meisten Frauen scheinen gewillt, darüber hinwegzusehen.

„Hallo, Schwesterherz, wie geht's der Oma?"

„Ganz gut, so wie immer eigentlich. Komm doch vorbei und frag sie selbst."

„Das werde ich auch tun. Wer ist denn so hier heute abend?"

„Guck dich doch um." Jason sah sich um, und ich bemerkte allüberall weibliche Hände, die hochflatterten, um Haare, Blusen, Lippen zu überprüfen.

„Aber hallo, da ist ja DeeAnne. Ist sie allein hier?"

„Sie kam mit einem LKW-Fahrer aus Hammond. Er ist auf dem Klo. Nimm dich in acht."

Jason grinste mir zu, und ich fragte mich resigniert zum wiederholten Male, warum andere Frauen die Selbstgefälligkeit in seinem Lächeln nicht sahen. Selbst Arlene zog ihr T-Shirt zurecht, wenn Jason die Bar betrat, und die hätte doch eigentlich nach vier Ehemännern ein wenig mehr darüber wissen müssen, wie man Männer einschätzt. Dawn, die andere Kellnerin, mit der ich zusammenarbeitete, warf ihr Haar zurück und richtete sich auf, damit ihr Busen besser zur Geltung kam. Jason winkte ihr freundlich zu. Sie tat, als würde sie das gar nicht interessieren. Sie hat sich mit Jason überworfen, aber sie will trotzdem immer noch, daß er sie zur Kenntnis nimmt.

Dann hatte ich viel zu tun – Samstag abend kommen alle wenigstens für ein paar Stunden ins Merlottes –, also bekam ich eine Weile nicht mit, was mein Vampir tat. Als ich wieder Zeit hatte, nach ihm Ausschau zu halten, unterhielt er sich gerade mit Denise. Mack sah den beiden mit einem derart gierigen Ausdruck im Gesicht zu, daß ich sofort anfing, mir Sorgen zu machen.

Ich trat näher an den Tisch heran, an dem die drei saßen, und starrte Mack an. Dann ließ ich meine Wachsamkeit fahren und hörte ihm zu.

Mack und Denise hatten im Gefängnis gesessen, weil sie einen Vampir ausgeblutet hatten!

Zutiefst erschrocken trug ich trotzdem erst einmal völlig mechanisch einen Krug Bier und ein paar Gläser zu einem Tisch mit vier Personen, an dem es schon ziemlich lebhaft zuging. Man schrieb allgemein Vampirblut die Fähigkeit zu, bestimmte Krankheitssymptome vorübergehend zu lindern und die sexuelle Potenz zu steigern – eine Mischung aus Viagra und Prednison in etwa. Es gab einen riesigen Schwarzmarkt für echtes, unverdünntes Vampirblut, und wo es einen Markt gibt, da finden sich auch Leute, die diesen bedienen. In unserem Fall wären das, wie ich gerade hatte erfahren müssen, die beiden Ratten. Sie hatten früher schon Vampire in die Falle gelockt, zur Ader gelassen und pro Ampulle Vampirblut 200 Dollar kassiert. Vampirblut war seit zwei Jahren die große Modedroge. Auch wenn manche Käufer nach dem Genuß des unverdünnten Blutes wahnsinnig geworden waren, hinderte das den Markt nicht, weiterhin zu wachsen und zu gedeihen.

In der Regel überlebten zur Ader gelassene Vampire nicht lange. Die Täter ließen sie entweder einfach gepfählt am Tatort zurück oder luden sie irgendwo in freier Wildbahn ab. Wenn dann die Sonne aufging, blieben keine Spuren. Manchmal fand sich in der Zeitung ein Hinweis darauf, der Spieß sei umgedreht worden, da es den Vampiren gelungen war freizukommen – dann gab es tote Aderlasser.

Vorübergehend tot

Nun war mein Vampir aufgestanden und schickte sich an, mit den Ratten zusammen die Bar zu verlassen. Mack fing meinen Blick auf und zuckte sichtlich zusammen, als er feststellen mußte, wie finster ich ihn anblickte. Dann aber drehte er sich um und tat mich mit einem Achselzucken ab. Wie alle anderen auch.

Da wurde ich richtig wütend.

Was sollte ich tun? Ich hatte die Frage noch nicht geklärt, da waren die drei auch schon zur Tür hinaus. Ob der Vampir mir glauben würde, wenn ich ihm nachliefe und ihm erzählte, was ich gehört hatte? Alle anderen glaubten mir nicht, und wenn sie es per Zufall dann doch einmal taten, haßten und fürchteten sie mich dafür, daß ich Gedanken lesen konnte, die in den Köpfen anderer Menschen verborgen waren. Einmal hatte Arlene mich gebeten, den Gedanken ihres vierten Mannes zu lauschen, als der sie eines Abends abholen kam. Sie war sich ziemlich sicher gewesen, daß er plante, sie und die Kinder zu verlassen. Ich hatte mich geweigert; ich wollte die einzige Freundin behalten, die ich überhaupt besaß, und selbst Arlene war damals nicht in der Lage gewesen, mich direkt um diesen Gefallen zu bitten, denn das hätte bedeutet, sich einzugestehen, daß ich wirklich über diese Gabe – diesen Fluch – verfügte. Die Leute wollten es nicht wahrhaben. Also dachten sie lieber, ich sei verrückt, und manchmal war ich ja auch fast schon verrückt.

Also zögerte ich. Ich war verwirrt, verängstigt und sehr wütend, und dann wußte ich, ich mußte ganz einfach irgend etwas unternehmen. Letztlich bewog mich der Blick, den Mack mir zugeworfen hatte, zum Handeln – dieser Blick, der besagt hatte, mich könne man getrost vergessen.

Ich glitt am Tresen entlang zu Jason hinüber, der gerade damit beschäftigt war, DeeAnne zu bezaubern. Viel zu zaubern brauchte man bei ihr nicht, wenn man den Gerüchten Glauben schenken wollte. Finster dreinblickend hockte der Lastwagenfahrer aus Hammond auf der anderen Seite von DeeAnne auf seinem Barhocker.

„Jason", sagte ich drängend. Er wandte sich um und warf mir einen warnenden Blick zu. „Jason, hör mal, liegt diese Motorradkette immer noch hinten auf deinem Pick-up?"

„Ohne diese Kette verlasse ich das Haus nicht", erwiderte mein Bruder lässig und ließ seinen Blick rasch über mein Gesicht streifen, um zu sehen, ob es irgendwelchen Ärger gab. „Willst du handgreiflich werden, Sookie?"

Ich strahlte ihn an, so sehr ans Lächeln gewöhnt, daß es mir überhaupt keine Mühe machte. „Das will ich nicht hoffen", zwitscherte ich vergnügt.

„Brauchst du Hilfe?" fragte er, denn immerhin war er ja mein Bruder.

„Nein, danke", sagte ich und versuchte, überzeugend zu klingen. Ich glitt hinüber zu Arlene. „Hör mal, ich muß ein bißchen früher gehen. Meine Tische sind nicht mehr so dicht besetzt, kannst du für mich einspringen?" Ich glaube, ich hatte Arlene noch nie zuvor um einen solchen Gefallen gebeten, auch wenn ich umgekehrt oft genug für sie eingesprungen war. Wie Jason bot mir auch Arlene Hilfe an, aber ich lehnte ab. „Es wird auch so gehen", erklärte ich. „Wenn es geht, komme ich auch noch einmal zurück. Wenn du dich solange um meine Tische kümmerst, putze ich dir deinen Wohnwagen!"

Begeistert schüttelte Arlene die rote Mähne.

Ich wies auf den Angestellteneingang, dann auf mich selbst und deutete mit den Fingern Gehbewegungen an, damit Sam wußte, was ich vorhatte.

Sam nickte. Glücklich wirkte er dabei nicht.

Also ging ich zur Hintertür hinaus und bemühte mich, auf dem Kies der Einfahrt dort möglichst wenig Lärm zu machen. Der Parkplatz für Angestellte befindet sich an der Rückseite des Merlottes, und man gelangt dorthin durch eine Tür, die erst einmal in einen Lagerraum führt. Der Koch hatte dort hinten seinen Wagen geparkt, Arlene, Dawn und ich auch. Im östlichen Teil der Anlage, vor seinem Wohnwagen, hatte Sam seinen Pick-up abgestellt.

Der Parkplatz der Angestellten war mit Kies ausgestreut. Ich verließ ihn und trat auf den weitaus größeren, asphaltierten Kundenparkplatz. Das Merlottes befand sich auf einer Waldlichtung, weswegen der Parkplatz mit Bäumen umstanden war. Bei den Bäumen am Rande des Parkplatzes hörte der Asphalt auf, und es lag wieder Kies auf dem Boden. Sam beleuchtete den Kundenparkplatz gut, und im surrealistischen Glanz der hohen Laternen wirkte alles sehr verfremdet.

Ich erkannte den roten, zerbeulten Sportwagen des Rattenpärchens und wußte so, daß die beiden noch in der Nähe waren.

Dann entdeckte ich endlich auch Jasons Pick-up. Er war pechschwarz, an den Seiten verziert mit riesigen aquamarinblauen und rosa

Vorübergehend tot

Flammen. Jason fiel nun einmal gern immer und überall auf. Hastig zog ich mich an der hinteren Wagenklappe hoch und taste auf der Ladefläche nach Jasons Motorradkette, einer langen, dicken Kette, die er für den Fall, daß er in eine Schlägerei geraten sollte, immer bei sich führte. Ich wickelte mir einen Teil der Kette um die Hand und trug den Rest so nah am Körper, daß er beim Gehen nicht klirrte und mich womöglich verriet.

Dann dachte ich kurz nach. Der einzige Ort, der halbwegs Zurückgezogenheit bot und an den die Rattrays meinen Vampir folglich gelockt haben könnten, befand sich am hinteren Ende des Parkplatzes, dort, wo bereits Äste der umstehenden Bäume über die geparkten Autos ragten. Also schlich ich so rasch, aber auch so geräuschlos es irgend ging in diese Richtung.

Alle paar Sekunden blieb ich stehen, um zu lauschen. Bald schon konnte ich Stöhnen und leise Stimmen hören. Ich schlängelte mich zwischen den geparkten Autos hindurch und entdeckte die drei genau dort, wo ich sie auch erwartet hatte. Der Vampir lag mit schmerzverzerrtem Gesicht rücklings auf dem Boden, und eine glitzernde Kette floß ihm im Zickzack von den Handgelenken bis zu den Knöcheln. Silber! Neben Denises Füßen lagen bereits zwei kleine Ampullen voll Blut, und vor meinen Augen befestigte sie eine weitere leere Vakuumröhre an der Nadel, die unterhalb der Aderpresse, die über dem Ellbogen des Vampirs schmerzhaft in dessen Arm schnitt, in der Haut steckte.

Die Ratten standen mit dem Rücken zu mir, und der Vampir hatte mich noch nicht gesehen. Ich wickelte die Kette von meiner Hand, bis ein guter Meter dicker Kettenglieder frei schwang, wobei ich mich fragte, wen ich mir als ersten vorknöpfen sollte. Beide Ratten waren recht klein, und beide waren hinterhältig.

Ich erinnerte mich an die verächtliche Art, in der Mack mich als unwichtig abgetan hatte, und daran, daß er mir nicht ein einziges Mal ein Trinkgeld hatte zukommen lassen. Zuerst also Mack!

Bis zu diesem Abend hatte ich nie an einer Schlägerei teilgenommen, und irgendwie freute ich mich richtig darauf.

Mit einem Satz sprang ich hinter einem Pick-up hervor, holte aus, und die Kette traf Mack, der neben seinem Opfer am Boden kniete, mit voller Wucht in den Rücken. Mit einem Aufschrei sprang er auf. Denise blickte nur einmal kurz auf und beschäftigte sich dann weiterhin mit ihrer dritten Vakuumröhre. Macks Hand fuhr hinunter zu seinem Stiefel und kam glitzernd wieder hoch. Ich schluckte. Der Typ hielt ein Messer in der Hand.

„Aber nicht doch!" sagte ich und grinste ihn an.

„Du durchgeknallte Kuh!" brüllte er daraufhin und hörte sich ganz so an, als freue er sich darauf, sein Messer auch zum Einsatz zu bringen. Ich war zu beschäftigt, um meine geistigen Schutzmechanismen aufrechterhalten zu können, und bekam eine klare Vorstellung dessen, was Mack mir anzutun gedachte. Das brachte mich zur Raserei. Fest entschlossen, ihm so viel Schmerzen zuzufügen wie irgend möglich, warf ich mich auf ihn. Aber er war auf meinen Angriff vorbereitet gewesen und sprang vor, das Messer in der ausgestreckten Hand, während ich erneut mit der Kette ausholte. Er zielte auf meinen Arm, traf aber knapp daneben. Die Kette dagegen wickelte sich, von ihrem eigenen Schwung beflügelt, mit ungeheurer Geschwindigkeit um seinen mageren Hals wie die Arme einer begeisterten Liebhaberin. Das Triumphgeheul, mit dem Mack das Messer gegen mich gerichtet hatte, wandelte sich in ein Gurgeln. Er ließ das Messer fallen, riß mit beiden Händen verzweifelt an der Kette und sank japsend auf dem rauhen Pflaster in die Knie, wobei sein Kniefall mir mein Ende der Kette aus der Hand riß.

Da ging sie also hin, Jasons geliebte Motorradkette. Rasch bückte ich mich, schnappte mir Macks Messer und hielt es so, als wüßte ich, wie man damit umgeht. Denise hatte nämlich Anstalten gemacht, sich auf mich zu werfen, wobei sie in den Lichtern und Schatten der Sicherheitslampen aussah wie eine hinterwäldlerische Hexe.

Als sie sah, daß ich Macks Messer in der Hand hielt, blieb sie wie angewurzelt stehen, fluchte, wütete und sagte schreckliche Dinge. Ich wartete, bis ihr nichts mehr einfiel. „Hau ab", sagte ich dann. „Auf der Stelle."

Denise starrte haßerfüllte Löcher in meinen Kopf. Dann versuchte sie, die Blutampullen an sich zu reißen, aber ich zischte ihr zu, sie solle sie lieber lassen, wo sie seien. Also zog sie stattdessen wütend Mack hoch, der immer noch halberstickt gurgelnde Geräusche von sich gab, während er an der Kette zerrte. Sie zog ihn mehr oder weniger hinter sich her zum Wagen und schob ihn dort durch die Beifahrertür. Dann fischte sie mit einem Ruck ein Schlüsselbund aus ihrer Hosentasche und ließ sich selbst auf den Fahrersitz fallen.

Vorübergehend tot

Als ich den Motor des Wagens aufheulen hörte, wurde mir mit einem Mal klar, daß die Ratten nun eine andere Waffe hatten. Schneller als ich je in meinem Leben gerannt war, eilte ich zu meinem Vampir, stellte mich neben seinen Kopf und keuchte: „Schieben Sie mit Ihren Füßen!" Ich griff ihm unter die Arme, und zog mit aller Kraft und er begriff, worum es ging, stemmte seine Füße gegen den Boden und schob. Wir hatten die Baumlinie gerade erreicht, als der rote Wagen auch schon auf uns zuschoß. Denise verpaßte uns um einen knappen halben Meter, weil sie das Steuer herumreißen mußte, um nicht mit einer Kiefer zu kollidieren. Erleichtert hörte ich den schweren Motor des Rattenfahrzeugs in der Ferne verhallen.

„Mein Gott!" stöhnte ich und kniete neben dem Vampir nieder, weil meine Beine mich nicht mehr tragen wollten. Gut eine Minute lang tat ich nichts anderes, als heftig ein- und auszuatmen und mich wieder zu beruhigen. Dann bewegte sich der Vampir ein wenig, weswegen ich einen Blick auf ihn warf, wobei ich zu meinem großen Entsetzen sehen mußte, daß dort, wo das Silber seine Haut berührte, kleine Rauchwölkchen von seinen Handgelenken aufstiegen.

„Oh, Sie Ärmster!" rief ich aus und war wütend auf mich, weil ich mich nicht sofort um ihn gekümmert hatte. Immer noch schwer atmend machte ich mich daran, die schmalen Silberbänder zu lösen, die alle Teil einer einzigen langen Kette zu sein schienen. „Armes Kind!" flüsterte ich entsetzt, und mir war gar nicht klar, wie widersinnig diese Worte waren. Ich bin geschickt, und so waren die Handgelenke des Vampirs schnell befreit. Ich versuchte, mir vorzustellen, womit ihn die Rattrays wohl abgelenkt haben mochten, um ihn in die Position zu manövrieren, in der er sich jetzt befand und in der sie ihm hatten die Ketten anlegen können, und spürte, wie ich rot wurde, als ich mir die entsprechende Szene ausmalte.

Während ich mich an dem Silber zu schaffen machte, das um seine Beine gewickelt war, drückte der Vampir schützend die Arme an seine Brust. Seinen Knöcheln ging es besser, denn die Aderlasser hatten sich nicht die Mühe gemacht, seine Hosenbeine hochzuziehen und die Kette auf der nackten Haut zu plazieren.

„Es tut mir so leid, daß ich nicht schneller hier war!" sagte ich entschuldigend. „Aber es wird Ihnen bald wieder besser gehen, nicht? Soll ich Sie lieber allein lassen?"

„Nein."

Das zu hören machte mir Freude, bis er hinzufügte: „Die beiden könnten zurückkommen, und ich bin noch nicht in der Lage zu kämpfen." Seine kühle Stimme klang ein wenig unsicher, aber ich hätte nicht sagen können, daß er sich atemlos anhörte.

So warf ich ihm einen ungehaltenen Blick zu und traf dann, während er sich erholte, ein paar wohlüberlegte Vorkehrungen. Ich setzte mich so, daß mein Rücken ihm zugewandt war – vielleicht wollte er ja ein wenig allein sein, bis es ihm besser ging. Ich weiß, wie unangenehm es ist, wenn man leidet, und jemand starrt einen dabei neugierig an. Ich hockte mich also mit dem Rücken zu meinem Vampir auf den Asphalt und behielt den Parkplatz im Auge. Verschiedene Wagen fuhren fort, andere kamen hinzu, aber hierher zu uns unter die Bäume kam niemand. Als sich hinter mir die Luft leicht bewegte, wußte ich, daß sich der Vampir aufgesetzt hatte.

Da er nicht gleich etwas sagte, wandte ich den Kopf nach links, um ihn anzusehen. Er saß dichter bei mir, als ich eigentlich gedacht hatte, und seine großen, dunklen Augen blickten direkt in die meinen. Seine Fangzähne hatten sich zurückgezogen, was mich ein wenig enttäuschte.

„Vielen Dank", sagte er schließlich steif.

Offenbar war er nicht begeistert darüber, daß eine Frau ihn gerettet hatte. Typisch Mann.

Ich dachte, da er sich so undankbar zeigte, könnte ich auch etwas unhöflich sein. Also ließ ich mein Visier fahren und öffnete meine Gedanken für die seinen, um ihm ein wenig zuzuhören.

Ich hörte ... nichts.

„Oh!" sagte ich ganz erschrocken und achtete nicht wirklich auf meine Worte. „Ich *kann Sie nicht hören!*"

„Vielen Dank!" wiederholte der Vampir, übertrieben laut und deutlich.

„Nein, nein ... was Sie sagen, kann ich schon hören, aber ...", und in meiner Aufregung tat ich etwas, was ich normalerweise nie täte, weil das aufdringlich wäre und zu persönlich, und weil es zeigen würde, daß ich behindert bin. Ich drehte mich so, daß ich ihm direkt gegenübersaß, legte beide Hände seitlich an sein weißes Gesicht und sah ihm eindringlich in die Augen. Dabei konzentrierte ich mich mit aller Kraft. Nichts! Als hätte man die ganze Zeit Radio hören müssen, und zwar Sender, die man nicht selbst hat aussuchen dürfen, und auf

Vorübergehend tot

einmal hätte sich das Radio auf einen Sender eingestellt, den es gar nicht empfangen konnte.

Es war einfach himmlisch.

Die Augen des Vampirs wurden immer größer und dunkler, aber er hielt völlig still.

„Entschuldigen Sie bitte!" sagte ich dann mit einem leisen, erschrockenen Aufschrei, riß meine Hände los und starrte wieder auf den Parkplatz. Mir war die Sache so peinlich, daß ich einfach vor mich hinplapperte, irgendwelche Dinge über Mack und Denise; dabei konnte ich die ganze Zeit an nichts anderes denken als daran, wie wunderbar es wäre, einen Gefährten zu haben, dem ich nicht würde zuhören können, es sei denn, er selbst entschied sich, laut mit mir zu reden. Wie schön sein Schweigen war.

„... und so dachte ich mir: Sieh doch lieber mal nach, ob da draußen auch alles in Ordnung ist", beendete ich meinen Redeschwall und hätte nicht mehr sagen können, was ich dem Vampir alles erzählt hatte.

„Sie kamen also hier heraus, um mich zu retten. Das war sehr tapfer von Ihnen", sagte der Vampir mit einer Stimme, die so verführerisch klang, daß DeeAnne bei ihrem Klang auf der Stelle die roten Höschen abgeschüttelt hätte.

„Das können Sie aber mal gleich lassen!" sagte ich barsch und landete mit einem lauten Plumps auf dem Boden der Tatsachen.

Einen winzigen Augenblick lang schien er verwirrt. Dann war sein Gesicht wieder weiß und glatt wie gewohnt.

„Fürchten Sie sich gar nicht? So ganz allein mit einem hungrigen Vampir?" fragte er mit einem koketten und doch auch irgendwie gefährlichen Unterton.

„Nein."

„Denken Sie, Sie seien sicher vor mir, weil Sie zu meiner Rettung herbeigeeilt sind? Denken Sie, ich spüre nach all den Jahren noch einen Hauch Sentimentalität in mir? Vampire wenden sich oft gegen Menschen, die ihnen trauen. Sie müssen wissen, daß die moralischen Werte der Menschen von uns nicht geteilt werden."

„Es gibt auch eine Menge Menschen, die sich gegen die wenden, die ihnen trauen", merkte ich an. Wenn ich will, kann ich sehr pragmatisch sein. „Eine völlige Närrin bin ich nicht." Damit streckte ich ihm den Arm hin und wandte den Kopf ab. Während er sich erholt hatte, hatte ich mir nämlich die Silberkette der Ratten um Hals und Arme geschlungen.

Der Vampir erschauderte sichtlich.

„Aber da ist noch eine schöne, saftige Arterie in Ihrer Leistengegend!" sagte er dann, als er sich von seinem Schock erholt hatte, und jetzt klang seine Stimme so schlüpfrig wie eine Schlange auf der Rutsche in der Badeanstalt.

„Reden Sie bloß nicht so unflätig daher", sagte ich. „So etwas höre ich mir gar nicht an."

Wieder sahen wir einander schweigend an. Ich hatte Angst, ich würde ihn nie wiedersehen; sein erster Besuch im Merlottes ließ sich ja nicht gerade als großer Erfolg bezeichnen. Also versuchte ich, mir jede Einzelheit seiner Erscheinung einzuprägen. Von dieser Begegnung würde ich noch lange zehren müssen – da wollte ich mir alles ganz genau immer wieder vor Augen halten können. Sie war kostbar, diese Begegnung, ein wahrer Schatz. Gern hätte ich noch einmal seine Haut berührt. Ich wußte schon gar nicht mehr, wie sie sich anfühlte. Aber das würde einerseits die Grenzen des Anstands verletzen und andererseits unter Umständen dazu führen, daß er noch einmal seine Verführernummer abzog.

„Möchten Sie das Blut trinken, das die beiden mir abgenommen haben?" fragte der Vampir nun ganz und gar unerwartet. „Es wäre eine Möglichkeit für mich, Ihnen meine Dankbarkeit zu erweisen." Er wies auf die verschlossenen Ampullen, die immer noch auf der schwarzen Asphaltdecke lagen. „Mein Blut soll ja angeblich Ihr Sexualleben und Ihre Gesundheit auf Trab bringen."

„Ich bin gesund wie ein Pferd", erklärte ich, was nichts als die reine Wahrheit war. „Mein Sexualleben ist nicht der Rede wert. Mit dem Blut können Sie machen, was Sie wollen."

„Vielleicht wollen Sie es ja verkaufen?" schlug er vor, aber ich glaube, das tat er nur, weil er sehen wollte, wie ich darauf reagierte.

„Ich würde es nicht anrühren", erwiderte ich abgestoßen, denn seine Worte hatten mich verletzt.

„Sie sind anders als andere", meinte er nachdenklich. „Was sind Sie?" So wie er mich ansah, schienen ihm eine Reihe Möglichkeiten durch den Kopf zu gehen, und zu meinem großen Vergnügen konnte ich nicht eine einzige davon hören.

„Ich heiße Sookie Stackhouse und bin Kellnerin", teilte ich ihm mit. „Wie heißen Sie?" Das würde ich ihn doch noch fragen dürfen, ohne aufdringlich zu wirken.

„Ich heiße Bill", erwiderte er.

Ehe ich es verhindern konnte, lag ich auch schon laut lachend auf dem Po. „Ein Vampir mit Namen Bill!" kicherte ich. „Ich dachte, Sie würden Antoine heißen oder Basil oder Langford – aber ausgerechnet Bill?" So herzlich hatte ich lange nicht mehr gelacht. „Na, bis bald mal, Bill, ich muß wieder an die Arbeit." Sofort spürte ich, wie allein beim Gedanken an das Merlottes das altvertraute, verkrampfte Lächeln in mein Gesicht zurückkehrte. Ich legte Bill die Hand auf die Schulter, stützte mich auf ihr ab und stand auf. Seine Schulter war hart wie Stein, und ich gelangte so rasch wieder auf die Beine, daß ich um ein Haar gestolpert wäre. Nach einem raschen Blick auf meine Socken – um sicherzugehen, daß deren Aufschläge exakt auf derselben Höhe saßen – überprüfte ich alle Einzelteile meiner Uniform auf Spuren meines Kampfes mit den Ratten. Dann klopfte ich mir den Dreck vom Po – immerhin hatte ich auf dem dreckigen Asphalt gesessen – und schlenderte über den Parkplatz zurück zum Merlottes, wobei ich Bill über die Schulter zum Abschied zuwinkte.

Es war ein anregender Abend gewesen, und er hatte mir einiges beschert, über das ich würde nachdenken können. Beim Gedanken daran war mir fast so fröhlich zumute, wie ich es meinem Lächeln zufolge auch hätte sein müssen.

Aber Jason würde sich seiner Kette wegen schrecklich aufregen.

*   *   *

An diesem Abend fuhr ich gleich nach der Arbeit nach Hause. Ich wohne nur etwa acht Kilometer südlich des Merlottes. Bei meiner Rückkehr war Jason (wie auch DeeAnne) bereits verschwunden gewesen, was meinen Erlebnissen eine weitere positive Note verliehen hatte. Nun, auf der Fahrt zum Haus meiner Großmutter, in dem ich lebe, ging ich die Ereignisse des Abends noch einmal durch. Das Haus meiner Großmutter befindet sich kurz vor dem Friedhof Tall Pines, und der liegt an einer kleinen, zweispurigen Landstraße. Die Anfänge unseres Hauses gehen auf meinen Ur-Ur-Ur-Urgroßvater zurück, und der hatte großen Wert auf seine Privatsphäre gelegt. Will man zu unserem Haus gelangen, so muß man von der Landstraße auf eine lange Einfahrt abbiegen, die durch ein kleines Waldstück führt, und landet dann endlich auf der Lichtung, auf der unser Haus steht.

Das Haus unterliegt nicht dem Denkmalschutz, denn die meisten seiner wirklich alten Bestandteile sind im Laufe der Jahre eingerissen und ersetzt worden; zudem sind wir natürlich an die Stromversorgung angeschlossen, es gibt bei uns fließend Wasser, eine vernünftige Sanitäranlage, Wärmeisolierung, all die guten Dinge, die die moderne Zeit so mit sich bringt. Aber immer noch ziert ein Blechdach unser Haus, dessen Anblick einen an manchen Sonnentagen fast blind werden lassen kann. Das Dach hatte vor ein paar Jahren erneuert werden müssen, und ich hatte dazu normale Dachziegel nehmen wollen, aber das hatte meine Großmutter abgelehnt. Auch wenn ich für das neue Dach gezahlt habe – das Haus ist Omas Haus, und so blieb es natürlich beim Blech.

Historisch wertvoll oder nicht: Als ich ungefähr sieben Jahre alt war, zog ich in dieses Haus, und ich war vorher oft zu Besuch gewesen. Ich liebte das Haus. Es war nichts Besonderes, nur einer dieser großen alten Familienwohnsitze, und eigentlich, nehme ich an, viel zu groß für meine Oma und mich. Über die gesamte Vorderseite zog sich eine geschlossene Veranda, und die Hauswände waren weiß gestrichen, denn meine Oma ist nicht nur in puncto Dächer eine Traditionalistin. Mein Weg führte mich durch das mit allen möglichen leicht ramponierten Möbeln vollgestopfte Wohnzimmer, das haargenau so eingerichtet war, wie es uns paßte, den Flur hinunter zum ersten Schlafzimmer links, dem größten.

Adele Hale Stackhouse, meine Großmutter, saß aufgerichtet in ihrem hohen Bett, die mageren Schultern auf ungefähr eine Million Kissen gestützt. Trotz der warmen Frühlingsnacht trug sie ein langärmliges Baumwollnachthemd. Ihre Nachttischlampe brannte noch, und auf ihrem Schoß ruhte ein aufgeschlagenes Buch.

„Holla!" sagte ich.

„Hallo, mein Schatz."

Meine Großmutter ist sehr klein und ungeheuer alt, aber ihr Haar ist immer noch so dicht und so weiß, daß es aussieht, als hätte es einen klitzekleinen Grünstich. Tagsüber rollt sie die Haare irgendwie im Nacken zusammen, aber nachts trägt sie sie offen oder zu Zöpfen geflochten. Ich blickte auf den Rücken ihres Buches.

Vorübergehend tot

„Du liest also wieder einmal Danielle Steel?"

„Die Frau kann einfach gut erzählen." Bücher von Danielle Steel, die nachmittäglichen Seifenopern (meine Großmutter sagte dazu „meine Geschichten") und die Treffen der unzähligen Vereine, denen sie angehörte, seit sie erwachsen war, gehörten zu den großen Freuden im Leben meiner Großmutter. Ihre Lieblingsvereine waren die „Nachkommen ruhmreicher Toter" und der „Gartenbauverein Bon Temps".

„Rate doch mal, was heute abend passiert ist?" bat ich nun.

„Du hast dich mit einem Mann verabredet?"

„Nein", sagte ich und es fiel mir schwer, das Lächeln auf meinem Gesicht nicht erlöschen zu lassen. „Ein Vampir kam ins Lokal!"

„Oh! Hatte er Fangzähne?"

Fangzähne hatte ich im Schein der Parkplatzbeleuchtung schimmern sehen, als die Ratten Bill zur Ader ließen, aber das mußte ich Oma ja nicht unbedingt erzählen. „Klar doch. Allerdings sehr dezente."

„Ein Vampir, hier mitten in Bon Temps!" Oma wirkte erfreut. „Hat er irgendwen in der Kneipe gebissen?"

„Oma, wo denkst du denn hin! Er hat einfach nur dagesessen und Rotwein getrunken. Nein: Er hat ein Glas Rotwein bestellt, aber getrunken hat er es nicht. Ich glaube, er brauchte nur ein wenig Gesellschaft."

„Wo er wohl wohnen mag?"

„Das wird er sicher niemandem erzählen wollen."

„Nein", sagte Oma und dachte einen Moment nach. „Wohl kaum. Hat er dir gefallen?"

Das war nun eine wirklich schwierige Frage, und ich brauchte einen Moment, ehe ich sie beantworten konnte. „Ich weiß nicht", sagte ich dann vorsichtig. „Aber er war auf jeden Fall sehr interessant."

„Ich würde ihn zu gern kennenlernen!" Es wunderte mich nicht, diese Worte aus dem Mund meiner Oma zu hören. Die alte Dame hatte fast ebensoviel Freude an neuen Dingen wie ich selbst, und sie gehörte nicht zu den Reaktionären, deren Meinung nach Vampire vom ersten Flügelschlag an verdammt waren. „Aber jetzt will ich lieber schlafen", fuhr Oma fort. „Ich habe nur gewartet, bis du nach Hause kommst."

Ich beugte mich vor, um mich mit einem Kuß von ihr zu verabschieden, und sagte: „Gute Nacht."

Ich ging aus dem Zimmer und zog die Tür hinter mir zu, ohne sie jedoch ganz zu schließen. Dann hörte ich das Klicken, mit dem Oma ihre Nachttischlampe löschte. Tina, meine Katze, kam von irgendwoher, wo sie geschlafen hatte, und rieb sich an meinen Beinen. Ich hob sie hoch und schmuste etwas mit ihr, ehe ich sie für die Nacht nach draußen bugsierte. Dann blickte ich auf die Uhr: Es war fast zwei, und mein Bett rief laut nach mir.

Mein Zimmer liegt dem meiner Oma genau gegenüber auf demselben Flur. Als ich nach dem Tod meiner Eltern bei ihr eingezogen war, hatte Oma die Sachen aus dem Zimmer, das ich im Haus meiner Eltern bewohnt hatte, hierher schaffen lassen, damit ich mich schneller zu Hause fühlte, und hier stehen sie immer noch: das schmale Einzelbett, der Frisiertisch aus weißgestrichenem Holz und die kleine Kommode mit den Schubladen.

Ich schaltete mein Licht an und zog mich aus. Ich besaß mindestens fünf Paar schwarze Shorts und viele, viele weiße T-Shirts, weil die in der Regel so rasch Flecken bekamen. Wieviel Paar weiße Socken zusammengrollt in meiner Sockenschublade ruhten, hätte ich noch nicht einmal sagen können. Jedenfalls mußte ich in dieser Nacht keine Waschmaschine mehr laufen lassen. Zum Duschen war ich zu müde. Ich putzte mir aber immerhin noch die Zähne, wusch mir die Schminke aus dem Gesicht, klatschte mir ein wenig Feuchtigkeitscreme auf die Wangen und löste das Gummiband aus den Haaren.

Dann zog ich mir mein liebstes Micky-Maus-Schlafshirt an, wie ich es immer tue, eins, das mir fast bis zu den Knien reicht, und genoß die Stille in meinem Zimmer. In den frühen Morgenstunden haben fast alle Menschen ihre Gedanken abgeschaltet, niemand denkt, die Vibrationen sind fort, kein Eindringen muß abgewehrt werden. Die Situation war so friedlich, daß mir gerade noch Zeit blieb, mich an die dunklen Augen des Vampirs zu erinnern, ehe ich tief und erschöpft einschlief.

*   *   *

Am nächsten Tag lag ich zur Mittagszeit in meinem Alu-Klappsessel im Vordergarten und wurde von Sekunde zu Sekunde brauner. Ich trug meinen trägerlosen weißen Lieblingsbikini, und der saß loser als im Sommer zuvor, was mir ungeheure Freude bereitete.

Ich hörte ein Auto die Auffahrt hochkommen, und bald darauf kam Jasons schwarzer Pick-up mit den rosa und aquamarinblauen Flammen darauf nur einen halben Meter vor meinen Füßen zum Stehen.

Vorübergehend tot

Mein Bruder Jason kletterte aus dem Führerhaus – habe ich die riesigen Räder des Pick-up bereits erwähnt? – und stakste mit großen Schritten auf mich zu. Er trug, was er bei der Arbeit immer trägt: Jeanshemd und Jeans. Am Gürtel baumelte ein offenes Messer in einem Lederhalfter, wie bei den meisten Männern in unserer Gegend, die im Straßenbau tätig sind. Ich sah allein an Jasons Gang, daß er ziemlich sauer war.

Ich setzte mir erst einmal die Sonnenbrille auf.

„Warum zum Teufel hast du mir nicht erzählt, daß du letzte Nacht die Rattrays zusammengeschlagen hast?" Mit diesen Worten warf sich mein Bruder in den Aluminiumstuhl, der neben meinem Sessel stand. „Wo ist Oma?" fügte er dann hinzu, ein wenig spät, wie ich fand.

„Hängt gerade Wäsche auf", antwortete ich. Wenn es nicht anders ging, bediente sich Oma auch des Wäschetrockners, aber viel lieber hängte sie die nassen Kleidungsstücke draußen auf der Leine in die Sonne. Selbstverständlich war Omas Wäscheleine im hinteren Garten aufgespannt, wie es sich für eine Wäscheleine gehörte. „Zu Mittag brät sie dir ein Steak", fügte ich hinzu. „Dazu gibt es Süßkartoffeln und die grünen Bohnen, die sie letztes Jahr eingemacht hat." Informationen wie diese waren geeignet, Jason von seinem Zorn abzulenken, das wußte ich aus Erfahrung. Ich hoffte, Oma würde noch eine Weile hinter dem Haus zu tun haben, denn ich wollte nicht, daß sie von unserer Unterhaltung etwas mitbekam. „Sprich leise", bat ich Jason.

„Heute morgen konnte Rene noch nicht einmal warten, bis ich bei der Arbeit war, um mir haarklein alles zu berichten. Er war gestern abend nämlich beim Wohnwagen der Rattrays, weil er ein bißchen Gras kaufen wollte, und er sagt, Denise kam da vorgefahren, als wolle sie wen umbringen. Rene sagt, um ein Haar hätte es ihn erwischt, so sauer war sie. Dann mußte Rene mit anfassen, denn allein hätte Denise Mack nicht in den Wohnwagen schaffen können, und letztlich mußte sie ihn dann nach Monroe ins Krankenhaus bringen." Jason starrte mich vorwurfsvoll an.

„Hat Rene dir auch erzählt, daß Mack mit einem Messer auf mich losgegangen ist?" fragte ich, denn ich war zu der Erkenntnis gelangt, daß sich die ganze Debatte mit einem direkten Gegenangriff am besten beenden ließe. Ich sah Jason an, daß ein Gutteil seiner Empörung aus der Tatsache herrührte, daß er die ganze Geschichte von jemand anderem und nicht von mir erfahren hatte.

„Wenn Denise Rene das erzählt hat, dann hat der es mir gegenüber nicht erwähnt", meinte Jason langsam und nachdenklich, und ich konnte beobachten, wie sein attraktives Gesicht vor Wut immer dunkler wurde. „Mit einem Messer ist er auf dich losgegangen?"

„Da mußte ich mich doch verteidigen!" sagte ich, als sei das die selbstverständlichste Sache der Welt. „Dann hat er deine Kette geklaut." Was ja irgendwie stimmte, wenn ich auch die Tatsachen etwas verdreht hatte.

„Ich bin ja auch wieder zurückgekommen, um dir alles zu erzählen", fuhr ich fort. „Aber da warst du schon mit DeeAnne verschwunden, und mir war ja nichts passiert. Da schien es mir nicht der Mühe wert, dir hinterherzulaufen und dich aufzustöbern. Ich wußte, wenn ich dir das mit dem Messer erzähle, fühlst du dich verpflichtet, Mack aufs Dach zu steigen", fügte ich diplomatisch hinzu, und darin lag mehr Wahrheit als in allem anderen, was ich zuvor gesagt hatte: Jason liebt eine gute Schlägerei von ganzem Herzen.

„Was zum Teufel hattest du überhaupt da draußen zu schaffen?" fragte er, aber er wirkte bereits viel entspannter, und ich wußte, daß er mir meine Geschichte abgekauft hatte.

„Wußtest du, daß die Ratten Vampire zur Ader lassen und sie ausbluten – mal abgesehen davon, daß sie mit Drogen handeln?"

Jetzt war Jason fasziniert. „Nein ... und?"

„Nun, einer meiner Kunden letzte Nacht war ein Vampir, und die beiden waren da mitten auf dem Parkplatz von Merlottes dabei, ihn zur Ader zu lassen. Das konnte ich unmöglich zulassen."

„Ein Vampir hier in Bon Temps?"

„Ja, und selbst wenn man einen Vampir vielleicht nicht gerade zum besten Freund haben will, kann man es doch nicht zulassen, daß solcher Abschaum wie die Ratten ihm alles Blut abzapfen. Das ist schließlich etwas anderes, als jemandem Benzin aus dem Tank zu klauen. Die beiden hätten ihn da draußen unter den Bäumen einfach liegen lassen, und er wäre verreckt." Das wußte ich nicht genau – ich war von den Ratten nicht in ihre Pläne eingeweiht worden –, aber ich wäre jede Wette eingegangen, daß sie es genau so geplant hatten. Vielleicht hätten sie ihn abgedeckt, damit er den Tag überlebte, aber ein ausgebluteter Vampir braucht mindestens 20 Jahre, um sich zu erholen. So war es zumindest in einer Talkshow von Oprah Winfrey vor

Vorübergehend tot

kurzem erklärt worden, und er erholte sich überhaupt auch nur dann, wenn ein anderer Vampir ihn betreute.

„Der Vampir war zur gleichen Zeit wie ich in der Kneipe?" wollte Jason ein wenig verwundert wissen.

„Aber ja doch. Der dunkelhaarige Typ, der neben den Ratten saß."

Jason grinste über meine Kurzbezeichnung für die Rattrays. Aber leider hatte er mit der vergangenen Nacht noch nicht abgeschlossen. „Woher wußtest du, daß es ein Vampir war?" fragte er, aber dann warf er mir einen kurzen Blick zu, und es war klar, daß er sich am liebsten auf die Zunge gebissen hätte.

„Ich wußte es einfach", sagte ich mit völlig unbeteiligter Miene.

„Natürlich", erwiderte er, worauf sich eine längere wortlose Unterhaltung zwischen uns beiden anschloß.

„In Homulka lebt kein Vampir", stellte Jason nun nachdenklich fest. Er drehte sein Gesicht so, daß es möglichst viel Sonne abbekam, und ich wußte, daß wir uns wieder auf sicherem Terrain befanden.

„Das stimmt!" erwiderte ich. Homulka war die Stadt, die man in Bon Temps aus ganzem Herzen und voller Leidenschaft haßt. Seit Generationen waren wir und die aus Homulka Rivalen, was Football, Basketball und historische Bedeutsamkeit betraf.

„Roedale hat auch keinen", sagte da plötzlich meine Oma, und Jason und ich fielen vor Schreck fast von den Stühlen. Eins muß man Jason ja lassen: Jedesmal, wenn er unsere Oma trifft, springt er auf und gibt ihr einen dicken Kuß.

„Hast du denn auch genug Essen für mich im Ofen, Oma?" erkundigte er sich dann liebevoll.

„Für dich und noch zwei mehr", erwiderte Großmutter und lächelte strahlend zu Jason empor. Sie liebte ihn, auch wenn sie seinen (und meinen!) Fehlern gegenüber mitnichten blind war. „Ich erhielt gerade einen Anruf von Evelyn Mason. Sie hat mir erzählt, daß du dich letzte Nacht mit DeeAnne zusammengetan hast."

„Mannomann, in diesem Kuhkaff hier kann man auch gar nichts machen, ohne daß man gleich erwischt wird," murrte Jason, aber er war nicht wirklich wütend.

„Diese DeeAnne", sagte Oma warnend, während wir uns alle drei auf den Weg ins Haus machten, „war bereits einmal schwanger – soweit ich das weiß, einmal. Sieh also zu, daß sie kein Kind von dir kriegt, denn dann kannst du dein Leben lang zahlen. Andererseits: Vielleicht komme ich so wenigstens zu Urenkeln."

Oma hatte das Essen bereits aufgetragen, also konnten wir uns setzen und das Tischgebet sprechen, sobald Jason seinen Hut aufgehängt hatte, und dann tauschten Jason und Oma Klatsch und Tratsch aus – sie nannten das einander auf Stand bringen –, wobei niemand in unserer kleinen Stadt und Gemeinde verschont blieb. Mein Bruder war bei der Regierung angestellt und beaufsichtigte die Straßenbautrupps in unserer Gegend. Meiner persönlichen Meinung nach tat er nichts weiter, als den ganzen Tag in einem staatseigenen Pick-up durch die Gegend zu fahren, sich dann von der Stechuhr bestätigen zu lassen, daß der Arbeitstag beendet war, in den eigenen Pick-up umzusteigen und die ganze Nacht hindurch weiter herumzukutschieren. Rene gehörte einem der Straßenbautrupps an, die Jason beaufsichtigte. Die beiden waren auch zusammen zur Schule gegangen und verbrachten einen großen Teil ihrer Freizeit zusammen, wozu sich auch oft noch Hoyt Fortenberry gesellte.

„Sookie, ich mußte den Warmwasserboiler im Haus erneuern", sagte Jason nun plötzlich. Er lebt im alten Haus meiner Eltern, in dem wir alle gewohnt hatten, bis Mutter und Vater bei einer plötzlichen Überschwemmung ums Leben kamen. Danach hatten wir beide bei unserer Großmutter gelebt, aber Jason war nach zwei Jahren College, und nachdem er den Job bei der Regierung hatte antreten können, zurück in das Haus gezogen, das zumindest auf dem Papier zur Hälfte mir gehörte.

„Soll ich mich an den Kosten beteiligen?" fragte ich.

„Nein, ich habe genug Geld."

Wir sind beide in Lohn und Brot, verfügen aber zusätzlich noch über ein kleines Einkommen aus einem Fond, der eingerichtet worden war, nachdem man auf dem Grundstück meiner Eltern eine Ölquelle gefunden hatte. Die Ölquelle hatte nach ein paar Jahren zu sprudeln aufgehört, aber meine Eltern und später dann Oma hatten dafür gesorgt, daß das Geld gut angelegt wurde. Dieses Extrapolster erleichterte Jason und mir das Leben erheblich; so waren wir nicht gezwungen, uns abzustrampeln, um gut über die Runden zu kommen. Ich weiß auch nicht, wie meine Oma uns ohne dieses Geld hätte großziehen können, denn sie war fest entschlossen gewesen, kein Land zu verkaufen, und ihr eigenes Einkommen übersteigt nur knapp die Armutsgrenze. Das ist auch einer der Gründe, warum ich mir keine eigene Wohnung miete. Wenn ich für unseren gemeinsamen Haushalt einkaufe, findet Oma das einleuchtend. Würde ich jedoch einkaufen, die Lebensmittel auf ihrem Küchentisch abladen und in meine eigene Wohnung fahren, würde sie das als Mildtätigkeit auffassen. Mildtätigkeit kann meine Oma auf den Tod nicht ausstehen.

„Was für einen Heißwasserboiler hast du denn besorgt?" fragte ich, nur um zu zeigen, daß ich mich durchaus für Jasons Leben interessierte.

Das hatte er uns auch unbedingt erklären wollen, denn Jason steht völlig auf Elektrogeräte und schilderte nun nur zu gern, wie er die einzelnen Boilermodelle miteinander verglichen hatte, um sich dann letztlich für einen zu entscheiden. Ich bemühte mich, seinen Worten so viel Aufmerksamkeit zu widmen, wie ich irgend konnte.

Aber dann unterbrach er selbst seinen Redefluß. „Sookie, erinnerst du dich noch an Maudette Pickens?"

„Natürlich!" erwiderte ich überrascht. „Wir haben im selben Jahr den Schulabschluß gemacht."

„Maudette ist letzte Nacht in ihrer Wohnung umgebracht worden."

Mit einem Mal waren Oma und ich hellwach. „Wann?" fragte Oma, baß erstaunt, daß sie bis jetzt noch nichts davon gehört hatte.

„Sie haben sie heute früh in ihrem Schlafzimmer gefunden. Ihr Boß hatte versucht, sie anzurufen, weil er fragen wollte, warum sie gestern und heute morgen nicht zur Arbeit gekommen war. Als sie nicht ans Telefon ging, ist er hingefahren, hat den Hausverwalter geweckt, und die beiden haben dann die Wohnung aufgeschlossen. Wißt Ihr, daß sie direkt gegenüber von DeeAnne wohnte?" In Bon Temps gab es nur einen einzigen Wohnkomplex, den man als richtiges Mietshaus bezeichnen konnte, ein aus drei Gebäuden bestehendes, zweistöckiges, U-förmiges Gebilde. Also wußten Oma und ich genau, wovon Jason sprach.

„Da ist sie umgebracht worden?" fragte ich, und mir war speiübel. Ich erinnerte mich an Maudette. Während unserer gesamten Schulzeit war ihr Aussehen von einem äußerst prägnanten Kinn und einem ausladenden Hinterteil geprägt gewesen; sie hatte hübsches schwarzes Haar gehabt und breite Schultern. Sie war eine von den Schweigsamen, Strebsamen gewesen, hatte still vor sich hingebüffelt, weder besonders klug noch besonders ehrgeizig. Soweit ich mich erinnern konnte, hatte sie im Grabbit Kwik gearbeitet, einer Mischung aus Tankstelle und Laden.

„Ja, sie arbeitete seit mindestens einem Jahr dort", bestätigte Jason.

„Wie ist es denn passiert?" Meine Großmuter trug den verkniffenen Gesichtsausdruck, mit dem nette Leute einen bitten, schlechte Nachrichten rasch und unumwunden auszuspucken, um die unerfreuliche Sache hinter sich zu bringen.

„Sie trug einige Vampirbisse an ihrer – nun, an der Innenseite ihrer Oberschenkel", erklärte mein Bruder und sah dabei peinlich berührt auf seinen Teller. „Aber daran ist sie nicht gestorben. Sie wurde erwürgt. DeeAnne hat mir erzählt, Maudette sei gern in diese Vampirkneipe in Shreveport gegangen, wenn sie ein paar Tage frei hatte. Die Bisse kann sie sich da geholt haben. Es muß also nicht unbedingt *Sookies* Vampir gewesen sein."

„Maudette war ein Fangbanger?" Mir wurde fast schwindelig bei dem Gedanken an die langsame, plumpe Maudette in den exotischen schwarzen Kleidern, in die Fangzahnfans sich so gern zu hüllen pflegten.

„Was ist denn ein Fangbanger?" erkundigte Oma sich. Als dieses Phänomen in der beliebten Talkshow *Sally-Jessy* erklärt worden war, hatte meine Großmutter wohl nicht ferngesehen.

„Männer und Frauen, die gern mit Vampiren zusammen sind und denen es Spaß macht, gebissen zu werden. Vampirgroupies. In der Regel, sagt man, werden sie nicht alt. Sie verlangen regelrecht nach diesen Bissen, und irgendwann einmal ist es dann einer zu viel."

„Aber Maudette starb nicht an einem Biß?" Großmutter wollte sichergehen, daß sie alles richtig verstanden hatte.

„Nein, man hat sie erwürgt." Jason hatte seine Mahlzeit nun fast beendet.

„Tankst du nicht immer im Grabbit?" fragte ich.

„Aber sicher doch, eine Menge anderer Leute auch."

„Warst du nicht auch manchmal mit Maudette zusammen?" fragte nun Oma.

„Nun, wenn man so will, ja", sagte Jason vorsichtig.

Das verstand ich so, daß er mit Maudette geschlafen hatte, wenn sich nichts Besseres finden ließ.

„Ich hoffe, der Sheriff wird dir keine Fragen stellen wollen!" sagte Oma kopfschüttelnd. Ihr wäre es lieber gewesen, Jason hätte ihre Frage mit nein beantworten können.

„Wieso das denn?" Jason war knallrot geworden und sah so aus, als fühlte er sich in die Enge getrieben.

Ich faßte die Sache zusammen: „Jedes Mal, wenn du tankst, triffst du Maudette in ihrem Laden. Du gehst sozusagen mit ihr, und sie wird tot in einer Wohnung gefunden, mit der du ziemlich vertraut bist." Viel sprach nicht gegen Jason, aber es war immerhin etwas. In Bon Temps geschah nicht oft ein mysteriöser Mord – ich konnte mir denken, daß der Sheriff bei seinen Ermittlungen keine noch so geringe Spur außer acht lassen würde.

„Ich bin nicht der einzige, auf den das zutrifft! Eine Menge anderer Typen tanken in dem Laden, und die kannten Maudette alle."

„Ja, aber in welchem Sinne?" fragte meine Großmutter ganz unverblümt. „Sie war doch keine Prostituierte, oder? Also wird sie erzählt haben, mit wem sie sich traf."

„Maudette war keine Nutte. Sie hatte nur gern ein wenig Spaß!" Es war nett von Jason, Maudette zu verteidigen – und im Lichte dessen, was ich über seinen selbstsüchtigen Charakter wußte, kam diese Verteidigung auch ein wenig unerwartet. Fast war ich geneigt, eine bessere Meinung von meinem großen Bruder zu bekommen. „Ich glaube, sie war ein wenig einsam", fügte er dann noch hinzu.

Mit diesen Worten blickte Jason Oma und mich an und konnte wohl sehen, daß wir beide verwundert und ein wenig gerührt dreinschauten.

„Wo wir gerade von Prostituierten sprechen", sagte er daraufhin hastig, „in Monroe gibt es eine, die sich auf Vampire spezialisiert hat. Sie hat immer einen Kerl mit einem Pfahl in der Nähe, für den Fall, daß es einen der Vampire überkommt und er zu weit geht, und trinkt synthetisches Blut, um den Blutverlust auszugleichen."

Jason wollte eindeutig das Thema wechseln, und Oma und ich dachten scharf darüber nach, welche Fragen wir ihm zu dieser neuen Sache stellen konnten, ohne undamenhaft zu wirken.

„Was sie wohl nimmt?" fragte ich schließlich beherzt, und als Jason die Summe nannte, die ihm zugetragen worden war, schnappten Oma und ich beide vernehmlich nach Luft.

Nun waren wir endgültig vom Mord an Maudette abgekommen, und das Mittagessen endete wie stets: Als der Abwasch anstand, blickte Jason auf seine Uhr und rief entsetzt aus, nun müsse er sich aber sputen.

Die Gedanken meiner Großmutter drehten sich, wie ich bald feststellen konnte, weiterhin um Vampire. Sie kam zu mir ins Zimmer, als ich mich gerade schminkte, um zur Arbeit zu gehen.

„Was denkst du: Wie alt ist der Vampir, den du kennengelernt hast?" wollte sie wissen.

„Das könnte ich wirklich nicht sagen, Oma." Ich war gerade dabei, den Lidstrich zu ziehen, hatte die Augen weit aufgerissen und gab mir alle Mühe, mein Gesicht nicht zu verziehen, um mir nicht aus Versehen den Stift ins Auge zu stechen. So klang meine Stimme etwas verzerrt, als würde ich gerade für einen Auftritt in einem Horrorfilm proben.

„Meinst du, er ... er erinnert sich vielleicht noch an den Krieg?"

An welchen Krieg, das brauchte ich gar nicht zu fragen. Immerhin war Oma eingetragenes Mitglied der Nachkommen ruhmreicher Toter.

„Könnte sein", sagte ich und drehte mein Gesicht vor dem Spiegel hin und her, um sicherzugehen, daß ich den Lidschatten gleichmäßig aufgetragen hatte.

„Ob er einmal vorbeikommen und einen kleinen Vortrag halten könnte? Wir könnten dafür eine Extraveranstaltung planen."

„Eine nächtliche Veranstaltung", rief ich ihr ins Gedächtnis.

„Ja! Das müßte dann wohl so sein." In der Regel trafen sich die Nachkommen zur Mittagsstunde in der Leihbücherei, wobei jeder seine eigenen belegten Brote mitbrachte.

Ich dachte über die Sache nach. Den Vampir direkt zu bitten, als Dank für die Errettung vor dem Ausbluten im Verein meiner Oma einen Vortrag zu halten, wäre grob unhöflich gewesen, aber vielleicht würde eine kleine Andeutung reichen, um ihn von selbst darauf zu bringen? Gern tat ich es nicht, aber Oma zuliebe würde ich es versuchen. „Ich frage ihn, wenn er das nächste Mal in die Kneipe kommt", versprach ich.

„Er könnte auch hierher kommen, ich zeichne seine Erinnerungen dann auf Band auf." Ich hörte förmlich, wie Großmutters Verstand auf Hochtouren lief. Was für einen Coup sie da unter Umständen würde landen können! „Das wäre doch so interessant für die anderen Clubmitglieder", fügte sie lammfromm hinzu.

Vorübergehend tot

Mühsam unterdrückte ich ein Kichern. „Ich sage es ihm", versprach ich noch einmal. „Wir werden ja sehen."

Als ich ging, war Oma ganz klar damit beschäftigt, ihre Eier bereits zu zählen, noch ehe die Hühner sie gelegt hatten.

*   *   *

Ich hatte nicht daran gedacht, daß Rene Lenier ja auch Sam die Geschichte mit der Schlägerei auf dem Parkplatz erzählt haben könnte. Aber dieser Rene war ein fleißiges Bienchen gewesen. Als ich am Nachmittag zur Arbeit kam, lag Aufregung in der Luft, ich ging jedoch davon aus, daß das mit Maudettes Ermordung zu tun hatte. Leider mußte ich feststellen, daß meine Annahme in diesem Fall falsch war.

Sobald ich durch die Tür war, nahm Sam mich beiseite und drängte mich in den Lagerraum. Er war stocksauer und machte mich nach Strich und Faden fertig.

Noch nie war Sam wütend auf mich gewesen; so war ich bald den Tränen nah.

„Wenn du denkst, ein Kunde von uns sei hier nicht sicher, dann sagst du mir das und ich kümmere mich darum. Nicht du!" donnerte er jetzt bereits zum sechsten Mal, und da endlich wurde mir klar, daß Sam sich um mich gesorgt hatte.

Ich hatte nämlich ganz kurz einen entsprechenden Gedanken erhascht, der Sam durch den Kopf geschossen war, aber dann verbot ich mir umgehend und strikt, meinem Arbeitgeber weiterhin „zuzuhören". Wenn man einem Chef zuhört, führt das zum Desaster.

Mir war überhaupt nicht in den Sinn gekommen, Sam oder jemand anderen um Hilfe zu bitten.

„Und wenn du denkst, es geht gerade jemandem auf unserem Parkplatz an den Kragen, dann rufst du die Polizei und stürzt dich nicht einfach blind ins Getümmel wie die gottverdammte Bürgerwehr!" fauchte Sam als nächstes. Seine helle, immer leicht rötliche Haut leuchtete röter denn je, und sein dichtes goldenes Haar wirkte zerzaust und ungekämmt.

„Ja doch, schon gut!" erwiderte ich und gab mir alle Mühe, nicht zu zittrig zu klingen und die Augen so weit aufzureißen, daß die Tränen mir nicht ins Gesicht kullerten. „Schmeißt du mich jetzt raus?"

Die Frage schien ihn noch mehr aufzubringen. „Nein!" schrie er. „Ich will dich nicht verlieren!" Mit diesen Worten packte er mich bei den Schultern und schüttelte mich. Danach stand er einfach nur da, mit weit aufgerissenen blauen Augen, aus denen Funken sprühten, und ich spürte die Hitzewelle, die von ihm ausging. Meine Behinderung verschlimmert sich mit direktem Körperkontakt, denn dann kann ich nicht verhindern, daß ich der betreffenden Person zuhöre, im Gegenteil: Zuhören wird zur zwingenden Notwendigkeit. Ich starrte ihn ziemlich lange an. Dann fiel mir wieder ein, wer und wo ich war, und ich sprang entsetzt zurück. Sam ließ die Hände sinken.

Völlig verwirrt machte ich auf dem Absatz kehrt und verließ den Lagerraum.

Ich hatte gerade ein paar höchst beunruhigende Dinge erfahren: Sam begehrte mich, das war das eine, und ich konnte seine Gedanken nicht annähernd so deutlich hören wie die anderer Menschen. Zwar hatte ich einen groben Eindruck von dem erhalten, was er empfand, aber einzelne Gedanken hatte ich nicht gehört. Mehr wie ein Blick auf ein Stimmungsbarometer, wenn Sie verstehen, was ich meine – im Gegensatz zu einem Fax, auf dem man alle Details nachlesen kann.

Was sollte ich nun also mit meinem neuen Wissen anfangen?

Gar nichts!

Sam war für mich nie ein Mann fürs Bett gewesen – zumindest nicht für mein Bett –, und das aus einer Vielzahl von Gründen. Von denen war der grundlegendste der, daß ich überhaupt keinen Menschen auf Bettauglichkeit hin ansah, und das nicht, weil mir die Hormone gefehlt hätten – Gott bewahre, eher das Gegenteil, aber ich halte meine Hormone stets in Schach, denn Sex ist für mich das reinste Desaster. Können Sie sich vorstellen, jeden einzelnen Gedanken Ihres Sexualpartners zu kennen? Genau. So etwa „Mein Gott, was für ein Muttermal ... und ihr Hintern ist wirklich ein bißchen fett. Ich wünschte, sie würde weiter links ... warum merkt sie das denn nicht!" Ich denke, Sie bekommen eine ungefähre Vorstellung. So etwas kühlt hitzige Gefühle ungeheuer ab, das können Sie mir glauben, und es ist völlig unmöglich, ein mentales Visier zugeklappt zu halten, wenn man mit jemandem schläft.

Dazu kommt, daß ich Sam als Chef mag und meine Arbeit gern tue. Sie sorgt dafür, daß ich aktiv bleibe und aus dem Haus komme und Geld verdiene und nicht zur Einsiedlerin werde, wie meine Oma

Vorübergehend tot

immer befürchtet. Büroarbeit ist sehr anstrengend für mich, und eine Ausbildung am College war überhaupt nicht in Frage gekommen, denn die dafür notwendige ausdauernde Konzentration hätte mich förmlich ausgelaugt.

Den Ansturm des Begehrens, den ich bei Sam gespürt hatte, wollte ich von daher erst einmal lediglich in meinem Kopf bewegen. Es war ja nun nicht so, als hätte er mir verbal einen Antrag gemacht oder mich im Lagerraum leidenschaftlich zu Boden geworfen. Lediglich gespürt hatte ich seine Gefühle, und so konnte ich sie, wenn mir danach zumute war, auch ignorieren. Ich wußte Sams Feingefühl zu schätzen und fragte mich, ob er mich wohl absichtlich berührt hatte; ob er wußte, was ich war.

Also sorgte ich in dieser Nacht dafür, daß ich nie mit meinem Chef allein war. Ich muß zugeben, daß mich der Vorfall ziemlich aufgewühlt hatte.

*   *   *

In den beiden darauffolgenden Nächten ging es schon besser. Sam und ich fanden zu unserem gewohnten, vertrauten Umgangston zurück. Ich war erleichtert, ich war enttäuscht, und ich war pausenlos auf den Beinen: Der Mord an Maudette bescherte unserem Lokal hervorragende Umsätze. Alle möglichen Gerüchte schwirrten in Bon Temps umher, und das Nachrichtenteam von Shreveport brachte einen kleinen Beitrag über das grausame Ableben der Maudette Pickens. Ich nahm nicht an Maudettes Beerdigung teil, wohl aber meine Großmutter, die mir erzählte, die Kirche sei proppenvoll gewesen. Arme, plumpe Maudette mit den zerbissenen Oberschenkeln; tot war sie wesentlich interessanter, als sie es lebend je gewesen war.

Mir standen als nächstes zwei freie Tage zu, weshalb ich mir Sorgen machte, ob mir so eine Begegnung mit Bill, dem Vampir, entgehen könnte. Ich mußte ihm doch die Bitte meiner Großmutter übermitteln. Er war nicht wieder im Merlottes aufgetaucht, weswegen ich mich bereits fragte, ob er überhaupt je wieder vorbeischauen würde.

Auch Mack und Denise waren seit jenem Abend nicht wieder im Merlottes gewesen, aber Rene Lenier und Hoyt Fortenberry hatten dafür gesorgt, daß ich erfuhr, welche schrecklichen Dinge mir die beiden anzutun gedachten. Wobei ich nicht sagen kann, inwiefern mich der Gedanke daran wirklich beunruhigte. Die Ratten zählten für mich zum kriminellen Abschaum, der nun einmal die Autobahnen und Wohnwagenparks Amerikas mitbevölkert, und der nie über genug Grips oder Moral verfügt, seßhaft zu werden und einer produktiven Arbeit nachzugehen. Solche Leute waren meiner Meinung nach wertloser als ein Sack Bohnen und leisteten nie auch nur den geringsten positiven Beitrag für die Menschheit. Ich tat also Rene Leniers Warnungen mit einem Achselzucken ab.

Aber er genoß es sichtlich, die Warnung zu übermitteln. Bei Rene handelte es sich, ähnlich wie bei Sam, um einen eher zierlichen Mann. Im Gegensatz zu Sam mit den rosigen Wangen und dem blonden Schopf war Rene jedoch eher dunkelhäutig, mit einer buschigen Mähne dicken, schwarzen Haars, durch das sich bereits die ersten grauen Strähnen zogen. Rene kam oft zu uns in die Kneipe, um ein Bier zu trinken und Arlene Gesellschaft zu leisten, die ihm, wie er gern allen Anwesenden erklärte, von seinen Ex-Frauen die liebste war. Rene hatte drei Ex-Frauen. Im Vergleich zu Rene war Hoyt Fortenberry nichtssagend: weder rosig noch dunkel, weder groß noch klein. Hoyt wirkte stets fröhlich und gab anständige Trinkgelder. Er bewunderte meinen Bruder Jason weit mehr, als der es meiner Meinung nach verdiente.

Ich war froh, daß Rene und Hoyt in der Nacht, in der der Vampir zurückkam, nicht in der Kneipe waren.

Er saß wieder am selben Tisch.

Nun, wo ich ihn leibhaftig vor mir hatte, fühlte ich mich plötzlich ein wenig schüchtern. Ich stellte fest, daß ich vergessen hatte, wie seine Haut sanft, kaum wahrnehmbar, schimmerte. Dafür hatte mich mein Gedächtnis belogen und leicht übertrieben, was seine Größe und den scharf geschnittenen Schwung seines Mundes betraf.

„Was kann ich für Sie tun?" fragte ich den Vampir.

Er sah zu mir auf. Auch wie unendlich tief seine Augen waren, hatte ich vergessen. Er lächelte nicht und zuckte mit keiner Wimper, er saß einfach völlig unbeweglich da, und erneut entspannte ich mich in seinem Schweigen. Ich ließ mein Visier sausen und spürte, wie meine Gesichtsmuskeln sich entkrampften. So angenehm muß eine Massage sein, dachte ich mir.

„Was sind Sie?" fragte er mich nun. Das wollte er jetzt bereits zum zweiten Mal wissen.

„Kellnerin", antwortete ich, womit ich seine Frage auch diesmal wieder absichtlich falsch verstand. Gleich darauf spürte ich mein

Lächeln, das wieder einrastete, und mein kleiner Moment Frieden mit der Welt war vorüber.

„Rotwein", bestellte er, und wenn er enttäuscht war, hörte ich es ihm nicht an.

„Klar", sagte ich. „Das synthetische Blut kommt bestimmt morgen mit der nächsten Lieferung. Könnte ich nach der Arbeit kurz mit Ihnen sprechen? Ich würde Sie gern um einen Gefallen bitten."

„Natürlich. Ich stehe in Ihrer Schuld." Es war dem Vampir deutlich anzuhören, daß ihm das ganz und gar nicht paßte.

„Es geht nicht um einen Gefallen für mich", sagte ich, nun auch ein wenig verärgert. „Es geht um einen Gefallen für meine Oma. Um halb zwei habe ich Feierabend. Wenn Sie dann noch auf sind – und ich nehme doch an, Sie sind dann noch auf? – würde es Ihnen viel ausmachen, mich beim Angestellteneingang abzuholen? Er ist an der Rückseite des Hauses." Mit einem Nicken wies ich auf die entsprechende Tür, und mein Pferdeschwanz hüpfte in meinem Nacken hin und her. Bills Augen folgten der Bewegung meines Haars.

„Es wäre mir ein Vergnügen."

Ich wußte nicht, ob er mit dieser Bemerkung die Höflichkeitsformen wahrte, die meiner Oma zufolge in längst vergangenen Zeiten gang und gäbe gewesen waren, oder ob er sich einfach nur auf die gute alte Weise über mich lustig machen wollte.

Ich widerstand der Versuchung, ihm die Zunge herauszustrecken oder eine Kußhand zuzuwerfen. Statt dessen machte ich auf dem Absatz kehrt und eilte mit energischen Schritten zurück zum Tresen. Ich brachte ihm seinen Wein, kassierte, und er gab mir 20 Prozent Trinkgeld. Als ich bald darauf einmal zu seinem Tisch hinübersah, mußte ich feststellen, daß er bereits wieder verschwunden war. Ich fragte mich, ob er Wort halten und mich wirklich abholen würde.

Später führte eins zum anderen, und so kam es, daß Arlene und Dawn früher gehen konnten als ich. Besonders lange hielt mich die Tatsache auf, daß sich auf allen meinen Tischen so gut wie keine Papierservietten mehr in den dafür vorgesehenen Behältnissen befanden. Als ich endlich soweit war, meine Handtasche aus dem verschließbaren Schrank in Sams Büro holen zu können, in dem ich sie während der Arbeit aufbewahrte, rief ich vom Büro aus meinem Chef einen Abschiedsgruß zu. Ich konnte ihn in der Männertoilette rumoren hören; wahrscheinlich versuchte er, den lecken Schwimmerkasten dort zu reparieren. Dann ging ich kurz in den Waschraum der Damen, um nachzusehen, ob mit meiner Frisur und meinem Make-up noch alles stimmte.

Schließlich trat ich vor die Tür, wo mir sofort auffiel, daß Sam die Lampen auf dem Kundenparkplatz bereits ausgeschaltet hatte und nur die Sicherheitsleuchte auf dem Mast vor seinem Wohnwagen noch Licht auf den Angestelltenparkplatz warf. Arlene und Dawn spöttelten oft darüber, daß Sam vor seinem Wohnwagen einen Garten angelegt und Buchsbaum gepflanzt hatte. Besonders gern foppten sie ihn damit, wie schön gerade er seine Hecke schnitt.

Meiner Meinung nach war der Garten sehr hübsch.

Sams Pick-up stand wie immer vor seinem Wohnwagen, und so war mein Auto das einzige Fahrzeug auf dem Parkplatz.

Ich reckte mich auf die Zehenspitzen, um mich umzusehen. Weit und breit kein Bill. Es erstaunte mich, wie enttäuscht ich darüber war. Eigentlich hatte ich gedacht, er sei höflich genug, aufzutauchen, selbst wenn sein Herz (falls er denn eines haben sollte) nicht wirklich an der Verabredung hing.

Dann hoffte ich mit einem halben Lächeln auf den Lippen noch, er würde sich vielleicht aus einem der umstehenden Bäume fallen lassen und, in ein rotgefüttertes schwarzes Cape gehüllt, direkt vor meinen Füßen landen, aber nichts dergleichen geschah. So trottete ich hinüber zu meinem Auto.

Ich hatte eine Überraschung erhofft, aber gewiß nicht die, die mir dann zuteil wurde.

Mack Rattray sprang hinter meinem Auto hervor und stand mit einem einzigen Satz so nah vor mir, daß er mir einen Kinnhaken verpassen konnte. Er hatte all seine Kraft in diesen Schlag gelegt und sich nicht zurückgehalten; so kippte ich wie ein Sack Zement hintenüber auf den Kies. Im Fallen hatte ich geschrien, aber dann schlug ich so hart auf, daß mir die Luft wegblieb. Noch dazu war mir die Haut an einigen Stellen aufgeplatzt. So lag ich da, still, atemlos und hilflos. Als nächstes sah ich, wie Denise mit ihrem schweren Stiefel zum Tritt ausholte, und dieser Anblick war mir gerade noch rechtzeitig eine Warnung. Ich rollte mich zusammen, und sofort prasselten die vereinten, gezielten Fußtritte beider Rattrays auf mich nieder.

Der Schmerz setzte umgehend ein, ungeheuer intensiv und gnadenlos. Ich versuchte instinktiv, mein Gesicht in den Armen zu bergen

Vorübergehend tot

und zu schützen, weshalb die Tritte auf meinen Unterarmen, den Beinen und meinem Rücken landeten.

Während der ersten Tritte war ich mir, glaube ich, noch sicher, daß die beiden irgendwann aufhören und mit ein paar wüsten Warnungen und Verwünschungen wieder verschwinden würden. Aber ich erinnere mich noch genau an den Moment, in dem mir klar wurde, daß die beiden vorhatten, mich zu töten.

Daliegen und ertragen, daß man mich zusammenschlug, das konnte ich. Aber ich würde nicht einfach nur so daliegen und mich umbringen lassen.

Deshalb packte ich, als nun wieder ein Bein auf mich lostrat, zu und klammerte mich mit all meiner Kraft daran fest. Auch versuchte ich zuzubeißen, um zumindest einem der beiden meinen Stempel aufzudrücken. Ich hätte noch nicht einmal sagen können, wessen Bein ich da erwischt hatte.

Plötzlich hörte ich ein Knurren. Oh Gott, dachte ich, sie haben einen Hund dabei! Das Knurren klang bösartig und feindlich. Bei diesem Geräusch hätten sich mir sicher, falls ich noch irgendwelche Emotionen übrig gehabt hätte, alle Nackenhaare zu Berge gestellt.

Noch einen Tritt, der direkt meine Wirbelsäule traf, mußte ich einstecken, dann hörte es plötzlich auf.

Dieser letzte Tritt aber hatte mir irgend etwas Schreckliches angetan. Ich konnte meinen eigenen Atem hören, der röchelnd und stoßweise ging, und dann war da ein ganz eigenartiges, blubberndes Geräusch, das aus meinen eigenen Lungen zu kommen schien.

„Was zum Teufel ist denn das?" fragte da Mack Rattray, und er klang zu Tode erschrocken.

Ich hörte wieder das Knurren, näher, direkt hinter mir. Aus einer anderen Richtung hörte ich eine Art Fauchen. Dann fing Denise zu heulen an. Mack fluchte. Denise riß mir ihr Bein aus den Händen, die mit einem Mal sehr schwach zu sein schienen und mir nicht mehr gehorchen wollten. Mein rechter Arm war gebrochen, das sah ich noch, obwohl mir langsam alles vor Augen verschwamm. Mein Gesicht fühlte sich feucht an, und ich scheute mich ängstlich, überhaupt mit der Bestandsaufnahme meiner Verletzungen fortzufahren.

Jetzt schrie erst Mack, und dann schrie auch Denise, und um mich herum schien allerhand los zu sein, aber ich konnte mich nicht bewegen. Alles, was ich sehen konnte, waren mein gebrochener Arm, meine zerschmetterten Knie und die Dunkelheit unter meinem Auto.

Irgendwann später war alles still. Hinter mir winselte der Hund. Eine kalte Nase stieß an mein Ohr, und eine warme Zunge leckte daran. Ich versuchte, die Hand zu heben und den Hund zu streicheln, der zweifelsohne mein Leben gerettet hatte, aber ich war dazu nicht in der Lage. Ich hörte mich aufseufzen, und der Seufzer schien von unendlich weit her zu kommen.

Da stellte ich mich den Tatsachen und sagte: „Ich sterbe." Denn daß es so war, schien mir von Sekunde zu Sekunde wahrscheinlicher, realer. Die Frösche und Zikaden, die sich zuvor die Nachtstunden nach besten Kräften zunutze gemacht hatten, waren verstummt, als all der Lärm und die Hektik auf dem Parkplatz losgegangen war – insofern war mein leises Stimmchen gut zu hören und drang in die Stille der dunklen Nacht. Merkwürdigerweise hörte ich kurz darauf zwei Stimmen.

Dann kamen zwei in blutverschmierte Jeans gehüllte Knie in Sicht, und der Vampir Bill beugte sich über mich, so daß ich ihm ins Gesicht sehen konnte. Sein Mund war blutverschmiert, und die ausgefahrenen Fangzähne glitzerten weiß über der Unterlippe. Ich versuchte, ihm zuzulächeln, aber meine Gesichtsmuskeln funktionierten nicht richtig.

„Ich werde Sie jetzt hochheben", sagte Bill und klang bei diesen Worten ganz ruhig.

„Wenn Sie das tun, sterbe ich", flüsterte ich.

Bill musterte mich prüfend von oben bis unten. „Nicht gleich", meinte er dann, als er seine Einschätzung vorgenommen hatte. Danach ging es mir merkwürdigerweise sofort besser, denn, so dachte ich mir, er kannte sich mit Verletzungen bestimmt aus. Sicher hatte er im Laufe seines langen Lebens einige zu Gesicht bekommen.

„Das wird jetzt wehtun", warnte er mich.

Aber ich konnte mir kaum etwas vorstellen, was in dieser Situation nicht weh getan hätte.

Ehe ich noch Zeit hatte, mich vor neuen Schmerzen zu fürchten, hatte er schon beide Arme unter mich geschoben. Ich schrie, mein Schrei jedoch war so schwach, daß er kaum zu hören war.

„Schnell!" drängte eine Stimme.

„Wir gehen nach hinten in den Wald, wo niemand uns sehen kann", sagte Bill, während er meinen Körper vorsichtig an sich drückte, als wöge er gar nichts.

Vorübergehend tot

Wollte er mich etwa da hinten außer Sichtweite einfach verscharren? Nachdem er mich gerade vor den Ratten gerettet hatte? Aber irgendwie war mir das fast schon egal.

Als er mich dann in der Dunkelheit des Waldes auf einen Teppich aus Kiefernnadeln bettete, fühlte ich mich nur unwesentlich erleichtert. Ich sah in der Ferne das eine Licht auf dem Parkplatz schimmern. Ich spürte, wie mir Blut aus dem Haaransatz sickerte und spürte auch den Schmerz in meinem gebrochenen Arm und den all der anderen Verletzungen, aber das, was mir am meisten Angst machte war das, was ich nicht spürte.

Ich konnte meine Beine nicht spüren.

Mein Unterleib fühlte sich voll an, schwer. In meinem Kopf – in dem, was von meinem Kopf noch funktionierte – hatte sich der Gedanke „innere Blutungen" festgesetzt.

„Sie werden sterben, wenn Sie nicht genau das tun, was ich Ihnen sage", verkündete Bill.

„Tut mir leid, will kein Vampir sein", murmelte ich, und meine Stimme klang unendlich dünn und schwach.

„Nein, das werden Sie auch nicht", sagte er deutlich sanfter. „Aber Ihre Wunden werden sehr rasch heilen. Ich kann Sie heilen. Aber Sie müssen dazu bereit sein."

„Dann fahren Sie Ihre Künste auf", flüsterte ich. „Ich bin bereit." Denn schon fühlte ich das Grau nach mir greifen.

Als nächstes hörte der Teil meines Kopfes, der noch die Signale der Welt auffing, wie Bill aufstöhnte, als sei er verletzt worden. Dann wurde etwas gegen meinen Mund gedrückt.

„Trinken Sie", sagte der Vampir.

Ich versuchte, die Zunge vorzustrecken, und es gelang mir auch. Bill blutete und preßte um die Wunde an seinem Handgelenk die Haut zusammen, um das Blut schneller in meinen Mund fließen zu lassen. Ich mußte würgen. Aber ich wollte leben. So zwang ich mich zum Schlucken und schluckte noch einmal.

Plötzlich schmeckte das Blut wunderbar, salzig, der Stoff, aus dem Leben gemacht ist. Mein ungebrochener Arm hob sich, meine Hand preßte das Handgelenk des Vampirs an meinen Mund. Mit jedem Schluck ging es mir besser. Nach etwa einer Minute sank ich in einen leichten Schlummer.

Als ich erwachte, befand ich mich immer noch im Wald, lag immer noch auf dem Kieferntreppich. Jemand lag neben mir; der Vampir. Ich sah sein Schimmern und spürte, wie seine Zunge mir über den Kopf fuhr. Er leckte meine Kopfwunde, was ich ihm wohl kaum verdenken konnte.

„Schmecke ich anders als andere Menschen?" fragte ich.

„Ja", antwortete er mit belegter Stimme. „Was sind Sie?"

Er hatte zum dritten Mal gefragt. Aller guten Dinge sind drei, sagte meine Oma immer.

„He, ich bin nicht tot", rief ich da plötzlich aus. Mir war wieder eingefallen, wie fest ich damit gerechnet hatte, mich endgültig abmelden zu müssen. Dann schlenkerte ich mit meinem Arm, mit dem, der gebrochen gewesen war. Er fühlte sich immer noch schwach an, schwang aber nicht mehr hilflos hin und her. Auch meine Beine waren wieder zum Leben erwacht, und ich konnte mit den Zehen wackeln. Zur Probe atmete ich einmal tief ein und wieder aus und freute mich über den sanften Schmerz, den mir das zufügte. Ich versuchte, mich aufzusetzen, und auch das war nicht unmöglich, wenngleich es sich als etwas schwierig erwies. Ich fühlte mich wie damals als Kind am ersten fieberfreien Tag nach meiner Lungenentzündung: schwach, aber voller Freude. Ich wußte, daß ich etwas Schlimmes überlebt hatte.

Ehe ich mich noch ganz aufgerichtet hatte, schob der Vampir die Arme unter mich und drückte mich an seine Brust. Ich fühlte mich sehr wohl dort auf seinem Schoß, den Kopf an seiner Brust vergraben.

„Ich bin Telepathin", sagte ich. „Ich kann die Gedanken anderer Menschen hören."

„Selbst meine?" Es hörte sich an, als sei er lediglich neugierig.

„Nein. Deswegen mag ich Sie ja auch so", sagte ich und schwebte auf einer rosa Wolke aus reinem Wohlgefühl. In diesem Moment wollte ich mich nicht damit befassen, meine Gefühle zu verbergen.

Ich spürte, wie Bills Brust sich hob und senkte: Der Vampir lachte. Das Lachen hörte sich etwas verrostet an.

„Sie kann ich nämlich ganz und gar nicht hören", plapperte ich weiter vor mich hin, und meine Stimme klang verträumt. „Sie wissen ja nicht, wie friedlich sich das anfühlt. Ein Leben lang ständig Blablabla und dann gar nichts."

„Wie schaffen Sie es denn, mit Männern auszugehen? Mit Männern Ihres Alters, meine ich, die doch sicher an nichts anderes denken als daran, wie sie Sie am schnellsten ins Bett bekommen?"

Vorübergehend tot

„Nun, gar nicht. Ich schaffe es gar nicht, und ich glaube auch, daß alle Männer, ganz gleich welchen Alters, eine Frau immer nur ins Bett zerren wollen. Ich gehe nicht aus. Alle halten mich für verrückt, weil ich ihnen die Wahrheit nicht sagen kann, und die Wahrheit ist die, daß mich all diese Gedanken, der Inhalt all dieser Köpfe wahnsinnig macht. Als ich gerade angefangen hatte, in der Kneipe zu arbeiten, bin ich durchaus ein paar Mal ausgegangen. Mit Männern, die noch nichts über mich gehört hatten. Es war immer dasselbe. Man kann sich einfach nicht darauf konzentrieren, sich mit einem Mann zusammen wohl zu fühlen oder sogar romantische Gefühle für ihn zu entwickeln, wenn man gleichzeitig hört, wie er sich fragt, ob man sich wohl die Haare färbt und daß er eigentlich meinen Hintern nicht hübsch findet und spekuliert, wie mein Busen wohl aussehen mag."

Dann wurde ich etwas wachsamer, denn mir war aufgegangen, wie viele von meinen innersten Gefühlen ich dieser Kreatur gerade offenbarte.

„Entschuldigen Sie!" sagte ich. „Ich hatte nicht vor, Sie mit meinen Problemen zu belasten. Vielen Dank, daß Sie mich vor den Ratten gerettet haben."

„Es war meine Schuld, daß sie überhaupt eine Chance hatten, Sie zu erwischen", erwiderte Bill, und ich hörte an seiner Stimme, wie wütend er war. „Wenn ich genügend Höflichkeit besessen hätte, pünktlich zu sein, wäre die ganze Sache nicht passiert. Also schuldete ich Ihnen mein Blut. Ich schuldete Ihnen Heilung."

„Sind die beiden tot?" fragte ich mit leicht schwankender Stimme, was mir sehr peinlich war.

„Oh ja."

Ich mußte schlucken. Nicht, weil ich wirklich Bedauern darüber empfand, daß die Welt nun ohne die Ratten auskommen durfte. Nein, aber ich mußte den Tatsachen ins Gesicht sehen und durfte mich nicht um die Erkenntnis drücken, daß ich auf dem Schoß eines Mörders hockte. Dabei war ich sehr zufrieden damit, dort zu sitzen. Es machte mich glücklich, seine Arme um mich zu spüren.

„Das sollte mir wohl Kopfzerbrechen bereiten, tut es aber nicht", erklärte ich, ehe mir noch recht klar war, was ich sagen wollte. Erneut spürte ich das eingerostete Lachen.

„Sookie, warum wollten Sie heute nacht mit mir reden?"

Diese Frage kam überraschend, und ich mußte mich sehr konzentrieren, um antworten zu können. Auch wenn ich wie durch ein Wunder körperlich fast wieder voll hergestellt war: Geistig fühlte ich mich noch immer ein wenig verwirrt.

„Meine Großmutter hätte gern gewußt, wie alt Sie sind", erwiderte ich zögernd, denn ich konnte nicht wissen, ob diese Frage, wenn man sie einem Vampir stellte, nicht einfach viel zu persönlich war. Der fragliche Vampir streichelte meinen Rücken, als wolle er ein kleines Kätzchen beruhigen.

„Ich wurde 1870 zum Vampir; ich zählte dreißig Menschenjahre." Ich sah auf; Bills Gesicht mit der schimmernden Haut wirkte vollkommen ausdruckslos, die Augen waren schwarze Brunnen in der Dunkelheit des Waldes.

„Haben Sie im Krieg gekämpft?"

„Ja."

„Ich bekomme so das Gefühl, daß Sie gleich böse werden. Es würde aber meine Oma und ihren Verein wirklich sehr glücklich machen, wenn Sie ihnen ein wenig vom Krieg erzählen könnten, davon, wie er wirklich war."

„Verein?"

„Sie gehört zu den Nachkommen ruhmreicher Toter."

„Ruhmreicher Toter". Der Stimme des Vampirs ließ sich nicht entnehmen, was dieser gerade dachte, aber ich meinte ganz sicher zu spüren, daß er nicht gerade erfreut war.

„Von den Maden und den infizierten Wunden und dem Hunger brauchen Sie ja nichts zu erzählen", sagte ich hastig. „Die Leute im Verein haben ihre eigene Vorstellung vom Krieg und auch wenn es keine dummen Leute sind – sie haben andere Kriege miterlebt – würden sie doch gern mehr darüber erfahren, wie die Menschen damals gelebt haben, und über die Uniformen und die Truppenbewegungen."

„Saubere Sachen."

Ich holte tief Luft. „Genau."

„Würde es Sie glücklich machen, wenn ich dieser Bitte nachkäme?"

„Was macht das für einen Unterschied? Es würde meine Oma glücklich machen, und wo Sie schon einmal in Bon Temps sind und offenbar ja auch hier in der Gegend bleiben wollen, wäre es für Sie ein guter Schachzug in puncto Öffentlichkeitsarbeit."

„Würde es Sie glücklich machen?"

Vorübergehend tot

Bill war offensichtlich nicht der Typ, bei dem man sich herausreden konnte. „Ja, doch, würde es."

„Dann werde ich es machen."

„Meine Oma läßt Sie bitten, vor dem Treffen zu essen."

Wieder erklang das rostige Lachen, diesmal tiefer.

„Jetzt freue ich mich richtig darauf, Ihre Großmutter kennenzulernen. Darf ich Sie einmal abends besuchen?"

„Äh. Sicher. Morgen arbeite ich, dann habe ich zwei Tage frei. Donnerstag wäre gut." Ich hob den Arm und sah auf die Uhr. Sie ging noch, aber das Uhrglas war mit getrocknetem Blut verklebt. „Igitt!" sagte ich, spuckte auf meinen Zeigefinger und reinigte es. Dann drückte ich auf den Knopf, der das Zifferblatt aufleuchten läßt und stieß erschrocken einen Schrei aus, als ich sah, wie spät es bereits war.

„Mein Gott, ich muß nach Hause! Ich hoffe nur, meine Oma hat sich schon schlafen gelegt!"

„Sie wird sich Sorgen machen, weil Sie immer so spät in der Nacht allein unterwegs sind", meinte Bill, und das klang so als mißbillige *er*, daß ich allein in der Nacht unterwegs war. Dachte er an Maudette? Einen Moment lang spürte ich eine tiefe Verunsicherung, und ich fragte mich, ob Bill Maudette gekannt hatte, ob sie ihn zu sich nach Hause eingeladen hatte. Aber ich verwarf die Überlegung rasch wieder, weil ich auf die mir eigene dickköpfige Art beschlossen hatte, mir um Maudette und ihren schrecklichen, merkwürdigen Tod und ihr Leben davor keine Gedanken zu machen. Ich wollte nicht, daß die Schrecken dieses Lebens, dieses Sterbens, einen Schatten auf mein kleines Fitzelchen Glück warfen.

„Meine Arbeit bedingt das nun einmal", sagte ich knapp. „Da kann man nichts machen, und ich arbeite auch nicht ausschließlich nachts. Aber so oft ich kann, tue ich es."

„Warum?" Der Vampir versetzte mir einen kleinen Schubs, um mir aufzuhelfen und erhob sich dann mühelos selbst.

„Bessere Trinkgelder. Mehr zu tun. Keine Zeit zum Nachdenken."

„Aber die Nächte sind auch gefährlicher", meinte Bill kritisch.

Er mußte es ja wissen. „Sie hören sich schon an wie meine Großmutter!" schalt ich ihn sanft. Mittlerweile waren wir fast auf dem Parkplatz angekommen.

„Ich bin älter als ihre Großmutter", erinnerte er mich. Damit war die Unterhaltung mit einem Schlag beendet.

Als ich aus dem Wald heraustrat, blieb ich baß erstaunt stehen und blickte um mich. Der Parkplatz lag so ruhig und unberührt da, als hätte sich hier nie etwas ereignet, als sei nicht ich selbst auf eben diesem Streifen Asphalt vor einer knappen Stunde fast zu Tode geprügelt worden, als hätten die Ratten hier kein blutiges Ende gefunden.

Weder in der Kneipe noch in Sams Wohnwagen brannte Licht.

Der Kies war feucht, aber es war kein Blut zu erkennen.

Meine Handtasche thronte auf der Kühlerhaube meines Wagens.

„Was ist mit dem Hund?" fragte ich.

Ich drehte mich zu meinem Retter um.

Er war nicht mehr da.

Kapitel 2

Am nächsten Morgen stand ich sehr spät auf – was wohl niemanden wundern wird. Zu meiner großen Erleichterung hatte meine Oma schon geschlafen, als ich in der Nacht nach Hause gekommen war, und so hatte ich einfach ins Bett klettern können, ohne sie zu wecken.

*   *   *

Ich saß gerade mit einer Tasse Kaffee am Küchentisch, und Oma räumte die Speisekammer auf, als das Telefon klingelte. Oma ging hinüber zur Anrichte, pflanzte ihren Po auf den hohen Stuhl, der dort steht, wie sie es immer zu tun pflegt, wenn sie in Ruhe am Telefon plaudern will, und nahm ab.

„Ja? Bitte?" meldete sie sich. Aus irgendeinem Grunde hörte sich Oma stets an, als sei ein Anruf das letzte, was sie gerade gebrauchen könnte. Ich wußte aus Erfahrung, daß dem nicht so war.

„Hey, Everlee. Nein, ich sitze hier und unterhalte mich mit Sookie, sie ist gerade aufgestanden. Nein, ich habe heute noch keine Nachrichten gehört. Nein, bisher hat mich niemand angerufen. Was? Welcher Tornado? Die letzte Nacht war doch sternenklar! Four Track Corners? Nein! Nein! Wirklich, gleich beide? Oh! Oh! Oh Gott! Was sagt Mike Spencer dazu?"

Mike Spencer war der amtliche Leichenbeschauer unserer Gemeinde. Ich spürte, wie es mir kalt über den Rücken lief. Ich trank meinen Kaffee aus und füllte die Tasse gleich wieder, denn ich würde das Koffein bestimmt gebrauchen können.

Wenig später legte meine Oma den Hörer auf und wandte sich zu mir um. „Sookie, du kannst dir nicht vorstellen, was passiert ist!"

Ich wäre jede Wette eingegangen, daß ich mir das durchaus vorstellen konnte.

„Was denn?" fragte ich vorsichtig, bemüht, nicht allzu schuldbewußt zu wirken.

„Das Wetter gestern war doch ruhig, nicht? Kam einem wenigstens so vor? Trotzdem muß durch die Gegend von Four Tracks Corner ein Wirbelsturm gefegt sein! Der Wohnwagen, der dort auf der Lichtung steht, ist umgekippt, und das Paar, das ihn gemietet hatte, muß irgendwie unter den Wagen geraten sein – jedenfalls lagen die beiden völlig zu Mus zerquetscht darunter. Mike sagt, so etwas hat er noch nie in seinem Leben gesehen."

„Leitet er die Leichen weiter, zur Autopsie?"

„Das wird er wohl müssen, nehme ich an. Auch wenn Stella sagt, die Todesursache läge eigentlich auf der Hand. Der Wohnwagen ist auf die Seite gekippt, das Auto der beiden liegt mehr oder weniger oben auf dem Wohnwagen, und ringsumher sind Bäume entwurzelt worden."

„Mein Gott!" flüsterte ich und dachte an die Kraft, die vonnöten gewesen war, eine solche Szenerie zu arrangieren. „Meine Kleine! Du hast mir noch gar nicht erzählt, ob dein Freund, der Vampir, gestern abend bei euch im Lokal war."

Schuldbewußt zuckte ich zusammen, aber dann war mir rasch klar, daß Oma einfach nur das Thema gewechselt hatte. Dieselbe Frage hatte sie mir inzwischen jeden Tag gestellt, und jetzt endlich konnte ich ihr berichten, daß ich Bill in der Tat gesehen hatte. Aber leichten Herzens gab ich ihr die Auskunft nicht.

Wie vorherzusehen gewesen war, geriet Oma bei der Nachricht völlig aus dem Häuschen und flatterte in der Küche umher, als handle es sich bei dem Gast, der uns ins Haus stand, um Prinz Charles.

„Morgen abend will er kommen? Um welche Zeit denn?" wollte sie wissen.

„Nach Einbruch der Dunkelheit. Auf eine nähere Angabe konnte ich ihn nicht festnageln."

„Wir haben Sommerzeit, das kann also spät werden." Oma dachte laut nach. „Dann können wir vorher zu Abend essen und in Ruhe abwaschen und haben den ganzen morgigen Tag zum Saubermachen. Ich wette, diesen Teppich da habe ich schon ein Jahr lang nicht mehr richtig ausgeklopft."

„Oma, wir reden von einem Typen, der den Tag unter der Erde verbringt!" rief ich ihr ins Gedächtnis. „Ich glaube nicht, daß er den Teppich überhaupt auch nur bemerkt."

Aber auch darauf wußte meine Oma eine Erwiderung: „Dann mache ich eben nicht seinetwegen sauber, sondern meinetwegen, damit ich stolz auf mich sein kann." Dagegen ließ sich nichts mehr einwenden. „Außerdem, junge Frau", fuhr sie fort, „woher weißt du denn, wo er schläft?"

„Gute Frage. Ich gebe zu, daß ich das gar nicht weiß. Aber er darf auf keinen Fall ans Tageslicht und muß sich tagsüber irgendwo aufhalten, wo niemand ihm etwas anhaben kann. Also würde ich darauf tippen, daß er unter der Erde liegt."

Wenig später mußte ich feststellen, daß nichts mehr meine Großmutter daran hindern konnte, sich einem Anfall von Hausfrauenstolz hinzugeben. Als ich mich fertig machte, um zur Arbeit zu gehen, machte sie sich auf den Weg zum Laden, wo sie eine Teppichreinigungsmaschine mietete, um sofort mit dem Großreinemachen beginnen zu können.

Ich machte auf dem Weg zur Arbeit einen kleinen Umweg Richtung Norden, damit ich mir die Sache bei Four Tracks Corner ansehen konnte. Four Tracks Corner war eine Kreuzung, und es gab sie schon, seit Menschen in dieser Gegend siedelten. Mittlerweile wirkte sie mit all ihren Straßenschildern und dem Asphalt sehr formell, aber der Überlieferung zufolge schnitten sich an dieser Stelle in früheren Zeiten einmal zwei Jagdpfade. Irgendwann einmal würden wohl auch hier zu beiden Seiten der Straßen moderne Landhäuser und Einkaufszentren entstehen, aber noch umstand Wald die Kreuzung und in diesem Wald konnte man, wie Jason mir versichert hatte, immer noch hervorragend jagen.

Da mich kein Verbotsschild davon abhielt, bog ich auf den holprigen Pfad ein, der zur Lichtung führte, auf der der Wohnwagen der Rattrays gestanden hatte. Dort parkte ich und starrte entgeistert aus dem Seitenfenster. Der Wohnwagen – recht klein und schon sehr alt – lag völlig zerquetscht etwa vier Meter von seinem ursprünglichen Stellplatz entfernt. Auf diesem beweglichen Zuhause, das nun eher einer Ziehharmonika glich, thronte das zerbeulte rote Auto der Ratten. Die ganze Lichtung war mit Trümmern übersät, und der Wald dahinter sah aus, als sei eine ungeheure Kraft durch ihn hindurchgefahren: überall geknickte Zweige, und die Spitze einer Kiefer hing nur noch an einem winzigen Rest Rinde. Oben in den Bäumen baumelten Kleidungsstücke und sogar eine Schmorpfanne.

Ich stieg ganz langsam aus und sah mich um. Die Zerstörung war einfach unglaublich, vor allem, weil ich ja wußte, daß kein Wirbelsturm sie verursacht hatte. Bill der Vampir hatte die Szene arrangiert, um einen einleuchtenden Grund für den Tod der beiden Rattrays zu liefern.

Durch die Schlaglöcher im Pfad näherte sich nun holpernd ein alter Jeep und kam neben mir zum Stehen.

„Wenn das nicht Sookie Stackhouse ist!" rief Mike Spencer mir zu. „Mädchen, was tust du denn hier? Mußt du nicht bald zur Arbeit?"

„Ja, Sir. Ich kannte die Ratten – die Rattrays. Das ist alles ganz schrecklich!" Das klang wenigstens für meine Begriffe reichlich zweideutig. Nun sah ich auch, daß sich der Sheriff in Mikes Begleitung befand.

„Eine schreckliche Sache, ja." Mit diesen Worten kletterte Sheriff Bud Dearborn aus dem Jeep. „Aber es ist mir auch zu Ohren gekommen, daß du dich mit Mack und Denise – na ja, daß ihr drei euch neulich auf dem Parkplatz vom Merlottes sozusagen nicht gerade gut verstanden habt."

Die beiden bauten sich vor mir auf, und ich fühlte irgendwo in der Lebergegend ein kaltes Gefühl emporkriechen.

Mike Spencer leitete eines der beiden Bestattungsunternehmen, die Bon Temps aufzuweisen hatte. Bei ‚Spencer und Söhne' konnte sich jeder, der das wünschte, beerdigen lassen, wie Mike bei jeder Gelegenheit bereitwillig erklärte, aber nur Weiße schienen diesen Wunsch zu hegen. So, wie nur Schwarze vom Bestattungshaus ‚Ruhe Sanft' unter die Erde gebracht werden wollten. Mike war ein Mann mittleren Alters. Sein Haar und sein Schnurrbart waren hellbraun wie schwacher Tee, und er hegte eine Vorliebe für Cowboystiefel und Lederschnüre, die er beim Dienst für Spencer und Söhne nicht ausleben konnte. Weswegen er die Sachen außer Dienst ständig trug; so auch jetzt.

Sheriff Dearborn, der im Ruf stand, ein guter Mann zu sein, war ein wenig älter als Mike, aber vom grauen Haar bis hinab zu den schweren Schuhen fit und zäh. Der Sheriff hatte ein Gesicht, das leicht eingedrückt wirkte, und flinke braune Augen. Er war ein guter Freund meines Vaters gewesen.

„Ja, Sir, wir hatten eine Meinungsverschiedenheit", sagte ich ganz offen und in meiner besten Mädchen-vom-Lande-Manier.

„Willst du mir sagen, worüber?" Der Sheriff zog eine Marlboro aus der Tasche, die er mit einem schlichten Metallfeuerzeug anzündete.

Nun beging ich einen Fehler. Ich hätte den beiden frank und frei sagen können, worum es gegangen war. Mich hielten ohnehin alle für verrückt, und genügend Menschen in der Gemeinde dachten auch, ich sei nicht besonders helle. Ich sah nur einfach nicht ein, warum ich Sheriff Dearborn gegenüber irgendwelche Erklärungen abgeben sollte, und es gab ja auch eigentlich keinen Grund dafür – außer den gesundem Menschenverstand.

Statt mit einer Erklärung antwortete ich mit einer Gegenfrage: „Warum?"

Dearborns kleine braune Augen blickten mit einem Mal ungeheuer wach, und seine ganze väterliche, wohlwollende Art war mit einem Schlag verschwunden.

„Sookie!" sagte er mit unendlichem Bedauern in der Stimme, das ich ihm aber nicht eine Sekunde lang abnahm.

„Das war ich nicht", sagte ich und deutete auf das Werk der Zerstörung.

„Nein, das warst du nicht", pflichtete er mir bei. „Trotzdem sind die beiden Rattrays knapp eine Woche, nachdem sie in eine Schlägerei verwickelt waren, ums Leben gekommen, und da kann es nicht schaden, denke ich mir, wenn ich mal ein paar Fragen stelle!"

Inzwischen hätte ich nicht mehr sagen können, ob es wirklich eine gute Idee gewesen war, mich mit dem Sheriff auf ein geistiges Armdrücken einzulassen. Klar, ich hätte mich prima gefühlt, wenn ich siegreich daraus hätte hervorgehen können, aber war ein prima Gefühl die Sache wirklich wert? Mir wurde immer klarer, daß es auch Vorteile haben konnte, wenn man im Ruf stand, ein wenig einfältig zu sein.

Mir mag es zwar an Bildung mangeln, und ich kenne mich in der Welt nicht besonders gut aus, aber ich bin weder doof noch unbelesen.

„Sie haben meinem Freund wehgetan", gestand ich nun also, ließ den Kopf hängen und starrte angelegentlich auf meine Schuhe.

„Dein Freund, könnte das dieser Vampir sein, der im alten Compton-Haus lebt?" Mike Spencer und Bud Dearborn wechselten bedeutungsschwangere Blicke.

„Ja." Da also wohnte Bill! Ich war baß erstaunt über diese Information, aber das konnten die beiden Männer nicht ahnen. Jahrelang hatte ich mich darin geschult, nicht auf Dinge zu reagieren, die ich gar nicht hatte hören wollen – mein Gesicht war eine eiserne Maske. Das alte Compton-Haus lag dem Haus meiner Großmutter direkt gegenüber, nur ein paar Felder weiter auf derselben Seite der Straße. Zwischen unseren beiden Häusern lagen nur das Wäldchen und der Friedhof. Wie praktisch für Bill, dachte ich und mußte lächeln.

„Sookie Stackhouse! Erlaubt deine Oma dir etwa, mit diesem Vampir zu verkehren?" fragte Spencer, und das war nicht klug von ihm.

„Darüber können Sie sich gern einmal mit ihr unterhalten", erwiderte ich scheinheilig und hätte zu gern sofort vernommen, was meine Oma zu sagen hätte, wenn jemand andeutete, sie kümmere sich nicht genügend um mich. „Die Rattrays haben versucht, Bill auszubluten ..."

„Der Vampir wurde also von den Rattrays zur Ader gelassen, und du hast sie daran gehindert, ihn auszubluten?" unterbrach mich der Sheriff.

„So war es!" antwortete ich und versuchte, recht resolut dreinzublicken.

„Es ist ja auch illegal, einen Vampir auszubluten", meinte Dearborn nun nachdenklich.

„Ist es nicht sogar Mord, wenn man einen Vampir umbringt, ohne von ihm angegriffen worden zu sein?" fragte ich unschuldig.

Nun hatte ich das mit der Naivität wohl etwas zu weit getrieben.

„Du weißt verdammt genau, daß das Mord ist. Obwohl ich persönlich das entsprechende Gesetz nicht befürworte, ist es doch ein Gesetz, also sorge ich dafür, daß es auch eingehalten wird", erklärte der Sheriff steif.

„Der Vampir hat die beiden einfach so stehen lassen, ohne Rache zu schwören? Hat nicht einmal gesagt, er wünschte, sie wären tot?" Nun spielte Mike Spencer den Naiven.

„Genau." Mit diesen Worten lächelte ich den beiden Männern zu und warf einen Blick auf meine Armbanduhr, wobei ich sofort an das Blut denken mußte, das in der Nacht zuvor das Uhrglas verklebt hatte. Mein Blut, von den Rattrays aus mir herausgeprügelt. Diese Erinnerung mußte ich niederringen, um die Uhrzeit lesen zu können.

„Entschuldigen Sie mich, ich muß zur Arbeit", sagte ich. „Auf Wiedersehen, Mr. Spencer. Auf Wiedersehen, Sheriff."

„Auf Wiedersehen, Sookie", gab Dearborn zurück. Man sah ihm an, daß er mir gern noch weitere Fragen gestellt hätte, aber nicht wußte, wie er sie formulieren sollte. Ich wußte auch, daß der Anblick der Szenerie auf der Lichtung dem Sheriff nicht wirklich gefiel, und ich glaubte nicht, daß dieser spezielle Wirbelsturm auf den Radarschirmen irgendwelcher Wetterstationen zu sehen gewesen war. Aber da lag der Wohnwagen, da stand das Auto, da waren die entwurzelten Bäume, und unter all dem hatten die toten Rattrays gelegen. Wie konnte man da zu dem Schluß kommen, etwas anderes als ein Wirbelsturm habe sie umgebracht? Ich nahm an, daß man die Leichen der beiden zur Autopsie in die Stadt geschickt hatte ,und fragte mich, was eine solche Prozedur unter den gegebenen Umständen wohl an Erkenntnissen zu Tage fördern mochte.

Der menschliche Verstand ist schon eine erstaunliche Einrichtung. Sheriff Dearborn wußte bestimmt, daß Vampire ungeheuer stark sind. Aber er konnte sich einfach nicht vorstellen, wie stark: stark genug, um einen Wohnwagen auf den Kopf zu stellen, ihn zu zerschmettern. Das zu verstehen fiel ja selbst mir schwer, und ich wußte ganz genau, daß kein Wirbelsturm durch Four Tracks Corner gefegt war.

Die ganze Kneipe summte förmlich der beiden neuen Todesfälle wegen. Gespräche über den Mord an Maudette waren hinter Spekulationen über Macks und Denises Hinscheiden zurückgetreten. Ein paarmal ertappte ich Sam dabei, wie er mich aus den Augenwinkeln musterte, dachte jedes Mal an die vergangene Nacht und fragte mich, wie viel er wohl wissen mochte. Direkt fragen wollte ich ihn nicht, weil ich ja befürchten mußte, daß er unter Umständen gar nichts mitbekommen hatte. Letzte Nacht waren ein paar Dinge geschehen, die ich mir noch nicht einmal zu meiner eigenen Zufriedenheit erklären konnte. Ich war jedoch so froh darüber, überhaupt noch am Leben zu sein, daß ich ein Nachdenken hierüber lieber aufschob.

Ich hatte noch nie so strahlend gelächelt, während ich die Getränke verteilte, ich war noch nie so rasch mit dem Wechselgeld bei der Hand gewesen, hatte die Bestellungen noch nie so akkurat weitergegeben wie in dieser Nacht. Selbst der gute alte Rene mit seiner buschigen Mähne konnte mich nicht aufhalten, auch wenn er jedes Mal, wenn ich mich dem Tisch näherte, an dem er zusammen mit Hoyt und ein paar anderen alten Kumpanen saß, versuchte, mich in eine seiner langatmigen Unterhaltungen zu verstricken.

Rene spielte von Zeit zu Zeit das exzentrische Mitglied einer alteingesessenen französischstämmigen Familie, schaffte es aber nicht, den dazugehörigen Akzent auch wirklich hinzubekommen. Seine Familie hatte ihrer Herkunft keine besondere Bedeutung beigemessen. Jede der Frauen, die Rene geheiratet hatte, war wild gewesen und hatte nichts anbrennen lassen. Seine kurze Affäre mit Arlene hatte stattgefunden, als meine Freundin noch jung und kinderlos gewesen war und, wie sie mir einmal gestanden hatte, Dinge getrieben hatte, an die sie sich heute nicht einmal mehr erinnern konnte, ohne daß ihr die Haare zu Berge standen. Arlene war inzwischen erwachsen, was man von Rene allerdings nicht behaupten konnte. Aber sie hatte ihn weiterhin gern, was mich immer wieder erstaunte.

Jeder, der an diesem Abend im Merlottes hockte, war aufgeregt, weil sich in Bon Temps plötzlich mal all diese ungewöhnlichen Dinge ereigneten. Eine Frau war ermordet worden, und niemand wußte, wer es getan hatte; normalerweise ließen sich Morde in Bon Temps rasch aufklären. Ein Ehepaar war gewaltsam umgekommen, weil die Natur verrückt gespielt hatte. Ich schrieb das, was an dem Abend als nächstes geschah, der ganzen Aufgeregtheit zu. Unser Lokal ist eine Nachbarschaftskneipe; hinzu kommen immer ein paar Kunden von auswärts, die regelmäßig in Bon Temps sind, und ich hatte mich noch nie irgendwelcher Aufdringlichkeiten erwehren müssen. An diesem Abend jedoch schob einer der Männer, die am Tisch neben dem Hoyts und Renes saßen, ein schwerer blonder Mann mit einem breiten, roten Gesicht, mir die Hand ins Hosenbein meiner Shorts, als ich einen Krug Bier an seinen Tisch brachte.

Mit so etwas kommt man im Merlottes nicht durch.

Ich wollte ihm gerade mein Tablett auf den Kopf hauen, als ich spürte, wie die Hand wieder entfernt wurde. Außerdem fühlte ich, daß jemand direkt hinter mir stand. Ich wandte den Kopf zur Seite und sah Rene, der von seinem Stuhl aufgesprungen war, ohne daß ich es überhaupt mitbekommen hatte. Ein Blick auf Renes Arm zeigte mir, daß seine Hand die des Blonden fest umklammert hielt und zudrückte. Auf dem roten Gesicht des Blonden zeigten sich noch rötere Flecken.

„Laß los, Mann", protestierte er. „Ich hab' das doch nicht bös' gemeint."

„Wer hier arbeitet, wird nicht angegrabscht. So sind die Regeln." Rene mag klein und schlank sein, aber jeder in der Kneipe hätte sein Geld eher auf unseren Jungen gesetzt als auf den fleischigen Fremden.

„Schon gut, schon gut!"

„Entschuldige dich bei der Dame."

„Bei der verrückten Sookie?" Der Blonde klang, als könne er das nicht ernst nehmen. Er war wohl früher schon einmal hier gewesen.

Rene drückte nun noch stärker zu. Ich sah, wie dem Blonden die Tränen in die Augen schossen.

"Tut mir leid, Sookie, ja?"

Ich nickte, so würdevoll ich irgend konnte. Rene ließ die Hand des anderen abrupt los und deutete mit dem Daumen auf die Tür, um ihm zu verstehen zu geben, er solle lieber verduften. Der Blonde verlor keine Zeit und war im Handumdrehen weg. Sein Gefährte folgte ihm auf dem Fuße.

"Rene, ich hätte das auch allein geregelt", sagte ich leise, als es aussah, als hätten sich alle anderen Kunden wieder ihren eigenen Gesprächen zugewandt. Wir hatten der Klatschbörse für mindestens zwei Tage neuen Stoff geliefert. "Aber ich weiß es zu schätzen, daß du dich für mich stark gemacht hast."

"Ich dulde nicht, daß jemand Arlenes Freundin belästigt", erklärte Rene. "Das Merlottes ist eine anständige Kneipe, und wir alle wollen, daß das so bleibt. Außerdem erinnerst du mich an Cindy, weißt du?"

Cindy war Renes Schwester. Sie war ein oder zwei Jahre zuvor nach Baton Rouge gezogen. Cindy war blond und blauäugig; abgesehen davon hatte ich bisher keine Ähnlichkeiten zwischen uns entdecken können. Aber es schien unhöflich, das laut zu sagen. "Siehst du Cindy eigentlich oft?" fragte ich. Hoyt und der andere Mann am Tisch ließen sich gerade über die Torergebnisse und Meisterschaftschancen der Shreveport Captains aus.

"Ab und an", antwortete Rene und schüttelte den Kopf, als wolle er mir damit zu verstehen geben, daß er seine Schwester gern öfter gesehen hätte. "Sie arbeitet in einer Krankenhauskantine."

Ich klopfte ihm auf die Schulter. "Ich geh' dann mal wieder an die Arbeit."

Als ich an den Tresen kam, um meine nächste Bestellung abzuholen, hob Sam die Brauen. Ich riß die Augen weit auf, um ihm zu verstehen zu geben, wie sehr Renes Eingreifen mich überrascht hatte, und Sam zuckte leicht die Achseln, als wolle er damit sagen, menschliches Verhalten sei nun einmal ein Buch mit sieben Siegeln.

Aber als ich hinter den Tresen ging, um mir einen Stapel Papierservietten zu holen, sah ich, daß er den Baseballschläger hervorgeholt hatte, den er für den Fall der Fälle unter der Kasse aufzubewahren pflegte.

*   *   *

Den nächsten Tag über hielt Oma mich auf Trab. Sie staubte jeden Winkel unseres Hauses ab und saugte Staub und wischte die Fußböden; ich brachte die Badezimmer auf Hochglanz und fragte mich, während ich mit der Klobürste in der Kloschüssel herumfuhrwerkte, ob Vampire überhaupt aufs Klo gingen. Oma zwang mich, die Katzenhaare vom Sofa zu saugen, und ich leerte sämtliche Papierkörbe und Mülleimer. Außerdem polierte ich all unsere Tische blank und wischte wirklich und wahrhaftig sogar die Waschmaschine und den Trockner feucht ab.

Als Oma mich drängte, rasch noch zu duschen und mir etwas Hübsches anzuziehen, wurde mir klar, daß sie den Vampir Bill für meinen Verehrer hielt. Da war mir ein bißchen komisch zumute. Zum einen, weil sich meine Oma offenbar so große Sorgen um mein gesellschaftliches Leben machte, daß sie zu dem Schluß gekommen war, selbst ein Vampir müsse meiner Aufmerksamkeit wert sein; zum zweiten, weil ich ein paar Überlegungen angestellt hatte, die sich mit denen meiner Oma fast haargenau deckten; drittens, weil Bill unter Umständen genau mitbekommen würde, was Oma und ich in Bezug auf ihn dachten und viertens: Konnten Vampire ‚es' überhaupt tun wie Menschen?

Ich duschte, schminkte mich und zog ein Kleid an, weil ich wußte, daß meine Oma sich schrecklich aufregen würde, wenn ich das nicht täte. Ein dünnes Strickkleid aus blauer Baumwolle, mit winzigen Gänseblümchen bestickt, das enger saß, als Oma lieb war und kürzer war, als Jason es für seine Schwester angemessen fand. Das hatte ich jedenfalls zu hören bekommen, als ich das Kleid zum ersten Mal getragen hatte. Ich legte meine kleinen gelben Ohrringe an, die aussehen wie Bälle, kämmte mir das Haar hoch und hielt es mit einem gelben Bananenclip locker zusammen.

Als ich in die Küche kam, warf Oma mir einen merkwürdigen Blick zu. Ich hätte schnell herausfinden können, wie er gemeint war, wenn ich ihr zugehört hätte, aber so ein Verhalten ist einfach schrecklich einem Menschen gegenüber, mit dem man zusammen lebt, und so hütete ich mich davor. Oma selbst trug eine Kombination aus Rock und Bluse, die sie oft zu den Treffen der Nachkommen ruhmreicher Toter anzog; nicht gut genug für den Kirchgang, aber auch nicht schlicht genug, um tagtäglich getragen zu werden.

Als er kam, fegte ich gerade die vordere Veranda, die wir vergessen hatten. Er legte einen Vampirauftritt hin: In der einen Sekunde war

Vorübergehend tot

noch nichts von ihm zu sehen und zu hören, in der nächsten stand er bereits am Fuß der Treppe und sah zu mir hoch.

Ich grinste. „Hat mich nicht erschreckt", sagte ich.

Er wirkte etwas peinlich berührt. „Das ist nur eine Angewohnheit", sagte er, „so aufzutauchen. Ich mache nicht viel Lärm."

Ich öffnete die Tür. „Kommen Sie doch bitte herein", forderte ich ihn auf, und er kam die Stufen empor, wobei er sich umsah.

„Ich erinnere mich an dieses Haus", meinte er dann. „Allerdings war es damals nicht so groß."

„Sie erinnern sich an dieses Haus? Das wird meine Großmutter freuen!" Ich führte Bill ins Wohnzimmer und rief dabei nach meiner Oma.

Als diese ins Zimmer trat, tat sie das voller Würde, und mir fiel erst jetzt auf, wie viel Mühe sie sich mit ihrem dichten weißen Haar gegeben hatte. Es lag zur Abwechslung einmal glatt und ordentlich in einem komplizierten Zopf um ihren Kopf. Noch dazu hatte Oma sogar Lippenstift aufgelegt.

Es erwies sich, daß Bill die Regeln gesellschaftlichen Taktierens ebenso gut beherrschte wie meine Großmutter. Die beiden begrüßten einander, bedankten sich für die Einladung beziehungsweise das Kommen, bedachten einander mit Komplimenten, und schließlich saß Bill dann auf der Couch. Meine Großmutter holte drei Gläser Pfirsichtee aus der Küche und nahm dann auf dem Sessel Platz, wodurch sie mir zu verstehen gab, daß ich mich neben Bill setzen sollte. Daran führte ohnehin kein Weg vorbei, außer, ich hätte offen darauf beharrt, nicht neben dem Gast sitzen zu wollen. Also setzte ich mich, allerdings ganz vorn auf die Sofakante, als wollte ich jeden Moment aufspringen und ihm Eistee nachschenken – wo doch sein Teeglas eine rein zeremonielle Sache war.

Bill berührte höflich den Rand seines Glases mit den Lippen und setzte es dann ab. Oma und ich tranken unseren Tee in großen nervösen Schlucken.

Dann wählte Oma ein etwas unglückliches Thema, um das Gespräch zu eröffnen. „Ich nehme an, Sie haben von diesem merkwürdigen Wirbelsturm gehört?"

„Nein", antwortete Bill mit seidenweicher Stimme. Ich wagte nicht, ihn anzuschauen, sondern saß da und starrte auf meine im Schoß gefalteten Hände.

Also erzählte ihm Oma von dem widernatürlichen Wirbelsturm und dem Ableben der Ratten. Sie sagte, die Sache erschiene ihr ziemlich schrecklich, aber auch recht eindeutig, und ich meinte sehen zu können, wie Bill sich ein ganz kleines bißchen entspannte.

„Ich bin gestern auf dem Weg zur Arbeit da vorbeigefahren", sagte ich, ohne den Blick zu heben. „Beim Wohnwagen."

„Sah er so aus, wie Sie es erwartet hatten?" fragte Bill, und in seiner Stimme lag nichts als Neugierde.

„Nein", sagte ich, „so etwas kann man sich gar nicht vorstellen. Ich war wirklich ziemlich ... erstaunt."

„Sookie, du hast doch nicht zum ersten Mal Wirbelsturmschäden gesehen!" meinte meine Oma verwundert.

Ich wechselte das Thema. „Wo haben Sie ihr Hemd gekauft? Es sieht hübsch aus." Er trug khakifarbene Leinenhosen und ein grün-braun gestreiftes Polohemd, blankpolierte Halbschuhe und dünne, braune Socken.

„Dillard's", sagte er, und ich versuchte, ihn mir im Einkaufszentrum von Monroe oder einer anderen Stadt vorzustellen, auch, wie die Leute dort sich die Hälse verrenkten, um dieses exotische Wesen mit der hellschimmernden Haut und den wunderschönen Augen genauer betrachten zu können. Woher er wohl das Geld nahm, um seine Einkäufe zu bezahlen? Wo und wie er wohl seine Kleidung wusch? Schlief er nackt? Besaß er ein Auto, oder schwebte er einfach an jeden Ort, zu dem er wollte?

Oma erschien erfreut über die Normalität von Bills Einkaufsgewohnheiten. Mir versetzte es erneut einen Stich, wie froh sie darüber war, jemanden in ihrem Wohnzimmer sitzen zu sehen, den sie für meinen Verehrer halten durfte. Selbst wenn dieser Jemand – wollte man der einschlägigen Ratgeberliteratur Glauben schenken – einem Virus zum Opfer gefallen und für tot gehalten worden war.

Dann machte sich meine Oma daran, Bill auszufragen. Er antwortete höflich und zumindest nach außen hin auch gutwillig. Ein toter Mann also, aber ein höflicher toter Mann.

„Ihre Familie stammt aus dieser Gegend?" fragte Oma.

„Mein Vater war ein Compton, meine Mutter eine Loudermilk", erklärte Bill bereitwillig und wirkte dabei völlig entspannt.

Vorübergehend tot

„Von den Loudermilks gibt es noch eine ganze Menge", verkündete Oma. „Aber ich fürchte, der alte Jessie Compton ist letztes Jahr verschieden."

„Das weiß ich", sagte Bill. „Deswegen bin ich ja zurückgekommen. Das Land fiel an mich zurück, und da sich in unserem Kulturkreis das Verhältnis zu Menschen meiner Art geändert hat, beschloß ich, meine Ansprüche geltend zu machen."

„Sie kannten die Stackhouses? Sookie erwähnte, Sie hätten schon eine lange Geschichte." Meiner Meinung nach hatte Oma das schön formuliert. Ich lächelte meine gefalteten Hände an.

„Ich erinnere mich an Jonas Stackhouse", erklärte Bill zu Omas Entzücken. „Meine Leute lebten hier schon, als Bon Temps gerade mal ein Loch in einer Straße am Rande der Zivilisation war. Jonas Stackhouse ist mit seiner Frau und den vier Kindern hergezogen, als ich ein junger Mann von 16 Jahren war. Ist dies nicht auch das Haus, das er gebaut hat – zumindest in Teilen?"

Mir fiel auf, daß Bill, wenn er von der Vergangenheit sprach, andere Vokabeln benutzte und seine Worte auch anders betonte als sonst. Ich fragte mich, wie viele Änderungen sein Englisch im Laufe des vergangenen Jahrhunderts wohl erfahren haben mochte, was die Alltagssprache und Intonation betraf.

Nun schwebte meine Oma im siebten Ahnenforscherhimmel. Über Jonas Stackhouse, den Ur-Ur-Urgroßvater ihres Mannes, wollte sie einfach alles erfahren. „Besaß er Sklaven?" fragte sie.

„Wenn ich mich recht entsinne, Madam, so hatte er eine Hausklavin und einen Feldsklaven. Die Hausklavin war eine Frau mittleren Alters und der Feldsklave ein sehr großer junger Mann, sehr stark, den man Minas rief. Aber im großen und ganzen haben die Stackhouses ihre Felder selbst bewirtschaftet, wie meine Leute auch."

„Oh! Genau solche Sachen würde meine kleine Gruppe zu gern hören! Hat Sookie Ihnen erzählt ..." Noch ein paar Runden vergingen in höflichem Ringelpiez, und dann hatten Oma und Bill sich auf einen Termin geeinigt, an dem der Vampir den Nachkommen bei einem abendlichen Treffen einen kleinen Vortrag halten würde.

„Wenn Sie Sookie und mich jetzt entschuldigen würden? Dann könnten wir noch einen Spaziergang machen. Es ist eine so schöne Nacht." Langsam, so daß ich es kommen sehen konnte, langte Bill herüber, griff nach meiner Hand, stand auf und zog auch mich auf die

Beine. Seine Hand war kalt und hart und glatt, und Bills Verhalten formvollendet: Er hatte meine Großmutter nicht ausdrücklich um die Erlaubnis gebeten, mit mir spazierengehen zu dürfen, aber irgendwie hatte er es doch getan.

„Geht nur, geht nur, ihr beiden!" sagte meine Oma, vor Glück ganz flatterig. „Ich muß so viele Sachen nachschlagen! Sie müssen mir ganz genau sagen, an welche Namen hier aus der Gegend Sie sich noch erinnern, aus der Zeit, als Sie ..." An dieser Stelle ging Oma die Luft aus, denn sie wollte nichts sagen, was verletzend sein könnte.

„Hier in Bon Temps wohnten", ergänzte ich hilfsbereit.

„Natürlich", sagte der Vampir, und die Art, wie er die Lippen zusammenpreßte, zeigte mir, daß er sich ein Lächeln verkneifen mußte.

Irgendwie standen wir dann an der Tür, und ich wußte, daß Bill mich aufgehoben und ganz rasch mit sich fortgetragen hatte. Ich mußte lächeln, ein ganz spontanes, natürliches Lächeln, denn ich liebe das Unerwartete.

„Wir bleiben nicht zu lange", sagte ich zu Oma. Wahrscheinlich hatte sie meinen merkwürdigen Abtransport gar nicht mitbekommen, denn sie sammelte gerade unsere Teegläser ein.

„Meinetwegen braucht ihr beiden euch nicht zu beeilen", erwiderte sie. „Ich mache es mir gemütlich."

Draußen schmetterten die Frösche, Kröten und Käfer ihre nächtliche ländliche Oper. Bill hielt meine Hand, und wir gingen in den Garten hinaus, der nach frischgemähtem Gras und allen möglichen gerade aufblühenden Dingen roch. Meine Katze Tina trat aus den Schatten und wollte gestreichelt werden, und ich beugte mich vor, um sie am Kopf zu kraulen. Zu meinem großen Erstaunen rieb sich die Katze an Bills Hosenbeinen, wogegen er scheinbar nichts unternehmen wollte.

„Sie mögen dieses Tier?" fragte er, und seine Stimme klang völlig neutral.

„Das ist meine Katze", sagte ich. „Sie heißt Tina, und ich mag sie sehr."

Ohne weiteren Kommentar stand Bill unbeweglich da und wartete, bis Tina sich wieder auf den Weg machte und in der Dunkelheit hinter dem Schein des Verandalichts verschwand.

„Möchten Sie gern auf der Schaukel oder auf den Gartenstühlen sitzen, oder wollen Sie spazierengehen?" fragte ich, denn ich fühlte mich nun als die Gastgeberin.

Vorübergehend tot

„Lassen Sie uns doch ein bißchen spazierengehen. Ich muß mir die Beine vertreten."

Diese Bemerkung machte mich irgendwie ein wenig nervös, aber dann gingen wir los, die lange Auffahrt hinab auf die zweispurige Landstraße zu, die an der Vorderseite unserer jeweiligen Ländereien entlangführte.

„Hat der Anblick des Wohnwagens Sie beunruhigt?" wollte Bill wissen, und ich versuchte, mir zu überlegen, wie ich meine Reaktion am besten in Worte fassen konnte.

„Ich fühle mich sehr ... nun ... sehr klein und zerbrechlich. Wenn ich an den Wohnwagen denke."

„Sie wußten, daß ich stark bin."

Nachdenklich wandte ich den Kopf von einer Seite zur anderen und dachte über diese Feststellung nach. „Ja, aber das ganze Ausmaß Ihrer Kraft konnte ich mir bildlich nicht vorstellen", erklärte ich ihm dann. „Oder auch das Ausmaß Ihrer Phantasie."

„Wir werden im Lauf der Jahre sehr gut darin, unsere Taten zu tarnen."

„Ach ja? Ich nehme an, Sie haben ziemlich viele Menschen umgebracht?"

„Einige." Damit mußt du umgehen lernen – das sagte er nicht, aber es schwang deutlich mit.

Ich verschränkte die Arme hinter dem Rücken. „Waren Sie, gleich nachdem Sie Vampir wurden, hungriger? Wie ist es passiert?"

Mit dieser Frage hatte er nicht gerechnet. Er sah mich an, und ich spürte seine Augen auf mir ruhen, auch wenn wir uns jetzt völlig im Dunkeln befanden, denn um uns herum standen dicht die Bäume des Waldes. Unter unseren Füßen knirschte der Kies der Auffahrt.

„Was die Frage betrifft, wie ich Vampir wurde – das wäre eine zu lange Geschichte. Aber ja, als ich jünger war, habe ich – ein paar Mal – versehentlich getötet. Ich wußte nie, wann ich wieder etwas zu essen bekommen würde, verstehen Sie? Natürlich wurde ständig auf uns Jagd gemacht, und so etwas wie künstliches Blut gab es nicht. Damals lebten hier auch noch nicht so viele Menschen. Aber ich war zu Lebzeiten ein guter Mann – ich meine: ehe mich das Virus erwischte. Also versuchte ich, zivilisiert mit der ganzen Sache umzugehen, mir schlechte Menschen als Opfer zu wählen, mich nie von Kindern zu nähren. Ich habe es zumindest fertiggebracht, nie ein Kind zu ermorden. Heute ist das alles ganz anders. Ich kann jederzeit in jeder Stadt in eine rund um die Uhr geöffnete Ambulanz gehen und mir ein wenig synthetisches Blut besorgen, auch wenn es ekelhaft schmeckt. Oder ich kann eine Hure bezahlen und mir bei ihr genug Blut holen, um ein paar Tage auszukommen. Oder ich kann jemanden bezirzen, der sich dann aus Liebe von mir beißen läßt und hinterher vergißt, was geschehen ist. Ich brauche auch nicht mehr so viel."

„Oder Sie lernen ein Mädchen mit einer Kopfverletzung kennen", sagte ich.

„Oh, Sie waren der Nachtisch. Die Rattrays waren die Mahlzeit."

Damit mußt du umgehen lernen.

„Holla!" sagte ich atemlos. „Lassen Sie mir ein wenig Zeit."

Er ließ mir Zeit. Kein Mann – nicht einer von einer Million – hätte mir all diese Zeit gelassen, ohne etwas zu sagen. Ich öffnete mich, ließ alle Wachsamkeit fahren, entspannte mich. Sein Schweigen schlug über mir zusammen wie eine Welle. Mit geschlossenen Augen stand ich da und atmete Erleichterung aus, die zu tief war, um sie in Worte fassen zu können.

„Sind Sie nun glücklich?" fragte er, ganz so, als könne er das eigentlich selbst erraten.

„Ja", flüsterte ich atemlos. In diesem Augenblick, nach einem ganzen Leben, in dem sich die Gedanken anderer Menschen in meinem Kopf herumgetrieben hatten, empfand ich den Frieden neben diesem Wesen als unendlich wertvoll – ganz gleich, was dieses Wesen getan haben mochte.

„Sie tun mir ebenfalls gut", sagte er und überraschte mich damit.

„Wie das denn?" fragte ich langsam und verträumt.

„Keine Angst, keine Eile. Sie verdammen mich nicht, ich muß Sie nicht bezirzen, damit Sie stillhalten und ich mich mit Ihnen unterhalten kann."

„Bezirzen?"

„So etwas wie Hypnose", erklärte er. „Alle Vampire tun das auf die eine oder andere Weise. Wenn wir uns nähren wollten – in den Zeiten, als synthetisches Blut noch nicht erfunden worden war –, mußten wir Menschen von unserer Harmlosigkeit überzeugen ... oder sicherstellen, daß sie uns gar nicht gesehen hatten ... oder sie dazu bringen, zu denken, sie hätten ganz etwas anderes gesehen."

„Funktioniert das auch bei mir?"

„Natürlich!" sagte er und wirkte schockiert.
„Okay, dann versuchen Sie es."
„Schauen Sie mich an."
„Es ist dunkel."
„Das macht nichts. Schauen Sie in mein Gesicht." Bill trat vor mich, legte mir die Hände sacht auf die Schultern und sah auf mich herab. Ich sah den leichten Schimmer seiner Haut und seiner Augen und fragte mich, während ich zu ihm aufsah, ob ich nun bald wie ein Huhn gackern oder mich gar entkleiden würde.

Dann geschah ... nichts. Ich spürte lediglich weiterhin die große, vollständige, einer Droge gleichende Entspannung, die ich in Bills Gegenwart immer verspürte.

„Merken Sie den Einfluß?" fragte er und klang ein wenig atemlos.
„Nicht im Geringsten, tut mir leid", sagte ich bescheiden. „Ich sehe nur Ihren Schein."
„Den können Sie sehen?" Wieder einmal hatte ich ihn überrascht.
„Sicher. Die anderen nicht?"
„Nein. Das ist merkwürdig, Sookie."
„Wenn Sie es sagen. Kann ich einmal zusehen, wie Sie schweben?"
„Jetzt?" Bill klang belustigt.
„Sicher, warum nicht. Außer, es geht aus irgendeinem Grund nicht?"
„Kein Problem." Mit diesen Worten ließ er meinen Arm los und hob vom Boden ab.

Vor Begeisterung seufzte ich tief auf. Da schwebte er in der dunklen Nacht und schimmerte im Mondlicht wie weißer Marmor. Als er fast einen Meter Höhe gewonnen hatte, blieb er dort schweben, und ich hatte das Gefühl, als lächle er auf mich hinab.

„Können Sie das alle?" fragte ich.
„Können Sie singen?"
„Nein, ich treffe leider keinen einzigen richtigen Ton."
„So ist das auch bei uns Vampiren – wir können nicht alle das Gleiche." Langsam kam Bill wieder herunter und landete völlig lautlos. „Den meisten Menschen ist bei dem Gedanken an Vampire nicht wohl. Ihnen scheint das nicht so zu gehen", bemerkte er.

Ich zuckte die Achseln. Wer war ich denn, daß mir bei dem Gedanken an etwas, das nicht ganz gewöhnlich war, nicht recht wohl sein sollte? Bill schien zu verstehen, was in mir vorging, denn er fragte nach einer Gesprächspause, in deren Verlauf wir unseren Spaziergang wieder aufnahmen: „War es immer schwer für Sie?"

„Ja." Etwas anderes ließ sich dazu nicht sagen, auch wenn ich ihm ungern etwas vorjammern wollte. „Als ich klein war, das war die schlimmste Zeit. Ich wußte nicht, wie ich mich schützen sollte, und natürlich hörte ich Gedanken, die ich nicht hätte hören dürfen, und dann wiederholte ich das Gehörte, wie Kinder es nun einmal tun. Meine Eltern wußten nicht, was sie mit mir anfangen sollten. Besonders meinem Vater war die Sache sehr peinlich. Meine Mutter brachte mich schließlich zu einer Kinderpsychologin, die ganz genau wußte, was ich war, die dies aber einfach nicht akzeptieren konnte und meiner Familie immer wieder erzählte, ich deute Körpersprache und sei eben eine sehr gute Beobachterin, und deswegen würde ich denken, ich könne die Gedanken anderer Menschen wirklich hören. Zuzugeben, daß ich die Gedanken anderer Menschen tatsächlich wortwörtlich hörte, war unmöglich, das paßte nicht in ihre Welt.

In der Schule war ich nie gut, denn es fiel mir schwer, mich zu konzentrieren, wo so wenige andere es taten. Wenn allerdings eine Arbeit geschrieben wurde, schnitt ich immer sehr gut ab, denn dann konzentrierten die anderen Kinder sich auf ihre Hefte. Das verhalf mir zu etwas Spielraum. Manchmal hielt meine Familie mich für faul, weil ich in der alltäglichen Schularbeit so schlecht abschnitt. Manchmal dachten die Lehrer, ich sei lernbehindert. Sie würden nicht glauben, welche Theorien entwickelt wurden! Mir kommt es im Nachhinein vor, als hätte man alle zwei Monate meine Augen und meine Ohren getestet, und dann die ganzen Gehirntomographien! Meine arme Familie mußte dafür ganz schön was hinblättern. Aber die schlichte Wahrheit konnte sie nicht akzeptieren. Zumindest konnte sie es nicht offen zugeben, verstehen Sie?"

„Aber eigentlich wußte sie es."

„Ja. Einmal, als mein Vater nicht genau sagen konnte, ob er einem Mann Geld leihen sollte, der einen Laden für Autoersatzteile aufmachen wollte, bat er mich, im Zimmer zu bleiben, als der Mann uns besuchen kam. Nachdem der Mann dann gegangen war, trat mein Vater mit mir vor die Tür, sah betreten zur Seite und fragte: ‚Sookie, sagt er die Wahrheit?'. Das war vielleicht ein merkwürdiger Augenblick!"

„Wie alt waren Sie da?"

„Ich war noch keine sieben, denn meine Eltern starben, als ich in die zweite Klasse ging."

„Wie starben Ihre Eltern?"

„Ein überraschende Sturmflut hat sie auf der Brücke erwischt, die westlich von hier über den Fluß führt."

Dazu sagte Bill nichts. Natürlich hatte er unzählige Tode gesehen.

„Hatte der Mann gelogen?" fragte er dann, nachdem ein paar Sekunden verstrichen waren.

„Aber ja doch. Er hatte vor, Dads Geld zu nehmen und sich abzusetzen."

„Sie verfügen über eine Gabe."

„Aber sicher doch: eine Gabe!" Ich spürte, wie meine Mundwinkel sich nach unten senkten.

„Das unterscheidet Sie von anderen Menschen."

„Was Sie nicht sagen." Einen Augenblick lang gingen wir schweigend nebeneinander her. „Sie selbst betrachten sich also gar nicht mehr als menschlich?"

„Schon seit langem nicht mehr."

„Glauben Sie wirklich, Sie hätten Ihre Seele verloren?" Das predigte die katholische Kirche nämlich zum Thema Vampire.

„Ich habe keine Möglichkeit, das herauszufinden", erwiderte Bill, und es klang fast beiläufig. Offensichtlich hatte er über dieses Thema so oft und so lange nachgedacht, daß der Gedanke für ihn etwas ganz Gewöhnliches war. „Ich persönlich glaube es nicht. In mir ist etwas, das nicht grausam ist, nicht mordlüstern, selbst nach all den Jahren nicht. Auch wenn ich beides sein kann, grausam und mordlüstern."

„Es ist schließlich nicht Ihre Schuld, daß Sie mit diesem Virus infiziert wurden."

Bill schnaubte und schaffte es selbst dabei, elegant zu wirken. „Theorien gibt es, seit es Vampire gibt. Vielleicht ist diese ja die richtige." Dann sah er mich an, als täte es ihm leid, so etwas gesagt zu haben. „Wenn das, was einen Vampir zu einem Vampir macht, ein Virus ist", fügte er wie nebenbei hinzu, „dann ist es ein sehr selektives Virus."

„Wie sind Sie Vampir geworden?" Ich hatte ja allerhand zu diesem Thema gelesen, aber nun würde ich es aus erster Hand erfahren können.

„Dazu müßte ich Sie ausbluten, entweder in einer einzigen Sitzung oder auf zwei, drei Tage verteilt, bis Sie kurz davor sind, zu sterben.

Dann müßte ich Ihnen mein Blut geben. Sie würden etwa 48 Stunden wie tot wirken, das kann sogar bis zu drei Tagen dauern. Danach würden Sie sich erheben und fortan die Nacht bevölkern – und Sie wären hungrig."

Mich schauderte bei der Art, wie er ‚hungrig' sagte.

„Anders geht es nicht?"

„Andere Vampire haben mir erzählt, Menschen, von denen sie sich regelmäßig jeden Tag nährten, hätten sich plötzlich und unerwartet in Vampire verwandelt. Aber dazu ist erforderlich, daß man sich wirklich kontinuierlich und auch sehr ausführlich nährt. Andere Menschen wiederum werden unter denselben Umständen nur blutarm, und wenn ein Mensch am Abgrund des Todes steht, nach einem Autounfall etwa oder weil er eine Überdosis Drogen konsumiert hat, und man versucht, ihn zu wandeln, dann kann das ganze Verfahren auch drastisch schieflaufen."

Mir wurde allmählich immer mulmiger zumute. „Es wird Zeit, daß wir das Thema wechseln. Was haben Sie mit dem Land der Comptons vor?"

„Ich gedenke, dort zu wohnen, solange ich irgend kann. Ich habe es satt, ständig umherzuziehen. Ich bin auf dem Land groß geworden. Nun, wo mir das Gesetz das Recht zu leben zubilligt und ich nach Monroe oder Shreveport oder New Orleans gehen kann, um mir synthetisches Blut zu besorgen oder eine Prostituierte, die sich auf unsereins spezialisiert hat, möchte ich gern hier bleiben. Ich will zumindest herausfinden, ob es geht. Jahrzehntelang war ich immer nur unterwegs."

„In welcher Verfassung ist das Haus?"

„In schlechter", mußte Bill zugeben. „Ich habe versucht, es zu entrümpeln. Das kann ich nachts tun. Aber ich brauche Handwerker, um Reparaturen vornehmen zu lassen. Als Zimmermann bin ich nicht schlecht, aber von Elektrizität habe ich nicht den leisesten Schimmer."

Natürlich nicht, wie sollte er auch.

„Ich habe das Gefühl, das Haus könnte ganz gut neue Leitungen vertragen", fuhr Bill fort und klang nicht anders als jedweder besorgte Hausbesitzer irgendwo auf der Welt.

„Haben Sie Telefon?" fragte ich.

„Natürlich", antwortete er erstaunt.

„Warum sind Handwerker dann ein Problem?"

Vorübergehend tot

„Es ist schwer, mich nachts mit ihnen in Verbindung zu setzen, sie dazu zu bringen, sich mit mir zu treffen, ihnen zu erklären, was getan werden muß. Sie haben Angst oder denken, jemand will sie auf die Schippe nehmen, wenn ich anrufe." Auch wenn Bill sich von mir abgewandt hatte, konnte ich seiner Stimme anhören, wie sehr ihn das Thema frustrierte.

Ich lachte. „Wenn Sie wollen", sagte ich, „rufe ich die Handwerker an. Sie kennen mich. Mich halten zwar alle für verrückt, aber sie wissen genau, daß ich ehrlich bin."

„Damit würden Sie mir einen riesigen Gefallen tun", gab Bill nach einigem Zögern zu. „Wenn ich mich erst einmal mit den Handwerkern getroffen habe, um die Arbeit und die Kosten zu besprechen, könnten sie natürlich tagsüber arbeiten."

„Wie unbequem, wenn man tagsüber gar nicht weggehen kann", bemerkte ich gedankenlos. Ich hatte mich vorher noch nie wirklich mit dieser Frage befaßt.

Bills Antwort klang recht trocken: „Das können Sie laut sagen."

„Dazu noch die Notwendigkeit, seinen Ruheplatz verstecken zu müssen!" plapperte ich weiter.

Als Bill daraufhin gar nichts mehr sagte und ich mir denken konnte, warum, entschuldigte ich mich hastig bei ihm.

„Es tut mir leid!" sagte ich, und wenn es nicht so dunkel gewesen wäre, hätte er sehen können, wie ich dunkelrot anlief.

„Der Ort, an dem ein Vampir tagsüber ruht, ist sein bestgehütetes Geheimnis," erwiderte Bill steif.

„Ich möchte mich wirklich entschuldigen!"

„Ich nehme die Entschuldigung an", erklärte er daraufhin nach einem schrecklichen kleinen Augenblick des Schweigens. Dann kamen wir zur Straße und sahen erst in die eine, dann in die andere Richtung, als warteten wir auf ein Taxi. Jetzt, wo wir aus dem Wald heraus waren, konnte ich Bill im Mondlicht klar erkennen. Auch er konnte mich sehen und betrachtete mich nun prüfend von oben bis unten.

„Ihr Kleid hat dieselbe Farbe wie Ihre Augen."

„Danke." So deutlich konnte ich ihn nun wiederum nicht sehen.

„Es ist allerdings nicht viel Kleid vorhanden."

„Wie bitte?"

„Es fällt mir schwer, mich an junge Damen zu gewöhnen, die so wenig anhaben", erklärte Bill.

„Sie hatten ein paar Jahrzehnte Zeit, sich daran zu gewöhnen", erwiderte ich ungehalten. „Nun lassen Sie es aber gut sein! Kleider sind seit mehr als vierzig Jahren kurz!"

„Ich mochte lange Röcke", bemerkte er nostalgisch. „Ich mochte auch die Unterkleider. Die Krinolinen."

Ich gab ein sehr unhöfliches Geräusch von mir.

„Besitzen Sie überhaupt eine Krinoline?" fragte er daraufhin.

„Ich besitze einen sehr hübschen beigen Nylonslip mit Spitze", erklärte ich indigniert. „Wenn Sie ein Mann der menschlichen Art wären, würde ich jetzt sagen, Sie wollen mich nur dazu bringen, über meine Unterwäsche zu reden!"

Er lachte, das dunkle, ungeübte Kichern, das mir so sehr gefiel. „Tragen Sie heute diesen Slip, Sookie?"

Da ich wußte, er konnte mich sehen, streckte ich ihm die Zunge heraus. Ich hob den Saum meines Kleids und enthüllte den Spitzenbesatz des Slips und ein paar Zentimeter mehr von meiner sonnengebräunten Haut.

„Zufrieden?" fragte ich.

„Sie haben hübsche Beine, aber lange Kleider mag ich trotzdem lieber."

„Sie sind einfach nur dickköpfig", teilte ich ihm mit.

„Das hat meine Frau auch immer gesagt."

„Sie waren verheiratet?"

„Ja. Mit dreißig wurde ich Vampir. Ich hatte eine Frau und fünf Kinder, die das Säuglingsalter überlebt hatten. Meine Schwester Sarah wohnte bei uns. Sie hat nie geheiratet. Ihr Verlobter war im Krieg getötet worden."

„Im Bürgerkrieg?"

„Ja. Ich kam vom Schlachtfeld zurück. Ich war einer der Glücklichen. Zumindest dachte ich das damals."

„Sie haben für die Konföderierten gekämpft", sagte ich nachdenklich. „Wenn Sie noch Ihre Uniform hätten und die zum Treffen der Nachkommen anziehen würden, dann fielen die Damen vor Freude alle in Ohnmacht."

„Am Ende des Krieges war von meiner Uniform nicht mehr viel übrig", bemerkte Bill. „Wir trugen Lumpen und waren halb verhungert." Er schien die Erinnerung abschütteln zu wollen. „Das alles hatte keine Bedeutung mehr für mich, nachdem ich Vampir geworden war." Nun klang seine Stimme wieder kalt und so, als sei er kilometerweit von mir entfernt.

„Ich habe etwas angesprochen, was Ihnen Kummer bereitet", sagte ich. „Tut mir leid. Worüber wollen Sie sprechen?" Wir wandten uns um und schlenderten die Auffahrt hinauf, zurück zum Haus.

„Über Ihr Leben", sagte er. „Erzählen Sie mir, was Sie tun, wenn Sie am Morgen aufstehen."

„Ich klettere aus dem Bett. Dann mache ich sofort das Bett und frühstücke. Toast, manchmal Müsli, manchmal Eier und Kaffee, und dann bürste ich mir die Zähne, dusche und ziehe mich an. Manchmal rasiere ich mir die Beine. Wenn es ein Arbeitstag ist, gehe ich zur Arbeit. Wenn ich erst abends zur Arbeit muß, gehe ich vielleicht einkaufen, oder ich begleite meine Oma zum Laden, oder ich leihe mir ein Video aus, oder ich sitze ein wenig in der Sonne. Ich lese viel. Ich kann mich glücklich schätzen, daß meine Oma noch so gut beieinander ist. Sie wäscht und bügelt und kocht auch fast immer."

„Was ist mit jungen Männern?"

„Ach, das habe ich Ihnen doch schon erzählt. Es ist einfach unmöglich."

„Was wollen Sie also tun, Sookie?" fragte er sanft.

„Alt werden und sterben." Meine Stimme klang dünn. Bill hatte einmal zu oft an meine empfindlichen Punkte gerührt.

Zu meiner Verwunderung nahm der Vampir nun meine Hand. Jetzt, wo wir einander ein wenig wütend gemacht und wunde Punkte berührt hatten, schien die Luft mit einem Mal klarer. In der lauen Nacht wehte mir eine Brise die Haare ins Gesicht.

„Würden Sie die Spange herausnehmen?" bat Bill.

Kein Grund, das nicht zu tun. Ich entzog ihm meine Hand und griff nach oben, um die Spange zu öffnen. Dann schüttelte ich den Kopf, um die Haare zu lockern. Die Haarspange steckte ich Bill in die Tasche, denn ich hatte keine. Bill ließ seine Finger durch mein Haar gleiten, als sei das die natürlichste Sache der Welt, und breitete es auf meinen Schultern aus.

Ich berührte seine Koteletten, denn berühren schien in Ordnung. „Die sind ziemlich lang", stellte ich fest.

„Das war damals Mode", sagte er. „Ich hatte Glück, ich trug keinen Bart, wie so viele der Männer, sonst hätte ich ihn jetzt für alle Ewigkeit."

„Sie brauchen sich nie zu rasieren?"

„Nein, zum Glück hatte ich mich gerade rasiert." Mein Haar schien ihn zu faszinieren. „Im Mondlicht sehen sie silbern aus", sagte er ruhig.

„Ah. Was tun Sie gerne?"

Selbst im Dunkeln konnte ich den Schatten seines Lächelns sehen.

„Auch ich lese gern." Dann dachte er nach. „Ich gehe gern ins Kino. Ich habe die Filmwelt von ihren Anfängen an beobachtet. Ich bin gern in Gesellschaft von Menschen, die ihr Leben normal verbringen. Manchmal sehne ich mich auch nach einem Zusammensein mit anderen Vampiren, auch wenn viele von denen ein Leben führen, das sich von meinem grundsätzlich unterscheidet."

Wir gingen eine Weile schweigend nebeneinander her.

„Sehen Sie gern fern?"

„Manchmal", gab er zu. „Eine Zeitlang habe ich Seifenopern aufgenommen und sie mir nachts angesehen, weil ich dachte, ich liefe Gefahr zu vergessen, was Menschsein heißt. Das habe ich nach einer Weile aber wieder gelassen. Was ich dort zu sehen bekam, ließ mich denken, es sei gar nicht so schlecht, wenn man vergißt, was Menschsein heißt." Da mußte ich lachen.

Nun traten wir in den Lichtkreis, der unser Haus umgab. Ich war mir fast sicher gewesen, daß Oma auf der Verandaschaukel sitzen und auf uns warten würde, aber das tat sie nicht, und im Wohnzimmer brannte lediglich eine einzige, nicht besonders helle Lampe. Also wirklich, Oma! dachte ich gereizt. Das war nun wahrlich fast so, als brächte mich ein neuer Verehrer nach der ersten Verabredung nach Hause, und schon ertappte ich mich tatsächlich bei der Frage, ob Bill wohl versuchen würde, mich zu küssen. Angesichts seiner Ansichten über die Länge oder Kürze von Kleidern stand zu befürchten, daß er dies für nicht angebracht hielt. Aber wie dumm es auch sein mag, sich ausgerechnet nach dem Kuß eines Vampirs zu sehnen: Ich wollte genau das – von Bill geküßt werden. Das wollte ich in diesem Moment mehr als alles andere auf der Welt.

Schon spürte ich, wie sich in meiner Brust etwas verspannte, spürte die Bitterkeit darüber, daß mir schon wieder etwas verweigert wurde, wonach ich mich sehnte. Aber dann dachte ich: warum eigentlich nicht?

Vorübergehend tot

Sanft zog ich an Bills Hand und brachte ihn so zum Stehen. Dann reckte ich mich auf die Zehenspitzen und preßte meine Lippen an seine matt schimmernde Wange. Dabei atmete ich seinen Geruch ein, einen gewöhnlichen, aber leicht salzigen Geruch. Zudem duftete er ganz fein nach Eau de Cologne.

Ich fühlte, wie der Vampir bebte. Dann drehte er den Kopf so, daß seine Lippen die meinen berührten, und ich schlang ihm die Arme um den Hals. Sein Kuß wurde immer intensiver, und ich öffnete meine Lippen: So war ich noch nie geküßt worden. Der Kuß dauerte und dauerte, bis ich dachte, die ganze Welt läge darin, in dem Mund des Vampirs auf dem meinen. Dann ging mein Atem hörbar immer rascher, und ich fing an, mich auch nach anderen Dingen zu sehnen.

Ganz plötzlich zog Bill sich zurück. Er wirkte erschüttert, was mich unendlich freute. „Gute Nacht, Sookie", murmelte er und strich mir ein letztes Mal übers Haar.

„Gute Nacht, Bill", erwiderte ich und klang selbst auch ganz schön zittrig. „Ich werde versuchen, morgen ein paar Elektriker anzurufen. Ich lasse dich dann wissen, was sie gesagt haben."

„Komm doch morgen abend bei mir vorbei – wenn du nicht arbeitest?"

„Ja", sagte ich nur, denn ich war immer noch damit beschäftigt, mich wieder einzukriegen.

„Bis dann. Vielen Dank." Damit schickte er sich an, durch den Wald hindurch zurück zu seinem Haus zu gehen. Als er die Dunkelheit zwischen den Bäumen erreicht hatte, war nichts mehr von ihm zu sehen.

Ich stand da und starrte ihm hinterher wie eine Närrin. Dann schüttelte ich mich einmal und ging zu Bett.

Dort verbrachte ich unanständig viel Zeit damit, wach zu liegen und mich zu fragen, ob die Untoten – na ja – ob sie ‚es' überhaupt tun konnten. Zudem fragte ich mich, ob sich Sex offen mit Bill erörtern ließe, denn manchmal erschien er mir altmodisch. Dann wieder kam er mir vor wie der Typ von nebenan. Na – vielleicht nicht gerade wie der Typ von nebenan, aber doch schon ziemlich normal.

Mir erschien es einerseits wunderbar, andererseits jedoch auch ein wenig traurig, daß ich in all den Jahren nur ein einziges Wesen kennengelernt hatte, zu dem es mich sexuell hinzog, und dieses Wesen war noch nicht einmal ein Mensch. Meine telepathische Gabe ließ mir in dieser Frage keine große Wahl. Klar: Ich hätte mit irgendwem schlafen können, nur des sexuellen Erlebnisses wegen, aber ich hatte nun einmal auf jemanden gewartet, mit dem zusammen Sex wirklich Spaß machen würde.

Was, wenn wir miteinander schliefen und ich nach all den Jahren feststellen mußte, daß mir jegliches Talent fehlte? Oder wenn es sich einfach nicht gut anfühlte? Vielleicht hatten all die Bücher und Filme ja schamlos übertrieben – und auch Arlene, die nie verstehen wollte, daß ich über ihr Liebesleben nichts hören mochte?

Nach langer Zeit schlief ich endlich ein und träumte unendlich ausführliche, sehr dunkle Träume.

Sobald es mir am nächsten Morgen gelungen war, Omas Fragen nach meinem Spaziergang mit Bill und unseren zukünftigen Plänen miteinander elegant zu umschiffen, tätigte ich ein paar Telefonanrufe. Es gelang mir, zwei Elektriker, einen Klempner und ein paar andere Handwerker aufzutreiben, die bereit waren, mir Telefonnummern zu geben, unter denen sie nachts erreichbar sein würden, und erklärte ihnen, es handle sich nicht um einen Scherz, wenn sie einen Anruf von Bill Compton erhalten sollten.

Gerade hatte ich mich im Garten in die Sonne gelegt, um ein wenig zu rösten, als mir Oma das Telefon an den Liegestuhl brachte.

„Dein Chef", verkündete sie und strahlte dabei über beide Ohren wie eine höchst zufriedene Katze. Oma konnte Sam gut leiden, und offenbar hatte er am Telefon etwas zu ihr gesagt, das sie glücklich machte.

„Hallo, Sam", meldete ich mich und klang dabei im Gegensatz zu meiner Oma nicht besonders glücklich. Wenn Sam mich anrief, hieß das, daß auf der Arbeit etwas schiefgelaufen war.

„Meine Liebe: Dawn ist nicht zur Arbeit gekommen!" verkündete mein Chef da auch bereits.

„Oh ... verdammt", erwiderte ich, denn ich wußte, daß ich nun an Dawns Stelle zum Dienst antreten sollte. „Ich habe eigentlich etwas vor!" Das war neu. „Wann brauchst du mich denn?"

„Könntest du von fünf bis neun? Das wäre mir schon eine große Hilfe."

„Kriege ich dafür einen ganzen Tag frei?"

„Dawn teilt sich einen anderen Abend dafür mit dir die Schicht – was hältst du davon?"

Vorübergehend tot

Ich gab ein unanständiges Geräusch von mir; meine Oma starrte mich mit unbewegtem Gesicht an, und ich wußte, daß sie mir später eine Standpauke halten würde. „Schon gut!" brummte ich unwillig. „Ich bin um fünf Uhr da."

„Danke", meinte Sam. „Ich wußte doch, daß ich mich auf dich verlassen kann."

Ich versuchte ja, mich über dieses Lob zu freuen, aber ich konnte mir nicht helfen: Mir schien die Tugend, für die ich da gelobt wurde, eine langweilige zu sein. Klar konnte man sich darauf verlassen, daß Sookie einsprang und half, denn sie hatte ja sonst nichts vor in ihrem Leben.

Auch nach neun Uhr würde ich noch prima bei Bill vorbeischauen können, das war nicht die Frage. Er würde ja ohnehin die ganze Nacht wach sein.

Nie war auf der Arbeit die Zeit so langsam vergangen. Ich hatte Probleme damit, ständig meinen Schutzwall aufrecht zu erhalten, weil meine Gedanken immer wieder zu Bill abschweiften. Zum Glück war nicht viel Kundschaft da, sonst hätte ich haufenweise unerwünschte Gedanken zu hören bekommen. So wie die Dinge standen, erfuhr ich, daß Arlenes Regel ausgeblieben war und sie befürchtete, schwanger zu sein, und ehe ich mich zusammenreißen konnte, hatte ich meine Kollegin auch schon liebevoll in den Arm genommen. Sie sah mich prüfend an und wurde dann knallrot.

„Hast du meine Gedanken gelesen, Sookie?" fragte sie, und in ihrer Stimme lag ein eindeutig warnender Unterton. Arlene gehörte zu den wenigen Menschen, die meine Fähigkeiten einfach zur Kenntnis genommen hatten, ohne zu versuchen, eine Erklärung dafür zu finden oder mich als Mißgeburt abzustempeln. Allerdings sprach sie nicht oft über meine Gabe, und wenn, so hatte ich festgestellt, dann nie in einem normalen Tonfall.

„Es tut mir so leid! Ich wollte es nicht", beteuerte ich. „Ich kann mich nur heute einfach nicht konzentrieren."

„Okay. Aber von jetzt an hältst du dich raus!" Mit diesen Worten fuchtelte Arlene mir mit dem Zeigefinger vor der Nase herum, während ihre roten Locken im Takt dazu ihren Kopf umtanzten.

Ich wäre am liebsten in Tränen ausgebrochen. „Es tut mir so leid!" wiederholte ich, und dann verkroch ich mich im Lager, um wieder richtig zu mir zu kommen. Ich wollte versuchen, meine Gesichtszüge wieder in die gewohnte Ordnung zu bringen, und mußte auf jeden Fall verhindern, daß meine Tränen ungehemmt flossen.

Kaum hatte ich die Tür hinter mir geschlossen, als ich auch schon hörte, wie sie wieder aufging.

„Arlene! Ich habe nun schon zweimal gesagt, wie leid es mir tut!" fauchte ich, denn ich wollte allein sein.

Arlene verwechselte nämlich manchmal Telepathie mit Hellsehen, und ich befürchtete, sie würde mich fragen wollen, ob das mit der Schwangerschaft stimmte. In der Frage war sie aber mit einem Schwangerschaftstest aus der Apotheke wesentlich besser bedient.

„Sookie?" Nicht Arlene war mir in den Lagerraum gefolgt, sondern Sam. Er legte mir die Hand auf die Schultern, drehte mich zu sich um und fragte: „Was ist?"

Er fragte das ganz sanft, was mich den Tränen nur noch näher brachte.

„Bitte sei fies zu mir, sonst heule ich los!" bat ich ihn.

Er lachte, kein lautes Lachen, ein ganz kleines, leises. Dann nahm er mich in den Arm.

„Was ist los?" Er würde nicht aufgeben und gehen.

„Ach, ich ..." Weiter kam ich nicht, dann biß ich mir auf die Zunge. Ich hatte mein Problem (denn als solches sah ich das, was Bill meine Gabe genannt hatte) nie offen mit Sam oder jemand anderem besprochen. Jeder in Bon Temps war mit den Gerüchten vertraut, die über mich in Umlauf waren, meinte zu wissen, warum ich so merkwürdig wirkte. Niemandem jedoch schien wirklich bewußt zu sein, daß ich ihrem geistigen Geplapper tagaus, tagein ausgesetzt war, ob ich das nun wollte oder nicht, daß ich gezwungen war, mit einer ewigen Geräuschkulisse aus Bla-bla-bla zu leben.

„Hast du irgend etwas gehört, was dir Kummer macht?" Sams Stimme klang ruhig, und die Frage kam beiläufig. Er berührte sanft meine Stirn und gab mir so zu verstehen, daß er durchaus wußte, daß ich ‚hören' konnte.

„Ja."

„Kannst das gar nicht verhindern, oder?"

„Nein."

„Und es nervt dich, nicht, Schatz?"

„Und wie!"

„Aber es ist doch nicht deine Schuld, oder?"

Vorübergehend tot

„Ich versuche ja, nicht zuzuhören, aber ich kann einfach nicht ständig auf der Hut sein." Ich spürte, wie eine Träne, die ich nicht hatte zurückhalten können, mir über die Wange kullerte.

„Du bist also auf der Hut, Sookie, so machst du das? Wie schaffst du es, auf der Hut zu sein?"

Sam klang ehrlich interessiert und schien mich nicht für einen Fall für die Klapsmühle zu halten. Ich hob den Blick – weit mußte ich ihn nicht heben – und sah in die leuchtenden Augen, die sein Gesicht beherrschten.

„Das läßt sich jemandem, der es nicht selbst auch tut, schwer beschreiben. Ich errichte im Kopf einen Zaun ... nein: keinen Zaun. Ich stelle Stahlplatten auf und schiebe sie ineinander. Als Bollwerk zwischen meinem Kopf und den Köpfen aller anderen."

„Und dann mußt du dafür sorgen, daß diese Stahlplatten nicht verrutschen oder kippen?"

„Ja, und das verlangt ungeheure Konzentration. Es ist so, als müßte ich meine Gedanken immerfort aufteilen, weswegen die Leute mich auch für verrückt halten. Die eine Hälfte meines Bewußtseins erhält die Stahlplatten aufrecht, und die andere versucht, sich Bestellungen zu merken – für eine zusammenhängende Konversation ist da oft kein Platz mehr." Während ich Sam das alles erklärte, überkam mich eine Welle der Erleichterung. Endlich einmal konnte ich darüber reden!

„Hörst du Worte oder empfängst du einfach nur Eindrücke?"

„Das hängt davon ab, wem ich zuhöre und in welchem Zustand sich der Betreffende befindet. Menschen, die betrunken oder verwirrt sind, vermitteln mir Bilder, Eindrücke, Vorhaben. Bei Menschen, die nüchtern und klar im Kopf sind, höre ich Worte und empfange dazu noch einige Bilder."

„Der Vampir sagt, ihn kannst du nicht hören."

Bei der Vorstellung, Sam und Bill könnten sich über mich unterhalten haben, wurde mir etwas mulmig zu Mute. „Das stimmt", gab ich zu.

„Da kannst du dich entspannen?"

„Ja!" Das kam aus tiefstem Herzen.

„Kannst du mich auch hören, Sookie?"

„Das möchte ich noch nicht einmal versuchen", sagte ich hastig und eilte zur Tür, wo ich, die Hand bereits auf der Klinke, noch einmal stehenblieb. Aus der Seitentasche meiner schwarzen Shorts fischte ich ein Papiertaschentuch und wischte mir die Tränenspuren von den Wangen. „Wenn ich deine Gedanken lesen würde, Sam, müßte ich hier kündigen. Ich mag dich, mir gefällt es hier."

„Versuch es doch einfach irgendwann mal", sagte Sam beiläufig und wandte sich dann einem Karton mit Whiskeyflaschen zu, den er mit dem rasiermesserscharfen Teppichschneider, den er stets bei sich trug, aufschneiden wollte. „Wenn du es tust, brauchst du dir meinetwegen nicht den Kopf zu zerbrechen. Was mich betrifft, so ist der Job hier dir sicher, solange du ihn haben willst."

Wenig später wischte ich einen Tisch ab, auf dem Jason Salz verstreut hatte, als er am Nachmittag dagewesen war, um einen Hamburger mit Pommes zu essen und ein paar Bierchen zu trinken. Dabei ließ ich mir Sams Vorschlag durch den Kopf gehen.

An diesem Tag würde ich jedenfalls nicht mehr versuchen, ihm zuzuhören. Heute war er vorbereitet. Ich würde abwarten, bis Sam mit anderen Dingen beschäftigt war, und mich dann einfach mal ein wenig bei ihm einschalten. Immerhin hatte er mich dazu eingeladen – das war mir noch nie passiert.

Irgendwie war es nett, so eingeladen zu werden.

Ich besserte meine Schminke auf und kämmte mich, denn ich trug mein Haar an diesem Tag offen, weil Bill das zu mögen schien. Mich persönlich hatten die Haare den ganzen Abend über eher gestört. Nun war es fast Zeit für mich, zu gehen, und so holte ich meine Handtasche aus Sams Büro.

*   *   *

Das Compton-Haus lag, wie auch das Haus meiner Großmutter, in einiger Entfernung von der Straße, war aber von dort aus eher zu sehen als das unsrige. Vom Haus der Comptons aus hatte man einen Blick auf den Friedhof; von unserem Haus aus nicht. Das lag (zumindest zum Teil) daran, daß das Compton-Haus höher lag als das unsrige. Es befand sich oben auf einem kleinen Hügel und war wirklich zweistöckig, während Großmutters Haus im Obergeschoß zwar ein paar zusätzliche Schlafzimmer und einen Dachboden hatte, eigentlich aber nur anderthalbstöckig war.

Die Comptons hatten irgendwann einmal in ihrer langen Geschichte ein wahrhaft schönes Heim ihr eigen nennen können, und selbst

Vorübergehend tot

jetzt strahlte das Haus in der Dunkelheit noch eine gewisse Würde und Anmut aus. Bei Tageslicht jedoch, so wußte ich, konnte man sehen, daß die Farbe von den Säulen abblätterte, die hölzernen Balustraden schief hingen und der Garten ein einziger Urwald war. In der feuchten Wärme Louisianas gerät ein Garten leicht außer Kontrolle, und der alte Compton war kein Mann gewesen, der für die Gartenarbeit jemanden anstellte. Als er selbst dafür zu schwach geworden war, war die Arbeit einfach liegengeblieben.

Schon jahrelang hatte niemand mehr die runde Auffahrt mit frischem Kies ausgestreut, und so ließ ich mein Auto recht vorsichtig bis zur Vordertür kriechen. Als ich sah, daß das ganze Haus hell erleuchtet war, wußte ich, daß der Abend nicht so verlaufen würde wie der vergangene. Außer meinem stand noch ein Auto vor der Tür, ein Lincoln Continental, weiß mit blauem Verdeck. Ein Aufkleber – blaue Schrift auf weißem Grund – zierte die Stoßstange und verkündete ‚Vampire sind Blutsauger'. Ein weiterer Kleber – rote Schrift auf gelbem Grund – bat: ‚Blutspender bitte hupen', und das speziell gefertigte Nummernschild des Wagens – so eins, das der Eitelkeit diente und für das man sehr viel Geld bezahlte – lautete schlicht: Fangzahn 1.

Bill schien bereits Besuch zu haben – vielleicht sollte ich da lieber wieder nach Hause gehen?

Aber ich war eingeladen worden und wurde erwartet. Zögernd hob ich also die Hand und klopfte an die Vordertür.

Ein weiblicher Vampir öffnete mir.

Sie leuchtete wie verrückt, war mindestens 1,80 m groß und schwarz. Sie trug Stretch: einen Sport- BH, leuchtendrot wie ein Flamingo, und passende Leggins, die ihr bis zur Hälfte der Waden reichten. Dazu ein weißes, offenes Männerhemd und mehr nicht.

Ich fand, sie sah so billig aus wie nur irgend etwas und höchstwahrscheinlich – von einem männlichen Blickwinkel aus – wahrhaft appetitlich.

„Hallo, sieh da, ein kleines menschliches Püppchen!" gurrte die Vampirfrau.

Da wurde mir schlagartig klar, daß ich mich in Gefahr begeben hatte. Verschiedentlich schon hatte Bill mir warnend zu verstehen gegeben, daß nicht alle Vampire so waren wie er und daß es selbst in seinem Leben Momente gab, in denen man sein Verhalten nicht wirklich als nett bezeichnen konnte. Auch ohne die Gedanken des

Wesens da vor mir lesen zu können: Ich hörte durchaus, wie grausam und kalt ihre Stimme klang.

Vielleicht hatte sie Bill etwas angetan. Vielleicht war sie seine Geliebte.

All diese Gedanken rasten mir durch den Kopf, aber keiner von ihnen zeigte sich auf meinem Gesicht. Schließlich hatte ich mich jahrelang darin üben können, meine Züge unter Kontrolle zu halten. Schon spürte ich, wie sich mein Lächeln noch vertiefte und sich mein Rücken kerzengerade aufrichtete. Dann strahlte ich: „Hallo! Bill bat mich, vorbeizuschauen und ein paar Informationen mit ihm durchzugehen. Ist er zu sprechen?"

Nun lachte die Vampirin mich offen aus, aber das war schließlich nichts Ungewohntes für mich. Mein Lächeln leuchtete noch heller. Das Wesen, das da vor mir stand, strahlte Gefahr aus wie eine Glühbirne Hitze.

„Das kleine Menschenmädchen hier sagt, sie hat Informationen für dich, Bill", brüllte die Vampirin über ihre (schlanke, braune, schöne) Schulter hinweg.

Ich versuchte, mir meine Erleichterung in keiner Weise anmerken zu lassen.

„Willst du das kleine Ding sprechen? Oder soll ich ihr einfach einen Knutschfleck verpassen?"

Nur über meine Leiche! dachte ich fuchsteufelswild, und dann wurde mir ein wenig übel: Genau das konnte schließlich passieren.

Bills Antwort vermochte ich nicht zu hören, aber nun gab die Vampirfrau die Tür frei, und ich trat in das alte Haus. Fortlaufen hätte keinen Zweck gehabt, der Vamp hätte mich fraglos schon nach fünf Schritten auf die Matte geworfen. Zudem hatte ich Bill noch nicht zu Gesicht bekommen und konnte von daher auch nicht sicher sein, daß ihm nichts geschehen war. Ich würde all meinen Mut zusammennehmen und auf das Beste hoffen. Darin war ich ziemlich gut.

Das große vordere Zimmer war vollgestopft mit dunklen, alten Möbeln und Menschen. Nein, nicht mit Menschen: Bei genauerem Hinsehen erkannte ich zwei Menschen und zwei weitere, mir unbekannte Vampire.

Beide Vampire waren weiß und männlich. Der eine trug einen Irokesenschnitt und Tätowierungen auf jedem sichtbaren Fitzelchen Haut. Der andere war noch größer als die Frau, die mir die Tür geöffnet hatte, vielleicht größer als zwei Meter. Er hatte einen dichten Schopf dunklen Haars, das ihm bis über die Schultern und noch weiter hinabfiel, sowie eine beeindruckende Figur.

Die anwesenden Menschen machten weit weniger her. Einer von ihnen war weiblich: füllig und blond, etwa fünfunddreißig, vielleicht auch älter. Die Frau trug ungefähr ein Pfund Schminke zu viel und wirkte ausgelatscht wie ein alter Stiefel. Da war der Mann schon eine andere Nummer, denn er war hübsch, wunderhübsch sogar, der hübscheste Mann, den ich je gesehen hatte. Er war bestimmt nicht älter als einundzwanzig und mochte spanischer Herkunft sein, denn er war dunkelhäutig, klein und feingliedrig. Er war mit Jeans bekleidet, die er ein ganzes Stück über dem Knie abgeschnitten hatte. Sonst trug er nichts. Außer Make-up – was ich zur Kenntnis nahm, ohne mit der Wimper zu zucken, nicht aber wirklich attraktiv fand.

Dann bewegte sich Bill, so daß ich endlich erkennen konnte, wo er war. Er stand in den Schatten eines dunklen Flurs, der vom Wohnzimmer aus in den hinteren Teil des Hauses führte. Ich sah ihn an, denn er sollte mir vermitteln, wie ich mich in dieser unerwarteten Situation zu verhalten hatte. Zu meinem großen Entsetzen strahlte Bill nichts aus, was ich als beruhigend empfand. Er verzog keine Miene; sein Gesicht wirkte absolut undurchdringlich. Ich mochte es ja selbst kaum glauben, aber einen Moment lang schoß mir durch den Kopf, welche Erleichterung es jetzt wäre, einen kurzen Blick auf Bills Gedanken werfen zu können.

„Wunderbar!" sagte der langhaarige Vampir. „Dann können wir uns ja alle zusammen einen entzückenden Abend machen. Ist das hier eine kleine Freundin von dir? Sie wirkt irgendwie so frisch."

Mir gingen ein paar Kraftausdrücke durch den Kopf, die Jason mir beigebracht hatte.

„Wenn Sie Bill und mich einen Augenblick entschuldigen würden?" bat ich höflich, als sei dies für mich ein total normaler Abend. „Ich habe mich heute um ein paar Handwerker gekümmert, die das Haus renovieren sollen." Nun wird einem in der Regel nicht viel professioneller Respekt gezollt, wenn man Shorts und Nikes trägt, aber ich versuchte dennoch, geschäftsmäßig und unpersönlich zu klingen. Sie alle sollten glauben, ich sei nicht in der Lage, mir vorzustellen, die netten Menschen, denen ich hier im Verlauf meines Arbeitstages begegnete, könnten eine wirkliche Bedrohung für mich darstellen.

„Da hat man uns gesagt, Bill lebt jetzt ausschließlich von synthetischem Blut!" bemerkte der tätowierte Vampir kopfschüttelnd. „Da müssen wir uns doch irgendwie verhört haben, Diane!"

Die Vampirin neigte den Kopf und musterte mich von der Seite. „Da bin ich nicht so sicher. Sie sieht mir sehr nach Jungfrau aus."

Auf Jungfernhäutchen bezog sich Diane mit dieser Bemerkung bestimmt nicht.

Wie zufällig tat ich ein paar Schritte in Bills Richtung und hoffte inständig, er möge mir beistehen, sollte es zum Schlimmsten kommen. Wobei ich mir, wie ich feststellen mußte, nicht hundert Prozent sicher war, daß er das auch tun würde. Immer noch strahlend lächelnd stand ich dann da und betete, Bill würde etwas sagen, würde sich zumindest bewegen.

Genau das tat er auch. „Sookie gehört mir", sagte er mit einer Stimme, die so kalt und glatt klang, daß sie, wäre sie ein Stein gewesen, in jedem Teich hätte versinken können, ohne auf der Wasseroberfläche auch nur die kleinste Wellenbewegung zu verursachen.

Ich warf ihm einen scharfen Blick zu, hatte aber genug Grips im Leibe, den Mund zu halten.

„Wie gut hast du dich bis jetzt um unseren Bill hier gekümmert?" wollte Diane wissen.

„Das geht Sie einen Dreck an", bediente ich mich immer noch lächelnd einer von Jasons Redewendungen. Ich kann ziemlich wütend werden, wenn ich provoziert werde – das hatte ich doch schon erwähnt, oder?

Es entstand eine angespannte kleine Pause, in der mich alle Anwesenden – Menschen wie Vampire – einer angelegentlichen Prüfung unterzogen, bei der ihnen wahrscheinlich nicht ein einziges Härchen auf meinen Armen entging. Dann fing der große Mann an, aus vollem Halse zu lachen. Es schüttelte ihn förmlich. Die anderen schlossen sich ihm an, und während sie alle lauthals vor sich hingackerten, trat ich unauffällig noch näher an Bill heran. Dessen dunkle Augen ruhten auf meinem Gesicht. Er jedenfalls lachte nicht, und ich hatte das deutliche Gefühl, er wünschte mindestens ebenso sehr wie ich, ich könnte seine Gedanken lesen.

Irgendwie befand Bill sich in Gefahr; soviel hatte ich inzwischen kapiert, und wenn er sich in Gefahr befand, dann galt das gleiche auch für mich.

Vorübergehend tot

„Irgendwie hast du ein komisches Lächeln", bemerkte der große Vampir nun nachdenklich. Wenn er lachte, gefiel er mir wesentlich besser.

„Ach, Malcolm!" grummelte Diane. „In deinen Augen sind doch alle weiblichen Menschen merkwürdig."

Daraufhin zog Malcolm den männlichen Menschen ganz dicht zu sich heran und küßte ihn ausführlich. Mir wurde ein wenig übel bei diesem Anblick: Solche Sachen sind doch nicht für die Öffentlichkeit bestimmt! „Da hast du recht", sagte Malcolm nach einer Weile, wobei er sich vom Mund des zierlichen Mannes losriß, der deswegen recht enttäuscht wirkte. „Aber trotzdem scheint diese Frau etwas Außergewöhnliches an sich zu haben. Vielleicht ist ihr Blut ja besonders nahrhaft."

„Mann!" mischte sich jetzt die stark geschminkte Blonde ein, und zwar mit einer Stimme, mit der man Tapete hätte von den Wänden kratzen können. „Das ist doch bloß die verrückte Sookie Stackhouse."

Nun sah ich mir die Frau genauer an und konnte ihr nach einer Weile und nachdem ich ihr im Geiste eine Menge harter Jahre und ungefähr das halbe Make-up aus dem Gesicht entfernt hatte, auch einen Namen geben. Janella Lennox hatte einmal zwei Wochen lang im Merlottes gearbeitet. Nach diesen zwei Wochen hatte Sam sie entlassen, und die Frau war, wie Arlene mir erzählt hatte, nach Monroe gezogen.

Nun legte der Vampir mit den Tätowierungen den Arm um Janelle und fummelte an ihren Brüsten herum. Ich fühlte, wie mir bei diesem Anblick das Blut aus dem Gesicht wich. Aber es kam noch schlimmer. Offenbar scherte sich Janelle inzwischen ebenso wenig um gutes Benehmen wie die Vampire: Sie griff dem Tätowierten genüßlich in den Schritt und massierte flott drauflos.

Zumindest erhielt ich so den deutlichen Beweis dafür, daß Vampire in der Tat zu einem normalen Liebesleben fähig sind.

Im Moment machte mich dieses Wissen aber nicht wirklich scharf.

Malcolm hatte mich nicht aus den Augen gelassen, und er hatte mir wohl angemerkt, wie sehr mich die ganze Sache anwiderte.

„Sie ist unschuldig!" versicherte er Bill – mit einem Lächeln, das voller Erwartung war.

„Sie gehört mir!" wiederholte Bill noch einmal. Diesmal klang seine Stimme eindringlicher und enthielt eine Warnung, die deutlicher selbst dann nicht hätte ausfallen können, wenn Bill eine Klapperschlange gewesen wäre.

„Aber Bill, du kannst mir unmöglich weismachen wollen, das kleine Ding da hätte dir alles gegeben, was du brauchst!" gurrte Diane. „Du wirkst so blaß und lethargisch! Sie hat sich nicht genug um dich gekümmert."

Ich rückte noch einen Zentimeter näher an Bill heran.

„Hier!" lockte Diane, die ich inzwischen richtig haßte, „versuch mal einen Schluck von Liams Frau oder Malcolms hübschem Knaben Jerry."

Janella reagierte nicht darauf, daß sie so in der Runde angeboten wurde. Wahrscheinlich war sie zu sehr mit dem Reißverschluß an Liams Jeans befaßt. Aber Malcolms hübscher Freund Jerry glitt brav zu Bill hinüber, bereit und willens, ihm zu dienen. Als der Junge seine Arme um Bill schlang, meinen Vampir zärtlich auf den Nacken küßte und sich dabei mit seiner Brust an Bills Oberhemd rieb, wurde mein Lächeln so breit, daß es mir fast den Unterkiefer ausgerenkt hätte.

Bills Gesicht war so angespannt, daß es mir fast unerträglich war, ihn anzusehen. Schon fuhr er die Fangzähne aus, und zum ersten Mal sah ich sie in voller Länge. Es war ganz klar: Das synthetische Blut befriedigte nicht alle Bedürfnisse, die Bill verspürte.

Nun glitt Jerrys Zunge über einen Punkt an Bills Halsansatz, und ich schaffte es nicht länger, auf der Hut zu sein und mein Visier geschlossen zu halten. Da es sich bei dreien der Anwesenden um Vampire handelte, deren Gedanken ich nicht hören konnte, und Janella voll und ganz beschäftigt war, blieb nur Jerrys Kopf. Ich lauschte, und dann mußte ich würgen.

Bill, der so verzückt schien, daß er förmlich zitterte, beugte bereits den Kopf, um seine Fangzähne in Jerrys Nacken zu senken. Da rief ich: „Nein! Er hat das Sino-Virus!"

Bill starrte mich über Jerrys Schulter hinweg an, als sei er von einem Bannspruch erlöst. Noch keuchte er schwer, aber seine Fangzähne sahen wieder aus wie sonst immer. Ich ergriff die Gelegenheit, trat rasch noch ein paar Schritte näher und befand mich nun nur einen halben Meter von Bill entfernt.

„Sino-AIDS", verkündete ich.

Waren ihre Opfer stark alkoholisiert oder hatten sie eine Menge anderer Drogen im Blut, dann litten auch die Vampire, die sich an

Vorübergehend tot

ihnen genährt hatten, eine Zeitlang unter den Folgen, und man erzählte sich, manchen von ihnen gefiele dieser kleine Kick. Das Blut von Menschen, bei denen AIDS bereits zum Ausbruch gekommen war, hatte keine Auswirkungen auf sich nährende Vampire. Das galt auch für andere Geschlechtskrankheiten und generell für alle Viren, von denen Menschen geplagt werden können.

Die Ausnahme von all diesen Regeln hieß Sino-AIDS. Menschen starben unweigerlich an diesem Virus, Vampire nicht. Der Genuß infizierten Blutes führte aber dazu, daß die betreffenden Untoten mindestens einen Monat lang sehr geschwächt waren und in dieser Zeit wesentlich leichter gefangen und gepfählt werden konnten. Es kam auch vor, daß ein Vampir, der sich wiederholt von infiziertem Blut genährt hatte, starb – oder sollte ich lieber sagen: erneut starb – ohne gepfählt worden zu sein. Noch war Sino-AIDS in den USA recht selten, aber die Krankheit fing gerade an Fuß zu fassen, besonders in Hafenstädten wie New Orleans, in denen Seeleute aus vielen verschiedenen Ländern und andere Reisende in Feierlaune sich vorübergehend aufhielten.

Alle Vampire standen wie angewurzelt da und starrten Jerry an, als sei er der leibhaftige Tod, und für sie konnte er das ja auch durchaus sein.

Dann tat der wunderschöne junge Mann etwas, was mich völlig unvorbereitet traf: Er stürzte sich auf mich. Auch wenn er kein Vampir war, verfügte er doch über ziemliche Kräfte, und seine Krankheit befand sich augenscheinlich erst im ersten Stadium. Jedenfalls gelang es ihm problemlos, mich gegen die Wand zu meiner Linken zu schleudern. Dann umklammerte er mit der einen Hand meinen Hals und holte mit der anderen aus, um mir einen Schlag zu versetzen. Abwehrend hob ich die Arme, aber ich hatte sie noch nicht vor dem Gesicht, da wurde Jerrys Hand auch schon gepackt, woraufhin der junge Mann erstarrte.

„Laß ihren Hals los", sagte Bill, und seine Stimme klang so drohend, daß selbst ich mich fürchtete. Mittlerweile gab es hier so viele Dinge, vor denen ich mich fürchtete, daß ich mir schon gar nicht mehr vorstellen konnte, je wieder angstfrei zu sein. Jerrys Finger an meinem Hals ließen nicht locker, und ohne es zu wollen stieß ich ein leises Wimmern aus. Ich schielte zur Seite in Jerrys aschfahles Gesicht, und da sah ich, daß Bill Jerrys Hand umklammert hielt, während Malcolm seine Beine gepackt hatte, indes der Mann selbst so verängstigt war, daß er gar nicht mehr begriff, was man von ihm wollte.

Der Raum verschwamm vor meinen Augen, und summende Stimmen erklangen und verklangen wieder. Jerrys Gedanken kämpften gegen meine. Ich war hilflos, weshalb ich mich seinem verzweifelten Denken gegenüber nicht verschließen konnte. So drangen Bilder von Jerrys Geliebtem auf mich ein, der ihn mit dem Virus infiziert und dann eines Vampirs wegen verlassen hatte, weswegen er letztlich von Jerry in einem Anfall rasender Eifersucht umgebracht worden war. Nun mußte Jerry erkennen, wie in den Vampiren, die er doch eigentlich hatte vernichten wollen, der Tod auf ihn zukam. Noch fand er seine Rachegelüste nicht befriedigt, denn er glaubte nicht, daß er schon genügend Vampire mit dem Virus infiziert hatte.

Über Jerrys Schulter hinweg konnte ich Dianes Gesicht sehen; sie lächelte.

Bill brach Jerry das Handgelenk.

Da schrie der schöne junge Mann auf und brach zusammen. Mir schoß das Blut zurück in den Kopf, und ich wäre um ein Haar in Ohnmacht gefallen. Beiläufig, als sei der junge Mann ein leichter, zusammengerollter Teppich, hob Malcolm Jerry auf und trug ihn zum Sofa. Was nicht beiläufig wirkte, war Malcolms Miene. Ich wußte, Jerry konnte von Glück sagen, wenn ihn ein rascher Tod ereilte.

Bill stellte sich vor mich, dorthin, wo noch vor ein paar Sekunden Jerry gestanden hatte. Seine Finger, die Finger, die Jerrys Handgelenk gebrochen hatten, massierten meinen Nacken so sanft, wie es die Finger meiner Oma getan hätten. Er legte mir einen Finger auf die Lippen, um sicherzustellen, daß ich jetzt auch bestimmt nichts sagen würde.

Dann wandte er sich, den Arm um mich gelegt, wieder den anderen Vampiren zu.

„Das war ja nun alles recht unterhaltsam", sagte Liam. Seine Stimme klang unglaublich kühl, unbeteiligt und ganz und gar nicht so, als verpasse ihm Janella auf der Couch gerade eine ungeheuer intime Massage. Während des gesamten Zwischenfalls hatte er sich nicht die Mühe gemacht, einen Finger zu rühren. Gerade bekamen wir alle zu sehen, daß sein Körper auch an Stellen, an denen ich es nie für möglich gehalten hätte, Tätowierungen aufwies, und mir war nicht zuletzt von diesem Anblick gründlich schlecht. „Nun", fuhr er fort, „sollten wir uns wohl lieber auf den Rückweg nach Monroe machen. Mit Jerry werden wir uns sicher ein wenig unterhalten müssen, wenn er wieder zu sich kommt, oder meinst du nicht, Malcolm?"

Wortlos warf Malcolm sich den bewußtlosen Jerry über die Schulter und nickte Liam zu. Diane wirkte enttäuscht.

„Jungs!" protestierte sie, „wir haben noch nicht herausgefunden, wieso das Mädel hier das mit dem Sino-AIDS wußte!"

Nun richteten die beiden männlichen Vampire zur gleichen Zeit den Blick auf mich, während Liam sich rasch und ganz wie nebenbei noch eine kleine zweite Auszeit nahm, um zum Orgasmus zu kommen. Womit endgültig klar war: Auch Vampire taten ‚es'. Dann bedankte sich Liam mit einem zufriedenen Seufzer bei Janella und meinte: „Eine gute Frage. Diane hat es wie immer auf den Punkt gebracht." Die drei Gastvampire lachten, als sei das ein guter Witz. Ich fand, er klinge sehr gefährlich.

„Kannst du überhaupt schon wieder sprechen, Liebste?" fragte Bill und drückte leicht meine Schulter, als müsse er befürchten, ich könne seinen Wink mißverstehen.

Ich schüttelte den Kopf.

„Ich würde sie wahrscheinlich durchaus zum Reden bringen", erbot sich Diane.

„Diane, du vergißt dich", mahnte Bill sanft.

„Ach ja, sie gehört ja dir!" murrte Diane. Aber sie klang weder eingeschüchtert noch überzeugt.

„Wir müssen uns eben ein andermal unterhalten", sagte Bill, und die Art, wie er das sagte, stellte klar, daß die anderen nun zu gehen hatten oder aber würden mit ihm kämpfen müssen.

Liam stand auf, schloß den Reißverschluß seiner Hose und winkte seinem weiblichen Menschen. „Janella, man wirft uns raus." Er reckte sich, und die Tätowierungen auf seinem muskulösen Arm tanzten. Janella fuhr ihm mit der Hand über die Rippen, als könnte sie gar nicht genug von ihm bekommen, aber er wischte sie beiseite, als sei sie eine Fliege. Janella wirkte daraufhin leicht ungehalten, aber nicht vor Peinlichkeit am Boden zerstört, wie es mir gegangen wäre. Anscheinend war ihr eine solche Behandlung nicht unvertraut.

Nun packte Malcolm sich Jerry auf die Schulter und schleppte ihn wortlos zur Vordertür hinaus. Falls er das Virus in sich trug, weil er von Jerry getrunken hatte, so hatte dies noch keinerlei Auswirkung auf seine Körperkraft gehabt. Als letzte verschwand Diane, nachdem sie sich ihre Handtasche über die Schulter geworfen und noch einen letzten, hellwach prüfenden Blick hinter sich geworfen hatte.

„Dann will ich euch beide kleinen Turteltäubchen mal allein lassen. Es war mir ein Vergnügen, Schätzchen!" sagte sie leichthin und schlug dann die Tür hinter sich zu.

Als ich hörte, wie draußen das Auto angeworfen wurde, fiel ich in Ohnmacht.

Ich war noch nie in meinem Leben ohnmächtig gewesen und hoffte auch, nie wieder in Ohnmacht zu fallen, aber irgendwie fand ich, hatte ich allen Grund dazu.

Anscheinend verlor ich häufiger mal das Bewußtsein, wenn ich mit Bill zusammen war. Darüber mußte ich dringend nachdenken, das war mir schon klar, aber nicht ausgerechnet jetzt. Als ich wieder zu mir kam, fielen mir gleich all die Dinge ein, die ich gesehen und gehört hatte, und nun wurde mir wirklich speiübel. Sofort nahm Bill meinen Kopf und hielt ihn über die Sofakante. Gott sei Dank gelang es mir schließlich doch, mein Essen bei mir zu behalten – vielleicht, weil ich nicht gerade viel im Magen hatte.

„War das eben Vampirbenehmen?" flüsterte ich. Mein Hals war dort, wo Jerry ihn zusammengedrückt hatte, rauh und voller blauer Flecken. „Die waren ja fürchterlich!"

„Ich habe versucht, dich in der Kneipe anzurufen, als ich feststellen mußte, daß du nicht zu Hause bist", sagte Bill mit ausdrucksloser Stimme. „Aber da warst du schon gegangen."

Auch wenn ich wußte, daß damit niemandem geholfen sein würde, fing ich an zu weinen. Ich war mir sicher, daß Jerry mittlerweile tot war, und hatte das Gefühl, ich hätte etwas unternehmen müssen, um das zu verhindern. Aber ich hatte nicht schweigen können, als er kurz davor war, Bill zu infizieren! In dieser kurzen Episode eben hatten sich so viele Dinge zugetragen, die mich nachhaltig erschüttert hatten, daß ich schon gar nicht mehr wußte, worüber ich mich als erstes aufregen sollte. Nicht einmal fünfzehn Minuten hatte die ganze Sache gedauert, aber in dieser kurzen Zeit hatte ich um mein Leben fürchten müssen, um das Bills (na, ja: um Bills Existenz), war ich Zeugin sexueller Akte geworden, die sich eigentlich strikt im Privaten hätten zutragen sollen, hatte meinen potentiellen Liebsten in den Fängen von Blutlust erlebt (mit der Betonung auf Lust), und ein sterbenskranker Strichjunge hatte mich fast mit bloßen Händen erwürgt.

Das alles stand mir noch einmal in aller Deutlichkeit vor Augen, und von daher erteilte ich mir selbst höchst offiziell die Erlaubnis zum Heulen. Ich setzte mich auf, weinte und wischte mir dann das Gesicht mit dem Taschentuch, das Bill mir reichte. Beim Anblick dieses Taschentuchs fragte ich mich kurz, wozu ein Vampir so etwas brauchte – ein kleines Aufflackern von Normalität, das aber sofort von einer nervösen Tränenflut erstickt wurde.

Bill war klug genug, mich nicht in die Arme zu nehmen. Er saß auf dem Fußboden und besaß genügend Feingefühl, seine Augen abzuwenden, als ich mich trockenrieb.

„Wenn Vampire zusammen in Nestern hausen", sagte er unvermittelt, „werden sie oft immer grausamer und grausamer, weil sie sich gegenseitig anspornen. Ständig sind sie von anderen ihresgleichen umgeben, was sie ständig daran erinnert, wie weit sie von jeglicher menschlichen Existenz entfernt sind. Vampire wie ich, die allein existieren, besinnen sich dagegen öfter einmal darauf, daß sie selbst einstmals Menschen waren."

Ich hörte seiner leisen Stimme zu, die langsam seine Gedanken sammelte, während er versuchte, mir das Unerklärliche zu erklären.

„Sookie, unser Leben besteht darin, zu verführen und zuzugreifen, was für manche von uns seit Jahrhunderten so ist. Die Tatsache, daß es jetzt synthetisches Blut gibt und die Menschen uns widerwillig akzeptieren, ändert dies nicht von einem auf den anderen Tag – auch innerhalb von zehn Jahren nicht. Diane und Malcolm und Liam sind seit fünfzig Jahren zusammen."

„Wie schön", sagte ich, und meine Stimme klang, wie ich sie noch nie gehört hatte: bitter. „Das war dann also ihre goldene Hochzeit."

„Kannst du die Sache nicht einfach vergessen?" fragte Bill. Seine riesigen dunklen Augen kamen immer näher. Sein Mund war nur Zentimeter von meinem entfernt.

„Ich weiß nicht". Die Worte sprudelten aus mir heraus. „Weißt du, daß ich noch nicht einmal gewußt habe, ob du es tun kannst?"

Bills Augenbrauen hoben sich fragend: „Was tun ..."

„Ihn ..." Dann verstummte ich und überlegte, wie ich es auf nette Art und Weise formulieren konnte. Ich hatte an diesem Abend mehr Geschmacklosigkeiten gesehen als sonst in meinem ganzen Leben, denen ich nicht noch eine weitere hinzufügen wollte. „Eine Erektion bekommen", sagte ich dann, wobei ich es vermied, Bill in die Augen zu sehen.

„Na, nun weißt du es." Bill klang, als koste es ihn Mühe, nicht belustigt zu wirken. „Wir können uns lieben, aber wir können keine Kinder zusammen zeugen oder bekommen. Fühlst du dich nicht ein wenig besser bei dem Gedanken, daß Diane kein Baby haben kann?"

Da brannten bei mir alle Sicherungen durch. Ich schlug die Augen auf und blickte Bill unverwandt an: „Mach – dich – nicht – lustig – über – mich."

„Ach Sookie!" sagte er daraufhin, und seine Hand streichelte sanft meine Wange.

Ich wich der Hand aus und kam mühsam auf die Beine. Bill half mir nicht, was auch gut so war, aber er saß auf dem Boden und sah mir zu, keine Miene verzogen, mit einem Gesicht, auf dem sich nichts ablesen ließ. Seine Fangzähne waren wieder eingefahren, aber ich wußte, daß er immer noch Hunger litt. Na, damit würde er leben müssen!

Meine Handtasche lag auf dem Boden neben der Vordertür. Ich war zwar nicht sicher auf den Beinen, aber gehen konnte ich. Den Zettel, auf dem ich Namen und Telefonnummern der Elektriker notiert hatte, zog ich aus der Tasche und legte sie ihn den Tisch.

„Ich muß gehen."

Plötzlich stand er vor mir. Wieder hatte er eine dieser Vampirnummern abgezogen. „Darf ich dir einen Abschiedskuß geben?" fragte er. Seine Arme hingen locker herab, als wolle er mir eindeutig zu verstehen geben, daß er mich nur anfassen würde, wenn ich ihm grünes Licht gab.

„Nein!" sagte ich vehement. „Nach denen da kann ich das jetzt nicht vertragen!"

„Ich komme dich besuchen."

„Ja. Vielleicht."

Er langte an mir vorbei, um die Tür zu öffnen, aber ich dachte, er wolle nach mir greifen und zuckte zusammen.

Ich machte auf dem Absatz kehrt und rannte fast zu meinen Auto, wobei ich erneut vor lauter Tränen kaum etwas sah. Ich war froh über meinen kurzen Nachhauseweg.

Kapitel 3

Das Telefon klingelte. Ich zog mir das Kissen über den Kopf. Oma würde bestimmt drangehen, oder? Aber das lästige Läuten wollte und wollte nicht verstummen, und so mußte ich letztlich davon ausgehen, daß meine Großmutter einkaufen gegangen war oder draußen im Garten arbeitete. Es gelang mir, die Augen soweit zu öffnen, daß ich das Telefon auf meinem Nachttisch erkennen konnte, weshalb ich mich, wenn auch ungern, in mein Schicksal ergab. Mein Kopf schmerzte zum Zerplatzen, und ich empfand das tiefe Bedauern, das oft mit einem schlimmen Kater einhergeht – wobei mein Kater emotional und nicht alkoholbedingt war. In dieser Verfassung befand ich mich also, als ich eine zittrige Hand nach dem Telefonhörer ausstreckte.

„Ja?" stieß ich mit piepsiger Stimme hervor, räusperte mich und versuchte es noch einmal: „Hallo?"

„Sookie?"

„Am Apparat. Sam?"

„Ja. Hör mal, Schatz, tust du mir einen Gefallen?"

„Was für einen?" Ich war heute ohnehin zur Arbeit eingeteilt und wollte keinesfalls zusätzlich auch noch Dawns Schicht übernehmen.

„Könntest du bitte bei Dawn vorbeifahren und nachsehen, was mit ihr ist? Sie geht nicht ans Telefon, und hier ist sie noch nicht aufgetaucht. Ich habe gerade eine große Lieferung bekommen und muß den Jungs, die den Lastwagen abladen, zeigen, wo sie mit den Sachen hin sollen."

„Jetzt? Du willst, daß ich jetzt gleich bei Dawn vorbeifahre?" Nie war mir mein altes Bett verlockender erschienen.

„Geht das?" Sam fiel wohl gerade erst auf, daß ich anders reagierte als sonst. Noch nie hatte ich es abgelehnt, Sam einen Gefallen zu tun.

„Na gut", murmelte ich und fühlte mich beim bloßen Gedanken an den Auftrag zutiefst erschöpft. „Wird schon gehen." Mir lag nicht gerade besonders viel an Dawn, und Dawn lag nicht besonders viel an mir. Sie war der festen Überzeugung, ich hätte ihre Gedanken gelesen und Jason eine Sache erzählt, die sie über ihn gedacht hatte, und deswegen hätte mein Bruder die Beziehung mit ihr beendet. Mal ehrlich:

Wenn ich wirklich solches Interesse für Jasons Liebesangelegenheiten aufbrächte, käme ich weder zum Schlafen noch zum Essen!

Ich duschte, um mir dann langsam und ein wenig träge die Arbeitskleidung anzuziehen. All mein Schwung war dahin, und ich fühlte mich wie Mineralwasser in einer Flasche, die man zu oft geschüttelt und dann unverschlossen stehen gelassen hat. Ich aß eine Schale Müsli und putzte mir die Zähne, und nachdem es mir gelungen war, meine Großmutter ausfindig zu machen, sagte ich ihr, wohin ich gehen würde. Oma war im Garten, wo sie eine alte Badewanne, die neben der Hintertür stand, mit Petunien bepflanzte. Sie schien nicht zu verstehen, was ich ihr durch die Tür zurief, aber sie lächelte trotzdem und winkte mir zum Abschied fröhlich zu. Oma schien jede Woche etwas schwerhöriger zu werden, aber darüber durfte man sich wohl nicht groß wundern, denn immerhin war sie bereits achtundsiebzig Jahre alt. Da grenzte es fast an ein Wunder, daß sie immer noch so gesund und stark und blitzgescheit war.

Auf meinem lästigen Botengang dachte ich darüber nach, wie schwer es für meine Großmutter gewesen sein mußte, zwei weitere Kinder aufzuziehen, nachdem sie doch bereits für ihre eigenen hatte sorgen müssen. Als mein Vater, Großmutters Sohn, starb, waren Jason und ich zehn bzw. sieben Jahre alt gewesen. Als ich dreiundzwanzig Jahre alt war, starb Omas Tochter, Tante Linda, an Blasenkrebs. Hadley, Tante Lindas Tochter, war bereits vor dem Tod ihrer Mutter im Dunstkreis der Subkultur untergetaucht, aus der auch die Rattrays stammten, und wir wußten bis zu diesem Tage nicht, ob Hadley überhaupt ahnte, daß ihre Mutter nicht mehr lebte. Das alles hatte meiner Oma viel Kummer bereitet, aber sie war immer stark geblieben, unseretwegen.

Durch die Windschutzscheibe hindurch blickte ich auf die drei kleinen Doppelhäuser auf der einen Seite der Berry Street. Die Berry Street gehörte zu den zwei oder drei heruntergekommenen Straßenzügen, die sich hinter dem ältesten Teil der Innenstadt von Bon Temps hinziehen, und Dawn lebte in einer der Doppelhaushälften hier. Ich erkannte ihren Wagen, ein kleines, kompaktes Fahrzeug in der Auffahrt eines Hauses, das ein wenig besser gepflegt wirkte als die anderen, und parkte direkt dahinter. Dawn hatte einen Hängekorb an ihrer Tür bereits mit Begonien bepflanzt, die dringend hätten gegossen werden müssen. Ich klopfte.

Vorübergehend tot

Dann wartete ich ein oder zwei Minuten. Daraufhin klopfte ich noch einmal.

„Brauchst du Hilfe, Sookie?" Die Stimme, die das gerufen hatte, kam mir bekannt vor, also drehte ich mich um, schirmte meine Augen mit der Hand gegen das grelle Morgenlicht ab und sah nach, wer es war. Auf der gegenüberliegenden Straßenseite stand Rene neben seinem Pick-up, den er vor einem der kleinen Holzhäuser geparkt hatte, aus denen diese Nachbarschaft zum größten Teil bestand.

„Ich weiß nicht", hob ich an, nicht sicher, ob ich Hilfe brauchen würde oder nicht und ob Rene letztlich in der Lage wäre, mir zu helfen. „Hast du Dawn gesehen? Sie ist heute nicht zur Arbeit erschienen, und gestern hat sie sich auch schon nicht sehen lassen. Sam hat mich gebeten, bei ihr vorbeizufahren und nach dem Rechten zu sehen."

„Sam? Der sollte seine Drecksarbeit lieber selbst machen", meinte Rene, was mich perverserweise dazu veranlaßte, meinen Chef zu verteidigen.

„Sam hat heute morgen eine größere Lieferung erhalten, die abgeladen werden mußte", erklärte ich, wandte mich dann wieder um und klopfte noch einmal an Dawns Tür. „Dawn?" rief ich dazu. „Komm! Laß mich rein!" Dann sah ich mir die Veranda an. Seit zwei Tagen flogen die Kiefernpollen und hatten Dawns Veranda mit einem gelben Film überzogen. Die einzigen Fußspuren waren meine. Meine Kopfhaut fing an zu jucken.

Aus den Augenwinkeln konnte ich sehen, daß Rene immer noch unschlüssig an der Tür seines Pick-up stand und nicht recht wußte, ob er nun losfahren sollte oder nicht.

Dawns Doppelhaus war einstöckig und ziemlich klein; die Tür zur anderen Hälfte befand sich fast direkt neben Dawns eigener Eingangstür. Die kleine Auffahrt des Nachbarhauses war jedoch leer, und in den Fenstern nebenan hingen keine Gardinen. Es sah aus, als hätte Dawn vorübergehend keine Nachbarn. Dawns Hausfrauenstolz hatte sie in ihrer Wohnung Gardinen aufhängen lassen, weiße mit altgoldenen Blumen. Die waren auch zugezogen, aber aus dünnem Stoff gefertigt und ohne Saum, so daß ich durch sie hindurch ins Wohnzimmer schauen konnte. Außerdem hatte Dawn ihre billigen Aluminiumrollos nicht heruntergelassen. Was ich sah, ließ darauf schließen, daß Dawn sich ihre Wohnzimmerausstattung ausnahmslos auf dem Flohmarkt besorgt hatte. Auf dem Tischchen neben einem klobigen Lehnsessel stand eine Kaffeetasse. Eine alte Couch mit einer selbstgehäkelten Sofadecke darauf war gegen die Wand geschoben.

„Ich sehe mal hinten nach", rief ich Rene zu, der daraufhin die Straße überquerte, als hätte er nur auf mein Signal gewartet, und auf die vordere Veranda trat. Meine Füße streiften staubiges Gras, das die Pollen ganz gelb gefärbt hatten, und ich wußte, ich würde mir gründlich die Schuhe abbürsten und eventuell neue Strümpfe anziehen müssen, ehe ich zur Arbeit gehen konnte. Wenn die Kiefernpollen fliegen, wird einfach alles gelb: Autos, Pflanzen, Dächer, Fenster – über allem liegt dieser dünne goldene Schleier. Teiche und Pfützen zeigen an den Rändern gelbe Ablagerungen.

Dawns Badezimmerfenster befand sich in einer derart diskreten Höhe, daß ich nicht hindurchsehen konnte. Im Schlafzimmer hatte sie die Rollos heruntergelassen, allerdings nicht ganz, so daß ich durch die Zwischenräume zwischen den einzelnen Lamellen spähen konnte. Dawn lag auf dem Bett, auf dem Rücken. Um sie herum wild durcheinander das Bettzeug. Sie hatte die Beine gespreizt. Ihr Gesicht war geschwollen und hatte sich verfärbt, und die Zunge hing ihr aus dem Mund. Auf ihren Lippen krochen Fliegen herum.

Ich konnte hören, wie Rene hinter mich trat.

„Geh und ruf die Polizei an", befahl ich ihm.

„Was ist? Hast du sie gesehen?"

„Geh und ruf die Polizei an!"

„Schon gut, schon gut!" Hastig trat Rene den Rückzug an.

Ich hatte nicht gewollt, daß Rene Dawn in diesem Zustand sah – aus irgendeinem Gefühl für weibliche Solidarität heraus. Niemand sollte meine Kollegin ohne ihre Zustimmung so sehen – aber sie war wohl kaum mehr in der Lage, diese Zustimmung zu erteilen.

Ich stand mit dem Rücken zum Fenster und war schrecklich versucht, noch einmal ganz genau durch die Lamellen der Jalousie zu spähen, in der verzweifelten Hoffnung, vielleicht beim ersten Mal einen Fehler gemacht zu haben. Ich starrte auf das Doppelhaus neben dem Dawns, das höchstens zwei Meter entfernt stand, und fragte mich, wie dessen Bewohner es geschafft haben mochten, von Dawns Sterben, das sehr gewaltsam herbeigeführt worden war, nichts gehört zu haben.

Nun kam Rene zurück, einen Ausdruck tiefster Besorgnis auf dem wettergegerbten Gesicht, die hellwachen, braunen Augen verdächtig glänzend.

Vorübergehend tot

„Würdest du bitte auch Sam anrufen?" bat ich, und wortlos machte er auf dem Absatz kehrt und trottete zu seinem eigenen Haus zurück. Er benahm sich wirklich gut. Rene neigte zu Klatsch und Tratsch, aber er war immer bereit, jedem zu helfen, der seine Hilfe brauchte. Ich mußte daran denken, wie er zu uns herausgekommen war, um Jason zu helfen, Großmutters Verandaschaukel aufzuhängen – ein Bild, das mir ganz zufällig durch den Kopf schoß. Die Erinnerung an einen Tag, der so ganz anders gewesen war als dieser hier heute.

Das Doppelhaus nebenan war genauso geschnitten wie das, in dessen einer Hälfte Dawn lebte, und so blickte ich direkt auf dessen eines Schlafzimmerfenster, hinter dem nun ein Gesicht erschien. Dann ging das Fenster auf, und ein zerzauster Kopf schob sich heraus. „Sookie! Was machst du denn hier?" fragte träge eine tiefe, männliche Stimme. Ich starrte den Frager einen Moment lang an, und dann konnte ich das Gesicht auch schon zuordnen – wobei ich mich bemühte, die wirklich attraktive nackte Brust darunter nicht allzu aufdringlich anzustarren.

„JB?"

„Aber sicher doch."

Mit JB du Rone war ich zur Schule gegangen, und er war sogar der Partner einiger meiner äußerst raren Stelldicheins gewesen, denn JB war wunderschön, aber so einfach gestrickt, daß es ihm gleichgültig war, ob ich seine Gedanken lesen konnte oder nicht. Selbst unter den gegebenen Umständen ließ JBs Schönheit mich nicht kalt. Wenn man seine Hormone so lange unter Verschluß hat halten müssen wie ich, dann bedarf es nicht viel, um sie ins Rotieren geraten zu lassen. Jedenfalls stieß ich beim Anblick von JBs muskulösen Armen und seinem ebenso muskulösen Oberkörper einen tiefen Seufzer aus.

„Was tust du hier?" wiederholte er seine Frage.

„Da ist scheinbar was Schlimmes mit Dawn passiert", antwortete ich, nicht sicher, ob ich es ihm sagen sollte oder nicht. „Sie ist nicht zur Arbeit gekommen, und mein Chef hat mich gebeten, nach ihr zu sehen."

„Ist sie da drin?" Mit diesen Worten kletterte JB einfach durchs Fenster. Gott sei Dank trug er Shorts, abgeschnittene Jeans.

„Bitte, sieh dir das nicht an!" rief ich, hielt abwehrend die Hand hoch und fing dann ohne Vorwarnung an zu weinen. Das schien mir in letzter Zeit oft zu passieren. „Sie sieht schrecklich aus, JB!"

„Ach Süße!" sagte er, und dann nahm er mich – Gott segne sein unschuldiges, ländliches Herz – fürsorglich in die Arme und streichelte beruhigend über meinen Rücken. War ein trostbedürftiges weibliches Wesen in der Nähe, dann war es JBs erste Pflicht und Schuldigkeit, dieses Wesen zu trösten. Alles andere hatte zu warten.

„Dawn mochte es grob", erklärte er tröstend, als sei damit alles gesagt.

Andere Menschen hätten mit dieser Erklärung vielleicht etwas anfangen können, aber ich lebte einfach zu weit hinter dem Mond.

„Was mochte sie grob?" fragte ich und hoffte, in der Seitentasche meiner Shorts möge sich ein Papiertaschentuch finden lassen.

Als keine Antwort kam, sah ich in JBs Gesicht und mußte feststellen, daß mein alter Freund hold errötet war.

„Liebling, sie hatte es gern ... Mensch, Sookie, das ist nichts für dich, solche Sachen solltest du dir nicht anhören müssen."

Ich stand weit und breit im Ruf der Tugendhaftigkeit – was ich gewöhnlich recht komisch fand. In diesem Moment jedoch kam mir mein Ruf höchst ungelegen.

„Du kannst es mir ruhig sagen, JB, ich habe mit Dawn zusammengearbeitet." Daraufhin nickte JB bedächtig. Offenbar fand er an der Logik meiner Worte nichts auszusetzen.

„Weißt du, Liebes, sie mochte Männer, die beißen und schlagen." JB sah so aus, als würde er diese Vorlieben nicht teilen. Ich hatte wohl das Gesicht verzogen, denn nun fügte er rasch hinzu: „Ja, ich weiß. Ich verstehe auch nicht, warum das manchen Menschen gefällt." Da JB sich ungern eine Gelegenheit entgehen ließ, schloß er mich mit diesen Worten fester in die Arme und streichelte weiter beruhigend meinen Rücken, diesmal ein wenig mehr in der Mitte, um zu prüfen, ob ich einen BH trug oder nicht. Dann glitten seine Hände tiefer, und ich erinnerte mich daran, daß JB feste Pobacken liebte.

Mir lag ein ganzer Haufen Fragen auf der Zunge, aber die blieben alle fest in meinem Mund verschlossen, denn nun trat in Gestalt Kenya Jones' und Kevin Priors die Polizei auf den Plan. Als unser Polizeichef verfügt hatte, Kevin und Kenya sollten Partner sein, war die ganze Stadt davon ausgegangen, daß er damit seinen Sinn für Humor hatte unter Beweis stellen wollen. Kenya war mindestens 1,98 m groß, schwarz wie Zartbitter-Schokolade und hatte eine Figur, die so rasch nicht einmal ein Wirbelsturm umwerfen würde. Kevin brachte es vielleicht gerade mal auf 1,70 m; jeder sichtbare Zentimeter Haut an seinem blassen Körper war mit Sommersprossen übersät, und er hatte die

Vorübergehend tot

schlanke Figur eines Langstreckenläufers, mit nicht einem Gramm Fett am Leibe. Komischerweise kamen die zwei Ks ziemlich gut miteinander aus, auch wenn es zwischen ihnen ein paar Auseinandersetzungen gegeben hatte, an die alle sich noch gut erinnern konnten.

Heute waren beide von Kopf bis Fuß Polizisten.

„Worum geht es, Miss Stackhouse?" fragte Kenya. „Rene sagte, Dawn Green sei etwas zugestoßen?" Während sie das fragte, musterte die Polizistin gleichzeitig JB von Kopf bis Fuß, während Kevin mit den Augen den Boden rings um uns alle absuchte. Warum sie das taten, hätte ich beim besten Willen nicht sagen können, aber bestimmt gab es aus Polizeisicht gute Gründe dafür.

„Mein Chef hatte mich geschickt. Ich sollte mich erkundigen, warum Dawn nicht zur Arbeit gekommen ist und auch gestern dort nicht aufgetaucht war", erklärte ich. „Ich habe an die Tür geklopft, aber Dawn hat nicht aufgemacht, obwohl ihr Wagen vor der Tür steht. Weil ich anfing, mir Sorgen zu machen, bin ich dann ums Haus gegangen und habe in alle Fenster geguckt. Durch das Fenster da sah ich sie dann." Mit diesen Worten deutete ich auf das Fenster im Rücken der beiden Beamten, woraufhin die zwei Ks sich umdrehten und selbst durch die Jalousie spähten. Dann sahen sie einander an, nickten, und dieses Nicken schien eine ganze Unterhaltung zu beinhalten. Dann stellte sich Kenya vor das Fenster, und Kevin ging ums Haus herum zur Hintertür.

JB hatte den beiden bei der Arbeit zugesehen und dabei vergessen, meinen Rücken zu streicheln. Sein Mund stand offen und enthüllte perfekte Zähne. Er wollte zu gern auch einmal durch die Jalousie des Schlafzimmers schielen, aber dazu hätte er sich an Kenya vorbeidrücken müssen, und das war unmöglich, denn die Beamtin nahm mehr oder weniger allen vor dem Fenster verfügbaren Raum ein.

Ich mochte meine eigenen Gedanken nicht länger hören. Also entspannte ich mich, schob mein Visier hoch und lauschte denen der anderen. Dazu fischte ich mir jeweils einen Strang aus dem ganzen Durcheinander und konzentrierte mich darauf.

Kenya Jones stand nun mit dem Rücken zum Fenster und starrte durch JB und mich hindurch, ohne uns jedoch wirklich zu sehen. Sie dachte an all die Dinge, die Kevin und sie nun tun mußten, damit die Untersuchung so lehrbuchgerecht eingeleitet werden würde, wie man es bei Streifenpolizisten in Bon Temps überhaupt nur erwarten konnte. Sie dachte an die schlimmen Dinge, die sie über Dawn und deren Vorliebe für brutalen Sex gehört hatte, und fand, irgendwie sei es kein Wunder, daß Dawn ein schlimmes Ende gefunden hatte. Dann dachte sie, daß ihr trotzdem jeder leid tat, dem am Schluß die Fliegen um den Mund krabbelten. Außerdem bereute Kenya bitter, bei der Kaffeepause im Nut Hut einen Krapfen zuviel gegessen zu haben, denn nun würde dieser Krapfen unter Umständen wieder hochkommen wollen, und das würde ein unheimlich schlechtes Bild auf sie als schwarze Polizeibeamtin werfen.

Ich schaltete um auf einen anderen Kanal.

JB dachte daran, daß Dawn bei wüsten Sexspielen nur wenige Meter entfernt von ihm umgebracht worden war, und fand das schrecklich, irgendwie aber auch erregend. Sookie, fand er, war immer noch so umwerfend, und er wünschte, er könnte jetzt auf der Stelle mit ihr vögeln. Sookie war süß und lieb, dachte er. Dann war er bemüht, das Schamgefühl zu unterdrücken, das er empfunden hatte, als Dawn ihn gebeten hatte, sie zu schlagen, und er es nicht gekonnt hatte. Es war ein altes Schamgefühl.

Ich schaltete um.

Kevin kam um die Ecke und dachte daran, daß Kenya und er nun bloß keine Beweise vernichten durften und wie froh er war, daß niemand wußte, daß er auch einmal mit Dawn Green geschlafen hatte. Er war fuchsteufelswild darüber, daß jemand eine Frau umgebracht hatte, die er kannte, und hoffte, es möge kein Schwarzer gewesen sein, weil das die Spannungen zwischen ihm und Kenya nur noch verschärfen würde.

Ich schaltete um.

Rene Lenier wünschte, jemand würde kommen und die Leiche aus dem Haus schaffen. Er hoffte, daß niemand ahnte, daß auch er Dawn gefickt hatte. Ich konnte Renes Gedanken nicht in Gänze entziffern, dazu waren sie zu verworren und zu finster. Bei manchen Menschen bekomme ich einfach keinen klaren Empfang, und Rene war noch dazu sehr erregt.

Nun kam Sam auf mich zugestürzt, verlangsamte aber seinen Schritt, als er sah, daß JB mich umarmt hielt. Sams Gedanken konnte ich nicht lesen. Ich konnte seine Gefühle spüren – eine Mischung aus Besorgnis und Wut –, aber nicht einen einzigen klaren Gedanken entziffern. Das kam so unerwartet und war derart faszinierend, daß ich mich

Vorübergehend tot

aus JBs Umarmung löste und am liebsten auf Sam zugegangen wäre, um ihn bei den Armen zu packen, ihm in die Augen zu schauen und ausgiebig in seinem Kopf herumzustochern. Mir fiel das eine Mal ein, als ich ihn berührt hatte und zurückgeschreckt war. Sam schien meine Anwesenheit in seinem Kopf zu spüren. Er kam weiter auf mich zu, sein Verstand aber zog sich zurück. Er hatte mich selbst eingeladen, doch auszuprobieren, ob ich seine Gedanken würde hören können, aber er hatte nicht gewußt, daß ich sehen würde, daß er anders war als andere Menschen. Das alles nahm ich gerade noch wahr, dann sperrte Sam mich aus.

Etwas Ähnliches hatte ich noch nie erlebt. Es war, als wäre direkt vor meiner Nase eine Eisentür zugeschlagen.

Instinktiv hatte ich die Hand nach Sam ausgestreckt, ließ sie nun aber wieder sinken, und Sam blickte ganz bewußt Kevin an und nicht mich.

„Was geht hier vor sich?" fragte er.

„Wir brechen jetzt die Tür auf, Mr. Merlotte, es sei denn, Sie hätten den Hauptschlüssel."

Warum sollte Sam einen Schlüssel haben?

„Sam ist mein Vermieter", flüsterte JB mir ins Ohr, und vor Schreck machte ich einen kleinen Luftsprung.

„Dein Vermieter?" Etwas anderes als diese dämliche Gegenfrage fiel mir nicht ein.

„Ihm gehören alle drei Häuser."

Inzwischen hatte Sam einen Schlüsselbund aus seiner Hosentasche geholt und ging ihn mit einer geübten Handbewegung durch. Als er den Schlüssel in den Fingern hielt, nach dem er gesucht hatte, nahm er ihn vom Schlüsselring und übergab ihn Kevin.

„Paßt der für die Vordertür und für die Hintertür?" wollte der Streifenbeamte wissen, und Sam nickte. Mich sah er immer noch nicht an.

Kevin verschwand um das Haus herum außer Sicht. Wir alle verharrten mucksmäuschenstill, bis wir hörten, wie sich der Schlüssel im Schloß der Hintertür drehte. Dann stand Kevin auch schon im Schlafzimmer bei der toten Frau, und durch das Fenster konnten wir sehen, wie er das Gesicht verzog, als der Gestank im Raum über ihm zusammenschlug. Er hielt sich eine Hand vor Mund und Nase, beugte sich über die Gestalt auf dem Bett und legte ihr einen Finger auf den

Hals. Dann warf er durch die Fensterscheibe seiner Partnerin einen Blick zu und schüttelte den Kopf. Kenya nickte und eilte hinaus auf die Straße, um aus dem Streifenwagen heraus per Funk ihre Dienststelle zu benachrichtigen.

„Hör mal, Sookie – was hältst du davon, wenn wir beide heute abend essen gehen?" fragte JB. „Nach dieser schlimmen Sache hier brauchst du einfach eine kleine Aufmunterung, damit du das Ganze verkraften kannst."

„Vielen Dank, JB", antwortete ich und war mir die ganze Zeit der Tatsache bewußt, daß Sam uns zuhörte. „Das ist wirklich nett von dir, aber ich habe eher das Gefühl, als würde ich heute Überstunden machen müssen."

Einen Moment lang wirkte JBs hübsches Gesicht absolut leer. Dann schien ihm eine Erkenntnis zu dämmern. „Sam wird jemand Neues einstellen müssen", stellte er fest. „Ich habe in Springhill eine Cousine, die nach einem Job sucht. Vielleicht rufe ich die ja mal an. Wir könnten jetzt sogar Tür an Tür wohnen!"

Ich warf JB ein Lächeln zu, war aber nur halb bei der Sache, denn an meiner Seite stand nun der Mann, mit dem ich zwei Jahre lang zusammengearbeitet hatte.

„Es tut mir leid, Sookie", sagte der leise.

„Was tut dir leid?" Meine Stimme war ebenso leise. Meinte er das, was zwischen uns geschehen war? Oder besser: was nicht geschehen war?

„Es tut mir leid, daß ich dich hergeschickt habe, um nachzuschauen, was mit Dawn los ist. Ich hätte selbst kommen sollen. Aber ich war mir so sicher, daß sie einfach mal wieder wen Neues aufgegabelt hatte und sich mit ihm im Bett vergnügte. Ich dachte, man müsse sie nur eben mal daran erinnern, daß sie gefälligst auf der Arbeit zu erscheinen hat. Als ich das letzte Mal bei einer solchen Gelegenheit hier war, um sie zu holen, hat sie mich zusammengestaucht. Das wollte ich ungern noch einmal erleben. Ich habe mich benommen wie ein Feigling, als ich dich schickte, und nun hast du sie so finden müssen."

„Du steckst voller Überraschungen, Sam."

Er drehte sich nicht um, sah mich nicht an, antwortete nicht. Aber seine Finger schlossen sich um meine. Eine ganze Zeitlang standen wir so Hand in Hand in der Sonne, und um uns herum schwirrten alle möglichen Leute. Sams Handfläche fühlte sich heiß und trocken an, seine Finger kräftig. Mir war, als hätte ich einmal in meinem Leben wirklich und wahrhaftig Kontakt zu einem anderen Menschen aufgenommen. Aber dann lockerte sich Sams Griff, und er ließ mich allein, um sich mit dem Polizisten zu unterhalten, der gerade aus seinem Auto kletterte, und JB wiederum wollte genau wissen, wie Dawn ausgesehen hatte, und die Welt verfiel rasch wieder in ihren alten Trott.

Der Kontrast zu dem, was ich kurz in Sams Beisein empfunden hatte, war hart. Ich war total erschöpft und mußte an die vergangene Nacht denken, in mehr Einzelheiten, als mir lieb war. Die Erde schien mir ein grausamer, schrecklicher Ort, all ihre Bewohner verdächtige Subjekte und ich das zarte Lamm, das mit einem Glöckchen am Hals im Tal des Todes umherwandelt. Mit müden Schritten ging ich hinüber zu meinem Auto, riß die Tür auf und ließ mich seitwärts auf den Fahrersitz fallen. Für heute hatte ich genug gestanden; von nun an würde ich, solange es ging, sitzen.

JB folgte mir auf dem Fuße. Er hatte mich gerade erst wiederentdeckt und mochte sich nicht trennen. Oma, so erinnerte ich mich, hatte einst, als ich noch zur Oberschule ging, große Hoffnungen in die Sache mit mir und JB gesetzt und geglaubt, sie würde sich zu etwas Ernsthaftem auswachsen. Aber jede Unterhaltung mit JB, ja selbst das Lesen seiner Gedanken, war ungefähr so interessant, als bekäme man als Erwachsener eine Fibel für Erstklässler vorgesetzt. Ein hohler Kopf auf einem derart beredten Körper – einer von Gottes kleinen Scherzen.

JB ließ sich vor mir auf die Knie nieder, nahm sanft meine Hand, und ich ertappte mich dabei, wie ich wünschte, irgendeine reiche, kluge Dame möge kommen, JB ehelichen, für ihn sorgen und sich an dem, was er zu bieten hatte, erfreuen. Sie würde gut dabei wegkommen.

„Wo arbeitest du denn jetzt?" fragte ich, nur um mich abzulenken.

„Im Lagerhaus meines Vaters", erwiderte er.

Ein Job bei seinem Vater, das war immer JBs letzte Zuflucht gewesen. Sein Vater hatte einen Laden für Autoersatzteile, zu dem JB immer dann zurückkehrte, wenn man ihn anderswo wieder mal gefeuert hatte. Das geschah relativ häufig, immer wenn JB irgend etwas wirklich Schafsköpfiges tat oder einfach nicht zur Arbeit erschien oder einen Vorgesetzten tödlich beleidigte.

„Wie geht es der Familie?"

„Ach, prima. Komm, Sookie, laß uns heute irgendwas zusammen machen!"

Führe mich nicht in Versuchung! dachte ich.

Irgendwann einmal würden meine Hormone mich einfach austricksen, und dann würde ich etwas tun, was ich später zu bereuen hätte. Natürlich könnte ich mir einen Schlimmeren aussuchen als JB. Aber noch war ich entschlossen, standzuhalten und auf Besseres zu hoffen.

„Ich danke dir sehr, mein Lieber", erwiderte ich. „Vielleicht machen wir irgendwann einmal was zusammen, aber heute bin ich irgendwie nicht in Stimmung."

„Hast du dich in den Vampir verliebt?" fragte JB nun geradeheraus.

„Wo hast du das denn her?"

„Dawn erwähnte so etwas." JBs Miene bewölkte sich, als ihm wieder einfiel, daß Dawn ja tot war. Dawns genaue Worte bekam ich zu hören, als ich mich kurz bei JB einschaltete: „Dieser neue Vampir interessiert sich für Sookie", hatte sie gesagt. „Dabei wäre ich wesentlich geeigneter für ihn! Der braucht eine Frau, die es verträgt, wenn man sie grob anpackt. Sookie kreischt doch, wenn er sie nur berührt."

Es ist ziemlich sinnlos, auf eine Tote wütend zu sein, aber eine kurze Zeitlang gönnte ich mir dieses Gefühl.

Dann kam der Polizist auf uns zu, und JB stand auf und trat beiseite.

Der Beamte hatte aber durchaus noch mitbekommen, daß JB zu meinen Füßen gekauert hatte, und zudem sah ich wahrscheinlich auch ziemlich mitgenommen aus.

„Miss Stackhouse?" fragte der Polizist in dem ruhigen, klaren Tonfall, den viele Amtspersonen an den Tag legen, wenn sie es mit einer Krise zu tun haben. „Ich bin Andy Bellefleur." Bellefleurs hatte es in Bon Temps gegeben, seit es Bon Temps selbst gab, also war der Name mir vertraut, und ich geriet nicht in die Versuchung, darüber zu lachen, daß ein Mann sich als ‚hübsche Blume' vorstellte. Im Gegenteil: Während ich prüfend das vor mir stehende Muskelpaket betrachtete, tat mir jeder, der geschmunzelt hatte, als Bellefleur seinen Namen nannte, von Herzen leid. Dieses Mitglied der alteingesessenen Familie war ein Jahr oder zwei vor Jason mit der Schule fertig geworden, und seine Schwester Portia hatte eine Klasse über mir die Schule besucht.

Inzwischen hatte auch der Kriminalbeamte mich richtig einordnen können. „Ihrem Bruder geht es gut?" fragte er. Immer noch in diesem leisen, ruhigen Tonfall, aber nicht mehr ganz so unbeteiligt.

Vorübergehend tot

Anscheinend hatte es zwischen ihm und Jason den einen oder anderen Zusammenstoß gegeben.

„Ich sehe ihn eher selten, aber wenn ich ihn sehe, scheint es ihm gut zu gehen", antwortete ich.

„Wie geht es Ihrer Großmutter?"

Ich lächelte. „Die verbringt den Vormittag im Garten und pflanzt Blumen."

„Das ist ja wunderbar!" sagte er mit einem ernsthaften Kopfschütteln, das gleichzeitig Erstaunen und Bewunderung signalisieren sollte. „Was ist mit Ihnen? Wie ich verstanden habe, arbeiten Sie für Merlotte?"

„Ja."

„Dawn Green arbeitete ebenfalls dort?"

„Ja."

„Wann haben Sie Dawn zum letzten Mal gesehen?"

„Vorgestern. Bei der Arbeit." Der Tag war noch nicht weit fortgeschritten, aber ich fühlte mich schon unendlich müde. Ohne die Füße vom Boden oder den Arm vom Steuerrad zu nehmen, lehnte ich den Kopf seitwärts gegen die Kopfstütze des Fahrersitzes.

„Haben Sie sich da miteinander unterhalten?"

Ich versuchte, mich zu erinnern. „Ich glaube nicht."

„Waren Sie mit Miss Green befreundet?"

„Nein."

„Warum sind Sie dann heute hier vorbeigekommen?"

Ich erklärte es ihm: daß ich bereits am Vortag hatte für Dawn einspringen müssen und daß Sam mich heute vormittag telefonisch gebeten hatte, nach ihr zu sehen.

„Hat Mr. Merlotte auch gesagt, warum er nicht selbst kommen konnte?"

„Ja. Ein Lieferwagen war eingetroffen, und Sam mußte den Jungs erklären, wohin sie die Kisten schaffen sollten." Meist übernahm Sam auch einen Großteil des Abladens selbst, um die ganze Sache zu beschleunigen.

„Unterhielt Mr. Merlotte Ihrer Meinung nach eine Beziehung zu Miss Green?"

„Er war ihr Chef."

„Nein, ich meine außerhalb der Arbeit."

„Nein."

„Das klingt, als seien Sie sich Ihrer Sache sehr sicher."

„Das bin ich auch."
„Unterhalten Sie denn eine Beziehung zu Sam?"
„Nein."
„Wie können Sie dann so sicher sein?"

Das war eine gute Frage. Weil ich von Zeit zu Zeit Gedanken gehört hatte, aus denen ich schloß, daß Sam meiner Kollegin nicht zuwider war, daß sie ihn aber nicht wirklich richtig gern hatte. Das konnte ich aber ausgerechnet einem Kriminalbeamten nun wirklich nicht auf die Nase binden – das wäre äußerst unklug gewesen.

„Sam sorgt in seiner Bar für professionelles Verhalten", erwiderte ich statt dessen. Das klang zwar selbst in meinen eigenen Ohren nicht gerade überzeugend, war aber nichts als die reine Wahrheit.

„Wußten Sie etwas von Dawns Privatleben?"
„Nein."
„Sie waren also nicht gerade eng miteinander befreundet?"
„Nicht gerade." Der Kriminalbeamte senkte den Kopf und betrachtete gedankenverloren seine Schuhe – jedenfalls schien es so. Meine Gedanken gingen ihre eigenen Wege.

„Warum? Warum waren Sie nicht befreundet?"
„Ich nehme an, es mangelte uns an Gemeinsamkeiten."
„Inwiefern? Können Sie mir ein Beispiel geben?"

Ich seufzte und schürzte in gespielter Verzweiflung die Lippen. Dawn und ich hatten gar keine Gemeinsamkeiten gehabt; wie konnte ich ihm da ein einziges Beispiel geben?

„Also", sagte ich dann langsam. „Dawn führte ein reges gesellschaftliches Leben und war gern mit Männern zusammen, verbrachte ihre Zeit nicht gern mit Frauen. Sie stammte aus Monroe, hatte in Bon Temps also keine Familie. Sie trank. Ich trinke nicht. Ich lese gern viel, sie las überhaupt nicht. Reicht das?"

Bellefleur warf einen prüfenden Blick auf mein Gesicht und fragte sich wohl, ob er meine Antwort unverschämt finden sollte. Was ihm meine Miene zu erkennen gab, schien ihn allerdings zu beruhigen.

„Außer bei der Arbeit hatten Sie also nichts miteinander zu tun?"
„Das stimmt."
„Kam es Ihnen nicht merkwürdig vor, daß Sam Merlotte Sie bat, hier vorbeizufahren und nachzusehen, was mit Dawn sein könnte?"
„Nein, ganz und gar nicht", erwiderte ich ungerührt. Nach dem, was Sam mir von Dawns Wutanfall erzählt hatte, schien die Bitte nicht

merkwürdig. „Ich komme auf dem Weg zur Arbeit an Dawns Haus vorbei, und ich habe keine Kinder wie Arlene, die andere Kellnerin, die in unserer Schicht arbeitet. Also war es für mich einfacher." Das klang logisch. Hätte ich erzählt, daß Dawn Sam angeschrien hatte, als er das letzte Mal gekommen war, um zu fragen, warum sie sich nicht bei der Arbeit hatte blicken lassen, hätte das genau den falschen Eindruck hinterlassen.

„Vor zwei Tagen: Was haben Sie da nach der Arbeit gemacht, Sookie?"

„Vor zwei Tagen habe ich gar nicht gearbeitet. Es war mein freier Tag."

„Was waren Ihre Pläne für diesen Tag?"

„Ich habe in der Sonne gelegen und meiner Großmutter beim Saubermachen geholfen, und wir hatten Besuch."

„Wer kam zu Besuch?"

„Das war Bill Compton."

„Der Vampir."

„In der Tat."

„Wie lange blieb Compton bei Ihnen?"

„Ich weiß nicht – bis Mitternacht vielleicht, oder bis ein Uhr?"

„Wie wirkte er auf Sie?"

„Er wirkte völlig normal."

„Irgendwie nervös? Angespannt?"

„Nein."

„Miss Stackhouse, wir werden uns auf der Wache noch unterhalten müssen. Sie sehen selbst, daß wir hier vor Ort noch eine Weile zu tun haben."

„Das ist dann wohl in Ordnung, nehme ich an."

„Könnten Sie in etwa zwei Stunden auf dem Revier vorbeikommen?"

Ich sah auf die Uhr. „Wenn Sam mich nicht bei der Arbeit braucht."

„Die Ermittlungen hier sind wirklich wichtiger als die Arbeit in einer Bar, Miss Stackhouse."

Ich gebe zu: Da war ich sauer. Nicht, weil Bellefleur dachte, polizeiliche Ermittlungen in einem Mordfall seien wichtiger, als pünktlich zur Arbeit zu kommen – in diesem Punkt war ich seiner Meinung. Sauer war ich wegen seiner unausgesprochenen Vorurteile gegenüber meinem speziellen Arbeitsgebiet.

„Sie mögen ja von der Arbeit, der ich nachgehe, nicht viel halten. Aber ich bin eine gute Kellnerin, und meine Arbeit gefällt mir. Ich verdiene ebenso viel Respekt wie deine Schwester, die Anwältin, Andy, und das solltest du dir gefälligst hinter die Ohren schreiben. Ich bin nicht dumm, und ich bin auch keine Schlampe."

Langsam und äußerst unhübsch lief der Kriminalbeamte rot an. „Entschuldigung", meinte er dann steif. Immer noch versuchte er, unsere alten Verbindungen zu leugnen, die Tatsache, daß wir dieselbe Schule besucht hatten, daß wir die Familie des jeweils anderen kannten. Er wünschte sich gerade, in einer anderen Stadt als Kriminalbeamter zu arbeiten, wo er die Leute so behandeln könnte, wie es ein Polizist seiner Meinung nach zu tun hatte.

„Nein, da liegst du nämlich genau falsch, und wenn du diese Haltung erst einmal überwunden hast, wirst du gerade hier in Bon Temps ein besserer Kriminalbeamter sein können als anderswo", verkündete ich, woraufhin Bellefleur seine grauen Augen erschrocken ganz weit aufriß. Ihn so erschüttert zu sehen bereitete mir ein kindisches Vergnügen, auch wenn ich genau wußte, ich würde früher oder später dafür bezahlen müssen. So war es nämlich immer, wenn ich Leuten einen kurzen Einblick in meine Behinderung gestattete.

Die meisten Menschen konnten gar nicht schnell genug von mir wegkommen, wenn ich ihnen eine kleine Kostprobe meiner telepathischen Fähigkeiten geliefert hatte. Nicht so Andy: der schien fasziniert. „Dann ist es also wahr!" hauchte er atemlos, als seien wir allein miteinander und befänden uns nicht mitten auf der Auffahrt einer heruntergekommenen Doppelhaushälfte im ländlichen Louisiana.

„Nein, vergiß die Sache", sagte ich rasch. „Manchmal kann ich den Leuten die Gedanken einfach am Gesicht ablesen."

Da knöpfte er mir ganz absichtlich in Gedanken die Bluse auf, aber ich war gewarnt, hatte meine übliche geistige Barrikade wieder aufgebaut und reagierte mit einem strahlenden Lächeln. Ich sah allerdings, daß ich ihm damit nichts vormachen konnte.

„Wenn du so weit bist und mit mir reden willst, dann kommst du ins Merlottes. Wir können im Lager miteinander reden oder in Sams Büro", sagte ich streng. Dann zog ich die Beine ins Auto.

Die Kneipe summte förmlich wie ein Bienenstock, als ich dort ankam. Sam hatte Terry Bellefleur – Andys Vetter zweiten Grades, wenn ich das richtig im Kopf hatte – gebeten, den Tresen zu übernehmen,

Vorübergehend tot

während er selbst sich in Dawns Haus mit der Polizei unterhalten mußte. Terrys Vietnamkrieg war fürchterlich gewesen, und nun existierte der Mann gerade mal so eben von irgendeiner Behindertenrente, die die Regierung ihm zahlte. Terry war verwundet worden; er war in Kriegsgefangenschaft geraten und hatte zwei Jahre in einem Lager ausharren müssen. Seine Gedanken waren in der Regel so furchterregend, daß ich mir besondere Mühe gab, ihnen nicht zuzuhören, wenn ich mich in Terrys Nähe aufhielt. Terrys Leben war hart, und ihm fiel normales Benehmen noch schwerer als mir. Gott sei Dank trank er nicht.

Ich begrüßte ihn mit einem kleinen Kuß auf die Wange, ehe ich ging, um mir die Hände zu schrubben und mein Tablett abzuholen. Durch das Fenster zur kleinen Küche konnte ich Lafayette Reynolds, den Koch, beobachten, wie er Hamburger wendete und ein Sieb mit Pommes Frites im heißen Öl versenkte. Im Merlottes kann man Hamburger, Pommes und ein paar belegte Brote bekommen, mehr nicht. Sam will kein Restaurant führen, sondern eine Bar, in der man auch eine Kleinigkeit essen kann.

„Was verschafft mir denn diese Ehre?" fragte Terry und hob erstaunt die Brauen. Terrys Haar war rot, aber wenn er vergessen hatte, sich zu rasieren, sah man, daß seine Bartstoppeln bereits ergraut waren. Terry verbrachte einen Gutteil seiner Zeit an der frischen Luft, aber seine Haut wurde nie wirklich braun. Die Sonne ließ sie rauh und rot werden, und dann sah man die Narben auf seiner linken Wange noch deutlicher. Terry schien das nichts auszumachen. Einmal, als sie ein wenig betrunken gewesen war, hatte Arlene die Nacht mit Terry verbracht, und von daher wußte ich, daß der Mann viele Narben hatte, die weitaus schlimmer waren als die auf seiner Wange.

„Das war einfach dafür, daß du hier bist", antwortete ich.

„Also stimmt das mit Dawn?" fragte er.

Lafayette stellte zwei Teller in die Durchreiche und zwinkerte mir mit seinen dichten falschen Wimpern zu. Lafayette trägt viel Make-up. Ich war derart an seinen Anblick gewöhnt, daß mir das schon gar nicht mehr auffiel, aber nun ließ mich der Anblick seines Lidschattens an den Jungen Jerry denken. Den hatte ich mit den drei Vampiren abziehen lassen, ohne zu protestieren. Nicht das moralisch korrekte Vorgehen, eher ein realistisches. Ich hätte sie nicht daran hindern können, ihn mitzunehmen. Ich hätte die Polizei nie so rechtzeitig alarmieren können, daß sie die Gruppe noch hätte einholen können. Er mußte ohnehin sterben, aber vorher hatte er so viele Vampire und Menschen mit in den Tod nehmen wollen wie irgend möglich, und er hatte bereits einmal gemordet. Streng teilte ich meinem Gewissen mit, ich sei nicht bereit, noch eine Unterhaltung zum Thema Jerry mit ihm zu führen.

„Arlene, die Hamburger sind fertig!" rief Terry, womit er mich mit einem Ruck wieder ins Hier und Jetzt holte. Arlene kam, nahm sich die beiden Teller und warf mir einen Blick zu, der besagte, daß sie mich gründlich löchern würde, sobald sich die Gelegenheit böte. Außer Arlene arbeitete noch Charlsie Tooten. Sie sprang immer ein, wenn eine der regulären Kellnerinnen krank wurde oder nicht auftauchte. Ich hoffte, Charlsie würde Dawns Job übernehmen. Ich hatte sie immer schon gemocht.

„Ja, Dawn ist tot", teilte ich Terry mit, den es nicht zu stören schien, daß ich mir mit der Antwort auf seine Frage so viel Zeit gelassen hatte.

„Wie ist es passiert?"

„Das weiß ich nicht, aber es war kein friedlicher Tod." Ich hatte Blut auf dem Bettlaken gesehen, nicht viel, aber ein bißchen.

„Maudette", sagte Terry, und ich verstand sofort, was er meinte.

„Vielleicht", erwiderte ich. Es war ja durchaus möglich, daß die Person, die Dawn um die Ecke gebracht hatte, auch Maudette auf dem Gewissen hatte.

Natürlich kam jeder Einwohner von Renard Parish an diesem Tag zu uns, wenn nicht zum Mittagessen, dann zumindest nachmittags auf einen Kaffee oder ein Bier. Wer sich die Arbeit nicht so legen konnte, daß es ihm möglich war, bereits tagsüber auf einen Sprung zu uns zu kommen, wartete auf den Feierabend und schaute auf dem Nachhauseweg herein. Zwei Morde an jungen Frauen in unserer Stadt, und das innerhalb eines einzigen Monats? Natürlich wollten die Leute darüber reden!

Gegen zwei kam Sam zurück. Sein Körper glühte wie ein Backofen, und der Schweiß lief ihm in Strömen über das Gesicht, denn am Tatort hatte er stundenlang in der prallen Sonne ausharren müssen. Er teilte mir mit, Andy Bellefleur werde bald auftauchen, um sich weiter mit mir zu unterhalten.

„Ich weiß eigentlich gar nicht, was der von mir will", sagte ich etwas ungehalten. „Ich hatte nie viel mit Dawn zu tun. Wie ist sie ums Leben gekommen? Haben sie dir das erzählt?"

Vorübergehend tot

„Irgendwer hat sie erst verprügelt und dann erwürgt", berichtete Sam. „Aber Bißspuren trug sie auch, wie Maudette."

„Es gibt viele Vampire, Sam", sagte ich als Antwort auf das, was er nicht laut ausgesprochen hatte.

„Sookie!" Sams Stimme klang so ernst und ruhig, daß ich daran denken mußte, wie es gewesen war, als er vor Dawns Haus meine Hand gehalten hatte. Dann aber erinnerte ich mich daran, wie er mich aus seinen Gedanken ausgeschlossen hatte, weil er wußte, daß ich dort spazieren ging, weil er wußte, wie er mich aussperren konnte. „Schatz, Bill mag für einen Vampir ja ein netter Kerl sein, aber er ist einfach nicht menschlich."

„Schatz, du auch nicht", sagte ich sehr leise, aber auch sehr scharf. Damit wandte ich Sam den Rücken zu, denn ich wollte nicht wirklich offen zugeben, warum ich so wütend auf ihn war, und irgendwie wollte ich doch, daß er es wußte.

Danach schuftete ich wie eine Wahnsinnige. Dawn mochte zwar viele Fehler gehabt haben, aber sie war eine gute, methodisch arbeitende Kellnerin gewesen, und Charlsie war dem Tempo einfach nicht gewachsen. Sie war willig und würde sich dem Tempo der Bar bestimmt bald anpassen, aber an diesem Tag zumindest mußten Arlene und ich einen Großteil der Arbeit allein bewältigen.

Nachdem die Leute herausgefunden hatten, daß ich die Leiche gefunden hatte, verdiente ich wohl eine Tonne an Trinkgeldern. Irgendwie überstand ich die Sache, ohne eine Miene zu verziehen und Kunden vor den Kopf zu stoßen. Schließlich wollten die Leute doch wissen, was der Rest der Stadt auch in Erfahrung bringen wollte.

Auf dem Nachhauseweg gestattete ich mir, mich ein wenig zu entspannen. Ich war fertig. Das letzte, womit ich gerechnet hatte, als ich in die kleine Auffahrt zu unserem Haus einbog, war der Anblick Bill Comptons. Er wartete an eine Kiefer gelehnt auf mich. Zuerst fuhr ich ein kleines Stück an ihm vorbei und hatte schon vor, ihn gar nicht zu beachten, aber dann hielt ich doch.

Er öffnete mir die Wagentür, und ohne ihn direkt anzusehen, stieg ich aus. Bill schien sich in der Nacht ganz zu Hause zu fühlen. Das würde mir nie möglich sein. Zu viele Kindheitstabus umgaben die Nacht und alle Dinge, die sich im Finsteren herumtrieben.

Auch Bill war, wenn ich es recht betrachtete, ein Ding, das sich im Finsteren herumtrieb. Kein Wunder also, daß ihm die Nacht so behaglich war.

„Willst du den ganzen Abend deine Füße anstarren oder redest du mit mir?" fragte er mit einer Stimme, die kaum mehr als ein Flüstern war.

„Es ist etwas passiert, und es ist besser, du erfährst davon."

„Sag es mir." Er versuchte, irgend etwas mit mir anzustellen; ich spürte seine Kräfte sozusagen über mir schweben, aber ich scheuchte sie beiseite. Daraufhin seufzte er.

„Ich kann nicht mehr stehen", erklärte ich matt. „Komm, wir setzen uns auf den Waldboden oder sonstwo hin. Meine Füße sind so müde."

Als Antwort hob er mich auf und setzte mich auf die Kühlerhaube. Dann baute er sich vor mir auf, die Arme vor der Brust verschränkt, und es war klar, daß er wartete.

„Sag's mir schon."

„Dawn ist umgebracht worden. Genau wie Maudette Pickens."

„Dawn?"

Da ging es mir plötzlich besser. „Die andere Kellnerin."

„Die Rothaarige? Die so oft verheiratet war?"

Nun fühlte ich mich schon sehr viel besser. „Nein, die Dunkelhaarige, die immer so wie zufällig mit ihrer Hüfte an deinen Stuhl gestoßen ist, damit du sie zur Kenntnis nimmst."

„Ach die. Die kam mich besuchen."

„Dawn? Wann denn das?"

„Nachdem du neulich weg warst. In der Nacht, in der die anderen Vampire da waren. Sie hatte großes Glück, daß sie die nicht noch angetroffen hat. Sie war so felsenfest davon überzeugt, daß sie mit allem fertig wird."

Ich sah zu ihm auf. „Warum sagst du, sie hatte großes Glück? Hättest du sie denn nicht beschützt?"

In der Finsternis wirkten Bills Augen fast schwarz. „Nein, ich glaube nicht", erwiderte er dann.

„Du bist ..."

„Ich bin ein Vampir. Ich denke nicht wie du. Ich kümmere mich nicht automatisch um Leute."

„Du hast mich beschützt."

„Bei dir ist es etwas anderes."

„Ja? Ich bin Kellnerin wie Dawn. Ich stamme aus einer einfachen Familie wie Maudette. Was ist an mir so anders?"

Ich war plötzlich wütend. Ich wußte schon, was nun kommen würde.

Bill tippte gegen meine Stirn. „Anders", sagte er. „Du bist nicht wie wir. Aber du bist auch nicht wie sie."

Ich spürte Zorn in mir aufsteigen, der fast schon ein heiliger war. Ich holte aus und versetzte Bill einen Schlag. Was natürlich völlig bescheuert war: Es war, als würde man einem gepanzerten Geldtransporter einen Faustschlag versetzen. In Sekundenschnelle hatte er mich vom Auto geholt und hielt mich so an sich gepreßt, daß ich die Arme nicht bewegen konnte.

„Nein!" kreischte ich und wehrte mich heftig, aber die Energie hätte ich mir ebenso gut sparen können. Nach einer Weile gab ich auf und ließ mich gegen seine Brust sinken.

„Warum meintest du, ich sollte das mit Dawn wissen?" Diese Frage klang so vernünftig, daß man hätte annehmen können, die Auseinandersetzung zwischen uns hätte gar nicht stattgefunden.

„Nun, du Fürst der Finsternis", sagte ich wütend, „Maudette hatte ein paar alte Bißspuren an ihren Oberschenkeln, und die Polizei hat Sam erzählt, das träfe auch auf Dawn zu."

Wenn man Schweigen charakterisieren kann, dann war Bills Schweigen nach dieser Auskunft nachdenklich. Während er grübelte oder was immer Vampire sonst tun mögen, lockerte sich seine Umarmung, und er streichelte mir gedankenverloren über den Rücken, als sei ich ein Welpe, der geweint hatte und getröstet werden mußte.

„Du hast angedeutet, beide Frauen seien nicht an diesen Bissen gestorben."

„Nein. Sie wurden erwürgt."

„Es war kein Vampir." Sein Ton ließ keinen Zweifel zu.

„Warum nicht?"

„Wenn ein Vampir sich an diesen Frauen genährt haben sollte, wären sie ausgeblutet worden, nicht erwürgt. Man hätte sie nicht einfach so verschwendet."

Immer, wenn ich anfing, mich in Bills Gegenwart wohlzufühlen, gab er so etwas Kaltes, Vampirisches von sich, und dann mußte ich wieder ganz von vorne anfangen.

„Dann", sagte ich müde, „haben wir hier entweder einen cleveren Vampir, der über große Selbstbeherrschung verfügt, oder wir haben es mit jemandem zu tun, der entschlossen ist, Frauen umzubringen, die mit Vampiren zusammen waren."

„Hm."

Mir war beim Gedanken an keine der beiden Möglichkeiten recht wohl zumute.

„Denkst du, ich könnte so etwas nicht tun?" fragte Bill.

Die Frage traf mich unerwartet. Ich wand mich ein wenig aus seiner engen Umklammerung, um zu ihm aufsehen zu können.

„Du hast dir viel Mühe gegeben, mir zu beweisen, wie herzlos du bist", erinnerte ich ihn. „Was willst du wirklich? Was soll ich glauben?"

Es war so wunderbar, das nicht herausfinden zu können, daß ich fast hätte lächeln müssen.

„Ich hätte die beiden Frauen töten können, aber das würde ich hier und jetzt nicht tun", sagte Bill. Im Mondlicht hatte sein Gesicht keine Farbe bis auf die finsteren Teiche seiner Augen und die dunklen Bögen seiner Brauen. „Ich will hierbleiben können. Ich will ein Zuhause."

Ein Vampir, der sich nach einem Zuhause sehnte.

Bill las mir den Gedanken vom Gesicht ab. „Hab' bloß kein Mitleid mit mir. Das wäre ein Fehler." Er forderte mich heraus, ihm in die Augen zu sehen.

„Bill, du kannst mich nicht bezirzen oder was du auch sonst immer tun möchtest. Du kannst mich nicht so betören, daß ich mein T-Shirt ausziehe und mich von dir beißen lasse. Du kannst mir nicht einreden, du wärst gar nicht hier gewesen; du kannst keine von den Nummern abziehen, die du sonst immer abziehst. Mit mir mußt du Klartext reden oder Gewalt anwenden."

„Nein", sagte er, und sein Mund lag fast auf meinem. „Ich will keine Gewalt anwenden."

Ich kämpfte gegen den Drang, ihn zu küssen. Aber zumindest war es mein ureigener Drang, nichts künstlich Hervorgerufenes.

„Also, wenn du es nicht warst", sagte ich und gab mir Mühe, auf Kurs zu bleiben, „dann kannten Maudette und Dawn noch einen anderen Vampir. Maudette besuchte manchmal die Vampirbar in Shreveport. Vielleicht ging Dawn da auch hin. Gehst du mit mir zusammen dort hin?"

„Warum?" fragte Bill und klang lediglich neugierig.

Wenn jemand sich zumindest des Nachts so absolut sicher, so jenseits aller Gefahren fühlen kann, dann fällt es einem schwer, diesem jemand zu erklären, wie es ist, wenn man meint, in Gefahr zu schweben. „Ich bin nicht sicher, daß Andy Bellefleur sich die Mühe macht hinzufahren", flunkerte ich.

„Dann leben also noch Bellefleurs hier", sagte Bill, und es lag ein anderer Unterton in seiner Stimme. Seine Arme schlossen sich so dicht um mich, daß es fast schon wehtat.

„Ja", sagte ich. „Viele. Andy ist bei der Polizei. Seine Schwester Portia ist Anwältin. Sein Vetter Terry ist Vietnamveteran und hilft bei uns aus, wenn Sam Vertretung braucht, und dann gibt es noch eine Reihe anderer."

„Bellefleur ..."

Ich wurde zermalmt.

„BILL!" sagte ich mit vor Angst quietschender Stimme.

Sofort lockerte er seine Umarmung. „Entschuldige bitte", bat er mich ganz formell.

„Ich muß ins Bett", teilte ich ihm mit. „Ich bin wirklich todmüde, Bill."

Mit einem leichten Aufprall setzte er mich auf dem Kies der Auffahrt ab und sah auf mich herunter.

„Zu diesen anderen Vampiren hast du gesagt, ich gehörte dir", sagte ich.

„Ja."

„Was genau sollte das heißen?"

„Das sollte heißen, daß ich sie umbringe, wenn sie versuchen, sich von dir zu nähren", erklärte Bill. „Es sollte heißen, daß du mein Mensch bist."

„Ich muß sagen, ich bin froh, daß du den anderen das gesagt hast, aber ich weiß nicht genau, was es bedeutet, dein Mensch zu sein", erwiderte ich vorsichtig. „Ich kann mich auch nicht daran erinnern, um Erlaubnis gefragt worden zu sein."

„Was immer es auch heißt, es ist auf jeden Fall besser als eine Party mit Liam, Diane und Malcolm."

Eine direkte Antwort wollte er mir also nicht geben. „Gehst du mit mir in diese Bar?"

„Wann ist denn dein nächster freier Abend?"

„Übermorgen."

„Also dann. Bei Sonnenuntergang. Ich fahre."

„Du hast einen Wagen?"

„Wie sollte ich mich denn deiner Meinung nach sonst fortbewegen?" Unter Umständen war gerade ein Lächeln über Bills schimmerndes Gesicht gehuscht. Dann wandte er sich um und verschmolz mit dem Wald. Über die Schulter rief er noch: „Sookie? Mach dich hübsch, damit ich stolz auf dich sein kann."

Ich blieb mit weit offenem Mund stehen.

Mich hübsch machen, damit er stolz auf mich sein konnte? So weit kam's noch!

Vorübergehend tot

Kapitel 4

Die Hälfte der Gäste im Merlottes glaubte, Bill sei für die Spuren an den Leichen der beiden Frauen mitverantwortlich. Die andere Hälfte war überzeugt, daß sowohl Dawn als auch Maudette auf ihren nächtlichen Streifzügen durch einschlägige Bars von irgendwelchen großstädtischen Vampiren gebissen worden seien und damit letztlich genau das bekommen hätten, was sie verdienten. Warum hatten sie auch unbedingt mit Vampiren herummachen müssen? Manche Gäste waren sich ganz sicher, daß ein Vampir die Frauen erwürgt hatte; für andere stand fest, daß die beiden sich auf dem schiefen Pfad der Promiskuität befunden hatten, der nun einmal unweigerlich ins Verderben führt.

In einem jedoch waren sich alle Besucher unseres Lokals einig: in ihrer Befürchtung, weitere Frauen könnten getötet werden. Ich kann wirklich nicht mehr genau sagen, wie oft mir geraten wurde, vorsichtig zu sein, meinen Freund Bill Compton genau im Auge zu behalten, nachts meine Tür zu verriegeln und niemanden ins Haus zu lassen – als seien all dies Dinge, die ich normalerweise nicht tun würde.

Jason, der mit beiden Frauen ein ‚Verhältnis' gehabt hatte, wurde sowohl bemitleidet als auch verdächtigt. Er kam Oma und mich zu Hause besuchen und regte sich eine gute Stunde lang über dieses Thema auf. Wir redeten ihm gut zu, weiter seiner Arbeit nachzugehen, wie jeder unschuldige Mann es tun würde. Ich erlebte meinen gutaussehenden Bruder zum ersten Mal – zumindest zum ersten Mal seit ich denken konnte – wirklich besorgt. Natürlich freute ich mich nicht, ihn mit diesen Problemen belastet zu sehen, richtig leid tat er mir aber auch nicht. Ich weiß, ich weiß: Das war kleingeistig und engstirnig von mir.

Ich bin nicht perfekt.

Mein Nicht-Perfektsein reichte so weit, daß ich ziemlich viel Zeit mit der Frage verbrachte, was Bill wohl gemeint haben mochte, als er sagte, ich solle mich hübsch machen, und das, obwohl gerade zwei Frauen umgebracht worden waren, die ich beide persönlich gekannt hatte. Ich hatte keine Ahnung, wie man sich für den Besuch in einer Nachtbar für Vampire angemessen kleidet! Manche Barbesucher, hatte ich gehört, hüllten sich in ziemlich lächerliche Kostüme, aber das hatte ich nicht vor.

Ich kannte niemanden, den ich zu diesem Thema hätte befragen können.

Ich war weder groß noch knochig genug, um ganz in Stretch zu gehen wie die Vampirdame Diane.

Schließlich fischte ich aus der hintersten Ecke meines Kleiderschranks ein Kleid, das ich bisher wenig getragen hatte, weil sich nur selten Gelegenheit dazu bot. Es war ein Ausgehkleid, speziell entworfen, um der Frau, die es trug, das Interesse ihres Begleiters zu sichern – ganz gleich, wer dieser Begleiter war. Es war ärmellos und am Rücken ziemlich tief und geradlinig ausgeschnitten, aus dünnem, weißem Stoff, bedruckt mit leuchtendroten Blumen auf langen grünen Stengeln und saß sehr eng. Das Kleid sorgte dafür, daß meine sonnengebräunte Haut leuchtete und mein Busen ordentlich zur Geltung kam. Dazu trug ich rote Emaille-Ohrringe und rote Lackschühchen mit verführerisch hohen Absätzen. Ich besaß auch ein kleines rotes Strohhandtäschchen. Zuletzt schminkte ich mich dezent und kämmte mein Haar aus, bis es mir lose auf die Schultern fiel.

Als ich aus meinem Zimmer trat, weiteten sich die Augen meiner Oma erstaunt und ungläubig.

„Du siehst bezaubernd aus", sagte sie. „Aber meinst du nicht, du frierst in diesem Kleid?"

Ich grinste. „Nein, ich glaube nicht. Draußen ist es ziemlich warm."

„Möchtest du nicht doch lieber deinen schönen weißen Pullover überziehen?"

„Nein, ich glaube nicht", erwiderte ich mit einem vergnügten Lachen. Die anderen Vampire hatte ich so weit in mein Unterbewußtsein verbannt, daß es mich froh stimmte, sexy auszusehen. Ich war aufgeregt, denn immerhin sollte ich an diesem Abend ausgeführt werden. Auch wenn ich Bill mehr oder weniger gebeten hatte, mich auszuführen, und der Abend eher der Recherche dienen sollte. Auch das wollte ich gern verdrängen, denn ich sehnte mich danach, mich einfach einmal einen Abend lang zu amüsieren.

Sam rief an, um mir zu sagen, daß er meinen Gehaltsscheck ausgeschrieben hatte. Er fragte mich, ob ich vorbeikommen und den Scheck abholen wollte, wie ich es normalerweise tat, wenn ich nicht ohnehin am nächsten Tag arbeitete.

Vorübergehend tot

Also fuhr ich zum Merlottes, und mir war schon ein wenig mulmig zumute bei dem Gedanken, dort derart aufgetakelt aufzutauchen.

Ich öffnete die Tür, trat ein, und bewunderndes Schweigen senkte sich über das gesamte Lokal. Alle waren baß erstaunt über meinen Anblick – ein nettes Kompliment. Sam stand mit dem Rücken zu mir, aber Lafayette hatte gerade den Kopf durch die Durchreiche gesteckt, und JB und Rene lehnten am Tresen. Leider Gottes auch mein Bruder Jason, dessen Augen sich weiteten, als er sich umdrehte, um nachzuschauen, wen oder was Rene da so anstarrte.

„Prima siehst du aus, Mädel!" kommentierte Lafayette begeistert meinen Auftritt. „Wo hast du denn den Fummel her?"

„Ach, das alte Teil hängt doch schon ewig bei mir im Schrank", erwiderte ich spöttisch, und Lafayette lachte.

Mittlerweile war auch Sam neugierig geworden und wollte gern wissen, was Lafayette in derart helle Begeisterung versetzte. Er drehte sich um, und auch seine Augen weiteten sich.

„Allmächtiger!" flüsterte er atemlos. Ich ging zu ihm hinüber, bat um meinen Scheck und fühlte mich sehr befangen dabei.

„Komm doch kurz mit in mein Büro, Sookie", erwiderte Sam auf meine Bitte, und ich folgte ihm in sein kleines Kabuff neben dem Lager. Dabei kam ich an Rene und JB vorbei. Rene nahm die Gelegenheit wahr und umarmte mich. JB küßte mich auf die Wange.

Sam wühlte eine ganze Weile in den Papieren auf seinem Schreibtisch herum, bis er dann wohl endlich meinen Scheck gefunden hatte. Übergeben wollte er ihn aber anscheinend noch nicht.

„Hast du irgend etwas Besonderes vor heute abend?" fragte er statt dessen, und es klang so, als würde er diese Frage stellen, ohne es eigentlich recht zu wollen.

„Ich gehe aus", antwortete ich, wobei ich versuchte, meine Antwort möglichst beiläufig klingen zu lassen.

„Du siehst phantastisch aus!" verkündete Sam mit glutvollen, glänzenden Augen, und ich sah, daß er schlucken mußte.

„Vielen Dank. Kann ich nun meinen Scheck haben?"

„Klar." Hastig übergab er mir das Stück Papier, und ich verstaute es in meiner Handtasche.

„Also dann: auf Wiedersehen."

„Auf Wiedersehen." Doch statt mich nun gehen zu lassen, trat Sam hinter dem Schreibtisch hervor, stellte sich neben mich und schnupperte an mir. Dazu beugte er sein Gesicht ganz dicht an meinen Hals und holte tief Luft. Dann schloß er kurz seine strahlend hellen, blauen Augen, als wolle er meinen Geruch einordnen, und dann atmete er sanft wieder aus, und sein Atem strich heiß über meine nackte Haut.

Ich verließ Büro und Lokal. Sams Verhalten stimmte mich nachdenklich. Ich war verwundert, aber auch interessiert.

Als ich heimkam, parkte vor unserem Haus ein Auto, das ich nicht kannte. Ein schwarzer Cadillac, schimmernd wie poliertes Glas. Bills Wagen – woher die nur das Geld hatten, sich solche Autos zu kaufen? Kopfschüttelnd stieg ich die Stufen zu unserer Veranda empor und betrat das Haus. Bei meinem Eintreten wandte Bill erwartungsvoll den Kopf zur Tür. Er saß auf dem Sofa und hatte sich mit meiner Oma unterhalten, die ihrerseits auf der Armlehne eines überpolsterten Lehnsessels hockte.

Bei Bills Reaktion auf meinen Anblick war ich ziemlich sicher, daß ich es übertrieben hatte und er sauer auf mich war. Sein Gesicht wurde ganz still, und aus seinen Augen schossen Blitze. Seine Finger verkrampften sich, als knülle er irgend etwas zusammen.

„Geht das so?" fragte ich nervös und spürte, wie mir das Blut in die Wangen schoß.

„Ja", befand Bill schließlich, aber da hatte er bereits so lange geschwiegen, daß nun auch meine Großmutter zornig geworden war.

„Jeder, der auch nur einen Funken Verstand im Kopf hat, wird zugeben müssen, daß Sookie das hübscheste Mädchen in der ganzen Gegend ist", verkündete sie mit einer Stimme, die zwar freundlich, aber auch aus Stahl geschmiedet war.

„Oh ja", stimmte er ihr in einem merkwürdig ausdruckslosen Ton zu.

Sollte er sich doch zum Teufel scheren! Ich hatte mein Bestes getan! Also richtete ich mich kerzengerade auf und fragte: „Gehen wir?"

„Oh ja", wiederholte Bill und stand auf. „Wiedersehen, Mrs. Stackhouse. Es war mir ein Vergnügen."

„Amüsiert euch gut", erwiderte Oma bereits wieder ein wenig versöhnt. „Fahren Sie vorsichtig und trinken Sie nicht zu viel."

Er hob eine Braue. „Gewiß nicht, gnädige Frau!"

Oma ließ das unkommentiert im Raum stehen.

Bill hielt mir die Wagentür auf, während ich einstieg, was ein sorgfältig durchdachtes Manöver war, mit dem er sicherstellen wollte, daß

Vorübergehend tot

so viel von mir wie irgend möglich in meinem Kleid verblieb. Als ich eingestiegen war, schloß er die Beifahrertür und ging hinüber zur Fahrerseite. Ich fragte mich erbost, wer ihm das Autofahren beigebracht haben mochte. Höchstwahrscheinlich Henry Ford.

„Es tut mir leid, wenn ich nicht korrekt gekleidet sein sollte", sagte ich und starrte stur geradeaus.

Wir befanden uns noch auf der holprigen Auffahrt und waren recht langsam gefahren. Nun kam der Wagen mit einem Ruck zum Stehen.

„Wer hat denn das behauptet?" fragte Bill, und seine Stimme klang ungeheuer sanft.

„Du hast mich angesehen, als hätte ich irgend etwas falsch gemacht", fuhr ich ihn an.

„Ich habe mich lediglich gefragt, ob ich es wohl schaffen werde, in diese Nachtbar und auch wieder heraus zu kommen, ohne jemanden umbringen zu müssen, weil er dich haben will, und ich habe ganz stark daran gezweifelt, daß mir das gelingen wird."

„Nun machst du dich lustig über mich!" Ich wollte ihn immer noch nicht ansehen.

Da packte er mich im Nacken und zwang mich, mich zu ihm umzudrehen.

„Sehe ich denn so aus, als wollte ich dich verspotten?" fragte er.

Seine dunklen Augen waren weit geöffnet und blickten mich unverwandt an.

„Nein – irgendwie nicht", mußte ich zugeben.

„Dann nimm das hin, was ich dir sage!"

Die Fahrt nach Shreveport verlief zum großen Teil schweigend, aber es war kein ungemütliches Schweigen. Fast die ganze Fahrt über ließ Bill Kassetten laufen. Er schien eine Vorliebe für die Musik von Kenny G. zu haben.

* * *

Fangtasia, die Nachtbar für Vampire, befand sich in einer vorstädtischen Einkaufsgegend von Shreveport, in der Nähe eines Discountladens für Markenartikel und eines riesigen Spielzeuggeschäftes. Die Bar lag inmitten von Läden, die um diese Zeit alle bereits geschlossen hatten. Ihr Name prangte in grellen roten Neonbuchstaben über dem Eingang, einer roten Tür inmitten einer grauen Fassade. Wer immer der Besitzer der Bar sein mochte: Offenbar hatte er oder sie beschieden, Grau sei nicht ganz so eindeutig wie Schwarz, stelle aber ebenfalls einen hervorragenden Farbkontrast zu Rot dar. Das Innenleben der Bar war in eben diesen Farbtönen gestaltet.

An der Tür wollte eine Vampirdame meinen Ausweis sehen. Natürlich hatte sie Bill als einen der Ihren erkannt und mit kühlem Nicken begrüßt, aber mich nahm sie besonders gründlich unter die Lupe. Sie war kreidebleich wie alle Vampire kaukasischer Abstammung, trug ein langes schwarzes Kleid mit weiten, flatternden Ärmeln und war fast überirdisch schön. Ich fragte mich allerdings, ob sie den Vampirlook trug, weil diese Mode ihr gefiel oder ob sie das Kleid angezogen hatte, weil die menschlichen Besucher der Bar das von ihr erwarteten.

„Mich hat schon jahrelang niemand mehr nach meinem Ausweis gefragt", sagte ich und kramte in meiner Handtasche nach meinem Führerschein. Wir standen in einem kleinen Vorraum, der von der Bar selbst durch eine Tür abgetrennt war.

„Ich bin einfach nicht mehr in der Lage, das Alter von Menschen richtig einzuschätzen. Wir müssen unglaublich streng darauf achten, daß wir niemanden hereinlassen, der nicht volljährig ist. Volljährig in allen Lebensbereichen!" erklärte die Dame und strahlte uns mit einem Lächeln an, das wohl von Herzen kommend wirken sollte. Dann musterte sie Bill mit einem interessierten Seitenblick einmal von oben bis unten, ein Verhalten, das ich beleidigend fand. Beleidigend mir gegenüber zumindest.

„Sie habe ich ja schon seit ein paar Monaten nicht mehr gesehen", sagte sie dann, und ihre Stimme war so kalt und süß, wie auch Bills Stimme klingen konnte.

„Ich lebe recht bürgerlich", erklärte Bill, und die Dame nickte verständnisvoll.

*   *   *

„Was hast du zu ihr gesagt?" flüsterte ich Bill zu, als wir dann den kurzen Flur entlang und durch rote Doppeltüren hindurch in die eigentliche Bar traten.

„Daß ich versuche, unter Menschen zu leben."

Gern hätte ich noch mehr zu diesem Thema gehört, aber nun bot sich mir mein erster umfassender Blick auf das Innere von Fangtasia.

Vorübergehend tot

Der gesamte Raum war ausschließlich in den Farben Schwarz, Rot und Grau dekoriert, und an den Wänden hingen gerahmte Fotografien jedes einzelnen Vampirs, der je auf einer Filmleinwand seine Fangzähne gezeigt hatte. Bela Lugosi hing dort neben George Hamilton und Gary Oldman, berühmte Leinwandvampire neben eher obskuren. Die Beleuchtung war gedämpft; natürlich, darin lag nichts Außergewöhnliches. Außergewöhnlich waren die Besucher und die Warntafeln, die überall hingen.

Es war voll an diesem Abend. Die menschliche Klientel bestand einerseits aus Vampir-Groupies (die man Fangbanger nannte), andererseits aus Touristen. Die Groupies hatten sich allesamt in Schale geworfen. Viele der Männer trugen das traditionelle Cape zum Schwalbenschwanz, die Frauen hatten sich fast ausnahmslos Mühe gegeben, so auszusehen wie Morticia Adams. Dazu kamen Kopien der Sachen, die Brad Pitt und Tom Cruise in *Interview mit einem Vampir* getragen hatten, und ein paar eher modern wirkende Verkleidungen, die meiner Meinung nach vom Film *Begierde* beeinflußt waren. Manch ein Fangbanger hatte sich künstliche Fangzähne aufgesteckt, andere hatten sich Blutstropfen in die Mundwinkel und Bißspuren auf die Hälse gemalt. Alle wirkten ungewöhnlich – und gleichzeitig ungewöhnlich jämmerlich.

Die Touristen sahen aus, wie Touristen nun mal aussehen, vielleicht ein wenig abenteuerlustiger als anderswo. Sie trugen fast alle Schwarz, wie die Fangbanger, um sich der allgemeinen Stimmung in der Bar anzupassen. Vielleicht gab es ja inzwischen Reiseveranstalter, die ihren Reisegruppen einen Besuch in einer Vampirbar anboten. „Für Ihren aufregenden Besuch in einem echten Nachtclub für Vampire packen Sie bitte schwarze Kleidung ein. Wenn Sie sich hier an die Regeln halten, geschieht Ihnen nichts, und Sie können diese exotische Subkultur hautnah miterleben."

Wie Juwelen in einem Kästchen voller Kiesel saßen zwischen all diesen Menschen mit ihren unterschiedlichen Interessen die Vampire, etwa fünfzehn von ihnen. Auch sie schienen in der Regel dunkle Kleidung zu bevorzugen.

Da stand ich nun mitten im Raum und sah mich um, interessiert, belustigt und auch ein wenig abgestoßen, als Bill mir zuflüsterte: „Wie eine weiße Kerze mitten in einer düsteren Kohlengrube!"

Ich lachte, und wir schlängelten uns zwischen den überall verstreuten Tischen hindurch zum Tresen. Dort prangte für alle sichtbar ein

Kasten mit frisch und warm in Flaschen abgefülltem Blut – das erste Mal, daß ich so etwas auf dem Tresen eines Lokals sah. Natürlich bat Bill den Barmann um eine dieser Flaschen. Ich schnappte leicht nach Luft und bestellte mir dann tapfer einen Gin Tonic. Der Barmann warf mir ein breites Lächeln zu und signalisierte mit leicht ausgefahrenen Fangzähnen, welches Vergnügen es ihm bereitete, mich zu bedienen. Ich versuchte, zurückzulächeln und gleichzeitig bescheiden zu wirken. Der Vampir hinter dem Tresen war Indianer, mit langem, pechschwarzem Haar. Er wirkte muskulös und biegsam, mit einer scharfgeschnittenen Nase und einem Mund, der aus einem einzigen Strich zu bestehen schien.

„Wie geht's, Bill?" fragte er meinen Begleiter. „Dich habe ich lange nicht gesehen. Ist das dein Abendbrot?" Mit diesen Worten stellte er unsere Getränke vor uns auf den Tresen und wies mit einem Kopfnicken auf mich.

„Das ist eine Freundin von mir, Sookie. Sie würde gern ein paar Fragen stellen."

„Fragen Sie, fragen Sie, soviel Sie möchten, schöne Frau!" entgegnete der Barmann und lächelte erneut. Mir gefiel er allerdings besser, wenn er die Lippen zu einer geraden Linie geschlossen hielt.

„Haben Sie eine der beiden Frauen hier schon einmal gesehen?" fragte ich und zog Zeitungsbilder Dawns und Maudettes aus meiner Handtasche. „Oder diesen Mann?" Damit zog ich ein Foto meines Bruders aus der Tasche, und mich durchzuckte dabei eine üble Vorahnung.

„Die Frauen ja, den Mann nicht, aber er sieht ganz köstlich aus!" sagte der Tresenwirt und lächelte mich schon wieder an. „Ist das vielleicht Ihr Bruder?"

„Ja."

„Wunderbare Aussichten!" flüsterte der Indianer.

Zum Glück war ich geübt darin, mir nichts anmerken zu lassen. „Können Sie sich noch erinnern, mit wem die Frauen zusammen waren?"

„Daran kann ich mich nie erinnern", erwiderte der Vampir, und seine Miene wirkte mit einem Mal sehr verschlossen. „So etwas bekommt man hier nicht mit. Das gilt im übrigen auch für Sie!"

„Vielen Dank", erwiderte ich höflich. Da hatte ich wohl gegen eine der hiesigen Regeln verstoßen. Anscheinend war es gefährlich zu fra-

Vorübergehend tot

gen, wer mit wem die Bar verlassen hatte. „Ich danke Ihnen, daß Sie sich die Zeit genommen haben, mit mir zu reden."

Der Barmann warf mir einen nachdenklichen Blick zu. „Die da", sagte er dann und klopfte mit dem Finger auf das Bild Dawns, „die wollte sterben."

„Woher wissen Sie das?"

„Alle, die herkommen, sehnen sich nach dem Tod; manche mehr, manche weniger", sagte er, als sei es die selbstverständlichste Sache der Welt, und ich spürte, daß es für ihn daran nichts zu rütteln gab. „Das sind wir nun mal. Der Tod."

Mir wurde kalt. Bill hatte seine Hand auf meinen Arm gelegt und zog mich zu einer Nische, die gerade frei geworden war. Auf dem Weg dorthin kamen wir an ein paar Warnhinweisen vorbei, die in regelmäßigen Abständen an den Wänden hingen und die Worte des Indianers noch zu unterstreichen schienen. „In unseren Räumen ist Beißen untersagt." „Unnötiges Herumlungern auf dem Parkplatz ist verboten." „Erledigen Sie Privatangelegenheiten bitte woanders." „Wir freuen uns über Ihren Besuch. Betreten auf eigene Gefahr."

Geschickt klemmte Bill einen Fingernagel unter den Deckel seiner Flasche, öffnete sie mit einer raschen Bewegung und trank einen Schluck Blut. Ich versuchte, ihm nicht dabei zuzusehen, was aber mißlang. Natürlich entging Bill das nicht, weshalb er auch meine Reaktion auf seinen Blutkonsum mitbekam. Er schüttelte den Kopf.

„Das ist die Realität, Sookie", sagte er. „Ich brauche es, um weiter zu existieren."

Rote Flecken zierten seine Zähne.

„Aber natürlich", sagte ich und versuchte, den beiläufigen Tonfall des Barmanns zu treffen. Dann holte ich tief Luft. „Glaubst du, auch ich sehne mich nach dem Tod? Weil ich mit dir hergekommen bin?"

„Ich glaube eher, du willst etwas über den Tod anderer Menschen herausfinden", erwiderte Bill, doch ich konnte nicht sicher sein, daß er das auch wirklich so meinte.

Mir schien, als hätte Bill noch gar nicht mitbekommen, in welch prekärer persönlicher Lage er sich gerade befand. Ich nippte an meinem Gin und spürte, wie sich die Wärme des Alkohols in mir ausbreitete.

Dann näherte sich ein weiblicher Fangbanger unserer Nische. Ich saß halb verdeckt hinter Bill, aber sicher hatte die Frau uns zusammen die Bar betreten sehen. Sie trug eine Menge Locken auf dem Kopf, war recht knochig und trug eine Brille, die sie auf dem Weg zu uns herüber abnahm und in ihre Handtasche stopfte. Als die Frau unseren Tisch erreichte, beugte sie sich so weit vor, daß ihr Mund gerade mal vier Zentimeter von Bills entfernt war.

„Hallo, du großer, gefährlicher Mann", gurrte sie in einem Ton, der wohl verführerisch klingen sollte, und klopfte dazu mit einem blutroten Fingernagel gegen Bills Blutflasche. „Bei mir kriegst du das Echte!" Damit Bill sie auf keinen Fall mißverstehen konnte, streichelte sie lasziv ihren Hals.

Ich mußte tief Luft holen, um meine Wut zu bändigen. Gut, ich hatte Bill gebeten, mit mir hierher zu kommen, es war nicht umgekehrt gewesen. Er konnte tun, was er wollte, also stand mir kein Kommentar zu. Vor meinem geistigen Auge jedoch glitt das sommersprossige, blasse Gesicht dieser Schlampe vorbei, geziert von der Spuren meiner fünf Finger! Ich saß mucksmäuschenstill, um Bill keinen Hinweis darauf zu geben, was ich gerade am liebsten getan hätte.

„Ich bin in Begleitung", erklärte Bill sanft.

„Die Begleitung trägt aber keine Bißspuren am Hals", erwiderte die Frau und nahm damit endlich meine Anwesenheit zur Kenntnis, wenn auch nur mit einem verächtlichen Seitenblick. Ebensogut hätte sie mich öffentlich einen Feigling schimpfen können und dabei mit den Armen flattern, als sei sie ein aufgescheuchtes Huhn. Ob mir vor Wut wohl schon Schaum vor dem Mund stand?

„Ich bin in Begleitung", wiederholte Bill, und seine Stimme klang schon nicht mehr ganz so sanft.

„Du weißt nicht, was dir entgeht", erwiderte die Frau, und ihre großen, blassen Augen blitzten beleidigt.

„Doch, das weiß ich genau", sagte Bill.

Da zuckte sie zurück, als hätte ich sie wirklich ins Gesicht geschlagen und nicht nur davon geträumt, und stürzte zurück an ihren eigenen Tisch.

Sie war nur die erste. Nach ihr kamen noch drei, was mich sehr nervte. All diese Menschen, Männer wie Frauen, wollten unbedingt mit einem Vampir intim werden und hatten keine Probleme damit, das ganz offen zu zeigen.

Ruhig und gefaßt wurde Bill mit all dem fertig.

„Du sagst ja gar nichts", bemerkte er dann, als gerade ein etwa vierzig Jahre alter Mann unsere Nische verlassen hatte. Ihm hatten

Vorübergehend tot

wirklich und wahrhaftig Tränen in den Augen gestanden, als Bill ihn zurückgewiesen hatte.

„Was sollte ich denn auch sagen?" fragte ich unter Aufbietung all meiner Beherrschung.

„Du hättest sie auch wegschicken können. Soll ich dich ein wenig allein lassen? Hast du jemanden gesehen, der dir gefällt? Ich habe schon mitbekommen, daß Langer Schatten, der Typ hinter dem Tresen, zu gern ein wenig mit dir zusammen sein würde."

„Rede nur nicht so blöd daher! Ich will nicht allein sein." Ich hätte mich bei keinem der anderen Vampire in der Bar sicher gefühlt, hätte immer befürchtet, sie wären wie Liam oder Diane. Bill hielt seine dunklen Augen auf mich gerichtet, als erwarte er, daß ich noch mehr sagte. „Ich muß die anderen hier allerdings noch befragen, ob einer von ihnen hier in der Bar früher einmal Maudette oder Dawn begegnet ist."

„Soll ich dich begleiten?"

„Ja, bitte!" antwortete ich und ärgerte mich, denn die Bitte klang ängstlicher, als ich beabsichtig hatte. Eigentlich hatte ich ihn beiläufig um einen kleinen Gefallen bitten wollen.

„Der Vampir da drüben sieht gut aus. Er hat dich bereits zwei Mal ausführlich gemustert", stellte Bill fest, und ich fragte mich, ob er sich wohl nach diesem Spruch auch am liebsten die Zunge abgebissen hätte.

„Jetzt machst du dich aber lustig über mich!" erwiderte ich leicht verunsichert nach einer kleinen Pause.

Der Vampir, auf den Bill gezeigt hatte, sah in der Tat unglaublich gut aus, blond, blauäugig, groß, mit breiten Schultern. Er trug Stiefel, Jeans, eine Weste und sonst nichts. Er glich den schmachtenden Liebhabern, die die Schutzumschläge von Liebesromanen zieren, und jagte mir Todesängste ein.

„Er heißt Eric", sagte Bill.

„Wie alt ist er?"

„Sehr alt. Hier in dieser Bar ist er der Älteste."

„Ist er bösartig?"

„Sookie, wir alle sind bösartig. Wir sind alle sehr stark und sehr zerstörerisch."

„Du nicht", sagte ich und sah, wie sich seine Miene verschloß. „Du willst doch bürgerlich leben. Also tust du nichts Gesellschaftsfeindliches."

„Immer, wenn ich gerade denke, du bist viel zu naiv, um allein unterwegs zu sein, landest du eine so treffende Bemerkung!" entgegnete Bill mit einem leisen Lachen. „Also gut, auf geht's, reden wir mit Eric."

Eric, der wirklich ein oder zwei Mal in meine Richtung geschaut hatte, saß neben einer Vampirin, die ebenso schön war wie er. Die beiden hatten bereits etliche Menschen abgeschmettert, die Annäherungsversuche unternommen hatten. Ein liebeshungriger junger Sterblicher war sogar so weit gegangen, vor der Frau auf dem Boden zu kriechen und ihre Stiefel zu küssen. Sie hingegen hatte nur voller Verachtung auf ihn hinabgeblickt und seiner Schulter einen Fußtritt verpaßt. Dabei hatte man ihr angesehen, wie sehr viel lieber sie ihn direkt ins Gesicht getreten hätte. Einige Touristen waren beim Anblick dieser Szene zusammengezuckt, und ein Pärchen war sogar aufgestanden und hatte das Lokal verlassen, aber die Fangbanger schienen die Sache ziemlich normal zu finden.

Als wir uns dem Tisch der beiden näherten, blickte Eric knurrend auf, wurde dann aber freundlicher, als er sah, wer ihn da heimsuchte.

„Bill", sagte er und nickte. Offenbar gaben Vampire einander nicht die Hand.

Bill war nicht direkt an den Tisch herangetreten, sondern hatte sich in vorsichtiger Entfernung aufgebaut, und ich hatte seinem Beispiel folgen müssen, da er meinen Oberarm fest umklammert hielt. Offenbar galt es in diesen Kreisen als höflich, erst einmal Abstand zu wahren.

„Willst du uns deine Freundin nicht vorstellen?" fragte der weibliche Vampir. Eric hatte mit leichtem Akzent gesprochen, die Frau jedoch sprach reines Amerikanisch, und ihr rundes, niedliches Gesicht hätte jeder Bauerntochter aus dem Mittleren Westen zur Ehre gereicht. Dann lächelte sie und zeigte Fangzähne, was das Bild irgendwie kaputtmachte.

„Hallo. Ich bin Sookie Stackhouse", sagte ich höflich.

„Die ist ja süß!" stellte Eric fest, und ich hoffte, er bezog sich dabei auf meinen Charakter.

„Nicht besonders," gab ich zurück.

Überrascht starrte Eric mich einen Moment lang an. Dann lachte er, und auch die Frau lachte.

„Sookie, das hier ist Pam, und ich bin Eric", sagte der blonde Vampir. Bill und Pam warfen einander das unter Vampiren übliche Kopfnicken zu.

Vorübergehend tot

Es entstand eine Pause. Ich wollte etwas sagen, aber Bill drückte warnend meinen Oberarm.

„Meine Freundin Sookie würde euch gern ein paar Fragen stellen", sagte Bill.

Die beiden Vampire vor uns warfen einander gelangweilte Blicke zu.

Pam sagte: „Wie lang sind eure Fänge? In was für einem Sarg schlaft ihr? Solche Fragen?" Ihre Stimme troff vor Verachtung, und es ließ sich unschwer feststellen, daß sie solche Touristenfragen gräßlich fand.

„Nein, Madam", entgegnete ich und hoffte, Bill würde mir kein Loch in den Arm kneifen. Ich kam mir sehr ruhig und umsichtig vor.

Pam jedoch starrte mich baß erstaunt an.

Warum zum Teufel nur fanden sie mein Verhalten so aufsehenerregend? Allmählich wurde mir die ganze Sache zu dumm. Ehe Bill mir noch weitere schmerzhafte Winke erteilen konnte, öffnete ich meine Handtasche und nahm die Fotos heraus. „Ich hätte gern gewußt, ob Sie eine der beiden Frauen irgendwann einmal hier gesehen haben." In Gegenwart dieser Frau würde ich Jasons Bild nicht herumreichen! Das wäre ja, als würde man einer Katze ein Schälchen Sahne vor die Nase setzen.

Die beiden sahen sich die Bilder an, während Bill mit ausdrucksloser Miene neben mir stand. Dann sah Eric auf. „Mit dieser hier war ich manchmal zusammen", sagte er und tippte auf Dawns Foto. „Sie stand auf S/M."

Pam hatte erstaunt die Brauen hochgezogen, und ich sah, daß sie sich darüber wunderte, daß Eric mir geantwortet hatte. Offenbar fühlte sie sich verpflichtet, seinem Beispiel zu folgen. „Ich habe beide hier gesehen. Ich war nie mit einer davon zusammen. Die da", und damit legte sie den Finger auf Maudettes Bild, „war eine ziemliche Jammergestalt."

„Herzlichen Dank! Nun brauche ich Ihre Zeit nicht länger in Anspruch zu nehmen", sagte ich und hätte mich zum Gehen gewandt, wenn Bill nicht weiterhin meinen Arm festgehalten hätte.

„Bill, liegt dir viel an deiner kleinen Freundin?" fragte Eric.

Ich brauchte eine Weile, ehe ich die Frage richtig verstanden hatte. Eric hatte sich erkundigt, ob er mich ausborgen könnte!

„Sie gehört mir", sagte Bill, aber er brüllte nicht, wie damals bei den schrecklichen Vampiren aus Monroe. Seine Stimme klang allerdings ziemlich fest und überzeugend.

Daraufhin neigte Eric das goldene Haupt und musterte mich noch einmal ausführlich von oben bis unten. Wenigstens begann er mit meinem Gesicht.

Bill schien sich zu entspannen. Er verbeugte sich vor Eric – eine Geste, die irgendwie auch Pam mit einschloß –, trat zwei Schritte zurück und gestattet mir dann endlich, dem Paar den Rücken zuzukehren.

„Mein Gott, was sollte das denn alles!" fragte ich wütend im Flüsterton. Meinen Oberarm würde die nächsten paar Tage ein großer blauer Fleck zieren.

„Sie sind hunderte von Jahren älter als ich!" erklärte Bill und klang dabei ungeheuer vampirisch.

„Ist das die Hackordnung bei euch? Das Alter?"

„Hackordnung", meinte Bill nachdenklich. „Kein schlechter Ausdruck." Fast hätte er gelacht. Ich sah es daran, daß seine Lippen zuckten.

„Wenn du Lust gehabt hättest, wäre mir nichts anderes übrig geblieben, als dich mit Eric gehen zu lassen", erläuterte er, nachdem wir uns wieder gesetzt und jeweils einen Schluck getrunken hatten.

„Nein!" erwiderte ich scharf.

„Warum hast du nichts zu den Fangbangern gesagt, die an unseren Tisch kamen und versuchten, mich von dir wegzulocken?"

Bill und ich operierten einfach nicht auf derselben Wellenlänge. Vielleicht lag Vampiren nichts an gesellschaftlichen Feinheiten. Ich würde etwas erklären müssen, was eigentlich keiner Erklärung bedurfte.

So stieß ich einen sehr undamenhaften Laut der Verzweiflung aus.

„Also!" sagte ich dann. „Hör mal gut zu! Ich mußte dich bitten, mich bei mir zu Hause zu besuchen. Ich mußte dich bitten, mit mir hierher zu gehen. Du hast mich kein einziges Mal gebeten, mit dir auszugehen. Herumlungern in meiner Auffahrt zählt da nicht, und die Bitte, mal bei dir reinzuschauen und eine Liste mit Telefonnummern von Handwerkern dazulassen, zählt auch nicht. Immer war ich es, die dich eingeladen hat. Wenn du mit jemandem anders gehen möchtest, kann ich nichts dazu sagen. Wenn diese Mädchen bereit sind, dich ihr Blut saugen zu lassen – und dieser eine Typ ja wohl auch –, dann habe ich nicht das Gefühl, ich dürfte dir im Wege stehen!"

„Eric sieht viel besser aus als ich", erwiderte Bill. „Er ist mächtiger, und soweit ich gehört habe, ist er ein unvergeßlich guter Liebhaber. Er ist so alt, daß er nur von Zeit zu Zeit einen kleinen Schluck braucht, um bei Kräften zu bleiben. Er tötet so gut wie gar nicht mehr und ist nach Vampirmaßstäben ein ziemlich korrekter Typ. Du könntest nach wie vor mit ihm gehen. Er sieht dich immer noch an. Er würde versuchen, dich zu bezirzen, wenn du nicht mit mir zusammen wärst."

„Ich will nicht mit Eric gehen", sagte ich dickköpfig.

„Ich möchte auch nicht mit einem dieser Fangbanger losziehen", erwiderte Bill.

Einen Moment lang saßen wir schweigend nebeneinander – es können auch zwei gewesen sein.

„Also ist alles in Ordnung mit uns beiden?" fragte ich, und mir war selbst nicht recht klar, wie das gemeint war.

„Ja."

Wir saßen noch ein wenig einfach so da und überdachten das.

„Noch etwas zu trinken?" erkundigte sich Bill dann.

„Ja, gern. Es sei denn, du mußt nach Hause?"

„Nein, das geht schon in Ordnung."

Bill ging zum Tresen. Erics Freundin Pam war verschwunden, und Eric schien meine Wimpern zu zählen. Ich versuchte, meinen Blick auf meine Hände gerichtet zu halten, um Zurückhaltung zu signalisieren. Nun spürte ich Energieströme, die irgendwie über mich hinwegschwappten, und hatte das stark unangenehme Gefühl, Eric versuche, mich aus der Ferne zu beeinflussen. Ich riskierte einen raschen Seitenblick, und wirklich: Da saß er und schaute mich erwartungsvoll an. Was er sich wohl erhoffte? Daß ich mein Kleid auszog? Daß ich bellte wie ein Hund? Bill in die Eier trat? Scheiße.

Da kehrte Bill mit unseren Getränken zurück.

„Gleich weiß er, daß ich nicht normal bin", sagte ich mürrisch. Bill schien keine weitere Erklärung zu brauchen.

„Er verstößt gegen die Regeln. Selbst wenn er nur versucht, dich zu bezirzen: Ich habe ihm schließlich gesagt, daß du mir gehörst", sagte er ziemlich ungehalten. Wenn Bill wütend war, wurde seine Stimme nicht hitziger, wie bei mir, sondern kälter und immer kälter.

„Das scheinst du ja inzwischen aller Welt kundzutun!" murmelte ich finster. Aber mehr als reden tust du nicht, fügte ich in Gedanken hinzu.

„Das ist bei Vampiren so Brauch", erklärte mir Bill zum zweiten Mal. „Wenn ich verkünde, daß du mir gehörst, dann kann niemand sonst versuchen, sich an dir zu nähren."

„Sich an mir zu nähren – was für eine wunderschöne Umschreibung", entgegnete ich scharf, woraufhin Bill etwa zwei Sekunden lang wirklich und wahrhaftig eine Miene stiller Verzweiflung zur Schau trug.

„Ich beschütze dich!" sagte er, und seine Stimme klang nicht mehr so neutral, wie sie es sonst zu tun pflegte.

„Ist dir eigentlich schon mal in den Sinn gekommen, daß ich ... "

Dann bremste ich mich. Ich schloß die Augen und zählte bis zehn.

Als ich es wagte, Bill anzusehen, hielt der seine Augen unverwandt auf mein Gesicht gerichtet. Ich konnte förmlich hören, wie in seinem Kopf die Zahnräder ineinander griffen.

„Du – brauchst gar keinen Beschützer?" fragte er sanft. „Laß mich raten: Du beschützt mich?"

Ich sagte gar nichts. Ich kann das.

Aber er nahm meinen Hinterkopf und drehte meinen Kopf zu sich herum, als sei ich eine Marionette. (Auch das wurde mittlerweile schon zur Gewohnheit und gefiel mir gar nicht!) Er sah mir so unverwandt in die Augen, daß ich das Gefühl bekam, mir würden Tunnel ins Hirn gebohrt.

Ich schürzte die Lippen und blies ihm ins Gesicht. „Puh!" sagte ich, wobei mir äußerst unbehaglich zumute war. Um mich abzulenken, sah ich zu den Leuten hinüber, die am Tresen saßen, ließ meine Schutzmauer fallen und hörte ihnen zu.

„Langweilig", teilte ich Bill dann mit. „Diese Menschen sind langweilig."

„Sind sie das wirklich, Sookie? Was denken sie?" Es war erleichternd, wieder seine Stimme zu hören, auch wenn sie etwas merkwürdig klang.

„Sie denken an Sex. Sex, Sex, Sex." Das stimmte. Jeder einzelne der Menschen am Tresen hatte Sex im Sinn. Selbst die Touristen, auch wenn die nicht daran dachten, wie es wohl wäre, selbst mit einem Vampir ins Bett zu gehen. Sie stellten sich vor, wie es wohl sein mochte, wenn ein Fangbanger mit einem Vampir im Bett lag.

„Woran denkst du denn, Sookie?"

„Jedenfalls nicht an Sex", erwiderte ich prompt, und das entsprach den Tatsachen. Ich hatte gerade eine höchst unangenehme Überraschung erlebt.

„Das soll ich glauben?"

Vorübergehend tot

„Ich dachte gerade darüber nach, wie wohl unsere Chancen stehen, uns hier rauszuschleichen, ehe es Ärger gibt."

„Wieso denkst du über so etwas nach?"

„Weil einer der Touristen ein getarnter Zivilbulle ist, der gerade auf der Toilette war und dort mitbekommen hat, wie ein Vampir am Nacken eines Fangbangers herumsaugt, und weil er bereits über sein kleines Funkgerät die Polizeiwache verständigt hat."

„Nichts wie weg hier", sagte Bill ruhig, und schon hatten wir die Nische geräumt und eilten in Richtung Ausgang. Pam war verschwunden, aber als wir an Erics Tisch vorbeikamen, gab Bill dem anderen Vampir eine Art Zeichen. Ebenso unauffällig wie zuvor wir beide glitt Eric von seinem Stuhl, richtete sich zu majestätischer Größe auf und schritt zur Tür. Da seine Beine viel länger waren als unsere, kam er vor uns dort an, griff sich den Arm der Türsteherin und zog diese mit sich hinaus auf die Straße.

Bill und ich wollten schon folgen, da fiel mir Langer Schatten ein, der Barmann. Er hatte meine Fragen so nett beantwortet. Also drehte ich mich noch einmal zu ihm um und deutete mit dem Finger auf den Ausgang, womit ich ihm unmißverständlich zu verstehen gab, daß er verschwinden sollte. Daraufhin wirkte er so alarmiert, wie ein Vampir überhaupt nur wirken kann, und als Bill mich nun gewaltsam durch die Doppeltür schob, sah ich gerade noch, wie Langer Schatten sein Handtuch auf den Tresen warf.

Draußen wartete Eric neben seinem Wagen – natürlich eine Corvette.

„Hier läuft gleich eine Razzia", sagte Bill.

„Woher weißt du das?"

Darauf wußte Bill nichts zu sagen.

„Das weiß er von mir", erklärte ich und holte ihn so aus der Zwickmühle.

Selbst im Dämmerlicht des Parkplatzes leuchteten Erics blaue Augen strahlend hell. Ich würde wohl eine Erklärung abgeben müssen.

„Ich habe die Gedanken eines Polizisten gelesen", murmelte ich und warf ihm dabei von unten her einen Blick zu, um zu sehen, wie er meine Worte aufnahm. Er starrte mich genauso an, wie mich die Vampire aus Monroe angestarrt hatten. Nachdenklich. Hungrig.

„Interessant", sagte er. „Ich hatte mal einen Spiritisten. Das war unglaublich."

„Fand der Spiritist das auch?" fragte ich spitz und klang erzürnter, als ich eigentlich vorgehabt hatte.

Ich konnte hören, wie Bill neben mir nach Luft schnappte.

Eric lachte. „Eine Weile schon", antwortete er vielsagend.

Nun hörten wir, wie aus der ferne Sirenen immer näher kamen, und ohne weitere Worte glitten Eric und die Türsteherin in Erics Wagen, um in der Nacht zu verschwinden, wobei die Corvette irgendwie leiser klang als andere Autos. Bill und ich kletterten hastig in den Cadillac, schnallten uns an und konnten gerade noch durch eine der beiden Einfahrten den Parkplatz der Bar verlassen, während durch die zweite die Polizei einfuhr. Sie hatten den Vampirtransporter dabei, einen speziell angefertigten Gefangenentransporter, dessen Fenster mit silbernen Gitterstäben gesichert waren. Er wurde von zwei Polizisten der fangzahntragenden Minderheit gefahren, die, kaum hatte der Wagen gehalten, aus der Fahrerkabine sprangen und derart rasch die Bar stürmten, daß es für mein menschliches Auge so aussah, als seien zwei Schatten über den Parkplatz gehuscht.

Wir waren erst ein paar Straßenzüge weiter gefahren, als Bill den Wagen plötzlich auf den Parkplatz einer weiteren dunklen Einkaufmeile steuerte.

„Was ...?" hob ich an, kam aber nicht weiter. Bill hatte meinen Gurt gelöst, den Sitz zurückgeklappt und nach mir gegriffen, ehe ich meinen Satz beenden konnte. Anfangs hatte ich Angst, er könne wütend auf mich sein, und wehrte mich, aber ich hätte ebenso gut auf einen Baum einschlagen können. Dann aber hatte sein Mund den meinen gefunden, und ich verstand, wie Bill zumute war.

Mein Gott, wie gut er küßte! Es mochte ja Ebenen geben, auf denen wir beide nicht so gut miteinander kommunizierten, aber diese gehörte gewiß nicht dazu. Ungefähr fünf Minuten lang ging es uns hervorragend. Ich spürte wunderbare Gefühle durch meinen Körper strömen, genau die richtigen Gefühle. Ich fühlte mich rundum wohl, auch wenn es ein wenig peinlich schien, so auf dem Vordersitz eines Autos. Ich fühlte mich wohl, weil Bill so stark und rücksichtsvoll war. Dann zwickte ich ihn sanft mit den Zähnen, und er gab ein Geräusch von sich, das sich anhörte wie ein Knurren.

„Sookie!" flüsterte er mit rauher Stimme.

Ich rückte ungefähr einen halben Zentimeter von ihm ab.

Vorübergehend tot

„Wenn du das noch einmal machst, dann lege ich dich aufs Kreuz, ob du es nun willst oder nicht", sagte er, und ich hörte, daß er es auch so meinte.

„Aber du willst nicht", stotterte ich nach einer Weile und gab mir alle Mühe, das nicht wie eine Frage klingen zu lassen.

„Oh, und wie ich will!" Er nahm meine Hand und zeigte es mir.

Da tauchte plötzlich ein helles, rotierendes Licht neben uns auf.

„Die Polizei!" rief ich leise und sah schreckensbleich der Gestalt zu, die aus dem Streifenwagen stieg und auf das Seitenfenster der Fahrerseite zuging. „Er darf nicht merken, daß du Vampir bist!" fügte ich hastig hinzu, denn ich befürchtete, die Polizeikontrolle könne in Zusammenhang mit der Razzia im Fangtasia stehen. Bei der Polizei sah man es zwar gern, wenn Vampire Uniform anlegten und sich den Polizeikräften anschlossen, aber es gab doch immer noch viele Vorurteile in Bezug auf den ganz gewöhnlichen Vampir auf der Straße – besonders, wenn er als Teil eines gemischten Paares daherkam.

Die Hand des Polizisten pochte gegen das Wagenfenster.

Bill warf den Motor an und drückte auf den Knopf, mit dem das Fenster herabgelassen wurde. Aber er schwieg, und ich konnte von der Seite her feststellen, daß sich seine Fangzähne noch nicht wieder ganz zurückgezogen hatten. Öffnete er den Mund, würde sich die Tatsache, daß er Vampir war, nicht verbergen lassen.

„Guten Abend", sagte ich.

„Guten Abend", erwiderte der Mann einigermaßen höflich. Dann beugte er sich vor, um einen Blick ins Wageninnere zu werfen. „Sie wissen, daß alle Läden hier geschlossen sind?"

„Ja, Sir."

„Ich will nicht behaupten, daß ich nicht genau wüßte, daß Sie beide hier ein wenig herumgeknutscht haben, und dagegen habe ich nichts. Aber Sie sollten lieber nach Hause fahren, wenn Sie weiterknutschen wollen."

„Das werden wir auch tun", erklärte ich eifrig nickend, und sogar Bill schaffte es, den Kopf zu senken, wenn die Bewegung auch ein wenig steif ausfiel.

„Ein paar Straßen weiter machen wir gerade eine Razzia in einer Nachtbar", erzählte der Polizist beiläufig. Ich konnte nur einen Teil seines Gesichts sehen, aber er wirkte recht kräftig und war mittleren Alters. „Sie kommen nicht zufällig von dort?"

„Nein", sagte ich.

„Eine Vampirbar", ergänzte der Beamte.

„Nein. Wir nicht."

„Wenn Sie nichts dagegen haben, Fräulein, würde ich mir gern ihren Hals ansehen. Ich habe eine Taschenlampe."

„Nur zu. Ich habe nichts dagegen."

Dann suchte der Mann doch weiß Gott mit der Taschenlampe erst meinen Hals und dann den Bills ab.

„Okay, ich wollte nur ganz sichergehen. Fahren Sie jetzt bitte weiter."

„Machen wir."

Bills Nicken fiel noch kürzer aus als beim ersten Mal. Der Streifenbeamte sah noch zu, wie ich auf meinen eigenen Sitz zurückglitt und den Sicherheitsgurt anlegte und wie Bill in den Rückwärtsgang schaltete und vom Parkplatz bog.

Bill war stocksauer und hüllte sich den ganzen Nachhauseweg lang in, wie ich annahm, beleidigtes Schweigen, während ich geneigt war, die Sache von der komischen Seite her zu sehen.

Daß Bill sich meinen persönlichen Reizen gegenüber – wenn man denn von solchen sprechen konnte – als nicht ganz unempfänglich erwiesen hatte, stimmte mich fröhlich. Ich hoffte, er würde mich eines Tages wieder küssen, vielleicht länger und heftiger – und vielleicht konnten wir sogar einen Schritt weiter gehen. Ich versuchte, mir nicht allzu große Hoffnungen zu machen. Es gab da nämlich ein oder zwei Dinge in meinem Leben, von denen Bill nichts wußte, von denen niemand etwas wußte, und so bemühte ich mich, meine Erwartungen auf ein bescheidenes Niveau zu reduzieren.

Als er sicher vor Omas Haustür angekommen war, ging Bill um den Wagen herum und öffnete mir die Tür. Ich zog die Brauen hoch – aber ich bin kein Mensch, der andere daran hindert, höflich zu sein. Sicher wußte Bill, daß ich über zwei gesunde Arme und auch über genug Grips verfügte, um den Mechanismus zu verstehen, mit dem man eine Wagentür öffnet. Ich stieg aus dem Wagen, und Bill wich einen Schritt zurück.

Das verletzte mich. Offenbar wollte er mich nicht noch einmal küssen, offenbar tat ihm das, was vorher geschehen war, leid. Wahrscheinlich sehnte er sich nach Pam. Vielleicht sogar nach Langer Schatten. Wenn man bereits ein paar Jahrzehnte lang hat Sex praktizieren können, läßt einem das eine Menge Raum für Experimente – allmählich fing ich an, so was zu kapieren. Aber wäre es denn schlimm, seiner Liste eine Frau mit telepathischen Fähigkeiten hinzuzufügen?

Ich zog die Schultern hoch und schlang meine Arme schützend um meine Brust.

„Frierst du?" wollte Bill da sofort wissen und legte den Arm um mich. Aber das hätte genauso gut ein Mantel sein können: Er gab sich Mühe, körperlich so weit von mir entfernt zu bleiben, wie die Länge seines Armes irgend zuließ.

„Es tut mir leid, daß ich dir auf die Nerven gegangen bin. Ich werde dich nie mehr um etwas bitten", sagte ich so ruhig ich konnte. Da fiel mir ein, daß Bill mit Oma noch keinen Termin für seinen Vortrag bei den Nachkommen abgemacht hatte. Das mußten die beiden dann eben unter sich regeln.

Bill stand eine Weile schweigend da, bis er dann endlich sagte: „Wie ... unglaublich ... naiv ... du bist." Diesmal fehlte der Zusatz über die erstaunlich richtigen Erkenntnisse.

„Ja?" fragte ich. „Bin ich das wirklich?"

„Oder vielleicht bist du eine von Gottes Närrinnen", sagte er dann, und das hörte sich schon lange nicht mehr so angenehm an, sondern eher, als rede er vom Glöckner von Notre Dame oder einer ähnlichen Gestalt.

„Ich nehme an", sagte ich säuerlich, „das wirst du dann wohl herausfinden müssen."

„Besser, ich bin derjenige, der es herausfindet", meinte er daraufhin geheimnisvoll, und ich verstand ihn überhaupt nicht. Er brachte mich zur Tür, und ich hoffte doch sehr auf einen weiteren Kuß, aber er berührte lediglich sittsam meine Stirn mit den Lippen. „Gute Nacht", flüsterte er.

Einen Moment lang lehnte ich meine Wange gegen seine. „Vielen Dank, daß du mich mitgenommen hast", sagte ich und trat dann rasch zurück, ehe er auf die Idee kommen konnte, ich würde ihn um mehr bitten. „Ich rufe nicht wieder an." Ehe ich es mir anders überlegen konnte, hastete ich in das dunkle Haus und schlug Bill die Tür vor der Nase zu.

Charlaine Harris

Kapitel 5

Die folgenden beiden Tage hatte ich allerhand zum Nachdenken. Ich sammle Dinge, über die ich nachdenken kann, damit es mir in ruhigen Zeiten nicht langweilig wird, und nun hatte ich gleich Stoff für mehrere Wochen. Allein die Menschen, die ich im Fangtasia gesehen hatte, lieferten mir ausreichend Stoff zum Grübeln, von den Vampiren ganz zu schweigen. So lange hatte ich mich danach gesehnt, einmal einen Vampir kennenzulernen. Nun kannte ich mehr, als mir lieb ist.

Die Polizei bestellte ziemlich viele Männer aus Bon Temps und Umgebung auf die Wache und befragte sie zu Dawn Green und deren Gewohnheiten. Andy Bellefleur war dazu übergegangen, seine Freizeit in unserem Lokal zu verbringen, was ein wenig unangenehm war. Er hockte hinter seinem Bier – mehr als eins trank er in der Regel nicht – und verfolgte mit Argusaugen alles, was um ihn herum vor sich ging. Sobald unsere Kunden sich an Andy gewöhnt hatten, machte seine Anwesenheit niemandem mehr groß etwas aus, was unter anderem auch daran lag, daß man das Merlottes nicht gerade als einen Hort illegaler Aktivitäten bezeichnen konnte.

Irgendwie schaffte Andy es jedes Mal, sich einen Tisch in dem Teil des Lokals zu sichern, für den ich zuständig war. Dann spielte er ein Spiel ohne Worte mit mir: Sobald ich an seinen Tisch trat, dachte er an etwas Provozierendes. Er wollte mich zwingen, auf seine Gedanken zu reagieren. Offenbar hatte er keinen blassen Schimmer, wie unhöflich das war – die Provokation an sich, nicht die beleidigenden Dinge, an die er dachte. Er wollte unbedingt, daß ich seine Gedanken noch einmal las, und ich konnte nicht verstehen, warum.

Das war vielleicht vier oder fünf Mal so gegangen. Dann mußte ich irgend etwas an seinen Tisch bringen – ich glaube, es war eine Cola Light –, und er beschäftigte sich gedanklich mit einer Szene, bei der mein Bruder und ich es miteinander trieben. Ich war schon völlig nervös gewesen, noch ehe ich überhaupt an den Tisch getreten war, denn ich hatte genau gewußt, daß mir etwas bevorstand, wenn auch natürlich nicht haargenau, was. Die ganze Sache machte mich derart nervös, daß ich noch nicht einmal mehr wütend sein konnte, sondern mich ständig den Tränen nahe fühlte, weil mich Andys Vorgehen an die nicht gerade raffinierten Foltermethoden erinnerte, denen ich während meiner Grundschulzeit ausgeliefert gewesen war.

Andy blickte mir bereits erwartungsvoll entgegen, sah die Tränen in meinen Augen, und in seinem Gesicht spiegelte sich mit einem Mal eine erstaunliche Vielfalt an Gefühlen: Triumph, Besorgnis und letztlich ein tief empfundenes Schamgefühl.

Ich schüttete ihm seine verdammte Cola über das Hemd.

Dann stiefelte ich direkt am Tresen vorbei zur Hintertür hinaus.

„Was ist los?" fragte Sam, der mir stehenden Fußes gefolgt war, in scharfem Ton.

Ich wollte auf keinen Fall irgendwelche Erklärungen abgeben müssen. Also schüttelte ich nur verzweifelt den Kopf, zog ein nicht mehr ganz frisches Taschentuch aus der Seitentasche meiner Shorts und trocknete mir damit die Augen.

„Hat er etwas Häßliches zu dir gesagt?" wollte Sam wissen, wobei seine Stimme leise, aber überaus zornig klang.

„Er hat häßliche Dinge gedacht", erwiderte ich. „Er will mich zu einer Reaktion zwingen. Er weiß Bescheid."

„Gottverdammter Schweinehund!" sagte Sam, und diese Reaktion versetzte mir einen derartigen Schock, daß ich mich schon fast wieder normal fühlte. Sam flucht nämlich nie.

Dann fing ich an zu weinen, und meine Tränen wollten und wollten nicht aufhören zu fließen. Ich weinte mich ordentlich aus – nicht weil ein großes Unglück passiert war, sondern verschiedener kleinerer Traurigkeiten wegen.

„Geh du ruhig wieder rein", bat ich Sam nach einer Weile, denn die endlose Fontäne, die aus meinen Augen quoll, war mir sehr peinlich. „Es geht dann schon wieder."

Gleich darauf hörte ich, wie sich die Hintertür öffnete und wieder schloß und nahm an, Sam hätte meiner Bitte Folge geleistet. Aber dann hörte ich die Stimme Andy Bellefleurs. „Ich würde mich gern bei dir entschuldigen, Sookie."

„Für Sie bin ich immer noch Miss Stackhouse, Andy Bellefleur!" sagte ich. „Meiner Meinung nach sollten Sie lieber nach den Mördern von Dawn und Maudette suchen, statt hier mit mir fiese Kopfspielchen zu spielen."

Mit diesen Worten drehte ich mich um und sah dem Polizisten direkt ins Gesicht. Dieser wirkte ganz schrecklich beschämt; das schien echt, ich glaubte nicht, daß er mir etwas vorspielte.

Neben uns fuchtelte Sam wütend mit den Händen. Er steckte voller Zorn und voller Energie, weil er so zornig war. „Hören Sie", befahl er streng, wobei in seinem Ton eine Menge unterdrückter Gewaltbereitschaft mitschwang, „Sie halten sich gefälligst von Sookies Tischen fern, wenn Sie da wieder reingehen."

Andy musterte Sam angelegentlich. Was den Körperbau betraf, war der Kriminalbeamte gut das Doppelte meines Chefs und überragte diesen um gute vier Zentimeter, aber trotzdem hätte ich mein Geld in diesem Augenblick auf Sam gesetzt. Auch Andy schien sich nicht auf eine Herausforderung einlassen zu wollen, und sei es auch nur, weil er über ausreichend gesunden Menschenverstand verfügte. Er nickte wortlos und ging über den Parkplatz auf sein Auto zu, wobei sich die Sonne in den blonden Strähnen seiner braunen Haare fing.

„Das alles tut mir sehr leid, Sookie", sagte Sam.

„Es war nicht deine Schuld."

„Möchtest du nach Hause gehen? Heute ist hier nicht viel los."

„Nein, ich arbeite meine Schicht noch zu Ende." Charlsie Tooten hatte sich inzwischen prima an das Arbeitstempo bei uns gewöhnt, aber guten Gewissens hätte ich sie nicht allein lassen mögen, da Arlene an diesem Tag frei hatte.

Sam und ich begaben uns also gemeinsam zurück ins Lokal, wobei wir, als wir durch die Tür traten, von ein paar neugierigen Blicken begrüßt wurden; aber niemand fragte, was passiert war. Von meinen Tischen war nur ein einziger besetzt; das Pärchen dort war mit Essen beschäftigt und hatte volle Gläser. Sie würden mich so schnell nicht brauchen. Ich fing an, Weingläser in die Regale zu räumen, und Sam lehnte neben mir an der Arbeitsfläche.

„Stimmt es, daß Bill Compton heute abend bei den Nachkommen ruhmreicher Toter einen Vortrag hält?"

„So hat es meine Großmutter mir jedenfalls erzählt."

„Gehst du hin?"

„Das hatte ich eigentlich nicht vor." Ich wollte Bill erst wiedersehen, wenn er selbst bei mir anrief und sich mit mir verabredete.

Sam sagte nichts dazu. Später aber, als ich meine Handtasche aus seinem Büro holte, um nach Hause zu gehen, kam er mir nach und machte sich an irgendwelchen Papieren auf seinem Schreibtisch zu schaffen. Ich hatte gerade meine Bürste aus der Handtasche genommen und versuchte, mir den Pferdeschwanz auszukämmen, in dem sich eine Strähne verfilzt hatte. Die ganze Art, wie Sam mit den Papieren herumpusselte, ließ darauf schließen, daß er eigentlich mit mir reden wollte. Plötzlich spürte ich eine Mischung aus Lachlust und Verzweiflung in mir aufsteigen: Was für verquere Umwege Männer anscheinend immer für notwendig hielten!

Genau wie Andy Bellefleur: Warum fragte der mich nicht einfach direkt nach meiner Behinderung, anstatt diese Spielchen mit mir zu treiben?

Wie Bill: Er hätte doch einfach sagen können, was er von mir wollte, statt diese ganze merkwürdige Nummer mit den heißen und kalten Wechselbädern abzuziehen.

„Sam, was ist?" fragte ich meinen Chef schärfer, als ich eigentlich beabsichtigt hatte.

Sam lief rot an, als er meinen Blick auf sich ruhen fühlte.

„Ich habe mich gerade gefragt, ob du nicht vielleicht mit mir zusammen zur Veranstaltung der Nachkommen gehen möchtest. Wir könnten hinterher noch eine Tasse Kaffee trinken."

Ich war so erstaunt, daß meine Hand mit der Bürste mitten in einem Abstrich erstarrte. Eine Menge Dinge schossen mir durch den Kopf. Das Gefühl von Sams Hand in meiner, als wir vor Dawns Haushälfte Händchen gehalten hatten; die Mauer, mit der ich in seinem Kopf zusammengestoßen war, all die Gründe, die dagegen sprechen, mit dem eigenen Chef auszugehen.

„Gerne", sagte ich nach einer nicht unerheblichen Pause.

Sam atmete erleichtert aus. „Prima. Dann hole ich dich so gegen zwanzig nach sieben zu Hause ab. Das Treffen fängt um halb acht an."

„Bis dann also."

Rasch nahm ich meine Handtasche und ging nach draußen zu meinem Wagen, denn ich hatte Angst, ich würde irgend etwas Merkwürdiges tun, wenn ich länger bliebe. Mir war nicht recht klar, ob ich jetzt vergnügt kichern oder lieber ob meiner Blödheit laut stöhnen sollte.

Um viertel nach sechs kam ich zu Hause an. Meine Oma hatte das Abendessen bereits fertig, denn sie wollte rechtzeitig aus dem Haus, um die Erfrischungen, die die Nachkommen bei der Veranstaltung

Vorübergehend tot

reichen wollten, ins Bürgerhaus von Bon Temps zu schaffen, wo die Abendveranstaltung stattfinden sollte.

„Ich wüßte gern, ob er auch hätte kommen können, wenn wir das Gemeindehaus der Baptisten genommen hätten", begrüßte mich meine Oma etwas unvermittelt, aber ich hatte keine Probleme damit, ihrem Gedankengang zu folgen.

„Ich glaube schon", erwiderte ich also. „Meiner Meinung nach stimmt es nicht, daß Vampire sich vor religiösen Symbolen fürchten. Aber ich habe ihn nie direkt danach gefragt."

„Bei den Baptisten hängt ein großes Kreuz", fuhr meine Oma nachdenklich fort.

„Ich komme heute abend doch zum Vortrag", sagte ich daraufhin. „Ich gehe mit Sam Merlotte."

„Mit Sam, deinem Chef?" Oma war überrascht.

„Ja, Ma'am."

„Hm. Gut." Lächelnd stellte Oma unsere Teller auf den Tisch. Während wir Butterbrote und Obstsalat aßen, versuchte ich, mir über die Kleiderfrage für den heutigen Abend schlüssig zu werden, und Oma wurde immer vergnügter. Sie freute sich auf die Veranstaltung, freute sich ungeheuer darauf, Bill ihren Freundinnen vorstellen zu können, und nach meiner Ankündigung, ich würde in Sams Begleitung kommen, war sie endgültig nicht mehr von dieser Welt, sondern höchstwahrscheinlich irgendwo in der Gegend der Venus. Ihre Enkelin hatte eine richtige Verabredung für diesen Abend, noch dazu mit einem Menschen!

„Wir wollen danach noch ausgehen", erklärte ich. „Ich komme wohl erst eine Stunde oder so nach Ende der Veranstaltung heim." Groß ist die Auswahl an Restaurants, in denen man in Bon Temps Kaffee trinken kann, nicht gerade, und die wenigen vorhandenen Lokale laden nicht wirklich ein, dort stundenlang zu verweilen.

„Laß dir ruhig Zeit, Herzchen." Oma hatte sich schon schick gemacht, und nach dem Abendbrot half ich ihr, die Platten mit den Keksen und die riesige Kaffeekanne, die sie für solche Anlässe angeschafft hatte, im Auto zu verstauen. Zu diesem Zweck hatte Oma ihr Auto vor der Hintertür geparkt, was uns einiges Treppensteigen ersparte. Oma war ganz in ihrem Element. Sie lachte und plauderte die ganze Zeit vergnügt. Abende wie diesen liebte sie von ganzem Herzen.

Ich zog mir die Kellnerinnentracht aus und verschwand unter der Dusche. Während ich mich abseifte, grübelte ich weiter über die Kleiderfrage. Ich würde auf keinen Fall schwarz und weiß tragen. Die Farbkombination, die die Kellnerinnen im Merlottes tragen mußten, hing mir schon reichlich zum Halse heraus. Ich rasierte mir schnell die Beine, hatte aber keine Zeit, auch die Haare zu waschen, denn die wären einfach nicht mehr trocken geworden. Gut, daß ich sie mir erst am Vortag gewaschen hatte. Dann stand ich nachdenklich vor meiner offenen Kleiderschranktür. Das weiße Kleid mit den Blumen hatte Sam schon gesehen. Der blaue Jeans-Trägerrock war nicht festlich genug für eine Veranstaltung mit Omas Freundinnen. Letztlich entschied ich mich für eine kurzärmlige bronzefarbene Seidenbluse und eine khakifarbene Hose. Ich besaß braune Lederschuhe und einen braunen Ledergürtel, die gut dazu passen würden. Ich hängte mir eine Kette um den Hals, steckte große goldene Ohrringe in die Ohren und war fertig angezogen, da klingelte auch schon Sam an der Tür, als hätte er den Moment abgepaßt.

Ich öffnete, und einen Augenblick lang standen wir einander etwas befangen gegenüber.

„Ich würde dich gern hereinbitten, aber ich glaube, wir schaffen es gerade noch rechtzeitig ... "

„Ich würde ja gern hereinkommen, aber ich glaube, wir schaffen es gerade ... "

Dann mußten wir beide lachen.

Ich zog die Tür hinter mir zu und schloß ab, während Sam rasch zu seinem Pick-up ging, um mir die Beifahrertür zu öffnen. Ich war froh, eine Hose angezogen zu haben und stellte mir vor, wie es gewesen wäre, hätte ich in einem meiner kurzen Kleidchen in die hohe Fahrerkabine klettern müssen.

„Soll ich von unten nachhelfen?" fragte Sam hoffnungsvoll.

„Nein, ich glaube, ich schaffe es auch so", versicherte ich, wobei ich versuchte, mir ein Grinsen zu verkneifen.

Schweigend fuhren wir zum Bürgerhaus, einem Gebäude in dem Teil von Bon Temps, der noch aus der Zeit vor dem Krieg stammt. Das Bürgerhaus selbst war zwar nicht vor dem Krieg erbaut worden, befand sich aber auf einem Gelände, auf dem bereits früher ein Haus gestanden hatte, das dann im Krieg zerstört worden war. Es konnte allerdings niemand mehr genau sagen, was für ein Haus das damals gewesen war.

Vorübergehend tot

Die Nachkommen ruhmreicher Toter waren ein bunt zusammengewürfelter Haufen. Einige Mitglieder waren bereits uralt und sehr zerbrechlich, andere waren nicht ganz so alt und sehr lebendig. Dazu kamen ein paar Männer und Frauen mittleren Alters. Junge Mitglieder fehlten allerdings gänzlich, eine Tatsache, die meine Oma oft lautstark bedauerte, nicht ohne dabei jeweils vielsagende Blicke in meine Richtung zu werfen.

An diesem Abend sollte Mr. Sterling Norris die Gäste willkommen heißen, der Bürgermeister von Bon Temps und ein guter Freund meiner Großmutter. Er stand auch bereits an der Tür, um jeden mit einem Handschlag und ein paar freundlichen Worten in Empfang zu nehmen.

„Sookie, Sie werden von Tag zu Tag hübscher", begrüßte er mich. „Sam! Sie habe ich ja eine Ewigkeit nicht mehr gesehen! Sookie – stimmt es, daß dieser Vampir ein Freund von Ihnen ist?"

„Ja, Sir."

„Ihrer Meinung nach wird heute abend hier niemandem etwas geschehen?"

„Ja, da bin ich mir ganz sicher. Es wird niemandem etwas geschehen. Er ist ... ein sehr netter Kerl." Ein nettes Wesen? Eine nette Wesenheit? Er ist soweit in Ordnung, falls man Untote mag?

„Wenn Sie es sagen ... ", meinte Mr. Norris, und klang nicht überzeugt. „Zu meiner Zeit gehörte so etwas ja in den Bereich der Märchen."

„Mr. Norris! Als sei Ihre Zeit schon vorbei!" schalt ich mit dem fröhlichen Lächeln, das von mir erwartet wurde, woraufhin der Bürgermeister lachte und uns mit einer Handbewegung bat, einzutreten, denn genau das wurde von ihm erwartet. Sam ergriff meine Hand und steuerte mich, anders läßt sich das nicht sagen, auf die vorletzte Reihe der Metallstühle zu, und als wir uns setzten, winkte ich meiner Großmutter zu. Die Veranstaltung sollte gleich anfangen. Es befanden sich etwa vierzig Menschen im Raum, für Bon Temps eine Menge. Wer nicht da war, war Bill.

Statt seiner betrat die Vorsitzende der Nachkommen, eine große, mehr als stattliche Frau namens Maxine Fortenberry das Podium.

„Guten Abend! Guten Abend!" verkündete sie strahlend und laut. „Gerade hat unser Ehrengast angerufen, um uns mitzuteilen, daß er Probleme mit seinem Wagen hat und sich einige Minuten verspäten wird. Wir erledigen also am besten erst einmal den geschäftlichen Teil der Vereinssitzung und warten auf sein Eintreffen."

Die Gruppe der Vereinsmitglieder vertiefte sich in die Details, die zu einer regulären Vereinssitzung gehören, und wir anderen mußten uns allerhand langweiliges Zeug anhören. Sam saß mit verschränkten Armen neben mir und hatte den Knöchel des rechten Beins auf das linke Knie gelegt. Ich gab mir ganz große Mühe, niemandes Gedanken in meinen Kopf eindringen zu lassen, und sackte infolgedessen leicht in mich zusammen, als Sam sich zu mir herüberbeugte, um mir zuzuflüstern: „Entspann dich."

„Ich dachte, ich sei entspannt!" gab ich ebenfalls flüsternd zurück.

„Ich glaube, du weißt gar nicht, wie das geht."

Ich starrte ihn mit hochgezogenen Brauen an. Nach der Veranstaltung würde ich ein paar Takte mit Mr. Merlotte reden müssen.

Da kam auch schon Bill und mit ihm ein Augenblick vollkommener Stille. Alle, die ihn vorher noch nie gesehen hatten, mußten sich erst einmal an seinen Anblick gewöhnen. Wer noch nie mit einem Vampir zusammen im selben Raum gewesen ist, muß sich wirklich erst einmal auf dessen Andersartigkeit einstellen. Im Neonlicht des Bürgerhauses wirkte Bill viel weniger menschlich als im Dämmerlicht bei Merlottes oder im mindestens ebenso schummrigen Licht seines eigenen Hauses. Hier hätte man ihn keinesfalls für einen gewöhnlichen Menschen halten können, wobei natürlich als erstes seine Leichenblässe hervorstach. Aber auch seine Augen, diese tiefen Seen, wirkten viel blauer und kälter als sonst. Bill trug einen hellblauen Sommeranzug, wobei ich hätte wetten können, daß Oma ihm zu dieser Wahl geraten hatte. Er sah phantastisch aus. Die klaren Bögen seiner Brauen, die kühn geschwungene Nase, die feingeschnittenen Lippen, die weißen Hände mit den langen Fingern und sorgfältig gestutzten Nägeln ... er wechselte gerade ein paar Worte mit der Vorsitzenden, die angesichts des Lächelns, das charmant seine geschlossenen Lippen umspielte, scheinbar am liebsten aus dem Hüfthalter gesprungen wäre.

Ich hätte nicht sagen können, ob Bill die gesamte Zuhörerschaft bezirzt hatte oder ob alle Anwesenden von vornherein bereit gewesen waren, ihm aufmerksam zuzuhören. Jedenfalls senkte sich jetzt erwartungsvolles Schweigen über den Saal.

Nun hatte Bill auch mich entdeckt, und ich hätte schwören können, daß seine Augenbrauen leicht zuckten. Er begrüßte mich mit

Vorübergehend tot

einer knappen Verbeugung, die ich mit einem Nicken erwiderte, ohne ihm jedoch ein Lächeln zu schenken. Ich konnte nicht. Inmitten all dieser Menschen stand ich persönlich immer noch am Rande des Schweigens, in das Bill sich mir gegenüber gehüllt hatte und das mir mindestens so tief schien wie ein ganzer See.

Mrs. Fortenberry stellte Bill den Anwesenden vor, aber ich erinnere mich nicht mehr, was sie genau sagte oder wie sie die Tatsache umging, daß Bill ja nun ein ganz anderes Lebewesen war als wir.

Dann sprach Bill, und ich stellte zu meiner großen Verwunderung fest, daß er sich für den Vortrag Notizen gemacht hatte. Neben mir beugte Sam sich vor, und sein Blick ruhte unverwandt auf Bills Gesicht.

„ ... hatten wir keine Decken mehr und sehr wenig zu essen", schloß Bill ruhig. „Es gab viele Deserteure."

Das hörten die Nachkommen nicht gerade gern, aber einige von ihnen nickten zustimmend. Offenbar deckte sich das, was Bill sagte, mit dem, was sie selbst bei ihren Nachforschungen herausgefunden hatten.

In der ersten Reihe hob nun ein uralter Mann die Hand.

„Sir, haben Sie vielleicht zufällig meinen Urgroßvater gekannt, Tolliver Humphries?"

„Ja", sagte Bill nach kurzem Schweigen. „Tolliver war mein Freund."

Einen ganz kleinen Moment lag etwas so Tragisches in seiner Stimme, daß ich die Augen schließen mußte.

„Wie war er?" fragte der alte Mann zittrig.

„Er war tollkühn, und das führte zu seinem Tod", erwiderte Bill mit einem müden Lächeln. „Er war tapfer. Er hat in seinem Leben nicht einen Cent verdient, den er nicht gleich wieder verschwendet hätte."

„Wie starb er? Waren Sie dabei?"

„Ja, ich war da," sagte Bill und wirkte sehr erschöpft. „Ich sah, wie er von einem Scharfschützen aus dem Norden erschossen wurde, in den Wäldern, etwa zwanzig Meilen von hier. Er konnte sich nicht mehr sehr schnell bewegen, denn er hatte lange nichts Richtiges gegessen; wir waren ja alle kurz vorm Verhungern. In den späten Morgenstunden dieses Tages hatte Tolliver gesehen, wie ein Junge aus unserem Regiment angeschossen wurde. Dieser Junge hatte ohne ausreichende Deckung mitten in einem Feld gelegen, als es ihn erwischte. Er war nicht tot, aber schwer verwundet und litt sehr. Aber er war noch in der Lage, uns etwas zuzurufen, und das tat er auch, den ganzen Morgen über. Er rief, wir sollten ihm helfen. Er wußte, er würde sterben, wenn niemand ihm zu Hilfe kam."

Im ganzen Raum war es so still, daß man eine Stecknadel hätte zu Boden fallen hören können.

„Er schrie und stöhnte. Ich stand kurz davor, ihm noch eine Kugel zu verpassen, um ihn zum Schweigen zu bringen, denn sich dort hinauszuwagen, um ihn in Sicherheit zu bringen, wäre Selbstmord gewesen, das wußte ich genau. Aber ihn zu töten brachte ich dann doch nicht über mich. Das, so sagte ich mir, wäre Mord, kein Töten wie im Krieg. Später habe ich mir oft gewünscht, ich hätte ihn erschossen. Im Gegensatz zu mir schaffte es Tolliver nämlich nicht, dem Flehen des Jungen kein Gehör zu schenken. Nachdem er es sich zwei Stunden lang angehört hatte, teilte er mir mit, er werde versuchen, den Jungen zu retten. Ich tat mein Bestes, ihn davon abzubringen, ich stritt mich mit ihm, aber Tolliver sagte, Gott wünsche, daß er den Jungen rette. Er sagte, er habe gebetet, während wir dort in den Wäldern lagen.

Ich sagte zu Tolliver, Gott wolle bestimmt nicht, daß er sein Leben sinnlos aufs Spiel setze, und seine Frau und die Kinder zu Hause würden doch auch beten, nämlich darum, daß er heil nach Hause käme. Aber Tolliver bat mich nur, den Feind abzulenken, während er versuchte, den Jungen zu retten. Er lief auf diese Lichtung, als sei es ein schöner Frühlingstag, der ihn dort erwartete, und als sei er bestens ausgeruht, und er kam auch heil bis zu diesem verletzten Jungen. Aber dann fiel ein Schuß, und Tolliver sank tot zu Boden. Nach einiger Zeit schrie der Junge dann erneut um Hilfe."

„Was wurde aus ihm?" fragte Mrs. Fortenberry, und ihre Stimme klang so leise, wie Mrs. Fortenberrys Stimme überhaupt klingen konnte.

„Er hat überlebt", sagte Bill in einem Ton, der mir kalte Schauder über den Rücken jagte. „Er hat den Tag überlebt, und in der Nacht waren wir in der Lage, ihn zu bergen."

Irgendwie waren all diese Menschen wieder zum Leben erwacht, als Bill von ihnen erzählte, und für den alten Mann in der ersten Reihe gab es nun eine Erinnerung, die er in seinem Herzen bewegen und wertschätzen konnte, eine Erinnerung, die viel über den Charakter seines Vorfahren aussagte.

Ich glaube, niemand, der an diesem Abend zur Veranstaltung der Nachkommen erschienen war, hatte auch nur im geringsten damit gerechnet, welch nachhaltigen Eindruck der Bericht eines Überlebenden des Bürgerkrieges hinterlassen würde. Die Anwesenden waren allesamt völlig fasziniert, und sie waren mit den Nerven am Ende, am Boden zerstört.

Nachdem Bill die letzte Frage beantwortet hatte, gab es donnernden Applaus – jedenfalls so donnernd, wie vierzig Leute applaudieren können. Selbst Sam schaffte begeistertes Händeklatschen, und er war ja nun nicht gerade Bills größter Fan.

Bis auf Sam und mich wollten alle nach der Veranstaltung gern noch ein paar persönliche Worte mit Bill wechseln. Widerstrebend fand sich der Gast damit ab, daß ihn die Nachkommen förmlich umzingelten, während ich mich mit Sam hinaus zu Sams Pick-up schlich. Wir fuhren zum Crawdad Diner, einer ziemlichen Spelunke, die jedoch über eine überraschend gute Küche verfügte. Ich hatte keinen Hunger, aber Sam bestellte sich zu seinem Kaffe ein Stück Limonenkuchen.

„Das war interessant", leitete Sam vorsichtig die Unterhaltung ein.

„Bills Vortrag? Sehr interessant", erwiderte ich ebenso vorsichtig.

„Empfindest du etwas für ihn?"

Nach all den Umwegen hatte Sam nun wohl beschlossen, einen direkten Angriff wagen zu wollen.

„Ja", sagte ich.

„Sookie!" sagte Sam, „eine solche Beziehung hat keine Zukunft."

„Wieso das denn? Immerhin gibt es den Mann schon eine ganze Weile, und ich gehe davon aus, daß er noch ein paar hundert Jahre machen wird."

„Man weiß nie, was einem Vampir alles widerfahren kann."

Gegen dieses Argument ließ sich nichts einwenden. Aber ich wies Sam darauf hin, daß man genauso wenig sagen konnte, was mir, einem Menschen, alles widerfahren würde.

So ging es eine Weile zwischen uns hin und her, bis ich schließlich die Geduld verlor. „Was geht dich das eigentlich an, Sam?"

Sams sonnengegerbtes Gesicht wurde knallrot, aber seine hellen, blauen Augen hielten meinem Blick tapfer stand. „Ich mag dich. Als Freund, vielleicht aber auch als etwas anderes ... "

„Was?"

„Mir würde es einfach leid tun, wenn du eine falsche Entscheidung triffst."

Ich sah ihn unverwandt an und konnte dabei spüren, wie sich mein Gesicht zu einer ungläubigen Miene verzog, die Brauen zusammengezogen, die Mundwinkel leicht nach oben.

„Aber sicher doch!" sagte ich mit einer Stimme, die genau zu meinem Gesichtsausdruck paßte.

„Ich habe dich immer schon gern gehabt."

„So gern, daß du warten mußtest, bis jemand anderes Interesse an mir zeigte, ehe du es erwähnen konntest?"

„Das habe ich wohl verdient." Sam schien nachzudenken. Anscheinend hatte er noch etwas sagen wollen, konnte sich dann aber doch nicht dazu entschließen.

Was immer es sein mochte: Offenbar war es ihm unmöglich, damit herauszurücken.

„Laß uns gehen", schlug ich vor. Die Unterhaltung jetzt wieder auf neutralen Boden zu steuern würde schwer sein, und da konnte ich, dachte ich mir, genauso gut auch nach Hause fahren.

Die Rückfahrt verlief eigenartig. Irgendwie schien Sam ein paar Mal etwas sagen zu wollen, schüttelte aber jedes Mal, wenn er den Mund aufgemacht hatte, gleich wieder den Kopf und schwieg statt dessen. Das regte mich so auf, daß ich den Mann am liebsten verprügelt hätte.

Als wir bei mir zu Hause ankamen – später, als ich angenommen hatte –, brannte im Zimmer meiner Oma noch Licht, der Rest des Hauses jedoch lag im Dunkeln. Den Wagen meiner Oma sah ich nicht, also ging ich davon aus, daß sie ihn vor der Hintertür geparkt hatte, um das, was von den Erfrischungen des Abends übrig geblieben war, gleich vom Auto in die Küche tragen zu können. Für mich hatte sie das Verandalicht brennen lassen.

Sam ging um den Pick-up herum, öffnete die Beifahrertür, und ich schickte mich an auszusteigen, wobei mein Fuß jedoch leider im Dunkeln das Trittbrett verfehlte und ich praktisch aus der Fahrerkabine fiel. Sam fing mich auf. Zuerst hatte er die Arme nur ausgestreckt, um meinen Sturz abzufangen, dann aber schlang er sie um mich und küßte mich.

Ich dachte, das würde ein kleiner Gutenachtkuß werden, aber sein Mund schien den meinen nicht wieder freigeben zu wollen. Es war schön – mehr als nur schön sogar –, aber mein innerer Zensor meldete sich sofort heftig zu Wort: „Das ist dein Chef!"

Vorübergehend tot

Sanft löste ich mich aus der Umarmung, und Sam verstand auch sofort, daß ich lieber den Rückzug antreten wollte. Seine Hände glitten sacht an meinen Armen hinab, bis er mich nur noch bei den Händen hielt. So gingen wir zur Tür, ohne ein einziges Wort zu sagen.

„Mir hat es gefallen", flüsterte ich dann, um meine Oma nicht zu wecken. Ich wollte auch nicht allzu vergnügt klingen.

„Mir auch. Wollen wir das bald mal wiederholen?"

„Abwarten", sagte ich, denn ich war mir nicht klar, welche Gefühle ich für Sam hegte.

Ich wartete, bis ich den Pick-up wenden hörte, dann löschte ich das Verandalicht und ging ins Haus. Auf dem Weg durchs Wohnzimmer knöpfte ich mir die Bluse auf, denn jetzt war ich müde und wollte nur noch auf dem schnellsten Weg ins Bett.

Aber irgend etwas stimmte nicht.

Ich blieb mitten im Wohnzimmer stehen und sah mich um.

Alles sah doch so aus wie immer, oder etwa nicht?

Ja, alles stand an seinem Platz.

Es war der Geruch, der nicht stimmte.

Im Wohnzimmer roch es, wie ein Penny riecht.

Eine Art Kupfergeruch, scharf und salzig.

Es roch nach Blut.

Dieser Geruch lag hier unten in der Luft, wo ich war, nicht oben, wo ordentlich und einsam die Schlafzimmer für Gäste lagen.

„Oma?" rief ich, und es gefiel mir gar nicht, wie meine Stimme zitterte.

Ich zwang mich, vorwärts zu gehen, ich zwang mich, bis zu Omas Zimmertür zu gehen. Das Zimmer war sauber und leer. Da fing ich an, auf dem Weg durch unser Haus überall Licht zu machen.

Mein Zimmer war so, wie ich es verlassen hatte.

Das Badezimmer war leer.

Die Waschküche war leer.

Ich schaltete die letzte Lampe ein. Die Küche war ...

Dann schrie ich und schrie und schrie, und meine Hände flatterten sinnlos in der Luft umher und zitterten mit jedem Schrei stärker. Hinter mir ertönte lautes Krachen, aber das war mir egal, nichts hätte mich weniger interessieren können. Dann aber griffen starke Hände nach mir, und ein großer Körper schob sich zwischen mich und das, was ich auf dem Küchenfußboden hatte liegen sehen. Ohne daß ich

Bill erkannt hätte, hob er mich auf und trug mich ins Wohnzimmer, wo ich das, was ich auf dem Küchenfußboden hatte liegen sehen, nicht mehr sehen konnte.

„Sookie!" befahl er rauh. „Halt den Mund! Das tut doch nicht gut."

Wäre er lieb zu mir gewesen, dann hätte ich nie aufhören können zu kreischen.

„Es tut mir leid!" entschuldigte ich mich, immer noch nicht wieder ganz bei Sinnen. „Ich führe mich ja auf wie dieser Junge!"

Bill starrte mich verständnislos an.

„Der in deiner Geschichte." Ich fühlte mich wie betäubt.

„Wir müssen die Polizei rufen."

„Sicher."

„Wir müssen zum Telefon."

„Warte", sagte ich. „Wie bist du hergekommen?"

„Deine Oma wollte mich gleich nach Hause fahren, aber ich habe darauf bestanden, ihr erst einmal beim Ausladen zu helfen."

„Warum bist du dann immer noch hier?"

„Ich habe auf dich gewartet."

„Du hast also mitbekommen, wer sie umgebracht hat?"

„Nein. Zwischendurch war ich zu Hause und habe mich umgezogen."

Bill trug Jeans und ein T-Shirt der Grateful Dead, und unversehens mußte ich ganz schrecklich kichern.

„Das ist ja köstlich!" kreischte ich und krümmte mich schier vor Lachen.

Dann mußte ich ebenso plötzlich weinen. Ich hob den Telefonhörer ab und wählte 911.

Andy Bellefleur war innerhalb von fünf Minuten da.

* * *

Jason kam, sobald ich ihn hatte verständigen können. Ich hatte an vier oder fünf verschiedenen Stellen versucht, ihn zu erreichen, bis es mir im Merlottes endlich gelang. Dort hütete an diesem Abend statt Sam Terry Bellefleur den Tresen. Nachdem ich Terry gebeten hatte, Jason zu sagen, er möge sofort zum Haus seiner Oma kommen, bat ich ihn auch noch, mich bei Sam zu entschuldigen und ihm auszurichten, ich würde ein paar Tage nicht zur Arbeit kommen können, da ich zu Hause Probleme hätte.

Vorübergehend tot

Terry hatte Sam offenbar postwendend von meinem Anruf verständigt, denn eine halbe Stunde später war er da, immer noch in der Kleidung, die er auch bei der Veranstaltung der Nachkommen getragen hatte. Als ich ihn sah, mußte ich plötzlich daran denken, daß ich mir ja die Bluse aufgeknöpft hatte, und blickte hastig an mir herunter. Ich war jedoch vollständig und züchtig bekleidet – wahrscheinlich hatte Bill mir die Bluse gerichtet, und später irgendwann würde mir diese Tatsache gewiß auch peinlich sein, aber im Moment war ich ihm einfach nur sehr dankbar.

Dann tauchte Jason auf. Als ich ihm mitteilte, Oma sei tot, eines gewaltsamen Todes gestorben, starrte er mich nur an. Hinter seinen Augen schien sich nichts abzuspielen. Es war, als hätte jemand Jasons Fähigkeit zur Aufnahme und Verarbeitung von Informationen gelöscht. Dann drangen meine Worte zu ihm durch, und mein Bruder sank dort, wo er gerade stand, in die Knie. Auch ich kniete mich hin, direkt ihm gegenüber. Er legte die Arme um mich, ließ den Kopf auf meine Schulter sinken, und so verharrten wir eine Weile. Jetzt waren wir die einzigen, die noch übrig waren.

Bill und Sam saßen draußen im Vorgarten in Liegestühlen, um der Polizei nicht im Wege zu sein. Auch Jason und mich bat man nach einer Weile, das Haus zu verlassen und uns auf die Veranda zu begeben. Wir beschlossen, uns lieber auch auf den Rasen zu setzen. Es war ein milder Abend. Ich saß da und sah unser Haus an, das so hell erleuchtet war wie ein Geburtstagskuchen, und sah den Menschen zu, die dort ein- und ausgingen wie Ameisen, denen man erlaubt hatte, an der Geburtstagsparty teilzunehmen. All diese Geschäftigkeit rings um das, was einmal meine Großmutter gewesen war.

„Was ist passiert?" fragte Jason nach einer Weile.

„Ich bin von der Veranstaltung nach Hause gekommen", sagte ich ganz langsam, „und ins Haus gegangen, nachdem ich gehört hatte, wie Sam mit dem Pick-up wegfuhr. Ich habe gemerkt, daß irgend etwas nicht stimmte. Ich habe in jedem Zimmer nachgesehen." Das war die offizielle Version: wie es dazu gekommen war, daß ich die Leiche meiner Oma fand. „Als ich in die Küche kam, sah ich sie."

Jason wandte ganz langsam den Kopf, bis er mir in die Augen sehen konnte.

„Erzähl."

Ich schüttelte den Kopf und preßte die Lippen zusammen. Aber er hatte ein Recht darauf, es zu erfahren. „Jemand hat sie zusammengeschlagen. Aber sie hat versucht, sich zu wehren, das nehme ich jedenfalls an. Wer immer sie umgebracht hat, hat ihr mehrere Stichwunden zugefügt. Dann hat er sie erwürgt. So sah es jedenfalls aus."

Bei dem, was jetzt kam, konnte ich nicht einmal meinem Bruder ins Gesicht sehen. „Es war ganz allein meine Schuld." Meine Stimme klang nicht lauter als ein Flüstern.

„Wie kommst du denn darauf?" sagte Jason und klang lediglich völlig begriffsstutzig und leicht nuschelig.

„Ich glaube, daß jemand hier war und mich umbringen wollte, so wie Maudette und Dawn. Aber ich war nicht da. Statt meiner war Oma da."

Ich konnte förmlich sehen, wie diese Überlegung langsam in Jasons Kopf einsickerte.

„Ich hatte heute abend eigentlich zu Hause sein wollen, nicht auf dem Treffen der Nachkommen. Sam hat mich in letzter Minute gebeten, mit ihm hinzugehen. Mein Auto stand vor der Tür, wie sonst auch, wenn ich zu Hause bin, denn wir nahmen Sams Pick-up. Oma hatte ihr Auto hinten geparkt, zum Ausladen, also sah es so aus, als sei sie gar nicht da. Als sei nur ich da. Oma wollte Bill nach Hause fahren, aber der wollte erst einmal mit ihr hierher kommen, um ihr beim Ausladen zu helfen. Dann ist er nach Hause gegangen und hat sich umgezogen. Als er gegangen war, da hat ... wer immer es gewesen sein mag ... sie erwischt."

„Woher wissen wir, daß es nicht Bill war?" fragte Jason, als säße der nicht direkt neben ihm.

„Woher wissen wir von irgendwem, daß er es nicht war?" fragte ich, und es machte mich nervös und ungeduldig, daß Jason so langsam dachte. „Jeder könnte als Täter in Frage kommen, alle, die wir kennen. Ich glaube nicht, daß Bill es war. Ich glaube nicht, daß Bill Dawn und Maudette umgebracht hat, aber ich glaube, daß derjenige, der Dawn und Maudette umgebracht hat, auch Oma umgebracht hat."

„Wußtest du," fragte Jason nun, wobei seine Stimme viel zu laut klang, „daß Oma dieses Haus dir ganz allein vermacht hat?"

Es war, als hätte er mir einen Eimer kaltes Wasser mitten ins Gesicht geschüttet. Ich hatte gesehen, daß auch Sam zusammengezuckt war. Bills Augen leuchteten noch dunkler, noch eisiger.

Vorübergehend tot

„Nein. Ich ging immer davon aus, daß wir beide es erben würden, gemeinsam, wie das andere auch." Wie das Haus unserer Eltern, in dem Jason lebte.

„Sie hat dir auch das Land hinterlassen."

„Warum sagt du das? Was meinst du damit?" Gleich würde ich wieder anfangen zu weinen, und ich war doch so sicher gewesen, überhaupt keine Tränen mehr zu haben.

„Das war ungerecht von ihr!" schrie Jason. „Es war ungerecht, und nun kann sie das nicht mehr gutmachen."

Nun zitterte ich am ganzen Leib. Bill zog mich aus dem Liegestuhl und führte mich im Garten auf und ab. Sam hockte sich vor Jason und redete mit leiser, eindringlicher Stimme auf meinen Bruder ein.

Bill hielt mich im Arm, aber ich konnte nicht aufhören zu zittern.

„Hat er das wirklich so gemeint?" fragte ich und rechnete gar nicht mit einer Antwort von Bill.

„Nein", erwiderte er, und ich sah verwundert zu ihm auf.

„Nein. Er war nicht hier, er hat deiner Oma nicht helfen können und wird nicht mit der Vorstellung fertig, daß jemand dir hier aufgelauert und dann statt deiner deine Großmutter umgebracht hat. Auf irgend etwas muß er jetzt wütend sein, das braucht er. Statt wütend auf dich zu sein, weil du dich nicht hast umbringen lassen, ist er wütend auf irgendwelche Dinge. Ich würde mir darüber keine Gedanken machen."

„Ich finde es ziemlich erstaunlich, daß ausgerechnet du das sagst", erwiderte ich frei heraus.

„Ich habe ein paar Abendkurse in Psychologie besucht", erklärte Bill Compton, der Vampir.

Ich konnte mir nicht helfen, ich mußte einfach daran denken, daß alle Jäger die Gewohnheiten ihrer Beute studieren. „Warum hat Oma alles mir hinterlassen und nicht Jason?"

„Vielleicht findest du das später einmal heraus", antwortete Bill, und diese Antwort reichte mir zunächst einmal.

Dann trat Andy Bellefleur aus dem Haus, blieb auf der Verandatreppe stehen und blickte zum Himmel empor, als sei dort oben alles verzeichnet, was er für die Lösung des Falls wissen mußte.

„Compton!" rief er dann in scharfem Ton.

„Nein." Das kam von mir – und es klang wie ein Knurren.

Ich spürte, wie mich Bill erstaunt von der Seite ansah; für seine Verhältnisse war das eine ziemlich heftige Reaktion.

„Nun geht es los!" verkündete ich wütend.

„Du willst mich also wirklich beschützen!" sagte Bill verdattert. „Du hast gedacht, die Polizei würde mich des Mordes an den beiden Frauen verdächtigen, und deswegen wolltest du ganz sichergehen, daß die beiden auch mit anderen Vampiren verkehrt haben, und nun denkst du, dieser Bellefleur will mir die Schuld am Tod deiner Großmutter in die Schuhe schieben."

„Ja."

Bill holte tief Luft. Wir standen im Dunkeln unter den Bäumen, die unseren Garten umstanden. Die anderen sahen uns nicht. Andy wiederholte Bills Namen, und diesmal klang es wie ein Bellen.

„Sookie", sagte Bill nun ganz sanft. „Ich bin sicher, daß du das Opfer sein solltest. Da bin ich mir ebenso sicher, wie du es dir bist."

Es war ein Schock, meine spontane Theorie von jemand anderem bestätigt zu bekommen.

„Genauso sicher weiß ich, daß ich die beiden anderen Frauen nicht ermordet habe. Wenn der Mörder deiner Oma mit dem Mörder der beiden anderen Frauen identisch ist, dann bin nicht ich dieser Mörder, und Andy wird das feststellen können. Selbst wenn er ein Bellefleur ist."

Wir gingen zurück dorthin, wo Licht war. Ich wünschte mir, alles möge anders sein. All die Lichter, all die Menschen sollten verschwinden, Bill auch. Ich wollte allein sein, allein mit meiner Oma, und meine Oma sollte wieder so glücklich und vergnügt aussehen wie bei unserem letzten Beisammensein.

Das waren sinnlose, kindische Wunschvorstellungen, aber ich konnte mich doch trotzdem danach sehnen, oder? Ich verlor mich in meinem Traum, verlor mich ganz und gar, so daß ich die Bedrohung erst wahrnahm, als es schon zu spät war.

Mein Bruder Jason stand vor mir und schlug mir ins Gesicht.

Der Schlag kam so unerwartet und war so schmerzhaft, daß ich das Gleichgewicht verlor, stolperte und seitwärts stürzte, wobei ich mit dem Knie auf dem Boden aufschlug.

Jason schien sich noch einmal auf mich werfen zu wollen, aber nun hatte sich Bill in Boxerstellung vor mir aufgebaut. Seine Fänge glitzerten in voller Länge, und er sah einfach furchterregend aus. Von hinten warf sich Sam gegen Jasons Beine, woraufhin mein Bruder zu Boden

Vorübergehend tot

ging. Es kann durchaus sein, daß ihm Sam bei dieser Gelegenheit das Gesicht in den Rasen drückte.

Andy Bellefleur stand diesem plötzlichen Ausbruch von Gewalt völlig erstarrt und hilflos gegenüber. Er fing sich allerdings rasch wieder. Er trat zwischen unsere beiden kleinen Gruppen auf dem Rasen, sah Bill an, mußte schlucken, befahl dann aber tapfer und mit ruhiger Stimme: „Halten Sie sich zurück, Compton. Jason wird Sookie nicht noch einmal schlagen."

Bill war sichtlich bemüht, seinen Durst nach Jasons Blut wieder in den Griff zu bekommen. Seine Gedanken konnte ich zwar nicht lesen, aber ich war durchaus in der Lage, seine Körpersprache zu deuten.

Sams Gedanken konnte ich nicht genau lesen, aber ich konnte sehen, daß er ungeheuer wütend war.

Jason schluchzte. Seine Gedanken waren ein verworrenes, verschlungenes, blaues Durcheinander.

Andy konnte keinen von uns leiden und wünschte sich, er könne uns Mißgeburten allesamt aus dem einen oder anderen Grund einbuchten.

Mühsam kam ich wieder auf die Beine. Ich berührte die schmerzende Stelle an meiner Wange und versuchte, mich durch diesen Schmerz von dem in meinem Herzen abzulenken, von der schrecklichen Trauer, die mich schlagartig überfiel.

Ich dachte, die Nacht würde nie zu Ende gehen.

* * *

Omas Beerdigung wurde die größte, die je in Renard Parish stattgefunden hatte. Das sagte der Pastor hinterher. Ein strahlender Frühsommerhimmel war Zeuge, wie meine Großmutter auf dem uralten Friedhof, der zwischen dem Haus der Comptons und ihrem eigenen lag, neben meiner Mutter und meinem Vater in unserem Familiengrab beigesetzt wurde.

Jason hatte Recht gehabt: Großmutters Haus war nun mein Haus. Das Haus und die 20 Morgen Land darum herum samt den dazugehörigen Schürfrechten. Großmutters Geld – das bißchen, das sie besessen hatte – war gerecht zu gleichen Teilen Jason und mir zugefallen, und Großmutter hatte verfügt, daß ich, um in den vollen Besitz ihres Hauses zu gelangen, meinem Bruder meinen Anteil an unserem Elternhaus überschreiben sollte. Das fiel mir nicht schwer, und ich wollte von Jason auch kein Geld für meine Haushälfte, auch wenn mein Anwalt nachdenklich dreingeschaut hatte, als ich ihm das mitteilte. Jason würde sich ungeheuer aufregen, wenn ich eine Bezahlung für meine Haushälfte auch nur am Rande erwähnte; die Tatsache, daß ich Mitbesitzerin dieses Hauses war, war für ihn nie recht greifbar gewesen. Es hatte ihn schwer getroffen, daß Oma mir ihr Haus einfach hatte hinterlassen können. Oma hatte ihn besser gekannt als ich.

Wie gut, daß ich außer über einen Lohn auch noch über anderes Einkommen verfügte, dachte ich düster, um an etwas anderes zu denken als an den Verlust, den ich erlitten hatte. Die Steuern für Haus und Land sowie der Unterhalt des Hauses, für den in der Vergangenheit meine Großmutter doch wenigstens zum Teil noch mitgesorgt hatte, hätten mein Einkommen ansonsten sicher arg strapaziert.

„Ich nehme an, du willst bald ausziehen", sagte Maxine Fortenberry, als sie die Küche saubermachte. Maxine hatte gefüllte Eier und einen Schinkensalat vorbeigebracht und versuchte nun, sich noch zusätzlich nützlich zu machen, indem sie die Küche scheuerte.

„Nein!" erwiderte ich erstaunt.

„Aber Herzchen, wo es doch hier passiert ist ..." Maxines breites Gesicht verzog sich besorgt.

„Ich habe viel mehr gute als schlechte Erinnerungen an diese Küche", erklärte ich.

„Was für eine schöne Art, die Dinge zu sehen!" erwiderte Maxine überrascht. „Sookie, du bist viel schlauer, als die Leute immer denken."

„Danke, Mrs. Fortenberry," sagte ich, und wenn sie hörte, daß mein Ton etwas trocken klang, dann reagierte sie nicht darauf. Vielleicht war das weise von ihr.

„Kommt dein Freund zur Beerdigung?" Es war sehr warm in der Küche, und die schwere, quadratische Maxine wischte sich mit einem Geschirrtuch den Schweiß von der Stirn. Die Stelle, an der Großmutter gelegen hatte, war bereits von anderen Freundinnen geschrubbt worden; Gott segne sie alle.

„Mein Freund? Oh, Bill! Nein, er kann nicht."

Maxine starrte mich verständnislos an.

„Die Beerdigung findet natürlich bei Tage statt."

Sie verstand immer noch nichts.

„Er kann dann nicht auf die Straße."

„Oh! Natürlich nicht." Sie schlug sich an die Stirn, als wolle sie andeuten, daß man ihrem Verstand manchmal etwas auf die Sprünge helfen müsse. „Wie dumm von mir. Er zerfällt dann wirklich zu Asche?"

„Das behauptet er jedenfalls."

„Ich bin froh, daß er den Vortrag für uns gehalten hat, weißt du? Seitdem gehört er doch mehr dazu."

Ich nickte geistesabwesend.

„Diese Morde, Sookie: Die Gefühle schlagen hohe Wellen deswegen, und es wird ziemlich viel geredet. Im wesentlichen über Vampire, und daß sie für die Todesfälle verantwortlich sind."

Ich starrte sie aus zusammengekniffenen Augen an.

„Werd jetzt bloß nicht wütend auf mich, Sookie Stackhouse! Die meisten Menschen denken sowieso, Bill könne diesen Frauen diese schlimmen Dinge gar nicht angetan haben. Weil er so nett war, uns bei der Versammlung der Nachkommen all diese faszinierenden Geschichten zu erzählen." Ich fragte mich, welche Geschichten über die ‚schlimmen Dinge, die diesen Frauen angetan wurden' wohl im Umlauf waren, und schauderte beim bloßen Gedanken daran. „Aber Bill hatte wohl ein paar Besucher", fuhr Maxine fort, „über deren Anblick niemand so recht begeistert war."

Ich fragte mich, ob damit Malcolm, Liam und Diane gemeint sein konnten. Deren Anblick hatte auch mich nicht gerade erfreut, und ich widerstand dem spontanen Impuls, die drei zu verteidigen.

„Es gibt so viele unterschiedliche Vampire, wie es unterschiedliche Menschen gibt", sagte ich statt dessen.

„Genau das habe ich auch zu Andy Bellefleur gesagt," meinte Maxine und nickte bedeutungsvoll. „Hinter ein paar der anderen solltest du her sein, habe ich zu Andy Bellefleur gesagt, hinter denen, die sich keine Mühe geben, so zu sein wie wir. Nicht hinter Bill Compton, habe ich gesagt, der sich wirklich bemüht, der gerne seßhaft werden möchte, der Teil dieser Gemeinde sein will. Ich habe Bill im Beerdigungsinstitut getroffen, und er hat mir erzählt, daß er nun endlich seine Küche fertig renoviert hat."

Ich konnte sie nur sprachlos anstarren. Ich versuchte, mir vorzustellen, was Bill in seiner Küche wohl tat. Wozu brauchte er überhaupt eine?

Aber keins dieser Ablenkungsmanöver funktionierte, und letztlich mußte ich mir eingestehen, daß ich wohl noch eine Zeitlang bei jeder Gelegenheit losheulen würde. Was ich dann prompt auch tat.

Bei der Beerdigung stand Jason neben mir, hatte seinen Zorn auf mich bewältigt und schien wieder bei Sinnen. Er faßte mich nicht an und sprach kein Wort mit mir, aber er schlug mich auch nicht. Ich fühlte mich allein. Aber dann blickte ich über die Hügellandschaft um mich herum und erkannte, daß die ganze Stadt mit mir trauerte. So weit das Auge reichte, parkten dicht an dicht Autos auf den kleinen Straßen, die über den Friedhof führten, und hunderte schwarzgekleideter Menschen drängten sich um das Zelt, das das Beerdigungsinstitut errichtet hatte. Sam war da. Er trug einen Anzug und sah gar nicht wie er selbst aus. Arlene, die neben Rene stand, trug ein geblümtes Sommerkleid. Ganz am Rand der trauernden Menge stand Lafayette neben Terry und Charlsie Tooten. Das hieß, sie hatten das Lokal geschlossen! Alle Freunde meiner Oma waren gekommen – das heißt alle, die noch laufen konnten. Mr. Norris weinte ganz offen und hielt sich ein blütenweißes Taschentuch vor die Augen. Tiefe Trauerfalten durchfurchten Maxines breites Gesicht. Während der Pastor sagte, was er zu sagen hatte, während Jason und ich vorne in der Reihe für die Familie ganz allein auf wackligen Klappstühlen saßen, spürte ich, wie sich etwas von mir löste und hinauf ins helle Blau flog. Da wußte ich: Was immer meiner Großmutter widerfahren sein mochte, nun war sie zu Hause.

Gott sei Dank liegt über dem Rest des Tages Nebel. Ich will mich nicht an diesen Tag erinnern, ich will noch nicht einmal wissen, was alles an diesem Tag geschah. Aber eine Episode ragt aus dem Nebel heraus.

Jason und ich standen neben dem Eßtisch im Haus meiner Großmutter, und zwischen uns schien ein zeitweiliger Waffenstillstand zu herrschen. Wir begrüßten die Trauergäste, von denen die meisten sich größte Mühe gaben, den blauen Fleck an meiner Wange nicht anzustarren.

Wir kriegten das Ganze ziemlich gut hin. Jason dachte daran, daß er bald heimgehen und sich ein Schlückchen genehmigen würde und daß er mich dann ein Weilchen nicht würde sehen müssen, wonach alles schon wieder gut werden würde. Ich dachte fast dasselbe – bis auf das mit dem Schlückchen.

Dann gesellte sich eine dieser wohlmeinenden Frauen zu uns, die so gerne jedes einzelne Detail einer bestimmten Situation laut durchdenken, auch wenn es sie eigentlich alles nichts angeht.

Vorübergehend tot

„Ach, es tut mir so leid für euch, Kinder!" verkündete sie, und mir wollte beim besten Willen nicht einfallen, wie die Frau hieß. Sie war Methodistin. Sie hatte drei erwachsene Kinder. Ihr Name jedoch war gerade zur anderen Seite meines Hirns entfleucht.

„Was für ein trauriger Anblick, ihr zwei, so ganz allein da am Grab. Wie mußte ich da an euren Vater und eure Mutter denken!" versicherte die Namenlose, und ihr Gesicht verzog sich ganz automatisch zu einer mitleidigen Miene. Ich blickte erst Jason, dann wieder die Frau an und nickte.

„Ja", sagte ich höflich, aber dann hörte ich ihren Gedanken, ehe sie ihn aussprechen konnte und erbleichte.

„Aber wo war Adeles Bruder, euer Großonkel? Der ist doch bestimmt noch am Leben?"

„Wir haben keinen Kontakt mehr zu ihm", erwiderte ich in einem Ton, der unter Garantie jedem, der sensibler war als diese Dame, den Wind aus den Segeln genommen hätte.

„Aber ihr einziger Bruder! Bestimmt ... " Da endlich versagte ihr die Stimme, denn nun hatte sie wohl mitbekommen, daß Jason und ich sie so merkwürdig ansahen.

Auch vorher schon hatte es ein paar Kommentare zur Abwesenheit unseres Onkels Bartlett gegeben, wir hatten jedoch ganz deutlich signalisiert, dies ginge nur die Familie etwas an, woraufhin niemand eine Nachfrage riskiert hatte. Lediglich diese Frau – wie hieß sie nur? – hatte unsere Signale nicht aufgefangen. Ich beschloß auf der Stelle, den Taccosalat, den sie mitgebracht hatte, wegzuwerfen, sobald die Dame aus dem Haus war.

„Mitteilen müssen wir es ihm aber", sagte Jason ruhig, nachdem die Frau uns allein gelassen hatte. Rasch richtete ich meinen Schutzwall auf: Ich hatte wirklich kein Bedürfnis danach, jetzt seine Gedanken zu hören.

„Rufst du ihn an?" fragte ich.

„Gut", erwiderte er.

Mehr sagten wir an diesem Tage nicht zueinander.

Charlaine Harris

Kapitel 6

Nach der Beerdigung blieb ich noch drei Tage zu Hause. Das war zu lang; es wäre besser für mich gewesen, wieder arbeiten zu gehen. Aber mir fielen ständig Sachen ein, die ich unbedingt erledigen mußte oder bei denen ich mir einredete, ich müsse sie dringend erledigen. Ich räumte das Zimmer meiner Oma aus. Arlene kam, um mich zu besuchen, und ich bat sie, mir dabei behilflich zu sein. Ich hätte es nicht ertragen, allein all diese so unendlich vertrauten Dinge auszusortieren, die immer noch Großmutters ganz persönlichen Duft nach Johnsons Babypuder und Antiseptikum verströmten.

Also half mir meine Freundin Arlene, alles zusammenzupacken und dem Roten Kreuz zu spenden. Wenige Tage zuvor hatten ein paar Tornados das nördliche Arkansas heimgesucht, und irgendwer, der alles verloren hatte, würde bestimmt etwas mit der Kleidung meiner Großmutter anfangen können. Oma war kleiner und dünner gewesen als ich und hatte auch einen ganz anderen Geschmack gehabt. Außer ihrem Schmuck wollte ich nichts behalten. Nicht, daß sie je viel Schmuck getragen hatte, aber ihre wenigen Stücke waren alle echt und für mich ungeheuer wertvoll.

Es war ziemlich erstaunlich, was Großmutter in ihrem Zimmer alles hatte unterbringen können. An den Speicher mochte ich jetzt noch nicht denken. Damit würde ich mich später befassen, im Herbst, wenn dort oben wieder erträgliche Temperaturen herrschten und ich Zeit zum Nachdenken gehabt hatte.

Letztlich warf ich wahrscheinlich mehr weg, als ich hätte wegwerfen sollen, aber die Arbeit sorgte dafür, daß ich mich stark und tüchtig fühlte, und so beließ ich es nicht bei halben Sachen. Arlene faltete und packte, wobei sie nur Briefe, Dokumente, Fotos, Rechnungen und entwertete Schecks beiseite legte. Meine Großmutter hatte in ihrem ganzen Leben keine Kreditkarte besessen, noch hatte die gute Seele je etwas auf Raten gekauft, was es viel einfacher machte, ihre Angelegenheiten endgültig abzuwickeln.

Arlene erkundigte sich nach dem Auto meiner Oma. Der Wagen war fünf Jahre alt und hatte nicht besonders viele Kilometer auf dem Tacho. „Verkaufst du dein Auto und behältst das von deiner Oma?"

wollte Arlene wissen. „Dein Wagen ist neuer, aber er ist auch recht klein."

„Darüber habe ich noch nicht nachgedacht", antwortete ich, und da merkte ich, daß ich über diese Frage auch noch gar nicht nachdenken konnte. Es gelang mir gerade mal, Omas Schlafzimmer auszuräumen. Mehr schaffte ich nicht.

Als sich der Nachmittag seinem Ende zuneigte, enthielt das Zimmer nichts mehr, was an Oma erinnerte. Arlene und ich wendeten die Matratze, und dann bezog ich aus reiner Gewohnheit das Bett neu. Es war ein altmodisches, im Reismusterstil gehaltenes Himmelbett. Ich hatte die Schlafzimmermöbel meiner Oma immer schon wunderschön gefunden; nun wurde mir mit einem Mal bewußt, daß sie jetzt mir gehörten. Ich konnte jederzeit ins große Schlafzimmer ziehen. Dann hätte ich auch mein eigenes Badezimmer und bräuchte nicht mehr über den Flur zu gehen.

Plötzlich wollte ich genau das tun: umziehen. Die Möbel in meinem Zimmer waren nach dem Tod meiner Eltern aus deren Haus hierher geschafft worden; es waren die Möbel eines Kindes, viel zu mädchenhaft. Erinnerungsstücke an eine Zeit der Barbiepuppen und der Freundinnen, die zum Übernachten zu Besuch kamen.

Nicht, daß bei mir oft Freundinnen übernachtet hätten oder umgekehrt ich bei Freundinnen.

Aber nein, nein und nochmals nein! In dieses Loch wollte ich jetzt nicht fallen. Ich war ich und hatte durchaus auch ein Leben, hatte Dinge, die mich erfreuten, kleine Belohnungen, die ich mir ausdachte, um mich bei der Stange zu halten.

„Vielleicht ziehe ich ja hier in dieses Zimmer", sagte ich zu Arlene, die gerade einen letzten Pappkarton mit Klebeband verschloß.

„Meinst du nicht, das ist ein wenig früh", fragte sie besorgt und wurde dann knallrot, als ihr klar wurde, daß sich das so angehört hatte, als wolle sie mich kritisieren.

„Ich glaube, es wäre einfacher für mich, als auf der anderen Flurseite zu liegen und daran zu denken, daß dieses Zimmer jetzt leer ist", erwiderte ich. Arlene kniete neben ihrem Pappkarton, den Klebebandabroller noch in der Hand, und dachte über meine Antwort nach.

„Doch, das kann ich verstehen", sagte sie dann, und ihre flammend roten Haare wippten, als sie mir zustimmend zunickte.

Vorübergehend tot

Als nächstes luden wir die gepackten Kartons alle in Arlenes Wagen. Sie hatte sich freundlicherweise bereit erklärt, sie auf ihrem Nachhauseweg bei der Sammelstelle des Roten Kreuzes vorbeizubringen, und ich hatte ihr Angebot dankbar angenommen. Ich wollte nicht, daß mir irgendwer wissende und mitleidige Blicke zuwarf, während ich die Kleider meiner Großmutter, ihre Schuhe und Nachthemden weggab.

Als Arlene fertig war und gehen wollte, umarmte ich sie kurz und drückte ihr einen Kuß auf die Wange. Sie starrte mich verwundert an – dieser Kuß lag jenseits der Grenzen, in denen sich unsere Freundschaft bisher bewegt hatte. Dann beugte sie ihren Kopf, und wir stießen sanft mit den Stirnen aneinander.

„Verrücktes Huhn", murmelte meine Freundin liebevoll. „Komm uns besuchen, hörst du? Liza möchte, daß du ganz bald mal wieder bei uns babysittest."

„Grüß Liza von Tante Sookie, und Coby auch."

„Wird gemacht." Mit diesen Worten stolzierte Arlene zu ihrem Wagen, ihre flammenden Haare ein Feuermeer, ihr üppiger Körper in der engen Kellnerinnentracht ein einziges riesiges Versprechen.

Als Arlenes Wagen langsam und vorsichtig die holprige Auffahrt hinabfuhr und zwischen den Bäumen verschwand, fühlte ich mich ausgelaugt. Ich kam mir vor, als sei ich ungefähr eine Million Jahre alt, allein und einsam. So würde ich also von nun an leben.

Ich verspürte keinen Hunger, aber die Uhr teilte mir mit, es sei Zeit zum Essen. Also ging ich in die Küche und holte mir einen der zahlreichen Plastikbehälter aus dem Kühlschrank. Er enthielt einen Salat aus Trauben und Truthahn, der mir gut schmeckte, aber trotzdem saß ich da am Küchentisch und stocherte einfach nur mit der Gabel darin herum. Das gab ich bald wieder auf. Ich trug den Behälter zum Kühlschrank zurück und ging ins Bad, um zu duschen, denn das hatte ich dringend nötig. Schrankecken sind immer schrecklich staubig, und selbst eine so großartige Hausfrau wie meine Oma hatte es nicht geschafft, diesem Staub eine Niederlage zuzufügen.

Die Dusche war wunderbar. Das heiße Wasser schien all mein Elend fortzuspülen. Ich schamponierte mir die Haare ein und schrubbte jeden einzelnen Zentimeter Haut; ich rasierte mir die Beine und die Achselhöhlen. Dann trocknete ich mich ab, zupfte meine Augenbrauen, cremte mich von oben bis unten ein, sprühte Deodorant unter die Arme und massierte eine Haarspülung ins Haar, um es später besser auskämmen zu können, sprühte und cremte überhaupt mit allem, was mir in die Finger geriet. Das Haar floß mir wie ein wirrer, wüster Wasserfall über den Rücken. Ich zog mir mein Nachthemd an, das mit Polly Pinguin, und nahm meinen Kamm mit, als ich das Bad verließ. Ich wollte mich vor den Fernseher hocken, um mich ein wenig unterhalten zu lassen, während ich mir die Haare auskämmte – jedesmal ein mühsames Unterfangen.

Da zerbarst meine kleine geschäftige Wolke auch schon wieder, und ich fühlte mich wie betäubt.

Langsam schlurfte ich durch das Wohnzimmer, in der einen Hand meinen Kamm, in der anderen mein Badehandtuch, als es an der Tür klingelte.

Ich warf einen Blick durch den Türspion. Draußen auf der Veranda wartete geduldig Bill.

Ich öffnete die Tür, wobei mich sein Anblick weder freute noch tröstete.

Bill musterte mich ziemlich überrascht: das Nachthemd, die nassen Haare, die bloßen Füße. Kein Make-up.

„Komm doch rein", sagte ich.

„Bist du sicher?"

„Ja."

Er kam ins Haus, wobei er sich gründlich umsah, wie er es immer tat. „Was machst du gerade?" wollte er wissen, als er die Ecke entdeckte, in der ich alle Sachen gesammelt hatte, von denen ich dachte, die Freunde meiner Oma würden sich darüber freuen. So gab es ein Photo, das die Mutter von Mr. Norris zusammen mit meiner Urgroßmutter zeigte, und ich hatte gedacht, das würde Mr. Noris doch bestimmt gern haben wollen.

„Ich habe heute Omas Zimmer ausgeräumt", erklärte ich. „Ich glaube, ich ziehe dort ein." Mehr fiel mir nicht ein. Bill wandte sich zu mir und sah mich vorsichtig fragend an.

„Ich würde gern dein Haar auskämmen", sagte er.

Ich nickte. Ohne irgendwelche Gefühle zu zeigen. Bill setzte sich auf die geblümte Couch und wies auf das alte Sitzkissen, das direkt davor lag. Gehorsam nahm ich dort Platz, und er beugte sich ein wenig vor, wobei er mich mit seinen Oberschenkeln einrahmte. Er fing oben am Scheitel an und kämmte mir ganz sanft und vorsichtig das Haar aus.

Vorübergehend tot

Sein Schweigen in meinem Kopf war auch diesmal ein wohltuendes Geschenk, ein großer Luxus. Stets war es so, als trete man nach einer langen Wanderung an einem heißen, staubigen Tag mit bloßen Füßen in einen eiskalten Bach.

Bills lange Finger schienen wie geschaffen dafür, meine Mähne auszukämmen; das war ein zusätzlicher Bonus. Mit geschlossenen Augen saß ich einfach da und wurde innerlich immer ruhiger. Ich spürte die bedächtigen Bewegungen, mit denen er kämmte, spürte seinen Körper. Fast meinte ich, sein Herz schlagen zu hören, aber dann dachte ich: Wie merkwürdig, sein Herz schlägt doch gar nicht.

„Früher habe ich das immer für meine Schwester Sarah getan", murmelte Bill leise, als wüßte er genau, wie ruhig und friedlich mir zumute war, und wolle diese Stimmung nicht stören. „Sie hatte dunkleres Haar als du, und es war sogar noch länger als deines. Sie hat es nie abgeschnitten. Als wir noch Kinder waren, hat meine Mutter mich immer gebeten, mich um Sarahs Haar zu kümmern, wenn sie selbst zu beschäftigt war."

„War Sarah jünger als du oder älter?" fragte ich langsam und wie mit Drogen betäubt.

„Sie war jünger als ich, sie war drei Jahre jünger."

„Hattest du noch andere Brüder und Schwestern?"

„Meine Mutter verlor zwei Kinder bei der Geburt", sagte Bill langsam, als könne er sich kaum noch daran erinnern. „Ich habe meinen Bruder Robert verloren, als er zwölf war und ich elf. Er starb an einem Fieber. Heute würden sie ihn einfach mit Penizillin vollpumpen, und er würde überleben. Aber damals konnten sie das noch nicht. Sarah überlebte den Krieg. Sie und meine Mutter überlebten, aber mein Vater starb, als ich bei den Soldaten war. Er starb an einem Schlaganfall, so viel habe ich inzwischen gelernt. Damals kannte ich den Begriff noch nicht. Meine Frau lebte zu der Zeit bei meiner Familie, und meine Kinder ... "

„Ach Bill", sagte ich traurig und ganz leise, denn er hatte so viel verloren.

„Nicht, Sookie", sagte er daraufhin, und seine Stimme klang wieder klar und kalt.

Danach arbeitete er eine Weile schweigend, bis ich spürte, daß der Kamm ohne irgendwelche Hindernisse mühelos durch mein Haar glitt. Er nahm das weiße Handtuch, das ich einfach über die Sofalehne geworfen hatte und fing an, mir das Haar trocken zu tupfen, und während er es trocknete, ließ er die Finger hindurchgleiten, damit das Haar mehr Fülle bekam.

„Mm!" sagte ich und klang nicht mehr wie jemand, der sich einfach nur trösten läßt.

Ich spürte Bills kühle Finger, die mir das Haar aus dem Nacken strichen, und dann spürte ich seinen Mund an meinem Haaransatz. Ganz sacht atmete ich aus, wobei ich mich bemühte, keinen Laut von mir zu geben. Bills Lippen glitten zu meinem Ohr, und dann fing er mein Ohrläppchen zwischen den Zähnen. Seine Zungenspitze schnellte in mein Ohr. Bill schlang die Arme um meinen Körper und zog mich an sich.

Wie durch ein Wunder hörte ich nur, was sein Körper sagte. Nicht einen einzigen der nörgelnden kleinen Gedanken, die ich aus den Köpfen anderer kannte und die Augenblicke wie diesen verdorben hatten. Bills Köper sagte etwas sehr einfaches.

Er hob mich hoch, so mühelos, wie ich ein Kleinkind hochgehoben hätte, und drehte mich so, daß ich ihm auf seinem Schoß gegenübersaß, meine Beine baumelten rechts und links neben seinen herunter. Ich legte die Arme um ihn und beugte mich ein Stück vor, um ihn zu küssen. Der Kuß dauerte und dauerte und schien kein Ende nehmen zu wollen. Nach einer Weile verfiel Bill mit seiner Zunge in einen Rhythmus, den selbst jemand mit so wenig Erfahrung wie ich nicht mißverstehen konnte. Mein Nachthemd rutschte die Oberschenkel hinauf. Meine Hände streichelten hilflos Bills Arme. Dabei mußte ich komischerweise an einen Topf mit schmelzendem Zucker denken, wie meine Großmutter ihn auf dem Herd stehen gehabt hatte, wenn sie Karamelbonbons machen wollte, und ich dachte immerfort an schmelzende, warme, goldene Süße.

Bill erhob sich, immer noch mit mir in seinen Armen. „Wo?" fragte er.

Ich zeigte auf das ehemalige Zimmer meiner Großmutter. Er trug mich so, wie wir waren, meine Beine um ihn geschlungen, mein Kopf auf seiner Schulter, und legte mich auf das frisch bezogene Bett. Dann stand er neben dem Bett, und im Mondlicht, das durch die vorhanglosen Fenster drang, sah ich zu, wie er sich auszog, rasch und ordentlich. Es machte mir viel Spaß, ihm beim Ausziehen zuzusehen, und ich wußte, ihm würde es umgekehrt ebenso viel Spaß machen, aber ich

Vorübergehend tot

fühlte mich noch ein wenig befangen, und so zog ich mir einfach das Nachthemd über den Kopf und warf es auf den Boden.

Dann sah ich mir Bill an, und im ganzen Leben hatte ich noch nie etwas so Schönes und gleichzeitig so Furchterregendes gesehen.

„Oh Bill!" sagte ich besorgt, als er nun neben mir im Bett lag. „Ich möchte dich nicht enttäuschen."

„Das ist gar nicht möglich", flüsterte er. Seine Augen ruhten auf meinem Körper, als sei er ein Krug Wasser mitten auf einer Düne in der Wüste.

„Ich weiß kaum etwas", gestand ich mit kaum hörbarer Stimme.

„Keine Sorge. Ich weiß sehr viel." Seine Hände glitten über meinen Leib und berührten mich an Stellen, an denen ich noch nie zuvor berührt worden war. Erst zuckte ich erstaunt zurück, dann öffnete ich mich ihm.

„Ist es mit dir anders als mit einem normalen Typen?" fragte ich.

„Oh ja."

Ich sah ihn fragend an.

„Es ist besser!" flüsterte er mir ins Ohr, und mich durchzuckte ein Stromstoß reiner Begierde.

Ein wenig schüchtern langte ich nach unten, um ihn zu berühren und da gab er einen sehr menschlichen Laut von sich. Nach einer Weile klang dieser Laut tiefer.

„Jetzt?" fragte ich, meine Stimme rauh und zitternd.

„Oh ja", sagte er, und dann lag er auf mir.

Einen Moment später wurde ihm das ganze Ausmaß meiner Unerfahrenheit bewußt.

„Das hättest du mir sagen sollen", sagte er sanft und bewegte sich nicht weiter, was ihn – das spürte ich deutlich – ungeheure Mühe kostete.

„Oh bitte, nicht aufhören", flehte ich, denn mir war, als würde mir die Schädeldecke wegfliegen, als würde auf jeden Fall etwas ganz Drastisches passieren, wenn er das tat.

„Ich habe nicht vor aufzuhören", versprach er. „Sookie ... das tut jetzt weh."

Als Antwort hob ich die Hüfte; er reagierte mit einem unverständlichen kleinen Laut, und dann drang er in mich ein.

Ich hielt die Luft an; ich biß mir auf die Lippen. Aua, aua, aua!

„Liebling!" sagte Bill, und noch nie hatte mich jemand so genannt. „Wie ist es?" Vampir hin oder her – er zitterte, so schwer fiel es ihm, sich zurückzuhalten.

„Gut!" erwiderte ich, auch wenn das nicht ganz stimmte. Aber den ersten Schmerz hatte ich hinter mir, und wenn wir jetzt nicht weitermachten, würde mich schlichtweg der Mut verlassen. „Jetzt!" befahl ich und biß Bill heftig in die Schulter.

Er holte tief Luft und zuckte ein wenig zusammen, aber dann fing er an, sich wirklich zu bewegen. Zuerst war ich wie benommen. Dann aber paßte ich mich seinem Rhythmus an und hielt mit. Bill fand meine Reaktion offenbar sehr erregend, und langsam fühlte ich, daß da etwas war, gleich um die Ecke sozusagen, etwas ungeheuer Schönes, ungeheuer Großes. „Oh bitte, Bill!" stöhnte ich und grub ihm die Nägel in die Hüfte, fast da, fast da, und dann gab es eine winzige Veränderung in der Art, wie unsere Körper zueinander lagen, und er konnte mich noch direkter, noch fester an sich drücken, und ehe ich es überhaupt fassen konnte, flog ich schon und flog und sah Weiß mit goldenen Streifen. Ich fühlte Bills Zähne an meinem Hals, und ich sagte: „Ja!", und seine Fangzähne drangen durch meine Haut, aber das war nur ein kleiner Schmerz, ein erregender Schmerz, und als er nun in mir kam, fühlte ich, wie er aus der kleinen Wunde trank.

So lagen wir lange beieinander, von Zeit zu Zeit erschüttert von kleinen Nachbeben. Solange ich lebte würde ich Bills Geschmack, seinen Geruch nicht vergessen, und ich würde nie vergessen, wie er sich beim ersten Mal angefühlt hatte, tief in mir drin – mein erstes Mal überhaupt. Nie würde ich diese große Freude vergessen.

Schließlich streckte sich Bill auf den Ellbogen gestützt neben mir aus und legte mir die Hand auf den Bauch.

„Ich bin der erste."

„Ja."

„Ach Sookie!" Er beugte sich über mich und strich mit den Lippen an meiner Kehle entlang.

„Du hast wohl gemerkt, daß ich nicht viel Ahnung habe", sagte ich schüchtern. „Aber war es gut für dich? Ich meine: halbwegs so gut wie mit anderen? Ich werde bestimmt besser werden."

„Geschickter kannst du werden, Sookie, aber auf keinen Fall besser!" Bill küßte mich auf die Wange. „Du bist wundervoll."

„Werde ich wund sein?"

„Das wirst du wahrscheinlich merkwürdig finden, Sookie, aber ich weiß es nicht. Ich habe es vergessen. Die einzige Jungfrau, mit der ich je zusammen war, war meine Frau, und das ist jetzt anderthalb Jahrhunderte her ... doch, jetzt erinnere ich mich wieder. Du wirst wund sein. Wir werden uns ein oder zwei Tage nicht mehr lieben können."

„Dein Blut heilt doch aber", bemerkte ich nach einer kleinen Pause und spürte, wie ich errötete.

Im Mondlicht konnte ich erkennen, wie Bill seine Haltung veränderte, um mir direkter in die Augen sehen zu können. „Das stimmt", sagte er. „Möchtest du das?"

„Ja. Du nicht?"

„Doch!" erwiderte er atemlos und biß sich selbst in den Arm.

Das geschah so überraschend, daß ich leise aufschrie. Bill jedoch beschmierte ganz beiläufig seinen rechten Zeigefinger mit Blut und ließ ihn, ehe ich mich verkrampfen konnte, in mich gleiten. In mir bewegte er seinen Finger sehr sanft und sachte, und wirklich: nach kurzer Zeit war jeglicher Schmerz verschwunden.

„Danke", sagte ich, „jetzt geht es mir besser."

Aber Bill ließ den Finger, wo er war.

„Oh!" sagte ich, „willst du es gleich noch einmal tun? So schnell? Geht das?" Sein Finger bewegte sich in mir, und ich hoffte inständig, es möge gehen.

„Sieh doch nach, ob du das feststellen kannst", flüsterte er, ein Hauch Belustigung in seiner süßen, süßen dunklen Stimme.

Da flüsterte ich zurück, wobei ich mich kaum selbst wiedererkannte: „Sag mir, was ich tun soll."

Das tat er dann auch.

*   *   *

Am nächsten Tag ging ich zur Arbeit. Ein wenig wund war ich doch, trotz der Heilkräfte, über die Bill verfügte, aber Mann oh Mann: Ich fühlte mich echt stark. Für mich war das ein neues Gefühl. Es fiel mir wirklich schwer, nicht völlig überheblich – nein, das ist vielleicht das falsche Wort – nicht völlig selbstzufrieden aufzutreten.

Im Lokal gab es natürlich dieselben alten Probleme wie immer: das Durcheinander von Stimmen, das Summen und Brummen der Gedanken anderer, die Hartnäckigkeit, mit der sie an meinen Kopf klopften.

Aber irgendwie schien es mir leichter zu fallen, sie auszublenden, sie in ihre Schranken zu verweisen und in eine Ecke zu stopfen. Es fiel mir leichter, mein Visier geschlossen zu halten, und infolgedessen fühlte ich mich sehr viel entspannter. Oder vielleicht fiel es mir leichter, mich vor Eindringlingen zu schützen, weil ich entspannter war? Mann, war ich entspannt! Genau konnte ich nicht sagen, was Ursache und was Wirkung war, aber es ging mir so viel besser, und ich war in der Lage, die Beileidsbekundungen unserer Gäste gefaßt entgegenzunehmen, statt ständig in Tränen auszubrechen.

Mittags kam Jason ins Lokal. Er trank zwei große Bier zu seinem Burger, was nicht seinen Gewohnheiten entsprach, denn eigentlich trank mein Bruder an Werktagen tagsüber gar nicht. Ich wußte, er würde wütend werden, wenn ich ihn direkt darauf ansprach, also fragte ich ihn nur ganz allgemein, ob mit ihm soweit alles in Ordnung sei.

„Der Polizeichef hat mich heute schon wieder vorgeladen", teilte er mir daraufhin mit leiser Stimme mit und sah sich vorsichtig um, ob uns auch niemand zuhörte. Unser Lokal war aber relativ spärlich besucht, denn der Rotary Club traf sich an diesem Tag im Gemeindehaus.

„Was fragt er dich denn so?" Auch ich hatte meine Stimme gesenkt.

„Er fragt, wie oft ich mich mit Maudette getroffen habe, ob ich immer bei der Tankstelle getankt habe, in der sie gearbeitet hat ... immer wieder dieselben Fragen, als hätte ich ihm das nicht schon fünfundsiebzig mal erzählt. Mein Chef sieht sich das nicht mehr lange an, Sookie, und ich kann ihm da keinen Vorwurf machen. Ich habe insgesamt bestimmt schon zwei, wenn nicht sogar drei Tage nicht gearbeitet, wenn man diese ganzen Fahrten zur Polizeiwache zusammenzählt ... "

„Vielleicht solltest du dir einen Anwalt besorgen", meinte ich ein wenig besorgt.

„Das sagt Rene auch."

Dann waren Rene Lenier und ich in diesem Punkt ja einer Meinung.

„Was hältst du von Sid Matt Lancaster?" Sidney Matthew Lancaster war ein Sohn unserer Stadt, trank am liebsten Whiskey Sour und stand im Ruf, der aggressivste Strafverteidiger der Gegend zu sein. Ich konnte ihn gut leiden, denn er behandelte mich immer höflich und respektvoll, wenn ich ihn bediente.

„Mag sein, daß ich mit Sid am besten fahre." Jason sah so verdrießlich aus und blickte so finster drein, wie es einem hübschen jungen Mann nur möglich ist. Wir sahen einander an. Wir beide wußten genau, daß Omas Anwalt, sollte Jason – Gott behüte – verhaftet werden, zu alt war, um mit der Sache fertig zu werden.

Jason war viel zu sehr mit sich selbst beschäftigt, um irgendwelche Veränderungen an mir wahrzunehmen, aber die Tatsache war die, daß ich an diesem Tag nicht mein übliches T-Shirt mit abgerundetem Ausschnitt trug, sondern ein Polohemd, dessen Kragen meinen Hals ein wenig abdeckte. Arlene war nicht so blind wie mein Bruder. Sie hatte mir schon den ganzen Morgen über Blicke zugeworfen, und als es gegen drei ein wenig ruhiger wurde, war sie zu dem Schluß gekommen, sie wüßte nun über alles Bescheid.

„Na, Mädel?" fragte sie. „Hast du dich vergnügt?"

Ich wurde feuerrot. ‚Vergnügt' – das ließ die Beziehung zwischen Bill und mir so leicht klingen, aber irgendwie hatten wir ja genau das getan. Ich überlegte, ob ich mich aufs hohe Roß schwingen und vornehm erwidern sollte, nein, wir hätten uns nicht amüsiert, wir hätten Liebe gemacht, oder ob ich ganz einfach den Mund halten oder Arlene sagen sollte, das ginge sie gar nichts an, oder ob ich aus voller Kehle, so daß alle es hören konnten, schreien sollte: „Ja!"

„Sookie! Wie heißt der Mann?"

Oh je. „Weißt du, er ist nicht ... "

„Nicht hier aus der Gegend? Gehst du mit einem von diesen Soldaten aus Bosier City?"

„Nein", sagte ich zögernd.

„Mit Sam? Ich habe gesehen, wie er dich ansieht."

„Nein."

„Mit wem denn dann?"

Ich stellte mich ja an, als würde ich mich schämen! Brust raus, Sookie Stackhouse, schalt ich mich innerlich. Steh gefälligst zu der Sache!

„Bill", verkündete ich und hoffte insgeheim und wider besseres Wissen, Arlene würde daraufhin einfach nur: „Ach ja?" sagen.

„Bill ... ", erwiderte meine Freundin jedoch verständnislos. Aus dem Augenwinkel hatte ich wahrgenommen, daß Sam langsam näher an uns beide herangetreten war. Dasselbe galt auch für Charlsie. Selbst Lafayette hatte den Kopf durch die Durchreiche gesteckt.

„Bill", wiederholte ich und strengte mich sehr an, ruhig und gelassen zu klingen. „Du weißt doch: Bill."

„Bill Auberjunois?"

„Nein."

„Bill ..."

„Bill Compton", sagte Sam tonlos, als ich gerade den Mund aufmachen wollte, um dasselbe zu sagen. „Vampirbill."

Arlene wirkte baß erstaunt. Charlsie Tooten stieß einen kleinen Schrei aus, und Lafayette fiel der Unterkiefer herunter.

„Aber Herzchen, konntest du dir nicht einen normalen Mann aussuchen?" fragte Arlene, als sie ihre Sprache wiedergefunden hatte.

„Von den normalen Männern hat keiner gefragt." Ich spürte deutlich, daß das Rot auf meinen Wangen einfach nicht verblassen wollte, und so stand ich da, kerzengerade, hoch aufgerichtet, fühlte mich sehr trotzig und sah höchstwahrscheinlich auch so aus.

„Aber Schatz", flötete Charlsie Tooten mit ihrer hohen Babystimme, „Schätzchen, Bill hat doch ... dieses Virus."

„Das weiß ich", erwiderte ich und hörte selbst, wie scharf meine Stimme klang.

„Ich habe schon gedacht, gleich erzählt sie uns, sie geht mit einem Schwarzen, aber du hast ja glatt noch einen draufgelegt", kommentierte Lafayette und pulte an seinem Nagellack.

Sam sagte gar nichts. Er stand einfach nur gegen den Tresen gelehnt da, und um seinen Mund zeichnete sich eine dünne weiße Linie ab, als würde er sich innen auf die Wangen beißen.

Ich starrte sie alle der Reihe nach an und zwang sie dazu, entweder runterzuschlucken, was sie in der Birne hatten, oder aber es auszuspucken.

Arlene kam als erste darüber hinweg. „Na denn! Soll er dich bloß anständig behandeln, sonst zücken wir unsere Holzpflöcke."

Darüber lachten dann alle, auch wenn es ein wenig gequält klang.

„Was du da an Lebensmitteln sparst!" verkündete Lafayette begeistert.

Aber dann kam Sam und machte mit einem Schlag alles kaputt, das ganze zaghafte Akzeptieren, indem er plötzlich neben mich trat und mir den Hemdkragen herunterzog.

Das Schweigen meiner Freunde hätte man mit dem Messer schneiden können.

Vorübergehend tot

„Ach du liebe Scheiße", sagte Lafayette ganz, ganz leise.

Ich sah Sam direkt in die Augen und dachte, daß ich ihm das nie verzeihen würde.

„Rühr meine Klamotten nicht an!" sagte ich fest, trat einen Schritt zurück und richtete den Hemdkragen wieder auf. „Laß die Finger von meinem Privatleben."

„Ich mache mir doch nur Sorgen um dich", erwiderte Sam, während Arlene und Charlsie sich rasch etwas zu tun suchten und sich verdrückten.

„Nein, das tust du nicht!" gab ich zurück. „Zumindest ist das nur ein Teil der Sache. Du bist einfach sauer. Hör gut zu, Kumpel: Du rangierst bei mir noch nicht mal unter ferner liefen."

Dann stolzierte ich davon, um ein paar Tische abzuwischen, die gerade abgeräumt worden waren. Danach sammelte ich alle Salzstreuer ein und füllte sie auf. Dann überprüfte ich alle Pfefferstreuer und die Flaschen mit Tabascosauce und scharfer Pfeffersauce auf allen Tischen und auch in allen Nischen. Ich arbeitete vor mich hin und achtete auf nichts anderes. Langsam kühlte sich die Atmosphäre auch wieder ab.

Sam war in seinem Büro und erledigte Bürokram oder tat sonst etwas, was, war mir egal, solange er seine Meinung für sich behielt. Mir war zumute, als hätte er einen Vorhang hochgezogen und eine private Ecke meines Lebens zur Schau gestellt, als er meinen Hals entblößte. Ich hatte ihm nicht vergeben. Arlene und Charlsie hatten sich, genau wie ich, etwas zu tun gesucht, und als sich das Lokal mit den frühen Abendgästen füllte, die sich auf dem Nachhauseweg einen Schluck genehmigen wollten, fühlten wir alle uns wieder relativ wohl miteinander.

Arlene folgte mir auf die Damentoilette. „Hör mal, Sookie, ich muß das fragen: Sind Vampire wirklich so, wie man ihnen nachsagt? Als Liebhaber, meine ich?"

Daraufhin lächelte ich nur.

Auch Bill kam an diesem Abend ins Lokal, gleich nach dem Dunkelwerden. Ich hatte länger gearbeitet, da eine der Kellnerinnen, die die Frühschicht ablösen sollten, Probleme mit ihrem Wagen hatte und später kommen würde. Bill tauchte auf wie immer: In einem Moment ahnte man noch nichts von ihm, im nächsten war er bereits an der Tür und wurde nur langsamer, damit ich sehen konnte, wie er sich näherte. Wenn Bill Bedenken gehabt hatte, unsere Beziehung publik werden zu lassen, dann ließ er sich das zumindest nicht anmerken. Er hob meine Hand an seine Lippen und küßte sie, eine Geste, die bei jedem anderen so gekünstelt und falsch wie nur irgend etwas gewirkt hätte. Als seine Lippen meinen Handrücken berührten, spürte ich es bis hinunter in die Zehen und wußte, daß Bill das mitbekommen hatte.

„Wie geht es dir heute abend", flüsterte er mir zu, und ich zitterte.

„Etwas ... " Ich bekam kein einziges Wort heraus.

„Vielleicht erzählst du es mir später", schlug er vor. „Wann bist du hier fertig?"

„Sobald Susie da ist."

„Komm doch bei mir vorbei."

„Ja, gern." Ich lächelte zu ihm auf, wobei mir ganz strahlend und beschwingt zumute war.

Bill lächelte zurück, wobei er seine Fänge zeigte, denn mich so direkt vor sich zu sehen hatte bei ihm Empfindungen geweckt. Es kann gut sein, daß der Anblick dieser Fangzähne alle anderen im Raum – bis auf mich natürlich – etwas verunsicherte.

Bill beugte sich vor, um mir einen Kuß zu geben – nur einen ganz sanften Kuß auf die Wange – und wandte sich dann zum Gehen. Genau in diesem Augenblick ging der Abend den Bach hinunter.

Malcolm und Diane stürmten das Lokal, wobei sie die Tür so weit aufstießen, daß klar war, sie wollten einen astreinen Bühnenauftritt hinlegen, was ihnen auch prima gelang. Ich fragte mich, wo Liam stecken mochte. Wahrscheinlich parkte er noch den Wagen. Es war wohl zu viel verlangt, zu hoffen, sie hätten ihn zu Hause gelassen.

Die Leute in Bon Temps waren gerade dabei, sich an Bill zu gewöhnen, aber das Auftauchen des schrillen Malcolm und der nicht weniger schrillen Diane verursachte einen ziemlichen Aufruhr. Mein erster Gedanke war, daß das ja nun nicht gerade helfen würde, die Leute an den Anblick von Bill und mir als Paar zu gewöhnen.

Malcolm trug Lederjeans, ein Hemd, das einem Kettenpanzer ähnelte und sah insgesamt aus wie die Erscheinungen, die normalerweise die Plattenhüllen von Rock-Alben zierten. Diane trug einen einteiligen, ungeheuer eng anliegenden, limonengrünen Bodysuit aus Lycra oder sonst einem sehr dünnen, dehnbaren Material, und ich war mir sicher, daß ich ihre Schamhaare hätte bewundern können, hätte mir der Sinn danach gestanden. Das Merlottes wird nicht oft von Schwarzen besucht, aber wenn es in der Gegend eine schwarze Frau gab, die sich

Vorübergehend tot

in unserem Lokal sicher fühlen konnte, dann war das Diane. Ich sah Lafayette durch die Durchreiche glotzen und ganz offen seine Bewunderung zur Schau stellen, die allerdings auch mit einem Schuß Angst gepaart war.

Als die beiden Vampire Bill sahen, kreischten sie wie zwei Betrunkene, die schon nicht mehr recht bei Verstand sind, und taten völlig überrascht. Soweit ich sehen konnte, freute sich Bill nicht über das Kommen seiner Freunde, schien aber mit der Invasion ebenso ruhig umgehen zu können, wie wohl mit den meisten Dingen.

Malcolm küßte Bill direkt auf den Mund, und Diane tat es ihm nach. Es ließ sich schwer sagen, welcher Begrüßungskuß bei unseren Gästen größeren Anstoß erregte. Bill würde nun ganz rasch deutlich zu verstehen geben müssen, dachte ich, wie sehr ihm diese Küsse zuwider waren, wenn er sich weiterhin des Wohlwollens der menschlichen Bewohner von Bon Temps erfreuen wollte.

Es zeigte sich, daß Bill kein Narr war: Er trat einen Schritt zurück und legte den Arm um mich, womit er sich auf die Seite der Menschen stellte und einen deutlichen Abstand zwischen sich und den Vampiren schuf.

„Da ist ja unsere kleine Kellnerin!" rief Diane, und ihre Stimme war im ganzen Lokal deutlich zu vernehmen. „Sie ist immer noch am Leben! Ist das nicht erstaunlich?"

„Letzte Woche wurde ihre Großmutter umgebracht", sagte Bill leise, in der Hoffnung, Dianes Bedürfnis nach einer Szene damit einen Dämpfer versetzen zu können.

Dianes wunderbare dunkle Augen – die Augen einer Wahnsinnigen – fixierten mich lange, und mir wurde eiskalt.

„Ach ja?" sagte sie dann und lachte auf.

Das war es dann wohl gewesen; jetzt würde ihr niemand mehr vergeben. Hätte Bill sich auf der Suche nach einer Möglichkeit befunden, sich auf unsere Seite zu schlagen, hätte ich ihm genau solch ein Szenario angeraten. Andererseits konnte es durchaus passieren, daß der Widerwille, den ich deutlich von allen Besuchern unseres Lokals ausgehen fühlte, umschlug, um nicht nur die Renegaten unter sich zu begraben, sondern auch Bill.

Wobei für Diane und ihre Freunde der Renegat natürlich Bill war.

„Wann bringt dich denn jemand um, Kleines?" fragte Diane nun, wobei sie mir mit dem Fingernagel am Kinn entlang fuhr. Ich schlug ihre Hand weg.

Sie hätte sich auf mich gestürzt, hätte nicht Malcolm wie ganz nebenbei und so, als würde ihn das keinerlei Anstrengung kosten, ihren Arm gepackt und sie festgehalten. Wobei es nur so schien, als koste es ihn nichts. An der Art, wie er stand, sah ich durchaus, welche Kraft er aufwenden mußte.

„Bill", sagte er dann in ganz normalem Plauderton, als würde er nicht jeden einzelnen Muskel bemühen müssen, um Diane festhalten zu können, „diese Stadt verliert, wie ich höre, in erschreckendem Tempo ungelerntes Dienstleistungspersonal, und wie ein kleines Vögelchen aus Shreveport mir erzählt, warst du neulich mit deiner Freundin im Fangtasia. Ihr sollt Fragen gestellt haben. Welcher Vampir wohl mit den ermordeten Fangbangern zusammengewesen sein mag, wolltet ihr wissen."

„Du weißt genau, daß das nur uns und niemanden sonst etwas angeht", fuhr Malcolm fort, sein Gesicht mit einem Mal so ernst, daß es wirklich schreckenerregend wirkte. „Manche von uns haben nun mal keine Lust, zu Baseballspielen zu gehen und ... (offensichtlich forschte er in seinen Erinnerungen nach etwas besonders eklig Menschlichem) zu Grillabenden! Wir sind Vampire!" So wie er das Wort aussprach, klang darin Majestät und Glanz, und ich sah, daß eine Menge Leute im Lokal in seinen Bann gerieten. Malcolm war klug; er wollte den schlechten Eindruck, den Diane erweckt hatte, gern wieder wettmachen – während er gleichzeitig alle, die den schlechten Eindruck gewonnen hatten, mit Verachtung strafte.

Mit aller Kraft, die ich aufbieten konnte, trat ich Malcolm auf den Fuß. Er zeigte mir die Fänge. Die Menschen im Lokal blinzelten und schüttelten sich.

„Warum verschwinden Sie nicht einfach wieder, Mister?" fragte Rene. Er hing über dem Tresen, beide Ellbogen neben ein Glas Bier gestützt.

Es folgte ein Moment, in dem alles auf der Kippe stand, wo es ohne weiteres zu einem Blutbad hätte kommen können. Keiner meiner menschlichen Gefährten schien auch nur im Entferntesten zu ahnen, wie stark, wie unbarmherzig Vampire waren. Bill hatte sich vor mich gestellt, eine Tatsache, die von jedem einzelnen Besucher im Merlottes registriert wurde.

„Nun, wenn wir hier nicht erwünscht sind ... ", sagte Malcolm, und seine Stimme erklang mit einem Mal in hohen Flötentönen, was in völligem Gegensatz zu der ausgesprochenen Männlichkeit lag, die er und all seine Muskeln ansonsten zur Schau stellten. „Die guten Leute hier wollen Fleisch fressen, Diane, und all die anderen Dinge tun, die Menschen so tun, und das wollen sie allein tun, Diane, oder höchstens zusammen mit unserem ehemaligen Freund Bill."

„Ich glaube ja gern, daß unsere kleine Kellnerin ein ziemlich menschliches Ding mit unserem Bill treiben will", setzte Diane an, aber Malcolm bugsierte sie aus dem Lokal, ehe sie weiteren Schaden anrichten konnte.

Als die beiden aus der Tür waren, schien der ganze Raum wie ein Mann zu erschauern, und ich dachte, es sei wohl das Beste zu gehen, auch wenn Susie noch nicht eingetroffen war. Bill hatte draußen auf mich gewartet, und als ich ihn fragte warum, sagte er, er habe ganz sicher gehen wollen, daß sie auch wirklich verschwunden waren.

Ich fuhr hinter Bill her zu seinem Haus und dachte dabei darüber nach, daß wir bei dem Vampirüberfall doch eigentlich ganz gut weggekommen waren. Dann fragte ich mich, was Malcolm und Diane wohl zu uns geführt hatte. Ich konnte mir nicht richtig vorstellen, daß die beiden sich so weit von zu Hause einfach auf einer Vergnügungsfahrt befunden hatten, in deren Verlauf sie dann beschlossen, doch einmal im Merlottes vorbeizuschauen. Da die beiden und Liam überhaupt keine Anstrengungen machten, sich zu assimilieren, waren sie ja vielleicht aufgetaucht, um Bills diesbezügliche Bemühungen zu torpedieren.

Das Haus der Comptons hatte sich seit meinem letzten Aufenthalt an jenem schrecklichen Abend, an dem ich die anderen Vampire kennengelernt hatte, sehr verändert.

Offenbar hatten sich die Handwerker alle sehr um Bill bemüht – sei es, weil sie Angst davor hatten, ihn zu verstimmen, sei es, weil er gut bezahlte. Vielleicht lag es ja auch an beidem, das wußte ich nicht. Das Wohnzimmer erhielt gerade eine neue Decke und hatte bereits eine neue Tapete, weiß, mit einem zarten Blumenmuster. Man hatte die Hartholzfußböden gesäubert und gebohnert, so daß sie im alten Glanz erstrahlten, als seien sie gerade erst verlegt worden. Bill führte mich in die Küche. Sie war natürlich sparsam eingerichtet, aber hell und freundlich und verfügte über einen funkelnagelneuen Kühlschrank voller Synthetikblut in Flaschen. (Igitt!)

Das untere Badezimmer war äußerst verschwenderisch ausgestattet!

Soweit ich das wußte, benutzte Bill das Badezimmer zumindest in seiner einen, überaus menschlichen Funktion nie, und so sah ich mich baßerstaunt um.

Man hatte das ursprüngliche Badezimmer um einiges vergrößert, indem man es mit einer Speisekammer und einem Teil der alten Küche zusammengelegt hatte.

„Ich dusche gern", sagte Bill und wies auf eine durchsichtige Duschkabine in der einen Ecke des Raums. Die Kabine war groß genug für zwei Erwachsene und den einen oder anderen Zwerg. „Ich liege auch gern in warmem Wasser", fügte er hinzu und zeigte auf das Herzstück des ganzen Raumes, eine Art riesige Wanne, umgeben von einer Plattform aus Zedernholz, zu der an zwei Seiten Stufen hinaufführten. Um die Wanne standen große Zimmerpflanzen. Das Ganze kam dem Aufenthalt in einem ziemlich luxuriösen Dschungel so nahe, wie man einem solchen Aufenthalt im nördlichen Louisiana überhaupt kommen kann.

„Was ist denn das?" fragte ich höchst beeindruckt.

„Das ist eine transportable heiße Quelle", erklärte Bill stolz. „Es hat Düsen, die man individuell einstellen kann, so daß jeder sich mit genau dem Druck massieren lassen kann, den er gern hätte. Ein Whirlpool!" fügte er hinzu, als ich immer noch verständnislos blickte.

„Der hat ja Sitze!" sagte ich und blickte in die riesige Wanne hinab, deren Inneres mit grünen und blauen Kacheln ausgekleidet war. Außen befanden sich ein paar reich verzierte Hähne.

Bill drehte die Hähne auf, und Wasser schoß in die Wanne.

„Vielleicht können wir zusammen baden?" schlug Bill vor.

Ich fühlte, wie meine Wangen knallrot wurden und mein Herz ein wenig rascher schlug.

„Vielleicht gleich jetzt?" Bills Finger zupften an meinem Hemd, das ich in die Shorts gesteckt hatte.

„Nun gut ... warum nicht." Irgendwie konnte ich ihm nicht ins Gesicht sehen. Dieser – nun gut: dieser Mann! – hatte mehr von mir zu sehen bekommen, als ich je jemanden hatte sehen lassen, meinen Arzt eingeschlossen.

„Habe ich dir gefehlt?" fragte er, wobei seine Hände mir die Shorts aufknöpften und sie mir von den Hüften schoben.

„Ja!" erwiderte ich auf der Stelle, denn er hatte mir gefehlt, das wußte ich genau.

Vorübergehend tot

Bill hatte sich gerade hingekniet, um mir die Schnürsenkel meiner Nikes aufzubinden. Meine Antwort brachte ihn zum Lachen. „Was hat dir am meisten gefehlt, Sookie?"

„Mir hat dein Schweigen gefehlt" sagte ich, ohne groß nachzudenken.

Bill sah auf. Seine Finger, die gerade an einem Ende des Schnürsenkels gezogen hatten, um die Schleife zu lösen, hielten inne.

„Mein Schweigen", wiederholte er.

„Daß ich nicht in der Lage bin, deine Gedanken zu hören. Du kannst dir gar nicht vorstellen, Bill, wie wunderbar das ist."

„Ich dachte, du würdest etwas anderes sagen."

„Das hat mir auch gefehlt!"

„Sag mir, wie sehr", bat er mich, zog mir die Socken aus und ließ seine Hände an meinen Schenkeln emporgleiten, um mir den Slip und die Shorts herunterzuziehen.

„Bill! Das ist mir peinlich!" protestierte ich.

„Bei mir soll dir nichts peinlich sein. Bei mir am allerwenigsten!" Er stand nun wieder auf und entledigte mich meines Hemdes; dann langte er hinter mich, um mir den BH aufzuhaken, streichelte mit seinen Händen die Abdrücke, die mein BH auf der Haut hinterlassen hatte, und wandte seine Aufmerksamkeit meinen Brüsten zu. Irgendwann zwischendurch schüttelte er sich die Sandalen von den Füßen.

„Ich werde es versuchen", sagte ich und blickte auf meine Zehen hinunter.

„Zieh mich aus."

Das konnte ich! Rasch knöpfte ich sein Hemd auf und zog es ihm aus der Hose, streifte es von den Schultern. Ich löste seinen Gürtel und machte mich dann an dem Knopf an seinem Hosenbund zu schaffen. Der Hosenbund war steif und bereitete mir Probleme.

Ich dachte, ich müsse anfangen zu heulen, wenn sich der Knopf nicht bald als kooperativer erweisen sollte. Ich kam mir so ungeschickt und unfähig vor.

Bill nahm meine Hände und legte sie sich an die Brust. „Langsam, Sookie, langsam", sagte er, und seine Stimme war ganz leise und zittrig. Ich konnte förmlich spüren, wie ich mich Stück für Stück entspannte, und ich streichelte seine Brust, wie er die meine gestreichelt hatte, wickelte mir sein lockiges Haar um die Finger, kniff ihn sanft in eine flache Brustwarze. Er legte die Hand an meinen Hinterkopf und drückte mich gegen seine Brust. Ich hatte nicht gewußt, daß Männer das mögen, aber Bill gefiel es sehr, und so schenkte ich der anderen Brustwarze dieselbe Aufmerksamkeit. Währenddessen nahmen auch meine Hände die Arbeit an dem vermaledeiten Knopf wieder auf, und diesmal ließ sich dieser ganz einfach handhaben. Ich schob Bill die Hose über die Hüften und ließ meine Hand in seinen Slip wandern.

Er half mir in die brodelnde Wanne, wo das Wasser sanft um unsere Beine sprudelte.

„Soll ich dich zuerst baden?" fragte er.

„Nein", erwiderte ich atemlos. „Gib mir die Seife!"

Vorübergehend tot

Kapitel 7

In der nächsten Nacht hatten Bill und ich eine Unterhaltung, die mich sehr mitnahm. Wir lagen in seinem Bett, in seinem riesigen Bett mit dem geschnitzten Kopfteil und der brandneuen, hochmodernen Latexmatratze. Bills Bettwäsche war geblümt wie die Tapete, und ich erinnere mich daran, daß ich mich fragte, ob er sein Eigentum so gern mit Blumen bedruckt sah, weil er richtige Blumen nicht mehr sehen konnte oder zumindest nicht so, wie man sie eigentlich sehen soll, bei Tageslicht nämlich.

Bill lag neben mir auf der Seite und sah auf mich herab. Wir waren im Kino gewesen. Bill interessierte sich leidenschaftlich für Filme, in denen Außerirdische die Hauptrolle spielten; vielleicht fühlte er sich diesen Kreaturen aus anderen Zeiten und Welten verwandt. An diesem Abend hatten wir einen recht blutrünstigen Film gesehen, mit sehr unattraktiven Außerirdischen, die eklig und mordlüstern gewesen waren. Darüber hatte sich Bill, während er mich zum Essen ausführte und auch noch auf dem Nachhauseweg, lang und breit beschwert. Ich war froh gewesen, als er vorschlug, sein neues Bett auszuprobieren.

Ich war die erste, die mit ihm darin lag.

Er sah mich an, wie er es, das begriff ich allmählich, gern tat. Vielleicht hörte er meinem Herzschlag zu, denn er hörte Dinge, die ich nicht hören konnte. Vielleicht sah er auch, wie mein Puls ging, denn er sah auch Dinge, die ich nicht sehen konnte. Unsere Unterhaltung drehte sich mittlerweile nicht mehr um den Film, sondern um die bevorstehenden Gemeinderatswahlen. Bill wollte sich in die Wählerliste eintragen lassen und Briefwahl beantragen. Dann landeten wir bei Kindheitserinnerungen. Mir war inzwischen klar geworden, daß Bill verzweifelt versuchte, sich daran zu erinnern, wie es gewesen war, eine ganz normale Person zu sein.

„Hast du mit deinem Bruder je Doktorspiele gespielt?" fragte er. „Heute sagt man ja, das sei normal, aber ich werde nie vergessen, wie meine Mutter meinen Bruder Robert windelweich prügelte, als sie ihn mit meiner Schwester Sarah im Gebüsch erwischte."

„Nein", antwortete ich auf seine Frage, wobei ich mich bemühte, beiläufig zu klingen. Aber ich schaffte es nicht, auch noch entspannt und unbeteiligt auszusehen, zumal sich in meinem Magen ein Angstkloß zusammenballte.

„Sookie, du sagst nicht die Wahrheit."

„Doch." Starr hielt ich meinen Blick auf Bills Kinn gerichtet und hoffte, mir würde einfallen, wie sich das Thema wechseln ließe. Aber Bill ließ nun einmal nicht so leicht locker.

„Mit deinem Bruder also nicht. Mit wem?"

„Darüber will ich nicht reden." Meine Hände ballten sich zu Fäusten. Ich spürte, wie ich mich mehr und mehr vor allem verschloß.

Bill jedoch konnte es absolut nicht leiden, wenn man ihm auswich. Er war es gewöhnt, daß ihm die Leute alles erzählten, was er zu wissen begehrte, denn in der Regel konnte er sie bezirzen, und dann bekam er, was er wollte.

„Erzähl's mir, Sookie", schmeichelte er mit sanfter Stimme, seine Augen tiefe schwarze Seen voller Neugierde. Er fuhr mir mit dem Fingernagel den Bauch entlang, und ich zitterte.

„Ich hatte einen ... bösen Onkel", sagte ich zögernd, und sofort verzogen sich meine Lippen zum altvertrauten angespannten Lächeln.

Bill zog seine wunderschön geschwungenen dunklen Brauen hoch – der Ausdruck war ihm offenbar unbekannt.

So distanziert ich irgend konnte, gab ich eine Erklärung ab. „Ein böser Onkel ist ein männlicher Verwandter, der seine ... der die Kinder der Familie belästigt."

Bills Augen fingen an zu funkeln, und er schluckte; ich konnte seinen Adamsapfel auf und ab hüpfen sehen. Ich grinste, wobei meine Hände unaufhörlich an meinem Haar herumstrichen. Ich konnte einfach nicht damit aufhören.

„Das ist dir widerfahren? Wie alt warst du?"

„Es fing an, als ich noch ganz klein war." Ich hörte, wie mein Atem schneller ging und mein Herz rascher klopfte – Anzeichen der Panik, die mich immer überkam, wenn ich mich an diesen Teil meiner Geschichte erinnerte. „Ich glaube, ich war fünf", plapperte ich, und dann wurde ich immer schneller und schneller, „und er hat mich auch nie richtig – äh – penetriert, wie du ja festgestellt hast, aber er hat andere Sachen gemacht." Nun zitterten meine Hände, die ich vor mein Gesicht hielt, um mich vor Bills Blicken zu schützen. „Das Schlimmste, Bill, das Schlimmste", nun konnte ich gar nicht mehr aufhören zu reden, „das Schlimmste war, daß ich wußte, was er tun würde, jedes

Vorübergehend tot

Mal, wenn er zu Besuch kam, wußte ich es, denn ich konnte doch seine Gedanken lesen, und es gab nichts, was ich hätte tun können, um ihn aufzuhalten." Ich schlug mir die Hände vor den Mund – ich wollte mich selbst zum Schweigen bringen. Ich durfte nicht darüber reden! Ich rollte mich auf den Bauch, um mich in den Kissen zu verbergen, ich machte meinen Körper ganz steif, ich bewegte mich nicht mehr.

Nach geraumer Zeit spürte ich Bills kühle Hand auf der Schulter. Sie lag einfach da. Sie spendete Trost.

„Das passierte vor dem Tod deiner Eltern", sagte er dann mit der ihm eigenen ruhigen Stimme. Ich konnte ihn immer noch nicht ansehen.

„Ja."

„Du hast es deiner Mama erzählt? Sie hat nichts unternommen?"

„Nein. Sie dachte, ich hätte eine schmutzige Phantasie. Oder mir sei in der Leihbücherei ein falsches Buch in die Hände gefallen, und ich hätte etwas mitbekommen, was ich ihrer Meinung nach noch nicht hätte erfahren dürfen." Wie gut ich mich an das Gesicht meiner Mutter erinnerte, an das Haar, das es einrahmte, zwei Schattierungen dunkler als mein Mittelblond. Daran, wie sich ihr Gesicht vor Ekel verzogen hatte. Meine Mutter hatte, da sie aus einer erzkonservativen Familie stammte, jegliche offene Zurschaustellung von Zuneigung sowie die Erörterung von Themen, die sie als unzüchtig empfand, schlichtweg abgelehnt.

„Ich wundere mich, daß es eigentlich immer aussah, als seien sie und mein Vater glücklich miteinander", erzählte ich Bill. „Sie waren so verschieden." Dann wurde mir bewußt, wie lächerlich die Aussage war, gerade aus meinem Munde. Ich drehte mich auf die Seite. „Als wären wir nicht verschieden!" sagte ich und versuchte zu lächeln. Bill verzog keine Miene, aber ich konnte sehen, daß ein Muskel an seinem Hals zuckte.

„Hast du mit deinem Vater darüber gesprochen?"

„Ja, kurz bevor er starb. Als ich klein war, war es mir zu peinlich, mit ihm darüber zu reden, und meine Mutter glaubte mir ja nicht. Aber ich konnte es nicht mehr ertragen. Ich wußte genau, ich würde meinen Großonkel jeden Monat mindestens zwei Wochenenden zu Gesicht bekommen, denn so oft kam er uns besuchen."

„Er lebt noch?"

„Bartlett? Ja. Er war Omas Bruder, und Oma war die Mutter meines Vaters. Bartlett lebt in Shreveport. Nachdem Jason und ich dann bei meiner Oma eingezogen waren, nach dem Tod meiner Eltern, habe ich mich versteckt, als Onkel Bartlett das erste Mal zu Besuch kam. Als meine Oma mich gefunden hatte, fragte sie mich, warum ich mich versteckt hätte, und ich sagte es ihr. Sie hat mir geglaubt." Auch jetzt wieder stand mir lebhaft vor Augen, wie ungeheuer erleichtert ich an diesem Tag gewesen war, wie wunderschön die Stimme meiner Großmutter geklungen hatte, als sie mir versprach, ich würde ihren Bruder nie wieder sehen müssen, er würde uns nie, nie wieder besuchen.

Er besuchte uns wirklich nie wieder. Oma trennte sich von ihrem eigenen Bruder, um mich zu schützen. Er hatte es nämlich auch bei Linda versucht, als sie noch ein kleines Mädchen gewesen war, bei Omas Tochter. Diesen Vorfall hatte meine Großmutter in den hintersten Winkel ihres Gedächtnisses verbannt, wo sie ihn als Mißverständnis abgelegt hatte. Nachdem das mit Linda passiert war, so hatte sie mir später erzählt, mochte sie ihren Bruder nie wieder mit dem Kind allein lassen, aber gleichzeitig hatte sie sich nicht wirklich eingestehen können, daß er die Geschlechtsteile ihres kleinen Mädchens angefaßt hatte.

„Also ist dein Onkel ein Stackhouse?"

„Aber nein! Oma war eine Stackhouse, weil sie einen Stackhouse geheiratet hatte. Vorher war sie eine Hale." Ein wenig wunderte es mich schon, daß ich Bill das alles so haarklein erklären mußte. Wenn auch Vampir, so war er doch Südstaatler, hätte also durchaus in der Lage sein müssen, eine simple Familienkonstruktion nachzuvollziehen.

Bill sah aus, als sei er in Gedanken meilenweit von mir entfernt. Ich hatte ihm wohl mit meiner finsteren, häßlichen kleinen Geschichte den Spaß verdorben. Mir hatte sie das Blut zu Eis gefrieren lassen, soviel war auf jeden Fall klar.

„Ich glaube, ich gehe", sagte ich, glitt aus dem Bett und bückte mich, um meine Kleider aufzusammeln. So schnell, daß ich es gar nicht hatte sehen können, war auch Bill aus dem Bett gesprungen und nahm mir die Kleider wieder aus der Hand.

„Verlaß mich jetzt nicht", bat er. „Bleib."

„Ich hab' heute nah am Wasser gebaut." Zwei Tränen rannen mir über die Wangen, und ich lächelte Bill krampfhaft an.

Der wischte mir mit den Fingern sanft die Tränen aus dem Gesicht und folgte mit der Zunge deren Spuren.

Vorübergehend tot

„Bleib bis zum Morgengrauen bei mir", sagte er.

„Aber da mußt du doch schon längst in deinem Schlupfloch sein".

„Wo muß ich sein?"

„Da, wo du den Tag verbringst – wo immer das sein mag. Ich will gar nicht wissen, wo es ist!" fügte ich hinzu und hob rasch beide Hände, um dies eindeutig klarzustellen. „Aber mußt du da nicht sein, ehe es auch nur ein klitzekleines bißchen hell wird?"

„Ach so", sagte er. „Keine Sorge, das kriege ich schon mit. Ich spüre es kommen."

„Verschlafen könntest du also nicht?"

„Nein."

„Dann ist gut. Wirst du mich schlafen lassen?"

„Natürlich werde ich das", sagte er mit einer höflichen Verbeugung, die aber ein wenig daneben wirkte, weil Bill ja nackt war. „Bald."

Dann, als ich wieder im Bett lag und meine Arme nach ihm ausstreckte, fügte er hinzu: „Irgendwann einmal auf jeden Fall."

*   *   *

Es kam genau so, wie Bill gesagt hatte: Als ich am nächsten Morgen erwachte, lag ich allein in seinem Bett. Ich blieb liegen und dachte nach. Auch vorher schon war mir in Bezug auf mein Verhältnis mit diesem Vampir der eine oder andere störende Hintergedanke durch den Kopf geschossen, aber nun schienen sich alle Mängel, die so eine Beziehung mit sich bringt, verschworen zu haben. Sie hüpften aus ihren Schlupflöchern und belegten mein Denken mit Beschlag.

Ich würde Bill nie bei Tage sehen. Ich würde ihm nie das Frühstück richten, mich nie mit ihm zum Mittagessen verabreden können. (Er ertrug es, mich essen zu sehen, aber besonders scharf fand er den Anblick nicht, und ich mußte mir hinterher jedesmal gründlich die Zähne putzen – wobei das ja eine sinnvolle Sache ist.)

Ich würde nie ein Kind von Bill haben, was ja ganz nett war, wenn man an die Verhütungsfrage dachte, aber ...

Ich würde Bill nie im Büro anrufen und ihn bitten, auf dem Heimweg rasch einen Liter Milch zu kaufen. Er würde nie dem Rotary Club beitreten, nie während der Berufsfindungswoche in der Oberschule einen Vortrag halten, nie die Baseballmannschaft der Grundschule trainieren.

Er würde nie mit mir zur Kirche gehen.

Während ich hier hellwach im Bett lag – und den Vögeln lauschte, die ihren Morgengesang angestimmt hatten, den Lastwagen, die lautstark die Straße entlang rumpelten, während überall in Bon Temps Menschen aufstanden und ihre Kaffeemaschinen einschalteten, ihre Zeitungen von der Veranda holten und anfingen, ihren Tag zu planen – während all dies geschah, lag das Wesen, das ich liebte, irgendwo in einem Erdloch und war nach allem menschlichen Dafürhalten vorübergehend tot.

Als ich an diesem Punkt angelangt war, ging es mir so schlecht, daß ich krampfhaft an etwas Aufmunterndes denken mußte, während ich mich im Badezimmer ein wenig wusch und mich dann anzog.

Bill schien sich wirklich und ehrlich etwas aus mir zu machen. Es war irgendwie nett – wenn auch etwas beunruhigend –, nicht genau zu wissen, wie viel.

Der Sex mit Bill war absolut phantastisch. Ich hätte mir nie träumen lassen, daß es so wunderbar sein würde.

Niemand würde es wagen, mir etwas anzutun, solange ich Bills Freundin war. Jede einzelne Hand, die mir ansonsten schon mal einen unwillkommenen kleinen Klaps verpaßt hatte, lag jetzt brav im Schoße ihres Besitzers und rührte sich nicht. Wenn, wer auch immer meine Großmutter ermordet hatte, dies getan hatte, weil er von ihr überrascht worden war, als er auf mich wartete, dann würde dieser jemand nicht noch einmal die Gelegenheit erhalten, einen Mordanschlag auf mich zu versuchen.

Bei Bill konnte ich mich voll und ganz entspannen, ein Luxus, der so kostbar war, daß ich seinen Wert gar nicht hätte benennen können. Meine eigenen Gedanken durften hierhin und dorthin schweifen, ganz wie sie es wollten, und die seinen würde ich nur zu hören bekommen, wenn er sie mir anvertraute.

Bei allem, was mir in der Beziehung mit Bill fehlte: Das zumindest hatte ich.

Ich befand mich immer noch in dieser sehr nachdenklichen Stimmung, als ich Bills Treppenstufen hinab zu meinem Wagen ging.

Ich war erstaunt, dort unten am Fuß der Treppe Jasons Pick-up stehen zu sehen.

Mein Bruder hatte sich für ein Treffen mit mir keinen günstigen Moment gewählt. Vorsichtig trat ich an sein Wagenfenster.

„Es ist also wahr", begrüßte er mich. Dann reichte er mir einen verschlossenen Styroporbecher Kaffee aus dem Grabbit Kwick. „Steig ein", bat er. „Setz dich zu mir."

Erfreut über den Kaffee, aber insgesamt ziemlich auf der Hut kletterte ich zu ihm in die Fahrerkabine. Dann ließ ich mein Visier herunter. Das glitt nur langsam an Ort und Stelle und schmerzte, als zwänge man sich mühsam in einen Hüfthalter, der von Anfang an zu eng gewesen war.

„Wenn man sich ansieht, wie ich die letzten Jahre gelebt habe, kann ich dazu wohl nichts sagen", bemerkte Jason, als ich nun neben ihm saß. „Soweit ich weiß, ist er dein erster Liebhaber, nicht?"

Ich nickte.

„Behandelt er dich gut?"

Ich nickte noch einmal.

„Ich muß dir etwas sagen."

„Okay?"

„Onkel Bartlett ist letzte Nacht ermordet worden."

Ich starrte meinen Bruder an, und zwischen uns stieg der Dampf aus dem Kaffeebecher hoch, dessen Deckel ich gerade abgenommen hatte. „Er ist tot", sagte ich und versuchte, das wirklich richtig zu verstehen. Ich hatte so lange und so hart daran gearbeitet, nie an Bartlett zu denken. Dann hatte ich ein einziges Mal an ihn gedacht, und schon war er am nächsten Tag tot.

„Ja."

„Mann!" Ich sah aus dem Fenster auf das rosige Licht am Horizont. Mich überkam ein ungeheures Gefühl von – Freiheit. Der einzige, der sich außer mir noch daran erinnerte, der einzige, dem es Spaß gemacht hatte, der bis zum Schluß darauf bestanden hatte, ich hätte die kranken Dinge, die er so befriedigend fand, selbst initiiert und auch fortsetzen wollen ... war tot. Ich holte tief Luft.

„Ich hoffe, er schmort in der Hölle", sagte ich. „Ich hoffe, jedes Mal, wenn er daran denkt, was er mir angetan hat, sticht ihm ein Dämon die Mistgabel in den Hintern."

„Mein Gott, Sookie!"

„Mit dir hat er schließlich auch nie rumgemacht!"

„Da kannst du Gift drauf nehmen!"

„Was willst du damit andeuten?"

„Nichts, Sookie. Aber außer dir hat er meiner Meinung nach nie jemanden belästigt."

„Das ist Schwachsinn! Er hat auch Tante Linda belästigt."

Jasons Gesicht wirkte vor Schreck ganz ausdruckslos. Endlich war es mir gelungen, wirklich zu Jason vorzudringen. „Hat Oma dir das erzählt?"

„Ja."

„Mir gegenüber hat sie nie etwas erwähnt."

„Oma wußte, wie hart es für dich war, daß du ihn nicht sehen durftest. Sie wußte, daß du ihn gern hattest. Aber sie durfte dich nicht mit ihm allein lassen. Immerhin konnte sie nicht hundertprozentig sicher sein, daß er es wirklich nur auf Mädchen abgesehen hatte."

„Ich habe ihn in den letzten Jahren ein paarmal besucht."

„Du hast ihn besucht?" Das war neu für mich. Das wäre auch für Oma neu gewesen.

„Er war ein alter Mann. Er war sehr krank. Er hatte Prostatabeschwerden und war sehr schwach. Beim Gehen brauchte er eine Gehhilfe."

„Die hat ihn wahrscheinlich ziemlich behindert, wenn er hinter den Fünfjährigen her war!"

„Komm doch endlich drüber weg!"

„Gerne! Wenn ich nur könnte."

Wir starrten einander an, und zwischen uns lag die ganze Breite der Vorderbank in der Fahrerkabine.

„Was ist denn passiert?" fragte ich schließlich, obwohl ich es eigentlich gar nicht wirklich wissen wollte.

„Jemand hat letzte Nacht bei ihm eingebrochen."

„Ja und?"

„Der Einbrecher hat ihm das Genick gebrochen. Ihn die Treppe hinuntergeworfen."

„Gut. Nun weiß ich Bescheid. Ich fahre jetzt heim. Ich muß duschen und mich für die Arbeit fertig machen."

„Mehr hast du zu der Sache nicht zu sagen?"

„Was gibt es da denn sonst noch zu sagen?"

„Willst du nicht wissen, wann die Beerdigung ist?"

„Nein."

„Willst du nicht wissen, was in seinem Testament steht?"

„Nein."

Jason hob die Hände. „Also gut", sagte er, als hätte er sich endlos mit mir gestritten und wäre nun endlich zu der Erkenntnis gelangt, daß ich nicht nachgeben würde.

„Was sonst? Gibt es sonst noch etwas?" wollte ich wissen.

„Nein. Nur daß dein Großonkel gestorben ist. Ich dachte, das würde reichen."

„Du hast recht!" sagte ich, öffnete die Beifahrertür des Pick-up und glitt nach draußen. „Es hat gereicht." Ich prostete ihm mit dem Kaffeebecher zu und sah ihm in die Augen. „Vielen Dank für den Kaffee, Bruderherz."

* * *

Erst als ich schon auf der Arbeit war, fiel bei mir der Groschen.

Ich trocknete gerade ein Glas ab, ohne an Onkel Bartlett zu denken, und plötzlich waren meine Finger völlig kraftlos.

„Jesus Christus, Hirte von Judäa!" sagte ich und starrte fassungslos auf die Scherben zu meinen Füßen. „Bill hat ihn umbringen lassen."

* * *

Ich weiß nicht, woher ich die Gewißheit nahm: Sobald mir diese Idee in den Kopf gekommen war, wußte ich, daß es stimmte. Vielleicht hatte ich Bill im Halbschlaf das Telefon bedienen hören, vielleicht hatte Bills Miene am Ende meiner Erzählung über Onkel Bartlett in mir ein unhörbares Warnsignal ausgelöst.

Ich fragte mich, ob Bill wohl den anderen Vampir mit Geld entlohnen würde oder mit einer gleichwertigen Gegenleistung.

Wie betäubt stand ich den Arbeitstag durch. Was mir im Kopf herumging, konnte ich niemandem anvertrauen, konnte noch nicht einmal sagen, mir sei übel, ohne daß gleich alle gefragt hätten, was denn los sei. Also sagte ich nichts; ich arbeitete nur. Ich blendete alles aus bis auf die Bestellung, die ich als nächstes servieren sollte. Ich fuhr nach Hause und versuchte, diesen Zustand der Betäubung aufrecht zu erhalten, aber sobald ich allein war, mußte ich den Tatsachen ins Auge sehen.

Da flippte ich aus.

Ich hatte ja gewußt, daß Bill in seinem langen, langen Leben bestimmt ein oder zwei Menschen umgebracht hatte. Als er ein junger Vampir gewesen war. Damals, als er noch viel Blut gebraucht hatte, ehe er seine Bedürfnisse so weit im Griff hatte, daß ihm ein Schlückchen hier, ein Mund voll da reichten, daß er trinken konnte, ohne zu töten ... er hatte mir ja selbst erzählt, daß es in jener Zeit ein oder zwei Todesfälle gegeben hatte, und er hatte die Rattrays umgebracht. Aber die hätten mich, wäre Bill nicht dazugekommen, in jener Nacht auf dem Parkplatz des Merlottes fertiggemacht, daran konnte kein Zweifel bestehen. Also war ich natürlich geneigt, ihm diese Tode zu verzeihen.

Was war denn dann so anders an dem Mord an Bartlett? Auch er hatte mir Schaden zugefügt, schweren Schaden. Hatte eine ohnehin schon schwere Kindheit zum wirklichen Alptraum werden lassen. War ich denn nicht erleichtert, ja sogar erfreut gewesen zu hören, daß man ihn tot aufgefunden hatte? Roch denn da nicht mein jetziges Entsetzen über Bills Intervention nach Heuchelei der schlimmsten Sorte?

Doch. Oder nicht?

Müde und unglaublich verwirrt setzte ich mich auf meine Vordertreppe und wartete in der Dunkelheit, die Arme um meine Knie geschlungen. Als Bill eintraf, so rasch und leise, daß ich ihn gar nicht hatte kommen hören, sangen die Grillen im hohen Gras. Gerade hatte ich noch allein in der warmen Nacht gesessen, da hockte auch schon Bill neben mir auf der Treppe.

Er legte den Arm um mich. „Was willst du heute nacht unternehmen, Sookie?"

„Ach Bill!" Vor lauter Verzweiflung klang meine Stimme ganz schwer.

Er ließ den Arm sinken. Ich sah ihn nicht an, hätte seine Gesichtszüge im Dunkeln ohnehin nicht erkannt.

„Das hättest du nicht tun sollen."

Er gab sich nicht die geringste Mühe, seine Tat zu leugnen.

„Ich bin froh, daß er tot ist, Bill, aber ich kann nicht ... "

„Glaubst du, ich würde dir je wehtun, Sookie?" Bills Stimme klang ruhig und fast wie ein Rascheln; wie Schritte im trockenen Gras.

„Nein. Es ist vielleicht verwunderlich, aber ich glaube wirklich nicht, daß du mir je etwas antun würdest, selbst wenn du sehr wütend auf mich wärst."

„Dann ... "

„Bill, es ist so, als hätte ich ein Verhältnis mit dem Paten! Ich habe jetzt Angst, in deiner Gegenwart irgend etwas zu sagen. Ich bin nicht daran gewöhnt, daß meine Probleme auf diese Art und Weise gelöst werden."

„Ich liebe dich."

Das hatte er bisher noch nie gesagt, und auch jetzt sagte er es so leise und flüsternd, daß ich fast hätte meinen können, ich hätte mir das alles nur eingebildet.

„Tust du das wirklich?" fragte ich, ohne das Gesicht zu heben, das Kinn immer noch auf den Knien.

„Ja."

„Dann mußt du auch dulden, daß ich mein Leben wirklich lebe, Bill. Du kannst es nicht einfach für mich verändern."

„Als die Rattrays dabei waren, dich zusammenzuschlagen, hattest du nichts dagegen, daß ich es dir verändere."

„In dem Punkt muß ich dir recht geben. Aber ich kann nicht zulassen, daß du sozusagen mein ganzes Alltagsleben neu stimmst wie ein Klavierstimmer. Ich werde immer mal wieder auf irgendwen wütend sein, und andere Menschen werden wütend auf mich sein. Ich kann nicht ständig in Angst und Sorge leben, die würden womöglich als Nächstes ermordet. So kann ich nicht leben, Schatz. Verstehst du das?"

„Schatz?" wiederholte er.

„Ich liebe dich", sagte ich. „Warum, weiß ich auch nicht, aber so ist es. Ich will dir all diese kitschigen Namen geben, die man Leuten gibt, wenn man sie liebt. Ganz egal, wie doof das klingt, wo du doch Vampir bist. Ich will dir sagen, daß du mein Baby bist, daß ich dich lieben werde, bis wir beide alt und grau sind – auch wenn das ja gar nicht geschehen wird. Ich will dir sagen, daß ich weiß, du wirst mir immer treu sein – und auch das würde nicht stimmen, oder? Immer, wenn ich versuche, dir zu sagen, daß ich dich liebe, renne ich gegen eine Mauer!" Damit verstummte ich.

„Die Krise ist schneller da, als ich gedacht hatte", kam Bills Stimme aus der Dunkelheit. Die Grillen hatten ihr Konzert wieder aufgenommen, und ich hörte ihnen eine ganze Zeitlang schweigend zu.

„Ja", sagte ich dann.

„Was jetzt, Sookie?"

„Ich brauche ein bißchen Zeit."

„Bis ..."

„Bis ich entscheiden kann, ob die Liebe all diesen Kummer wert ist."

„Sookie, wenn du wüßtest, wie anders du schmeckst, wie sehr ich mich danach sehne, dich zu beschützen ..."

An Bills Stimme konnte ich hören, daß er mit diesen Worten seinen überaus zarten Gefühlen für mich Ausdruck geben wollte. „Merkwürdig!" sagte ich. „Ich empfinde für dich dasselbe. Aber ich muß hier, an diesem Ort leben, und ich muß mit mir selbst leben. Ich muß mir über ein paar Regeln klarwerden, die im Umgang zwischen uns gelten sollten."

„Wie machen wir jetzt also weiter?"

„Ich denke nach. Du kannst tun, was du getan hast, ehe du mich kennenlerntest."

„Da habe ich versucht herauszufinden, ob ich wirklich bürgerlich würde leben können. Habe gegrübelt, bei wem ich würde trinken können, ob ich irgendwann würde aufhören können, das vermaledeite Kunstblut zu trinken."

„Ich weiß, du wirst ... bei jemand anderem trinken." Ich versuchte, mir so gut es ging nichts anmerken zu lassen. „Bitte, trink bei niemandem hier aus der Stadt, bei niemandem, dem ich nicht aus dem Weg gehen kann. Das könnte ich nicht ertragen. Ich weiß, es ist nicht fair, das von dir zu verlangen, aber ich verlange es trotzdem."

„Wenn du mit niemand anderem ausgehst, mit niemand anderem ins Bett gehst."

„Das werde ich nicht." Es schien mir nicht allzuschwer, dies zu versprechen.

„Macht es dir etwas aus, wenn ich ins Merlottes komme?"

„Nein. Ich werde niemandem sagen, daß wir nicht zusammen sind. Ich werde nicht darüber reden."

Er beugte sich zu mir, und ich spürte den Druck an meinem Arm, als sein Körper sich gegen meinen lehnte.

„Küß mich", sagte er.

Ich hob den Kopf und wandte ihn Bill zu, und unsere Lippen trafen sich. Es war ein blaues Feuer, kein orangerotes, kein hitziges: ein blaues. Nach einer knappen Sekunde schlossen sich Bills Arme um mich. Nach einer weiteren schlossen sich meine um Bill. Ich fühlte mich matt, als hätte ich keinen einzigen Knochen im Leibe. Ich seufzte tief auf und riß mich los.

„Ach Bill, das dürfen wir nicht!"

Ich hörte, wie er tief Luft holte. „Natürlich nicht, wir trennen uns ja gerade", sagte er dann ganz ruhig, hörte sich aber nicht so an, als glaube er seine eigenen Worte. Als glaube er, daß ich es ernst meinte. „Da sollten wir uns nicht küssen. Noch weniger sollte ich dich jetzt hier auf der Veranda flachlegen und dich ficken, bis dir Hören und Sehen vergeht."

Da schlotterten mir wirklich und wahrhaftig die Knie. Die rüden Worte, so absichtlich hingeworfen in dieser kühlen, süßen Stimme – sie schürten nur das Verlangen, das ohnehin heftig in mir brodelte. Ich mußte alle Kraft aufbieten, jede einzelne kleine Unze Selbstüberwindung, um aufstehen und ins Haus gehen zu können.

Aber genau das tat ich.

*   *   *

In der folgenden Woche richtete ich mich in einem Leben ohne meine Oma und ohne Bill ein. Ich arbeitete nachts, und ich arbeitete viel. Zum ersten Mal in meinem Leben achtete ich auf Dinge wie Haustürschlösser und Sicherheitsvorkehrungen. Bei uns in der Gegend lief ein Mörder frei herum, und ich hatte meinen mächtigen Beschützer nicht mehr an meiner Seite. Ich dachte darüber nach, ob ich mir einen Hund anschaffen sollte, konnte mich aber für keine Rasse entscheiden. So war Tina, meine Katze, mein einziger Schutz – zumindest reagierte sie, sobald jemand unserem Haus allzunahe kam.

Ab und an erhielt ich Anrufe vom Anwalt meiner Oma, der mich informierte, welche Fortschritte die Vollstreckung ihres Testaments machte. Auch von Bartletts Anwalt erhielt ich einen Anruf. Mein Großonkel hatte mir 20.000 Dollar hinterlassen – eine erhebliche Summe für ihn. Fast hätte ich das Legat zurückgewiesen. Aber dann dachte ich noch einmal gründlich nach und nahm es an. Ich spendete das Geld dem örtlichen sozialpsychologischen Zentrum, mit der Auflage, es für die Behandlung von Kindern zu verwenden, die Opfer von sexueller Gewalt und Vergewaltigung geworden waren.

Die Leute im Zentrum freuten sich über das Geld.

Ich schluckte Vitamintabletten, denn ich war ein wenig blutarm geworden. Ich nahm viel Flüssigkeit zu mir und ernährte mich eiweißreich.

Ich aß soviel Knoblauch, wie ich Appetit darauf hatte, etwas, was Bill nicht hatte tolerieren können. Der hatte mich eines Nachts, als ich ein Knoblauchbrot mit Sauce Bolognese gegessen hatte, sogar beschuldigt, der Knoblauchgeruch käme mir schon zu den Poren heraus.

Dann schlief ich. Ich schlief und schlief. All die Nächte, in denen ich auch nach der Spätschicht noch mit Bill zusammen lange aufgeblieben war, hatten in mir ein starkes Nachholbedürfnis geweckt.

Nach zwei Tagen hatte ich mich körperlich wieder erholt. Ich fühlte mich sogar stärker als je zuvor, zumindest schien es mir so.

Ich fing an, wieder zu registrieren, was um mich herum vor sich ging.

Das erste, was ich mitbekam, war die Tatsache, daß die Leute bei uns wirklich sauer waren auf die Vampire, die in Monroe nisteten. Diane, Malcolm und Liam trieben sich in allen Kneipen der Gegend herum und legten es offenbar darauf an, die Bemühungen anderer Vampire, die ein bürgerliches Leben anstrebten, gründlich zunichte zu machen. Sie verhielten sich unmöglich, stießen alle vor den Kopf. Im Vergleich zum Treiben dieser drei wirkten die Eskapaden der Studenten der technischen Hochschule Louisiana wie Kinderkram.

Die drei schienen nie auch nur im entferntesten auf die Idee zu kommen, sie könnten sich durch ihr Verhalten selbst gefährden. Ihnen war die Freiheit zu Kopf gestiegen. Nun, wo sie sich nicht länger in ihren Särgen verstecken mußten, sondern völlig legal leben durften, hatten sie alle Fesseln abgestreift und jegliche Vor- oder Umsicht in den Wind geschrieben. Malcolm nippte an einem Tresenkellner in Bogaloosas. Diane tanzte nackt in Farmerville. Liam hatte gleichzeitig eine Beziehung mit einer Minderjährigen aus Shongaloo und mit ihrer Mutter angefangen. Er trank von beiden. Er löschte bei keiner der Frauen die Erinnerung daran.

Eines Abends im Merlottes unterhielt sich Rene mit Mike Spencer, dem Beerdigungsunternehmer, und als ich an ihrem Tisch vorbeikam, unterbrachen die beiden ihr Gespräch. Das weckte natürlich sofort meine Aufmerksamkeit. Also hörte ich mit, was Mike dachte. Offenbar planten ein paar Männer aus unserer Gegend, die Vampire aus Monroe auszuräuchern.

Vorübergehend tot

Ich wußte nicht, wie ich mich verhalten sollte. Die drei waren keine Freunde Bills, gehörten aber doch irgendwie zur gleichen – na ja: Zunft wie er. Aber mir waren Diane, Malcolm und Liam ebenso zuwider wie allen anderen auch. Andererseits – Mann, daß es auch immer ein andererseits geben muß! – ging es mir gegen den Strich, Kenntnis von geplanten Verbrechen zu haben und einfach gar nichts zu tun.

Vielleicht hatte aus Mike ja nur der Suff gesprochen. Um sicherzugehen, tauchte ich in ein paar andere Köpfe um mich herum und war entsetzt, in wie vielen von ihnen ich den Plan fand, das Nest der Vampire niederzubrennen. Aber ich konnte nicht zurückverfolgen, wo der Plan seinen Ursprung hatte. Es sah ganz so aus, als sei das Gift in einem bestimmten Gehirn entstanden, um dann alle anderen anzustecken. Nur: in welchem Hirn?

Dafür, daß Maudette und Dawn und meine Großmutter von einem Vampir umgebracht worden waren, gab es keine Beweise, nicht einen einzigen. Es waren sogar Gerüchte im Umlauf, denen zufolge der Autopsiebericht des Leichenbeschauers genau das Gegenteil belegte. Aber die drei Vampire führten sich derart unmöglich auf, daß die Leute ihnen einfach für irgend etwas die Schuld in die Schuhe schieben wollten, daß sie sie loswerden wollten. Da sowohl Maudette als auch Dawn von Vampiren gebissen worden waren und in Vampirbars verkehrt hatten, brachten die Leute diese beiden Tatsachen einfach mit der Ermordung der Frauen zusammen und zimmerten sich daraus eine Verurteilung.

In der siebten Nacht nach unserer Trennung kam Bill ins Merlottes. Überraschend tauchte er an seinem Tisch auf, nicht allein, sondern in Begleitung eines etwa fünfzehn Jahre alten Jungen. Auch ein Vampir.

„Sookie, das ist Harlen Ives aus Minneapolis", begrüßte mich Bill, als sei es völlig normal und an der Tagesordnung, daß er mir einen anderen Vampir vorstellte.

„Harlen!" nickte ich. „Sehr erfreut."

„Sookie." Auch der Junge senkte kurz den Kopf.

„Harlen ist auf der Durchreise von Minnesota nach New Orleans", erklärte Bill und hörte sich so an, als sei er ordentlich zum Plaudern aufgelegt.

„Ich fahre in Urlaub", ergänzte Harlen. „Seit Jahren träume ich von einem Besuch in New Orleans. Für uns ist die Stadt ja das reinste Mekka, müssen Sie wissen."

„Aha?" sagte ich und bemühte mich, ganz beiläufig zu klingen.

„Man kann diese Telefonnummer anrufen", führte Harlen weiter aus. „Die bringen einen tagsüber entweder bei einem der Bewohner der Stadt unter, in der man übernachten will, oder man kann einen ..."

„Sarg mieten?" fragte ich munter.

„Nun ja, genau: einen Sarg."

„Wie schön!" Ich warf Harlen mein strahlendstes Lächeln zu. „Was darf ich Ihnen bringen? Ich glaube, Sam hat seine Blutvorräte aufgefüllt, Bill. Willst du ein Glas? Neuerdings führen wir auch A negativ. Wir haben aber auch O positiv auf Lager."

„Ach, ich glaube, wir nehmen A negativ", sagte Bill, nachdem er sich wortlos mit Harlen verständigt hatte.

„Kommt sofort!" Ich stürmte zum Kühlschrank hinter dem Tresen, fischte zwei Flaschen A negativ heraus, öffnete die Kronkorken und trug die Flaschen auf meinem Tablett an den Tisch der beiden. Die ganze Zeit lächelte ich, wie ich es immer tue.

„Wie geht es dir, Sookie?" fragte Bill in seinem ganz normalen Ton, als ich die Flaschen mit jeweils einem kleinen Knall vor den beiden auf dem Tisch absetzte.

„Wunderbar, Bill", verkündete ich strahlend. Am liebsten hätte ich die Flasche auf Bills Kopf zertrümmert. Harlen – also wirklich. Übernachtungsbesuch – wirklich!

„Harlen will später noch kurz bei Malcolm vorbei", teilte Bill mir mit, als ich nach einiger Zeit wieder an den Tisch der beiden kam, um die leeren Flaschen einzusammeln und mich zu erkundigen, ob ich ihnen noch irgend etwas bringen könnte.

„Ich bin sicher, Malcolm wird über einen Besuch Harlens höchst erfreut sein", sagte ich und versuchte, nicht so zickig zu klingen, wie mir zumute war.

„Es ist so toll, daß ich Bill habe kennenlernen dürfen!" Harlen strahlte mich an, wobei er Fänge zeigte. Der Junge verstand sich zweifelsohne darauf, zickig zu sein. „Aber Malcolm! Malcolm ist eine Legende!"

„Paß auf!" sagte ich zu Bill, und eigentlich wollte ich ihm erklären, in welcher Gefahr sich die drei in Monroe nistenden Vampire befanden. Aber ich dachte, die Dinge seien noch nicht so weit fortgeschritten, daß es zum Schlimmsten kommen konnte, und Klartext wollte ich schon allein deswegen nicht reden, weil neben Bill Harlen saß, mir

Vorübergehend tot

mit babyblauen Augen zuzwinkerte und aussah wie ein halbwüchsiges Sexsymbol. „Im Moment sind die drei aus Monroe hier nicht gut angesehen", fügte ich hinzu. Eine richtige Warnung war das aber nicht.

Bill blickte mich verständnislos an. Ich machte auf dem Absatz kehrt und ging von dannen.

Das sollte ich später bereuen. Bitter bereuen.

* * *

Als Bill und Harlen gegangen waren, summte es in der Kneipe noch heftiger, und viele der Gespräche und Gedanken drehten sich um die Dinge, die ich aus den Köpfen Mikes und Renes erfahren hatte. Mir kam es vor, als hätte jemand ein Feuer entfacht und sorge nun dafür, daß es geschürt wurde. Aber ich war beim besten Willen nicht in der Lage, herauszufinden, wer das sein mochte, auch wenn ich breit gefächert Ausschau hielt, sowohl mental als auch physisch. Jason kam ins Lokal, und wir sagten Hallo zueinander, aber viel mehr auch nicht. Er hatte mir meine Reaktion auf den Tod von Onkel Bartlett noch nicht verziehen.

Er würde drüber wegkommen. Zumindest dachte er nicht daran, irgendwo ein Feuer zu entfachen, es sei denn, in Liz Barretts Bett. Liz war jünger als ich, hatte kurze braune Locken, große braune Augen und gab sich unerwartet vernünftig. Wenn ich die beiden zusammen sah, hatte ich schon manchmal gedacht, Jason könne in Liz vielleicht endlich jemanden gefunden haben, der es mit ihm aufnehmen konnte. Die beiden tranken einen Krug Bier und verabschiedeten sich. Danach mußte ich feststellen, daß der Zorn in der Kneipe sich noch gesteigert hatte und die Männer ernsthaft daran dachten, loszuziehen und etwas zu unternehmen.

Da fing ich an, mir Sorgen zu machen, große Sorgen.

Je weiter der Abend voranschritt, desto hektischer wurde die Stimmung in unserem Lokal. Unversehens schienen deutlich weniger Frauen anwesend zu sein und viel mehr Männer. Zwischen den Tischen herrschte ein reges Kommen und Gehen. Es wurde viel getrunken. Viele Männer zogen es vor zu stehen, anstatt zu sitzen. Es geschah nichts, auf das man hätte den Finger legen können, es gab keine Zusammenrottungen, nein, alles wurde von einem Ohr ins andere geflüstert. Niemand sprang auf den Tresen und schrie: „Los, Jungs! Zeigen wir's den Monstern in Monroe! Die haben bei uns nichts zu suchen. Auf zum Schloß, zum Schloß!" Einer nach dem anderen diffundierten die Männer zur Tür hinaus und standen dann in kleinen Grüppchen auf dem Parkplatz herum. Ich sah mir das durch eines der Fenster an und schüttelte den Kopf. Gut sah das nicht aus, was da abging.

Auch Sam war besorgt.

„Was hältst du davon?" fragte ich ihn, und plötzlich wurde mir bewußt, daß ich an diesem Abend zum ersten Mal mit ihm sprach – außer: ‚Zapf mir noch ein Bier, eine Margarita bitte', natürlich.

„Ich glaube, hier rottet sich der Pöbel zusammen", sagte Sam. „Aber sie werden wohl kaum jetzt noch nach Monroe fahren. Die Vampire sind ja bis Sonnenaufgang wach und wohl auch gar nicht zu Hause."

„Wo wohnen die drei, Sam?"

„Soweit ich das verstanden habe, befindet sich ihr Haus am Stadtrand von Monroe und zwar auf der Westseite – mit anderen Worten, nicht gerade weit weg", antwortete Sam. „Genau weiß ich es aber auch nicht."

Als wir das Lokal geschlossen hatten, fuhr ich heim, wobei ich insgeheim hoffte, Bill würde sich auf meiner Auffahrt herumtreiben, damit ich ihm sagen konnte, was sich da zusammenbraute.

Aber ich bekam ihn nicht zu Gesicht, und zu ihm nach Hause wollte ich auf keinen Fall gehen. Ich trödelte lange herum, ehe ich versuchte, bei ihm anzurufen, wobei ich lediglich seinen Anrufbeantworter erreichte. Ich hinterließ eine Nachricht. Unter welchem Namen das Telefon der drei Vampire im Telefonbuch stehen könnte, hätte ich beim besten Willen nicht sagen können. Ich wußte ja noch nicht einmal, ob sie überhaupt Telefon besaßen.

Während ich mir die Schuhe auszog und den Schmuck ablegte – alles Silber, Bill! Das hast du nun davon – machte ich mir Sorgen, daran erinnere ich mich, aber ich machte mir nicht genug Sorgen. Ich ging zu Bett und schlief rasch ein, in dem Schlafzimmer, das nun mein eigenes war. Mondlicht strömte durch die offenen Lamellen der Jalousien und warf ungewohnte Schatten auf den Fußboden, aber ich hatte nicht lange Gelegenheit, sie mir anzusehen. Bill weckte mich in dieser Nacht nicht mehr, um meinen Anruf zu erwidern.

*   *   *

Vorübergehend tot

Dafür klingelte das Telefon gleich früh am Morgen, als die Sonne schon aufgegangen war.

„Was?" fragte ich noch ganz benommen und preßte den Hörer an mein Ohr. Dabei schielte ich nach meinem Wecker: Es war halb acht.

„Sie haben das Haus dieser Vampire angesteckt", sagte Jason. „Ich hoffe, deiner war da nicht drin."

„Was?" fragte ich noch einmal, aber diesmal überschlug sich meine Stimme fast vor Schreck.

„Sie haben nach Sonnenaufgang am Stadtrand von Monroe das Haus der Vampire angesteckt. Es liegt an der Callista Street, westlich der Archer Street."

Ich erinnerte mich daran, daß Bill gesagt hatte, er würde Harlen dort vorbeibringen. Ob er selbst auch geblieben war?

„Nein", erklärte ich bestimmt.

„Doch", erwiderte Jason.

„Ich muß weg", sagte ich daraufhin und legte auf.

*   *   *

Die Ruine glomm im hellen Sonnenlicht vor sich hin. Kleine Rauchfahnen stiegen hinauf zum blauen Himmel. Verkohltes Holz sah aus wie Alligatorhaut. Auf dem Rasen des zweistöckigen Hauses standen wild durcheinander Feuerwehr- und Polizeiautos. Hinter der Absperrung aus gelbem Plastikband hatte sich eine kleine Schar Schaulustiger versammelt.

Auf dem verbrannten Gras standen nebeneinander aufgereiht die Überreste von vier Särgen. Daneben lag noch ein Leichensack. Ich ging auf die Särge zu, aber sie schienen nicht näherkommen zu wollen – wie in einem dieser Alpträume, in denen man sein Ziel nie erreicht.

Jemand packte mich am Arm und versuchte, mich aufzuhalten. Ich weiß nicht mehr, was ich zu dem Mann sagte, aber ich erinnere mich noch gut an sein entsetztes Gesicht. Ich schleppte mich also weiter durch den Müll und atmete den Geruch verbrannter Dinge ein, von nassen, verkohlten Dingen, einen Geruch, den ich zeitlebens nicht mehr loswerden würde.

Dann erreichte ich den ersten Sarg und sah hinein. Was vom Deckel übrig war, stand zum Licht hin offen. Am Himmel stieg die Sonne unaufhaltsam auf ihrer Bahn, und bald würden ihre Strahlen das schreckliche Etwas küssen, das dort in der durchweichten weißen Sargauskleidung ruhte.

Ob das Bill sein konnte? Es war unmöglich festzustellen. Noch während ich zusah, löste sich die Leiche Stück für Stück auf. Einzelne Teile zerbröselten einfach und wurden von der leichten Brise, die wehte, hinfortgefegt oder lösten sich dort, wo die Sonnenstrahlen sie berührten, in winzige Rauchwölkchen auf.

In jedem Sarg begegnete mir ein ähnlich erschreckender Anblick.

Sam stand neben mir.

„Kann man das Mord nennen, Sam?"

Er schüttelte den Kopf. „Ich weiß nicht. Rein rechtlich gesehen ist es Mord, Vampire zu vernichten. Aber dafür muß man erst einmal Brandstiftung nachweisen. Das dürfte zwar nicht schwerfallen ... " Wir beide konnten das Benzin genau riechen. Männer eilten geschäftig ums Haus herum, kletterten hierhin und dorthin, riefen einander Bemerkungen zu. Mir schien es nicht so, als seien diese Männer ernsthaft mit der Untersuchung eines Tatorts befaßt.

„Aber dieser Körper hier", mit diesen Worten deutete Sam auf den Leichensack im Gras, „war ein richtiger Mensch. Da müssen sie ermitteln. Ich glaube nicht, daß von dem Pöbel irgendwer im Kopf hatte, daß ja auch ein Mensch im Haus sein könnte. Daß sie überhaupt etwas anderes im Kopf hatten als das, was sie vorhatten."

„Warum bist du hier, Sam?" fragte ich.

„Für dich", erwiderte er schlicht.

„Ich werde den ganzen Tag nicht wissen, ob es Bill ist, Sam."

„Ja, ich weiß."

„Was soll ich den ganzen Tag machen? Wie soll ich das Warten überstehen?"

„Vielleicht Tabletten?" schlug er vor. „Schlaftabletten oder so?"

„So etwas besitze ich nicht", sagte ich. „Ich hatte nie Schlafprobleme."

Unsere Unterhaltung nahm immer merkwürdigere Züge an, aber ich glaube nicht, daß ich irgend etwas anderes hätte von mir geben können.

Dann stand ein großer Mann vor mir, der örtliche Gesetzesvertreter. Er schwitzte in der Morgenhitze und sah so aus, als sei er bereits seit Stunden auf den Beinen. Vielleicht hatte er während der Nachtschicht gearbeitet und dann bleiben müssen, als das Feuer ausgebrochen war.

Als Männer, die ich kannte, dafür gesorgt hatten, daß das Feuer ausbrach.

„Kannten Sie diese Leute, Miss?"

„Ja, ich kannte sie."

„Können Sie die Überreste identifizieren?"

„Wer soll das denn identifizieren können?" fragte ich ungläubig zurück.

Die Körper waren bereits fast verschwunden; sie trugen keinerlei Gesichtszüge mehr und lösten sich schnell ganz auf.

Der Polizist sah aus, als sei ihm speiübel. „Ja, Ma'am. Aber die Person?"

„Ich sehe sie mir an", sagte ich, ohne groß nachzudenken. Es fällt schwer, mit alten Gewohnheiten zu brechen und nicht immer automatisch hilfsbereit zu sein.

Als ahne er, daß ich kurz davor stand, meine Meinung zu ändern, kniete sich der große Mann in das angesengte Gras und zog den Leichensack auf. Das rußige Gesicht darin war das eines Mädchens, das ich noch nie gesehen hatte. Ich dankte Gott dafür.

„Ich kenne sie nicht", sagte ich, und dann merkte ich, wie meine Knie nachgaben. Sam fing mich auf, ehe ich zu Boden gehen konnte, und ich mußte mich gegen ihn lehnen.

„Das arme Mädchen", flüsterte ich. „Sam? Ich weiß nicht, was ich tun soll."

Einen Teil meiner Zeit nahmen an diesem Tag die Ordnungshüter in Anspruch. Sie wollten alles erfahren, was ich ihnen über die Vampire, denen das Haus gehört hatte, sagen konnte, und ich gab ihnen die gewünschte Auskunft, aber viel war es nicht. Malcolm, Diane, Liam – woher stammten sie, wie alt waren sie, warum hatten sie sich in Monroe niedergelassen, wie hießen ihre Anwälte? – wie hätte ich auch nur eine dieser Fragen beantworten sollen? Ich war nie zuvor im Haus der drei gewesen.

Als der Polizist, der mich befragte – wer immer das auch gewesen sein mag –, feststellte, daß ich die drei durch meine Freundschaft mit Bill kannte, wollte er wissen, wer Bill sei und wie er ihn erreichen könne.

„Vielleicht befindet er sich ja gleich hier", sagte ich und wies auf die vier Särge. „Das werde ich erst nach Sonnenuntergang wissen." Dann hob sich meine Hand von ganz allein und verschloß mir den Mund.

Genau diesen Moment wählte einer der Feuerwehrleute, um in lautes Gelächter auszubrechen. „Bratvampire nach Südstaatenart!" rief der kleine Mann dem Beamten zu, der mich befragt hatte. „Da haben wir doch glatt ein paar Bratvampire nach Südstaatenart!"

Als ich ihn trat, fand er das nicht so witzig. Sam zog mich weg, und der Mann, der mich befragt hatte, schnappte sich den Feuerwehrmann, den ich angegriffen hatte. Ich tobte wie eine Furie, und hätte Sam mich losgelassen, hätte ich mich sofort wieder auf den Mann gestürzt.

Aber Sam ließ mich nicht los. Er schleppte mich zu meinem Wagen, und seine Hände waren stark wie Schraubzwingen. Plötzlich hatte ich das Bild meiner Großmutter vor Augen: Wie sehr hätte sie sich geschämt, wenn sie hätte mitbekommen müssen, wie ich jemanden tätlich angriff und einen Beamten anpöbelte. Dieses Bild brachte meine ganze wütende, verrückte Aufgebrachtheit zum Platzen wie eine Nadel, mit der man einen Ballon zerstickt. Ich ließ zu, daß Sam mich auf den Beifahrersitz meines Wagens schob, und nachdem er das Auto angelassen, zurückgesetzt und ausgeparkt hatte, ließ ich mich von ihm nach Hause fahren, wobei ich die ganze Zeit stocksteif und schweigend neben ihm hockte.

Viel zu schnell erreichten wir mein Haus. Es war erst zehn Uhr. Wir hatten Sommerzeit. Ich würde mindestens zehn Stunden warten müssen.

Sam erledigte ein paar Anrufe, während ich auf dem Sofa saß und vor mich hinstarrte. Nachdem etwa fünf Minuten vergangen waren, kam Sam zu mir ins Wohnzimmer.

„Komm schon, Sookie", sagte er munter. „Die Jalousien hier starren ja schon vor Dreck"

„Was?"

„Die Jalousien. Wie konntest du es soweit kommen lassen?"

„Was?"

„Wir machen hier sauber. Besorg einen Eimer, Ammoniak und ein paar alte Lappen, und dann kochst du uns einen schönen Kaffee."

Ich konnte mich nur ganz langsam und vorsichtig bewegen, denn ich hatte Angst, ich würde sonst austrocknen und davonfliegen wie die Leichen in den Särgen, aber ich tat, wie mir geheißen.

Als ich mit dem Eimer und den Lappen zurückkam, hatte Sam die Vorhänge im Wohnzimmer schon abgenommen.

Vorübergehend tot

„Wo steht deine Waschmaschine?"

„Da hinten, in der Kammer hinter der Küche", sagte ich und zeigte ihm den Weg.

Beide Arme voller Gardinen machte Sam sich auf den Weg in die Waschküche. Oma hatte sie vor noch nicht einmal einem Monat gewaschen, zu Ehren von Bills Besuch. Davon sagte ich kein Wort.

Ich ließ eine der Jalousien herunter, klappte die Lamellen ganz zu und fing an, sie abzuseifen. Als die Jalousien sauber waren, putzten Sam und ich die Fenster. Der Vormittag war zur Hälfte um, da fing es an zu regnen, so daß wir die Scheiben nicht von außen putzen konnten. Sam holte sich den Staubmop mit dem langen Stil und machte sich daran, die Spinnweben aus allen Ecken der hohen Zimmerdecken zu entfernen, während ich die Scheuerleisten abwischte. Er nahm den Spiegel über dem Kaminsims ab, staubte die Teile ab, an die wir normalerweise nicht drankamen, und dann reinigten wir den Spiegel und hängten ihn wieder auf. Ich putzte den alten Marmorkamin, bis keine Spur unserer winterlichen Feuer mehr zu erkennen war. Ich holte einen besonders schönen Funkenschutz, der mit Magnolienblüten bemalt war, und stellte ihn in den Kamin. Ich säuberte den Bildschirm des Fernsehers und bat Sam, den Fernseher selbst hochzuheben, damit ich darunter wischen konnte. Ich sortierte alle Videofilme zurück in die Hüllen, in die sie gehörten und beschriftete alle Videos, die ich selbst aufgezeichnet hatte. Ich entfernte sämtliche Kissen von der Couch und saugte den Dreck weg, der sich darunter angesammelt hatte, wobei ich einen Dollar und 50 Cent in Münzen fand. Ich saugte den Teppich und fegte mit dem Mop den Staub von den Holzfußböden.

Dann zogen wir um ins Eßzimmer, wo wir alles polierten, was sich polieren ließ. Als der Tisch und die Stühle funkelten und glänzten, fragte mich Sam, wie lange es her sei, daß ich Großmutters Silber geputzt hätte.

Ich hatte Omas Silber noch nie geputzt. Wir öffneten also alle Anrichtenschubladen und stellten fest: Ja, das Silber mußte dringend geputzt werden. Also schleppten wir es in die Küche, fanden das Silberputzmittel und putzten und polierten. Das Radio lief vor sich hin, aber nach einer Weile stellte ich fest, daß Sam es jedes Mal ausstellte, wenn Nachrichten kamen.

Wir putzten den ganzen Tag. Es regnete den ganzen Tag. Sam sagte nur dann etwas, wenn er mir Anweisungen für den nächsten Arbeitsschritt gab.

Ich arbeitete sehr schwer. Sam ebenfalls.

Als das Licht langsam nachließ, hatte ich das sauberste Haus in ganz Renard Parish.

Sam sagte: „Ich gehe jetzt, Sookie. Ich glaube, jetzt möchtest du lieber allein sein."

„Ja", sagte ich. „Ich möchte dir gern irgendwann einmal danken, aber jetzt noch nicht. Du hast mich heute gerettet."

Ich spürte Sams Lippen auf meiner Stirn, und etwa eine Minute später hörte ich die Haustür zuschlagen. Ich saß am Tisch, während Finsternis die Küche füllte. Als ich fast nichts mehr sah, ging ich nach draußen. Ich nahm meine große Taschenlampe mit.

Es machte nichts, daß es immer noch regnete. Ich trug ein ärmelloses Leinenkleid und ein paar Sandalen, das, was ich am Morgen angezogen hatte, nach Jasons Anruf.

Ich stand in dem strömenden warmen Regen, mein Haar klebte mir am Schädel, und mein Kleid klebte mir naß am Körper. Ich wandte mich nach links in den Wald und begann, mir zunächst noch langsam und vorsichtig einen Weg zwischen den Bäumen hindurch zu suchen. Dann jedoch verpuffte nach und nach der beruhigende Einfluß, den Sam auf mich gehabt hatte, so daß ich anfing zu laufen, und dann rannte ich und riß mir die Wangen an Ästen auf, zerkratzte mir die Beine an dornigen Ranken. Als ich aus dem Wald herauskam, rannte ich über den Friedhof, der Strahl der Taschenlampe hüpfte vor mir auf und ab. Eigentlich hatte ich zum Haus der Comptons laufen wollen, aber nun wußte ich auf einmal, daß Bill irgendwo hier sein mußte, hier, in diesen sechs Morgen voller Knochen und Steine. Da stand ich nun mitten im ältesten Teil des Friedhofs, umgeben von Monumenten und bescheidenen Grabsteinen, in der Gesellschaft der Toten.

Ich kreischte: „Bill! Komm jetzt raus!"

Ich drehte mich im Kreis, starrte hinein in die fast schwarze Dunkelheit, wußte, auch wenn ich ihn nicht sehen konnte, würde Bill mich sehen können, wenn er überhaupt noch etwas sah, wenn er nicht – wenn er nicht eine dieser rußgeschwärzten, vor sich hinbröckelnden Abscheulichkeiten gewesen war, die ich im Vorgarten des Hauses am Stadtrand von Monroe gesehen hatte.

Kein Laut. Keine Bewegung bis auf das Fallen des sanften, alles durchtränkenden Regens.

„Bill! Bill! Komm raus!"

Zu meiner Rechten fühlte ich eine Bewegung eher, als daß ich sie hörte. Ich wandte den Strahl meiner Taschenlampe dorthin. Der Boden hob sich leicht, und vor meinen Augen schoß eine weiße Hand aus der roten Erde. Dann fing diese Erde an, sich zu bewegen und zu zerbröckeln. Eine Gestalt erhob sich aus ihr.

„Bill?"

Die Gestalt drehte sich zu mir um. Verschmiert mit roter Erde und die Haare voller Dreck trat Bill zögernd einen Schritt in meine Richtung.

Ich schaffte es nicht, ihm entgegenzugehen.

„Sookie!" sagte er und war jetzt ganz nah bei mir. „Warum bist du hier?" Zum ersten Mal, seit ich ihn kannte, klang Bill desorientiert und unsicher.

Ich mußte es ihm sagen, aber ich bekam den Mund nicht auf.

„Liebling?"

Da sank ich wie ein Stein zu Boden. Plötzlich lag ich auf den Knien im regendurchtränkten Gras.

„Was ist passiert, während ich schlief?" Bill kniete neben mir, splitterfasernackt, und der Regen strömte an ihm herab.

„Du hast nichts an", murmelte ich leise.

„Das würde doch alles nur dreckig werden", erwiderte er, und das klang natürlich völlig vernünftig. „Wenn ich in der Erde schlafe, ziehe ich mich vorher aus."

„Ja. Natürlich."

„Jetzt mußt du mir sagen, was los ist."

„Du darfst mich aber nicht hassen."

„Was hast du getan?"

„Mein Gott, ich war es nicht! Aber ich hätte dich deutlicher warnen sollen, ich hätte dich packen und dich zwingen sollen, mir zuzuhören. Ich habe versucht, dich anzurufen, Bill!"

„Was ist passiert?"

Ich nahm sein Gesicht in beide Hände, berührte seine Haut, und mir wurde bewußt, was ich womöglich hätte verlieren können, was ich immer noch verlieren konnte.

„Sie sind tot, Bill, die Vampire aus Monroe und jemand anders auch noch."

„Harlen", sagte er tonlos. „Harlen blieb letzte Nacht dort. Diane und er fuhren schwer aufeinander ab." Er wartete, daß ich zu Ende erzählte, und seine Augen ruhten unverwandt auf mir.

„Sie sind verbrannt."

„Brandstiftung."

„Ja."

Er hockte sich in den Regen neben mich, und ich konnte sein Gesicht nicht sehen. Ich hielt die Taschenlampe immer noch krampfhaft umklammert, aber ansonsten hatte mich alle Kraft verlassen. Bills Zorn war körperlich spürbar.

Ich konnte auch seine Gewaltbereitschaft spüren.

Ich konnte seinen Hunger spüren.

Nie war Bill so sehr Vampir gewesen. An ihm war nichts mehr, was an einen Menschen erinnerte.

Er wandte sein Gesicht gen Himmel und heulte.

Ich dachte, er würde gleich jemanden umbringen, so groß war der Zorn, den er ausstrahlte. Ich war diejenige, die am nächsten an ihm dran war.

Ich hatte gerade erst kapiert, in welcher Gefahr ich mich befand, da packte mich Bill an den Oberarmen. Er zog mich ganz langsam an sich. Es hatte keinen Sinn, sich zu wehren, im Gegenteil: Ich spürte, daß ich dadurch Bill nur noch mehr erregen würde. Jetzt war ich höchstens noch einen Zentimeter von ihm entfernt; fast konnte ich seine Haut riechen. Ich spürte den Aufruhr, der in ihm tobte, konnte seinen Zorn förmlich schmecken.

Wenn es mir gelang, diese Energie in eine andere Richtung zu lenken, war ich vielleicht gerettet. Ich beugte mich den entscheidenden Zentimeter vor und legte meinen Mund an Bills Brust. Ich leckte ihm den Regen von der Haut, ich rieb meine Wange an seiner Brustwarze, ich drückte mich an ihn.

Im nächsten Augenblick streiften seine Zähne meine Schulter, und sein Körper, hart und steif und nur zu bereit, versetzte mir einen so heftigen Stoß, daß ich mich unversehens rücklings im Schlamm liegend wiederfand. Bill glitt direkt in mich hinein, als wolle er versuchen, durch mich hindurch die Erde aufzuspießen. Ich schrie, und er knurrte als Antwort, als seien wir wirklich Schlamm-Menschen, primitive Höhlenbewohner. Ich hatte die Finger in die Haut auf Bills Rücken gekrallt und spürte auf ihnen den Regen, der auf uns niederfloß, spürte

Vorübergehend tot

das Blut unter meinen Nägeln und Bill, wie er sich bewegte, unnachgiebig, unnachlässig. Ich dachte, ich würde in den Schlamm gepflügt, in mein Grab. Bill senkte die Fangzähne in meinen Hals.

Plötzlich kam ich. Bill heulte auf, als er auch seinen Höhepunkt erreichte. Dann brach er auf mir zusammen, seine Fangzähne zogen sich zurück, und er leckte mir sanft die kleinen Bißwunden sauber.

Ich hatte gedacht, er würde mich umbringen, ohne es überhaupt zu wollen.

Meine Muskeln wollten mir einfach nicht mehr gehorchen, es hätte mir also auch nicht viel genutzt, wenn ich gewußt hätte, was ich nun machen sollte. Bill nahm mich in die Arme und hob mich hoch. Er trug mich zu seinem Haus, drückte die Haustür auf und brachte mich direkt ins große Badezimmer. Dort legte er mich vorsichtig auf den großen Teppich, auf dem ich Lehm, Regenwasser und ein ganz klein wenig Blut verspritzte, um dann die Hähne an der großen Badewanne aufzudrehen, und als die Wanne voll war, ließ er mich sanft hineingleiten und stieg dann selbst hinein. Wir saßen auf den Sitzen, und unsere Beine baumelten in dem warmen schäumenden Wasser, das sich schnell verfärbte.

Bills Augen starrten auf etwas, das bestimmt kilometerweit entfernt war.

„Alle tot?" fragte er kaum hörbar.

„Alle tot, und ein Mensch, ein Mädchen, auch noch", erwiderte ich ruhig.

„Was hast du den ganzen Tag gemacht?"

„Geputzt. Sam hat mich gezwungen, das Haus zu putzen."

„Sam", sagte Bill nachdenklich. „Sag mir, Sookie, kannst du Sams Gedanken lesen?"

„Nein", gestand ich, mit einem Mal völlig erschöpft. Ich tauchte den Kopf unter, und als ich wieder auftauchte, hielt Bill die Shampooflasche bereit. Er seifte mein Haar ein, spülte es aus und kämmte es, wie an dem Tag, an dem wir uns zum ersten Mal geliebt hatten.

„Bill, die Sache mit deinen Freunden tut mir sehr leid", sagte ich, so erschöpft, daß ich die Worte kaum herausbekam. „Ich bin so glücklich, daß du noch existierst!" Ich schlang die Arme um seinen Hals und legte meinen Kopf an seine Schulter. Die Schulter war hart wie Stein. Ich erinnere mich daran, daß Bill mich mit einem großen, weißen Handtuch abtrocknete, daß ich dachte, wie weich das Kissen doch sei, daß er neben mir ins Bett glitt und die Arme um mich legte. Dann schlief ich ein.

In den frühen Morgenstunden erwachte ich halb, weil ich hörte, wie jemand sich im Zimmer bewegte. Ich hatte wohl geträumt, und es war wohl ein Alptraum gewesen, denn als ich aufwachte, schlug mein Herz rasend schnell und so, als wollte es zerspringen. „Bill?" fragte ich, und ich konnte die Angst in meiner Stimme deutlich hören.

„Was ist?" fragte er, und ich spürte, wie die Matratze nachgab, als er sich auf die Bettkante setzte.

„Ist alles in Ordnung?"

„Ja, ich war nur draußen. Ich habe einen Spaziergang gemacht."

„Da draußen ist niemand?"

„Nein, Liebling." Ich hörte den Laut, der entsteht, wenn Stoff über Haut gleitet, und dann lag er neben mir unter den Laken.

„Ach Bill, das da in einem dieser Särge, das hättest auch du sein können", sagte ich, und die Angst, die ich empfunden hatte, war mir ganz frisch im Gedächtnis.

„Sookie, hast du je daran gedacht, daß das in dem Leichensack du gewesen sein könntest? Was, wenn sie hierher kommen, wenn sie im Morgengrauen dieses Haus anzünden?"

„Du mußt mit in mein Haus kommen! Mein Haus brennen sie nicht nieder. Mit mir zusammen wärest du sicher", sagte ich, und das meinte ich auch so.

„Sookie, hör mir zu: Du könntest meinetwegen sterben!"

„Was würde ich denn dadurch verlieren?" fragte ich leidenschaftlich. „Seit ich dich kennengelernt habe, das war die schönste Zeit meines Lebens."

„Wenn ich sterbe, dann geh du zu Sam."

„Reichst du mich jetzt schon weiter?"

„Nie", sagte er, und seine weiche Stimme war kalt. „Niemals." Ich fühlte seine Hände, die nach meinen Schultern griffen; auf einen Ellbogen gestützt lag er neben mir. Er rückte ein wenig näher, und ich spürte seinen langen, kühlen Körper ganz nah an meinem.

„Hör mal, Bill", sagte ich, „ich bin nicht besonders gebildet, aber dumm bin ich nicht. Ich habe auch wirklich nicht viel Erfahrung und kenne mich vielleicht nicht so gut aus in der Welt, aber ich glaube nicht, daß ich naiv bin." Ich hoffte sehr, daß Bill jetzt nicht im Dunkeln auf mich herablächelte. „Ich kann dafür sorgen, daß sie dich akzeptieren. Ich kann es."

„Wenn jemand es kann, dann du", sagte er. „Ich möchte noch einmal in dich."

„Du meinst? Oh, ja, ich verstehe schon, was du meinst." Er hatte meine Hand genommen und sie sanft an seinem Leib hinabgleiten lassen. „Das möchte ich auch gern." Und wie ich es wollte – falls ich es überlebte, nach dem, was ich auf dem Friedhof mitgemacht hatte. Bill war so wütend gewesen, daß ich mich immer noch fühlte, als sei ich verprügelt worden. Aber ich spürte auch diese süße Wärme, die mich durchströmte, die ruhelose Erregung, mit der Bill mich vertraut gemacht hatte, nach der ich nun süchtig war. „Liebster", sagte ich und streichelte ihn dort unten mit den Fingern, hoch und runter, „Liebster." Ich küßte ihn; ich spürte seine Zunge in meinem Mund. Ich berührte mit der Zungenspitze seine Fänge. „Kannst du es tun, ohne zu beißen?" flüsterte ich.

„Ja. Aber wenn ich dein Blut schmecken kann, ist das ein großes Finale."

„Wäre es denn ohne fast so gut?"

„Es kann ohne nie so gut sein wie mit, aber ich möchte dich nicht schwächen."

„Wenn es dir nichts ausmacht", bat ich vorsichtig. „Ich habe drei Tage gebraucht, um wieder fit zu werden."

„Ich war selbstsüchtig ... du schmeckst aber auch so gut."

„Aber wenn ich stark bin, wird es noch besser sein", gab ich zu bedenken.

„Zeig mir, wie stark du bist", neckte er.

„Leg dich auf den Rücken. Ich weiß nicht ganz genau, wie das funktioniert, aber ich weiß, daß andere Leute es tun." Ich setzte mich rittlings auf ihn, hörte, wie sein Atem schneller ging. Ich war froh, daß es im Zimmer dunkel war und draußen nach wie vor der Regen niederging. Ein Blitz zeigte mir Bills glühende Augen. Ich manövrierte mich vorsichtig in die Position, von der ich hoffte, es sei die korrekte, und lenkte ihn in mich. Ich setzte großes Vertrauen in den Instinkt, und was soll ich sagen – er ließ mich nicht im Stich.

Charlaine Harris

Kapitel 8

Nun waren wir also wieder zusammen. Die Angst, die ich ausgestanden hatte, als ich dachte, ich könnte Bill für immer verloren haben, hatte meine Bedenken zumindest vorübergehend ausradiert, und Bill und ich schufen eine Routine für uns beide, die sich allerdings noch etwas unbeständig anfühlte.

Wenn ich Spätschicht hatte, ging ich hinterher zu ihm und verbrachte in der Regel den Rest der Nacht in seinem Haus. Wenn ich tagsüber arbeitete, kam Bill nach Sonnenuntergang zu mir, und wir sahen fern oder gingen ins Kino oder spielten Scrabble. Ich brauchte jede dritte Nacht frei, oder Bill mußte in diesen Nächten das Beißen bleiben lassen, sonst fing ich an, mich schwach und matt zu fühlen, und zudem bestand ja die Gefahr, daß, wenn Bill zu viel von mir trank ... ich schluckte weiterhin Vitamine und Eisentabletten, bis sich Bill über den Geschmack beklagte. Danach schränkte ich den Eisenkonsum etwas ein.

Wenn ich nachts schlief, ließ Bill mich allein und machte irgend etwas anderes. Manchmal las er, manchmal ging er spazieren, manchmal arbeitete er im Schein der Außenbeleuchtung in meinem Garten.

Wenn er je von anderen Menschen trank, so behielt er das für sich und tat es weit von Bon Temps entfernt, so, wie ich es von ihm erbeten hatte.

Ich sage, unsere damalige Routine fühlte sich noch unbeständig an, weil mir schien, als warteten wir auf irgend etwas. Daß das Nest in Monroe niedergebrannt worden war, hatte Bill wütend gemacht, ihm aber auch, so glaube ich zumindest, einen gehörigen Schrecken versetzt. So allmächtig und stark zu sein, wenn man wach ist, und gleichzeitig vollständig hilflos, wenn man schläft, das war gewiß sehr unangenehm.

Wir fragten uns, ob sich die Ressentiments Vampiren gegenüber nun legen würden, wo doch die schlimmsten Unruhestifter in unserer Gegend tot waren.

Bill sagte es nie direkt, aber ich entnahm bestimmten Andeutungen, die sich von Zeit zu Zeit in unsere Gespräche schlichen, daß er sich um meine Sicherheit sorgte und sich weiterhin sorgen würde, solange der Mörder Maudettes, Dawns und meiner Oma noch auf freiem Fuß war.

Sollte die männliche Bevölkerung von Bon Temps und Umgebung gedacht haben, sie könne sich nun, da sie die Vampire in Monroe ausgeräuchert hatte, beruhigt zurücklehnen, dann hatte sie sich getäuscht. Bei allen drei Opfern belegte der Autopsiebericht letztlich, daß sie die vollständige Blutmenge im Körper gehabt hatten, als sie umgebracht wurden. Zudem hatten die Bißspuren am Hals Maudettes und Dawns nicht nur alt ausgesehen, sie erwiesen sich auch wirklich als alt. Die Todesursache war bei allen Frauen Erwürgen. Maudette und Dawn hatten Sex gehabt, ehe sie starben – und danach.

Arlene, Charlsie und ich waren vorsichtig geworden, wir hielten uns nie mehr allein auf dem Parkplatz auf, wir überprüften die Türen unserer Häuser, wenn wir heimkamen, und schauten erst einmal, ob sie so fest verschlossen waren, wie wir sie hinterlassen hatten. Wir versuchten, beim Autofahren auf die Wagen vor uns und hinter uns zu achten. Aber es ist nicht einfach, ständig auf der Hut zu sein; ein solches Verhalten ist ziemlich nervenaufreibend, und ich bin sicher, ich war nicht die einzige, die langsam, aber sicher wieder in die alten, sorglosen Verhaltensweisen verfiel. Vielleicht ließ sich dies bei Arlene und Charlsie eher entschuldigen, denn sie lebten, anders als die ersten beiden Mordopfer, nicht allein. Arlene wohnte mit ihren beiden Kindern (und von Zeit zu Zeit mit Rene Lenier) zusammen, Charlsie mit ihrem Mann Ralph.

Ich war die einzige, die allein lebte.

Jason kam fast jeden Abend in unser Lokal und achtete peinlich genau darauf, dann auch jedes Mal ein paar Worte mit mir zu wechseln. Ich wußte, er war bemüht, den Bruch zwischen uns wieder zu kitten, und gab mir Mühe, entsprechend zu reagieren. Aber Jason trank auch sehr viel, und in seinem Bett gingen mehr Besucherinnen ein und aus als in der öffentlichen Toilette, und das, obwohl er für Liz Barrett wirklich etwas zu empfinden schien. Wir strengten uns beide an, bei der Abwicklung der Angelegenheiten unserer Großmutter und unseres Großonkels freundschaftlich zusammenzuarbeiten, auch wenn Jason mit den Angelegenheiten unseres Onkels mehr zu tun hatte als ich. Bis auf mein Legat hatte Onkel Bartlett seinen gesamten Besitz Jason hinterlassen.

Eines Abends, als er ein Bier zuviel getrunken hatte, berichtete mir Jason, er sei noch zwei Mal auf die Polizeiwache geladen worden, und die ganze Sache mache ihn langsam völlig kirre. Er war also endlich zu Sid Matt Lancaster gegangen, und Sid Matt hatte ihm geraten, nicht mehr bei der Polizei zu erscheinen, es sei denn, er, Sid Matt, könne ihn begleiten.

„Aber warum laden sie dich denn immer wieder vor?" fragte ich Jason. „Es muß da irgend etwas geben, was du mir nicht erzählt hast. Andy Bellefleur setzt niemandem sonst so zu wie dir, und ich weiß, daß weder Maudette noch Dawn in Bezug auf die Männer, die mit ihnen nach Hause gehen durften, besonders wählerisch waren."

Jason machte daraufhin einen schrecklich geknickten Eindruck. So schlimm in Verlegenheit hatte ich meinen wunderschönen älteren Bruder noch nie erlebt.

„Videos", murmelte er.

Ich beugte mich näher zu ihm heran, um sicher zu gehen, daß ich ihn auch wirklich richtig verstanden hatte. „Videos?" fragte ich ungläubig.

„Pst!" zischte er und sah sich hektisch um, wobei er so schuldig wirkte wie die Hölle selbst. „Ja. Wir haben Videos gemacht."

Ich glaube, nach dieser Ankündigung war ich ebenso verlegen wie er. Brüder und Schwestern müssen wahrlich nicht alles voneinander wissen! „Du hast den Frauen eine Kopie dagelassen?" fragte ich zögernd nach, denn nun mußte ich wirklich wissen, wie dämlich sich Jason angestellt hatte.

Er sah mich nicht an, und so konnte ich nur von der Seite erkennen, daß in seinen aufgrund des Bierkonsums leicht benebelt dreinblickenden blauen Augen höchst romantisch ein paar Tränen schimmerten.

„Schwachkopf!" sagte ich. „Ich will dir ja zugestehen, daß du nicht ahnen konntest, in welchem Zusammenhang das jetzt an die Öffentlichkeit gerät – aber hast du dich eigentlich nie gefragt, was passieren könnte, wenn du dich irgendwann mal entschließt, zu heiraten? Was, wenn eine deiner Exflammen eine Kopie von eurem kleinen Tango an deine Braut schickt?"

„Vielen Dank für den Tritt in den Arsch, wo ich eh schon am Boden bin, Schwesterherz."

Ich holte Luft. „Also gut: Du drehst doch jetzt keine Videos mehr, oder?"

Er nickte entschieden. Ich glaubte ihm nicht.

„Du hast Sid Matt davon erzählt, ja?"

Er nickte schon weniger entschieden.

„Du meinst, es liegt an den Videos, daß Andy so hinter dir her ist?"

„Ja", meinte Jason verdrießlich.

„Dann ist es doch einfach: Laß dein Sperma testen. Wenn es nicht mit dem übereinstimmt, das in Maudette und Dawn gefunden wurde, dann ist doch klar, daß du sauber bist." Mittlerweile war ich ebenso mit allen Wassern gewaschen wie Jason. Wir redeten das erste Mal miteinander über Spermaproben.

„Das sagt Sid Matt auch. Ich traue der Sache aber nicht."

Mein Bruder traute dem verläßlichsten wissenschaftlichen Beweismittel nicht, das bei Gericht zugelassen war. „Denkst du, Andy fälscht die Ergebnisse?"

„Nein, Andy ist in Ordnung, der tut nur seine Pflicht. Ich weiß bloß nicht – dies ganze DNS-Zeug."

„Schwachkopf", sagte ich und ging, um für vier Typen aus Ruston einen neuen Krug Bier zu holen. Es waren College-Studenten auf einer Spritztour durch die Provinz. Was Jason betraf, konnte ich nur hoffen, daß Sid Matt Lancaster über ausreichend Überzeugungskünste verfügte.

Ich sprach noch einmal mit meinem Bruder, ehe er das Lokal verließ. „Kannst du mir helfen?" bat er mich da und wandte mir ein Gesicht zu, das ich kaum wiedererkannte. Ich stand an seinem Tisch, und seine Verabredung für diesen Abend war aufs Damenklo gegangen.

Noch nie zuvor hatte mich mein Bruder um Hilfe gebeten.

„Wie denn?"

„Kannst du nicht einfach die Gedanken aller Männer lesen, die hier reinkommen, und herausfinden, ob einer von denen es gewesen ist?"

„So einfach, wie du das darstellst, ist die Sache nicht", erwiderte ich langsam und dachte über seine Bitte nach, während ich noch redete. „Zum einen müßte der Mann an sein Verbrechen denken, während er hier sitzt und trinkt, und zwar genau in dem Moment, in dem ich ihm zuhöre. Dann empfange ich auch nicht immer klare Gedanken. Bei manchen Leuten ist es genau so, als würde ich Radio hören, ich verstehe jede Einzelheit. Bei anderen bekomme ich nur einen Haufen Empfindungen mit, und keine ist klar formuliert, als würde man je-

Vorübergehend tot

mandem zuhören, der im Schlaf redet, verstehst du? Man hört solche Leute reden und bekommt mit, ob sie traurig oder fröhlich sind, aber ihre genauen Worte kann man nicht verstehen. Manchmal schnappe ich auch einen Gedanken auf, kann ihn aber nicht zu seiner Quelle zurückverfolgen, wenn es hier voll ist."

Jason starrte zu mir hoch. Zum ersten Mal redeten wir so offen über meine Behinderung.

„Wie schaffst du es, nicht verrückt zu werden?" fragte er mich und schüttelte verwirrt den Kopf.

Ich wollte gerade anfangen, die Sache mit meinem Visier zu erklären, da kehrte Liz Barrett an den Tisch zurück, die Lippen nachgezogen, die Haare frisch toupiert. Ich sah, wie Jason seine Identität als Frauenheld wieder um sich legte wie einen schweren Mantel, und bereute, nicht eingehender mit ihm geredet zu haben, als er noch allein dasaß.

Als wir Angestellten uns an diesem Abend zum Gehen anschickten, fragte Arlene, ob ich am nächsten Tag auf ihre Kinder aufpassen könnte. Wir hatten beide am kommenden Abend frei, und sie wollte mit Rene nach Shreveport fahren, Essen gehen und sich im Kino einen Film ansehen.

„Klar!" sagte ich. „Die Kinder waren lange nicht mehr bei mir."

Da erstarrte Arlenes Gesicht zu einer Maske. Sie stand da, halb zu mir gewandt, öffnete den Mund, um etwas zu sagen, schloß ihn wieder, überlegte es sich dann aber noch einmal anders und öffnete ihn erneut: „Ist Bill ... ist er dann auch da?"

„Ja, wir haben vor, uns zusammen ein Video anzusehen. Ich wollte mir morgen in der Videothek eines ausleihen. Aber wenn die Kinder kommen, hole ich etwas, was sie auch gern sehen." Dann aber wurde mir jäh bewußt, wie sie ihre Frage gemeint hatte. „He! Du willst die Kinder nicht bei mir lassen, wenn Bill kommt?" Ich spürte, wie meine Augen zu schmalen Schlitzen wurden und meine Stimme sich senkte, wie sie es zu tun pflegt, wenn ich wütend werde.

„Sookie", begann sie hilflos, „ich liebe dich. Aber du verstehst das nicht, du bist keine Mutter. Ich kann meine Kinder nicht bei einem Vampir lassen, ich kann das einfach nicht."

„Es ist egal, daß ich auch da bin und daß ich deine Kinder auch liebe? Es ist egal, daß Bill nie in einer Million Jahren einem Kind etwas zuleide täte?" Ich warf mir die Handtasche über die Schulter, stapfte mit riesigen Schritten hinaus auf den Parkplatz und ließ Arlene einfach stehen. Sie sah fix und fertig aus, und weiß Gott: Dazu hatte sie auch allen Grund!

Als ich dann vom Parkplatz bog und auf der Straße dahinfuhr, hatte ich mich etwas beruhigt. Aber aufgebracht war ich immer noch. Ich sorgte mich um Jason, war sauer auf Arlene und was Sam anging, so herrschte in meinen Gefühlen ohnehin so etwas wie Dauerfrost, denn mein Chef tat dieser Tage so, als seien wir füreinander lediglich entfernte Bekannte. Mir kam in den Sinn, lieber einfach nach Hause zu fahren, statt wie verabredet zu Bill zu gehen, und ich befand, das sei eine sehr gute Idee.

Ungefähr eine Viertelstunde, nachdem ich eigentlich hätte bei ihm auftauchen müssen, tauchte Bill bei mir auf; daran kann man sehen, welch große Sorgen er sich um meine Sicherheit machte.

„Du bist nicht gekommen, du hast nicht angerufen", sagte er ruhig, als ich ihm die Tür öffnete.

„Ich bin gereizt", sagte ich. „Sehr gereizt."

Er hielt Abstand, was klug von ihm war.

„Entschuldige, daß du dir um mich hast Sorgen machen müssen", sagte ich nach einer Weile. „Es wird nicht wieder vorkommen." Mit diesen Worten strebte ich weg von ihm, auf die Küche zu. Er ging mir nach, oder zumindest nahm ich an, daß er das tat. Bill war so leise, daß man nie wußte, was er tat, es sei denn, man sah ihm dabei zu.

Dann stand ich mitten in der Küche, während Bill am Türrahmen lehnte, und fragte mich, wie ich überhaupt in die Küche gekommen war und was ich da eigentlich wollte, und spürte, wie der Zorn erneut heftig in mir aufstieg. Ich war noch einmal von vorn unheimlich sauer und hätte nur zu gern mit etwas geworfen, etwas kaputtgemacht. Aber ich bin nicht so erzogen, daß ich solchen destruktiven Impulsen nachgeben kann. Also unterdrückte ich sie, preßte die Augen zu und ballte die Hände zu Fäusten.

„Ich gehe ein Loch graben", verkündete ich und marschierte zur Hintertür hinaus. Ich schloß die Tür zum Geräteschuppen auf, nahm eine Schaufel heraus, die dort lehnte, und stürmte in meinen Hintergarten. Dort gab es eine Stelle, an der nichts wachsen wollte. Warum, weiß ich auch nicht. Ich versenkte die Schaufel im Boden, trat mit dem Fuß nach, lockerte einen Klumpen Erde und warf ihn beiseite. Dann wiederholte ich das Ganze. Langsam wuchs der Erdhaufen, und das Loch wurde immer größer.

„Meine Schultern und Arme sind stark!" sagte ich und stützte mich auf die Schaufel, um leicht keuchend ein wenig zu verschnaufen.

Bill saß in einem der Gartenstühle und sah mir zu. Er sagte nichts.

Ich fing wieder an zu graben.

Schließlich hatte ich ein wirklich nettes, großes Loch.

„Hast du vor, dort etwas zu begraben?" wollte Bill wissen, als er sah, daß ich nun fertig war.

„Nein." Ich sah in die Grube zu meinen Füßen. „Ich werde einen Baum pflanzen."

„Was für einen?"

„Eine Virginia-Eiche", sagte ich spontan.

„Wo kriegt man die denn?"

„Aus dem Gartencenter. Ich gehe nächste Woche da vorbei."

„Die wachsen langsam."

„Das kann dir doch wohl egal sein", fuhr ich ihn an. Ich stellte die Schaufel zurück in den Schuppen und lehnte mich dann, plötzlich sehr erschöpft, dagegen.

Bill machte Anstalten, mich hochzuheben.

„Ich bin eine *erwachsene Frau*", zischte ich. „Ich kann auf meinen eigenen Beinen in mein eigenes Haus gehen!"

„Habe ich dir irgend etwas getan?" fragte Bill. Seine Stimme klang nicht besonders liebevoll, und das brachte mich wieder zur Vernunft. Ich hatte mich lange genug gehen lassen.

„Ich muß mich bei dir entschuldigen", sagte ich, „schon zum zweiten Mal."

„Warum warst du so wütend?"

Die Sache mit Arlene konnte ich ihm nicht sagen.

„Was machst du, wenn du wütend wirst, Bill?"

„Ich reiße einen Baum aus", sagte er. „Manchmal tue ich auch jemandem weh."

Ein Loch zu graben schien da gar nicht mal so schlecht. Es war sogar irgendwie konstruktiv. Aber ich stand immer noch total unter Strom – nur war das jetzt eher ein leises Brummen, kein Kreischen in den höchsten Tönen. Ruhelos blickte ich mich um, auf der Suche nach irgend etwas, an dem ich mich auslassen könnte.

Bill schien die Symptome bestens analysieren zu können. „Liebe!" schlug er vor. „Mach Liebe mit mir."

„Ich bin nicht in der richtigen Stimmung für Sex."

„Darf ich versuchen, dich zu überreden?"

Wie es sich herausstellte, gelang ihm das bestens.

Zumindest war danach mein Wutüberschuß verraucht, aber es blieben Rückstände von Traurigkeit, gegen die der Sex nichts hatte ausrichten können. Arlene hatte mich verletzt. Während Bill mir Zöpfe flocht – eine Beschäftigung, die er offenbar als beruhigend empfand –, starrte ich vor mich hin.

Von Zeit zu Zeit kam ich mir vor, als sei ich Bills Puppe.

„Heute abend war Jason im Lokal", erzählte ich.

„Was wollte er?"

Manchmal war Bill mir einfach zu schlau, was seine Einschätzungen von Leuten betraf.

„Er appellierte an meine Kräfte – das Gedankenlesen. Er wollte, daß ich die Köpfe von allen Männern durchleuchte, die ins Lokal kommen, bis ich herausgefunden habe, wer der Mörder ist."

„Im Prinzip gar keine schlechte Idee – wenn man davon absieht, daß sie ziemlich viele Mängel aufweist."

„Findest du?"

„Säße der Mörder im Gefängnis, dann würde man sowohl deinen Bruder als auch mich mit wesentlich weniger Mißtrauen betrachten, und dein Leben wäre weitaus sicherer."

„Das stimmt, aber ich weiß wirklich nicht, wie ich es anstellen soll, und es wäre auch ziemlich schwer, schmerzhaft und anstrengend, durch all das Zeug zu waten, das die Menschen in ihren Köpfen haben, nur um ein ganz klein wenig Information zu erhaschen, den Hauch von einem Gedanken."

„Nicht schmerzhafter oder härter, als unter Mordverdacht zu stehen. Du bist einfach viel zu sehr daran gewöhnt, deine Gabe unter Verschluß zu halten."

„Findest du?" Ich wollte mich umdrehen, um Bill ins Gesicht zu sehen, aber er hieß mich still sitzen, damit er die Zöpfe fertigflechten konnte. Ich hatte es nie als selbstsüchtig betrachtet, mich aus den Köpfen anderer Leute fernzuhalten, aber in diesem Fall konnte man das wohl so nennen. Ich würde allerdings die Privatsphäre ziemlich vieler Menschen verletzen müssen. „Eine Detektivin", murmelte ich, ein Versuch, die Sache in ein besseres Licht zu rücken.

„Sookie", sagte Bill, und irgend etwas in seiner Stimme veranlaßte mich, die Ohren zu spitzen. „Eric hat gesagt, ich soll dich mal wieder nach Shreveport bringen."

Ich brauchte eine Sekunde, ehe mir wieder einfiel, wer Eric war. „Der große Wikinger-Vampir?"

„Der uralte Vampir", sagte Bill, und das schien ihm wichtig zu sein.

„Heißt das, er hat dir befohlen, mich zu ihm zu bringen?" Die Sache gefiel mir nicht. Ich hatte auf der Bettkante gesessen, Bill hinter mir. Nun wandte ich mich um, um ihm ins Gesicht sehen zu können. Diesmal hinderte er mich nicht daran. Prüfend musterte ich meinen Freund und entdeckte in seinem Gesicht etwas, was ich noch nie zuvor dort gesehen hatte. „Du *mußt* das machen!" sagte ich entsetzt. Ich konnte mir einfach nicht vorstellen, daß irgendwer Bill Befehle erteilte. „Aber Schatz, ich möchte Eric gar nicht wiedersehen."

Ich konnte klar erkennen, daß das keine Rolle spielte.

„Wer ist er, der Pate der Vampire?" fragte ich nun wütend und ungläubig. „Hat er dir ein Angebot gemacht, das du nicht ablehnen konntest?"

„Er ist älter als ich. Genauer gesagt: Er ist stärker."

„Niemand ist stärker als du", sagte ich im Brustton der Überzeugung.

„Ich wollte, du hättest recht."

„Dann ist er also der Chef der örtlichen Sektion eurer Vampirmafia?"

„Ja. So etwas in der Art."

Bill schwieg sich immer aus, wenn es um die Strukturen ging, in denen Vampire ihre eigenen Angelegenheiten regelten. Bis jetzt hatte ich dagegen auch nichts einzuwenden gehabt.

„Was will er? Was wird geschehen, wenn ich nicht gehe?"

Die erste Frage überging Bill. „Er schickt jemanden – mehrere –, um dich zu holen."

„Andere Vampire."

„Ja." Bills Augen waren undurchsichtig und schimmerten in ihrer Andersartigkeit satt und braun.

Ich versuchte, das gründlich zu durchdenken. Ich war es nicht gewöhnt, herumkommandiert zu werden. Ich war es nicht gewöhnt, keine Wahl zu haben. Mein Dickkopf brauchte ein paar Minuten, um die Situation in Gänze richtig einschätzen zu können.

„Du würdest dich dann verpflichtet fühlen, gegen diese Vampire anzutreten?"

„Natürlich. Du gehörst mir."

Da war es schon wieder, dieses ‚du gehörst mir'. Anscheinend war es Bill ernst damit. Ich fühlte mich ungeheuer nach Jammern und Klagen, wußte aber, daß das nichts nützen würde.

„Dann werde ich da wohl hingehen müssen, nehme ich an", und versuchte, nicht allzu bitter zu klingen. „Aber es ist die reinste Erpressung."

„Sookie, Vampire *sind nicht wie Menschen*. Eric bedient sich einfach der besten Mittel, um sein Ziel zu erreichen, und sein Ziel ist es, dich nach Shreveport zu bringen. Das brauchte er mir nicht erst lang und breit zu erklären, ich habe ihn auch so verstanden."

„Nun, ich verstehe es jetzt auch, aber es ist mir zuwider. Ich habe die Wahl zwischen Pest und Cholera! Was will er überhaupt von mir?" Dann schoß mir die naheliegendste Antwort auf diese Frage durch den Kopf und ich starrte Bill mit schreckgeweiteten Augen an. „Nein! Das mache ich nicht!"

„Eric wird nicht mit dir schlafen oder von dir trinken, ohne mich vorher zu vernichten." Bills matt schimmerndes Gesicht hatte jegliche Vertrautheit verloren und kam mir unendlich fremd vor.

„Das weiß er ja auch", sagte ich langsam. „Es muß also einen anderen Grund geben, warum er mich in Shreveport sehen will."

„Ja", stimmte Bill mir zu. „Aber ich kann nicht sagen, welcher Grund das sein könnte."

„Wenn die Einladung weder mit meinen körperlichen Reizen noch mit der ungewöhnlichen Qualität meines Blutes zu tun hat, dann wird sich Erics Interesse wohl auf meine ... meine Macke beziehen."

„Deine Gabe."

„Ach ja", sagte ich, und meine Stimme troff förmlich vor Sarkasmus. „Meine Gabe." Die ganze Wut, die ich mir doch eigentlich schon vom Halse geschafft hatte, kam wieder zurück und hockte mir auf dem Nacken wie ein 400 Pfund schwerer Gorilla. Noch dazu hatte ich Heidenangst. Ich fragte mich, wie Bill zumute war. Ich hatte sogar Angst davor, ihn das zu fragen!

„Wann?" fragte ich statt dessen.

„Morgen abend."

Vorübergehend tot

„Das sind dann wohl die Nachteile einer nicht-traditionellen Beziehung, nehme ich an." Über Bills Schulter hinweg starrte ich auf das Muster der Tapete, die meine Großmutter vor etwa zehn Jahren ausgesucht hatte. Sollte ich die ganze Sache jetzt heil überstehen, versprach ich mir, würde ich das Zimmer neu tapezieren lassen.

„Ich liebe dich." Bills Stimme war nur ein Flüstern.

Ihn traf schließlich keine Schuld. „Ich dich auch", erwiderte ich. Ich mußte mich zusammenreißen, um ihn nicht anzuflehen: Bitte, der böse Vampir soll mir nicht wehtun, bitte, laß nicht zu, daß der Vampir mich vergewaltigt! Wenn ich schon das Gefühl hatte, irgendwo zwischen Pest und Cholera zu manövrieren, dann galt das in noch stärkerem Maße für Bill. Das Ausmaß an Selbstbeherrschung, das er momentan aufbringen mußte, konnte ich mir noch nicht einmal im Ansatz vorstellen. Es sei denn, er mußte sich gar nicht beherrschen, sondern war einfach ruhig und besonnen. War ein Vampir in der Lage, einen solchen Schmerz, ein solches Gefühl absoluter Machtlosigkeit zu ertragen, ohne innerlich irgendwie aufgewühlt zu sein?

Prüfend musterte ich Bills Gesicht, die vertrauten klaren Linien, die matt schimmernde Haut, die dunklen Bögen der Brauen und die stolz geschwungene Nase. Ich sah, daß seine Fänge nur leicht ausgefahren waren; wenn er wütend oder sexuell erregt war, dann waren sie ganz ausgefahren.

„Heute nacht, Sookie", sagte er und seine Hände baten mich, mich neben ihn zu legen, „heute nacht solltest du von mir trinken."

„Was?"

„Heute nacht solltest du, glaube ich, von mir trinken."

Ich verzog das Gesicht. „Igitt. Ich bin nicht verletzt, und brauchst du nicht all deine Kraft für morgen nacht?"

„Wie geht es dir, seit du von mir getrunken hast? Seit ich mein Blut in dich fließen ließ?"

Ich dachte über seine Frage nach. „Gut geht es mir", mußte ich dann zugeben.

„Warst du seitdem ein einziges Mal krank?"

„Nein, aber ich bin auch sonst nur sehr selten krank."

„Verspürst du mehr Energie?"

„Wenn du sie dir nicht gerade zurückholst!" konterte ich leicht säuerlich, konnte aber nicht verhindern, daß sich meine Lippen zu einem leisen Lächeln verzogen.

„Bist du seitdem stärker geworden?"

„Ich – ja! Ich glaube, ich bin wirklich stärker geworden." In der Woche zuvor hatte ich einen Sessel gekauft und ihn allein ins Haus tragen können – das war etwas Neues, Außergewöhnliches.

„Ist es für dich einfacher geworden, deine Gabe im Griff zu behalten?"

„Ja, deutlich, das ist mir auch schon aufgefallen." Ich hatte es der Tatsache zugeschrieben, daß ich so entspannt war.

„Wenn du heute von mir trinkst, stehen dir morgen mehr Ressourcen zur Verfügung."

„Dafür bist du dann geschwächt."

„Wenn du nicht allzuviel trinkst, kann ich mich tagsüber erholen, während ich schlafe. Vielleicht muß ich mir zusätzlich morgen abend, ehe wir losfahren, jemanden suchen, bei dem ich trinken kann."

Meine Miene zeigte wohl deutlich, wie sehr mich diese Ankündigung traf. Es ist eine Sache, etwas zu ahnen, und eine ganz andere, es wirklich zu wissen.

„Sookie, ich tue das für uns beide. Kein Sex mit anderen, das verspreche ich dir."

„Du findest wirklich, daß alle diese Maßnahmen notwendig sind?"

„Vielleicht sind sie notwendig – hilfreich sind sie auf jeden Fall, und wir können so viel Hilfe gebrauchen, wie wir überhaupt nur kriegen können."

„Also gut. Wie wollen wir es angehen?" Ich hatte nur sehr verschwommene Erinnerungen an die Nacht, in der ich zusammengeschlagen worden war, eine Tatsache, über die ich sehr froh war.

Bill sah mich fragend von der Seite an – und auch ein wenig belustigt. Diesen Eindruck hatte ich zumindest. „Erregt dich die Vorstellung gar nicht?"

„Daß ich dein Blut trinken soll? Entschuldige bitte, aber so etwas macht mich wirklich nicht an."

Er schüttelte den Kopf. Anscheinend fiel es ihm schwer, meine Haltung nachzuvollziehen. „Immer wieder vergesse ich, wie es ist, anders zu sein!" sagte er dann. „Was hättest du gern: Hals, Handgelenk, Lende?"

„Auf keinen Fall Lende", sagte ich hastig. „Ich weiß nicht. Igitt! Egal."

„Kehle", sagte er daraufhin. „Leg dich auf mich, Sookie."

„Dann ist es wie Sex!"

„Aber so geht es am einfachsten."

Also setzte ich mich rittlings auf ihn und ließ mich auf seine Brust sinken. Das fühlte sich sehr merkwürdig an, denn diese Haltung nahmen wir ein, wenn wir uns liebten, sonst nie.

„Beiß zu, Sookie", flüsterte Bill.

„Ich kann nicht!" protestierte ich.

„Beiß, oder ich muß ein Messer holen."

„Meine Zähne sind nicht so scharf wie deine."

„Sie sind scharf genug."

„Ich werde dir wehtun."

Bill lachte. Ich spürte, wie sich seine Brust unter mir bewegte.

„Verdammt!" Ich holte tief Luft, wappnete mich und biß in seinen Hals. Ich biß ordentlich zu, denn welchen Sinn hatte es schon, die Sache noch hinauszuzögern? Schon hatte ich den metallenen Blutgeschmack auf der Zunge, und Bill stöhnte. Seine Hände glitten meinen Rücken hinunter und noch tiefer; seine Finger fanden mich ...

Ich hielt vor Schreck die Luft an.

„Trink", befahl er rauh, und ich saugte kräftig. Bill stöhnte lauter, tiefer, und preßte sich an mich. Da durchfuhr mich eine freudige, verrückte kleine Welle, und ich hängte mich wie eine Klette an ihn, damit er in mich eindringen konnte. Seine Hände umklammerten meine Hüfte; er bewegte sich in mir, und ich trank. Ich trank und sah Visionen, Bilder, alle vor einem dunklen Hintergrund, sah weiße Dinge aus der Erde auftauchen und auf die Jagd gehen, spürte die Erregung eines schnellen Laufs durch die Wälder, die Erregung, wenn die Beute dicht vor einem läuft und keucht, Erregung, die aus der Angst der Beute wächst, aus der Verfolgung, wenn die Beine rennen und laufen, wenn man das Blut in den Venen der Beute pulsieren hört ...

Bill stieß tief in der Kehle einen klagenden Laut aus und ergoß sich in mir. Ich hob den Kopf von seinem Hals, und eine dunkle Welle des Entzückens trug mich hinaus auf die offene See.

Eine ziemlich exotische Sache für eine telepathische Kellnerin aus dem nördlichen Louisiana.

Kapitel 9

Gegen Sonnenuntergang am nächsten Tag machte ich mich zum Ausgehen fertig. Bill hatte gesagt, er werde sich irgendwo anders nähren, ehe wir losführen, und obwohl mich der bloße Gedanke daran ziemlich mitnahm, mußte ich mir doch eingestehen, daß ein solches Vorgehen sinnvoll war. Bill hatte ja auch recht gehabt, was meine eigene kleine, informelle Vitaminzufuhr vom Abend zuvor betraf: Mir ging es einfach phantastisch. Ich fühlte mich ungeheuer stark und beweglich, sehr klar im Kopf und eigenartigerweise auch sehr, sehr hübsch.

Was sollte ich nun anziehen bei meinem eigenen kleinen Interview mit einem Vampir? Ich wollte mir auf keinen Fall den Anschein geben, als versuchte ich, möglichst sexy auszusehen, aber ich wollte mich auch nicht zum Narren machen und irgendeinen unförmigen Sack überwerfen. Wie so oft im Leben schien ein Paar Jeans die Antwort auf diese knifflige Frage. Dazu zog ich weiße Sandalen und ein blaues T-Shirt mit ausgeschnittenem Kragen an, das ich nicht mehr getragen hatte, seit ich mit Bill zusammen war, da es meine Bißnarben nicht verdeckte. An diesem Abend jedoch, dachte ich, konnte es nicht schaden, auf jegliche nur denkbare Art zu betonen, daß ich Bills ‚Eigentum' war. Dann fiel mir ein, wie der Polizist beim letzten Mal meinen Hals kontrolliert hatte, und ich steckte ein Halstuch in meine Handtasche. Dann fiel mir noch etwas ein, und ich steckte zur Sicherheit auch noch eine silberne Halskette dazu. Ich bürstete mein Haar, das mindestens drei Farbstufen heller wirkte als sonst, und kämmte es so, daß es mir wie ein Wasserfall offen über den Rücken floß.

Ich hatte gerade wirklich schwer mit der Vorstellung zu kämpfen, daß Bill mit jemand anderem zusammen war, als er auch schon an meine Tür klopfte. Ich öffnete, und wir starrten einander etwa eine Minute lang schweigend an. Bills Lippen hatten mehr Farbe als sonst, also hatte er ‚es' wohl getan. Ich biß mir auf die Lippen, um jeglichen Kommentar zu unterbinden.

„Du wirkst verändert", bemerkte Bill als erstes.

„Glaubst du, daß das anderen auch auffällt?" Ich hoffte, das möge nicht der Fall sein.

„Ich weiß nicht." Er streckte mir die Hand hin, und dann gingen wir zusammen zu seinem Wagen. Dort hielt er mir die Beifahrertür auf, und ich schob mich an ihm vorbei, um auf den Sitz zu klettern. Mitten in der Bewegung erstarrte ich.

„Was ist?" wollte Bill nach einer kleinen Pause wissen.

„Ach, nichts", sagte ich, wobei ich versuchte, möglichst beiläufig zu klingen. Dann nahm ich auf dem Beifahrersitz Platz und blickte starr geradeaus.

Ich schalt mich unlogisch, sagte mir, ebensogut könnte ich wütend auf die Kuh sein, wenn Bill einen Hamburger gegessen hätte, aber irgendwie schien der Vergleich zu hinken.

„Du riechst anders", sagte ich schließlich, als wir schon ein paar Minuten auf der Autobahn fuhren. Die nächsten paar Minuten fuhren wir dann wieder schweigend.

„Nun weißt du, wie mir zumute ist, wenn Eric dich anfaßt", sagte Bill dann. „Nur, daß ich wohl noch wütender sein werde, denn Eric wird es Spaß machen, dich anzufassen, und ich habe meine Mahlzeit nicht wirklich genossen."

Das, nahm ich an, stimmte nicht – oder jedenfalls nicht ganz und in allen Punkten: Mir zumindest macht Essen immer Spaß, auch wenn man mir nicht mein Lieblingsgericht vorsetzt. Aber ich wußte es zu schätzen, daß Bill zumindest dachte, ihm ginge es anders.

Danach redeten wir beide nicht mehr viel, uns beiden bereitete das, was uns nun bevorstand, große Sorgen. Viel zu schnell kamen wir beim Fangtasia an, parkten diesmal jedoch nicht vorne auf dem Kundenparkplatz, sondern hinter der Bar. Bill hielt mir die Wagentür auf, und ich mußte mich sehr anstrengen, mich nicht verzweifelt am Sitz festzuklammern und mich zu weigern, das Fahrzeug zu verlassen. Nachdem ich das Aussteigen hinter mich gebracht hatte, mußte ich ein weiteres Gefecht mit mir selbst austragen: Ich hätte mich am liebsten hinter Bills Rücken versteckt. Statt dessen holte ich einmal tief und vernehmlich Luft, nahm den Arm meines Freundes, und dann schritten wir beide auf die Tür zu, als gingen wir zu einer Party, der wir beide mit freudiger Erwartung entgegensahen.

Bill blickte wohlwollend auf mich herab.

Ich unterdrückte das Bedürfnis, ihn anzuknurren.

Er klopfte an eine Stahltür, auf die mit Schablone der Name FANG-TASIA geschrieben worden war. Wir befanden uns in der Versor-

Vorübergehend tot

gungsgasse, die hinter der kleinen Einkaufszeile entlanglief und für Lieferanten und die Müllabfuhr gedacht war. Hier standen außer Bills Auto noch andere Fahrzeuge, unter anderem Erics rotes Sportcoupé. All diese Autos gehörten zur gehobenen Fahrzeugklasse.

In einem Ford Fiesta trifft man jedenfalls keinen Vampir an.

Bill klopfte: dreimal kurz, zweimal lang. Das war wohl das geheime Klopfzeichen der Vampire. Vielleicht würde ich ja demnächst auch noch den geheimen Händedruck lernen.

Eine wunderschöne blonde Vampirfrau – diejenige, die an Erics Tisch gesessen hatte, als ich das letzte Mal in der Bar gewesen war – öffnete uns. Ohne ein Wort zu sagen, trat sie beiseite, um uns hereinzulassen.

Wäre Bill ein Mensch gewesen, dann hätte er sich sicher darüber beschwert, wie fest ich seine Hand umklammert hielt.

Wir traten ein, und die Vampirin hatte so rasch zu uns aufgeschlossen, um dann wieder vor uns zu gehen, daß meine Augen es nicht mitbekommen hatten, weswegen ich erschrocken zusammenzuckte. Bill war natürlich kein bißchen überrascht. Die Frau führte uns durch einen Lagerraum, der dem im Merlottes auf beunruhigende Weise bis aufs Haar glich, und von da aus in einen kleinen Korridor. Dort traten wir dann durch die erste Tür zu unserer Rechten.

Die Tür führte zu einem kleinen Zimmer, und in diesem Zimmer stand Eric und wartete auf uns. Seine Gestalt dominierte den ganzen Raum. Es war nicht wirklich so, daß Bill sich verneigte, um Eric den Ring zu küssen, aber er neigte den Kopf ziemlich tief. Es war noch ein weiterer Vampir anwesend, Long Shadow, der Barmann; er war an diesem Abend in Höchstform, in einem knallengen Shirt mit Spaghettiträgern und einer Gymnastikhose, beides in leuchtendem Dunkelgrün.

„Bill, Sookie", begrüßte uns Eric. „Bill, ihr kennt Long Shadow. Sookie, du erinnerst dich an Pam." Pam, das war die blonde Vampirin. „Dies hier ist Bruce."

Bruce war ein Mensch, und ich hatte noch nie zuvor in meinem Leben einen so verängstigten Menschen zu Gesicht bekommen. Ich fühlte sehr mit ihm. Bruce war ein Mann mittleren Alters mit Bäuchlein und dunklem Haar, das bereits schütter wurde und in steifen Wellen um seinen Kopf lag. Er hatte ein Doppelkinn und einen winzigen Mund. Er trug einen eleganten beigen Anzug, dazu ein weißes Hemd und eine

Krawatte mit Muster in Blau- und Brauntönen. Bruce schwitzte aus allen Poren. Er saß Eric gegenüber am Schreibtisch auf einem harten Stuhl mit gerader Lehne, während Eric im imposanten Chefsessel thronte. Pam und Long Shadow standen Eric gegenüber an der Wand neben der Tür. Bill trat neben die beiden, und ich machte Anstalten, es ihm gleichzutun, aber da richtete Eric das Wort an mich.

„Sookie, hör dir bitte Bruce an."

Verwirrt stand ich da und blickte auf den schwitzenden Mann, wartete darauf, daß er den Mund aufmachte – dann verstand ich erst, was Eric gemeint hatte.

„Worauf soll ich denn achten?" fragte ich, wobei ich wußte, daß meine Stimme sehr scharf klang.

„Irgend jemand hat uns um ungefähr 60.000 Dollar erleichtert", erklärte Eric.

Mann, der jemand hatte aber eine ausgeprägte Todessehnsucht.

„Wir haben uns gedacht, ehe wir nun alle unsere menschlichen Angestellten der Folter oder dem Tod überantworten, könntest du ihnen doch in die Köpfe schauen und uns sagen, wer es war."

Er sagte ‚Tod oder Folter' so ruhig und beiläufig, wie ich ‚Budweiser oder Heineken' gesagt hätte.

„Was tun Sie, wenn Sie es wissen?" fragte ich.

Die Frage schien Eric zu überraschen.

„Wer immer es war, wird uns unser Geld zurückgeben", sagte er schlicht.

„Was dann?"

Seine großen blauen Augen verengten sich, als er mich nun prüfend ansah.

„Nun, wenn wir Beweise für die Schuld des Betreffenden haben, dann werden wir ihn und den Fall der Polizei übergeben", erwiderte er dann aalglatt.

Wer's glaubt, wird selig! „Ich biete Ihnen einen Tauschhandel an." Ich gab mir keine Mühe, gewinnend zu lächeln; mit Charme kam man bei Eric kein Stück weiter, und momentan hatte er auch nicht das geringste Bedürfnis, sich an meiner Gurgel zu schaffen zu machen – das allerdings konnte sich ja noch ändern.

Eric lächelte mir gönnerhaft zu. „Was für ein Tauschhandel wäre das, Sookie?"

Vorübergehend tot

„Wenn Sie die schuldige Person wirklich der Polizei übergeben, dann lausche ich auch weiterhin für Sie, wann immer Sie das wollen."

Der uralte Vampir zog eine Braue hoch.

„Ich weiß, das muß ich wahrscheinlich ohnehin tun. Aber ist es nicht viel besser, wenn ich freiwillig komme, wenn wir uns aufeinander verlassen, einander vertrauen können?" Mir brach der Schweiß aus. Kaum zu fassen: Hier stand ich nun und verhandelte mit einem Vampir.

Eric schien sich die Sache wirklich durch den Kopf gehen zu lassen. Plötzlich fand ich mich in seinen Gedanken wieder: Er dachte, er könne mich zu allem zwingen, jederzeit, an jedem Ort, denn er bräuchte einfach nur Bill oder einen Menschen, den ich liebte, zu bedrohen. Weiterhin dachte er, daß er bürgerlich leben wolle und sich von daher nach Möglichkeit im Rahmen der geltenden Gesetze zu bewegen habe, daß es besser sei, seine Beziehungen zu Menschen offen und ehrlich zu gestalten, zumindest so offen und ehrlich, wie es bei Beziehungen zwischen Vampiren und Menschen überhaupt ging. Eric wollte niemanden umbringen, wenn es nicht unbedingt notwendig war.

Mir kam es vor, als sei ich plötzlich in eine Schlangengrube geworfen worden – in eine Grube mit kalten Schlagen, mit tödlichen Schlangen. Das Ganze ging in Sekundenschnelle vor sich, war nur ein kleiner Blitz, ein kurzer Einblick, denn sonst hätte Eric mitbekommen, daß ich mich in seinem Kopf befand, der mich aber nichtsdestoweniger mit einer ganz anderen Realität konfrontierte.

„Außerdem", sagte ich dann schnell, ehe der Vampir registrieren konnte, daß ich seine Gedanken mitbekommen hatte, „wie genau wissen Sie denn, daß ein Mensch der Dieb war?"

Pam und Long Shadow bewegten sich ungeheuer rasch, aber Eric erfüllte das ganze Zimmer mit seiner dominierenden Gegenwart und befahl den beiden, sich ruhig zu verhalten.

„Eine interessante Frage", sagte er dann. „Pam und Long Shadow betreiben die Bar zusammen mit mir als meine Partner, und wenn keiner der Menschen schuldig ist, die hier arbeiten, werden wir uns wohl diese beiden ansehen müssen."

„Es war ja nur so ein Gedanke", sagte ich bescheiden, und Eric musterte mich mit den eisblauen Augen eines Wesens, das sich kaum noch daran erinnert, was Menschsein einmal bedeutet hat.

„Du kannst bei diesem Mann hier anfangen", befahl er mir.

Ich kniete neben Bruces Stuhl und wußte nicht recht, wie ich vorgehen sollte. Bislang hatte ich nie versucht, etwas, was sich immer ziemlich zufällig und nebenbei abgespielt hatte, in einen formellen Rahmen zu spannen. Wahrscheinlich würde es helfen, wenn ich den Mann berührte – verbesserte Übertragung durch direkten Kontakt sozusagen. Also nahm ich Bruces Hand, fand das zu persönlich (und viel zu verschwitzt), schob seinen Ärmel hoch, legte meine Hand um sein Handgelenk und sah ihm in die kleinen, verängstigten Augen.

Ich habe das Geld nicht geklaut, wer denn bloß, welcher verrückte Vollidiot bringt uns denn alle derart in Gefahr, was soll Lillian denn bloß anfangen, wenn sie mich umbringen, und Bobby und Heather, warum habe ich überhaupt für Vampire gearbeitet, es war die reine Habsucht, und nun zahle ich dafür, guter Gott, ich arbeite nie wieder für diese schrecklichen Wesen, und wie kann diese verrückte Frau herausfinden, wer das verdammte Geld geklaut hat, warum läßt sie mich nicht los, was wenn sie auch ein Vampir ist oder irgendein Dämon, ihre Augen sind so merkwürdig, ich hätte schon viel früher merken müssen, daß das Geld weg ist und hätte rausfinden sollen, wer es hat, ehe ich Eric davon erzählte ...

„Haben Sie das Geld gestohlen?" fragte ich leise, auch wenn ich sicher war, die Antwort bereits zu kennen.

„Nein", stöhnte Bruce, und der Schweiß rann ihm in Strömen über das Gesicht. Seine Gedanken, die Reaktion auf die Frage, die ich gestellt hatte, bestätigten nur, was ich bereits gehört hatte.

„Wissen Sie, wer es getan hat?"

„Ich wünschte, ich wüßte es."

Ich stand auf, wandte mich zu Eric um und schüttelte den Kopf. „Dieser Typ war es nicht", sagte ich.

Pam begleitete den armen Bruce nach draußen und brachte den nächsten, der befragt werden sollte.

Diesmal war meine Klientin eine Kellnerin. Die Frau trug ein langes, schwarzes Gewand, zeigte reichlich Busen und hatte langes, ausgefranstes erdbeerrotes Haar, das ihr unordentlich bis auf den Rücken hing. Eine Anstellung im Fangtasia war natürlich für jeden Fangbanger der Traumjob, und dieses Mädel verfügte über reichlich Narben, die nachwiesen, daß ihr die Vergünstigungen, die mit der Arbeitsstelle einhergingen, gut gefielen. Sie war so selbstsicher, daß sie Eric vergnügt angrinste, als sie ins Zimmer kam, und war närrisch genug, voller Vertrauen auf dem harten Stuhl vor dem Schreibtisch Platz zu nehmen,

Vorübergehend tot

wobei sie die Beine übereinanderschlug und sich vorkam wie Sharon Stone – zumindest hoffte sie, so auszusehen. Sie wunderte sich darüber, im Zimmer einen fremden Vampir und eine neue Frau vorzufinden, und mein Anblick gefiel ihr ganz und gar nicht, wohl aber der Bills, bei dem ihr das Wasser im Munde zusammenlief.

„Hey, Süßer!" sagte sie zu Eric, und an diesem Punkt gelangte ich zu der Erkenntnis, daß dieser Frau jegliche Phantasie fehlte.

„Ginger, du wirst die Fragen dieser Frau beantworten", befahl Eric, und seine Stimme klang wie eine Steinmauer, hart und unerbittlich.

Zum ersten Mal, seit sie das Zimmer betreten hatte, schien Ginger nun zu bemerken, daß die Sache ernst war und sie das lieber auch sein sollte. Sie kreuzte die Beine an den Knöcheln und saß, die Hände auf die Schenkel gelegt, mit feierlichem Gesichtsausdruck da. „Ja, Herr", sagte sie dann mit einem Augenaufschlag, und ich dachte, ich müßte gleich kotzen.

Dann wedelte sie mir mit einer gebieterischen Handbewegung zu, als wolle sie sagen: „Nun mach schon, die du wie ich eine Dienerin der Vampire bist." Als ich jedoch nach ihrem Handgelenk griff, schlug sie meine Hand weg. „Rühr' mich nicht an!" sagte sie, und es klang fast wie ein Zischen.

Das war eine so extreme Reaktion, daß sich alle anwesenden Vampire verspannten und ich spürte, wie die Atmosphäre im Zimmer förmlich knisterte.

„Pam, halte Ginger ruhig", befahl Eric, und Pam tauchte geräuschlos hinter Gingers Stuhl auf, um der Frau die Hände auf die Oberarme zu legen. Man konnte sehen, daß Ginger sich wehrte, denn ihr Kopf bewegte sich, aber Pam hielt den Oberkörper des Mädchens so, daß es völlig unbeweglich dasaß.

Meine Finger umspannten Gingers Handgelenk. „Hast du das Geld genommen?" fragte ich und sah in die ausdruckslosen braunen Augen der Frau.

Da schrie sie lang und laut. Sie verfluchte mich, belegte mich mit allen möglichen Namen. Ich lauschte dem Chaos im Spatzenhirn dieses Mädchens, und es war, als würde man versuchen, sich einen Weg durch die Überreste eines zerbombten Hauses zu bahnen.

„Sie weiß, wer es war", berichtete ich Eric. Daraufhin wurde Ginger still, auch wenn sie immer noch schluchzte. „Sie kann den Namen nicht sagen", fuhr ich fort. „Der Betreffende hat sie gebissen." Mit diesen Worten berührte ich die Narben an Gingers Hals, auch wenn eine solche Erläuterung wohl nicht nötig gewesen wäre. „Sie steht unter einem Zwang", ergänzte ich, nachdem ich noch einmal versucht hatte, Genaueres zu hören. „Sie kann sich den Betreffenden noch nicht einmal vorstellen."

„Hypnose", kommentierte Pam. Ihre Fänge waren ausgefahren; das lag daran, daß sie so nah hinter dem verängstigten Mädchen stand. „Ein sehr starker Vampir."

„Holen Sie ihre beste Freundin", schlug ich vor.

Mittlerweile zitterte Ginger wie ein Blatt im Wind, und die Gedanken, die sie nicht denken durfte, preßten gegen ihre Schädeldecke wie gegen verschlossene Schranktüren.

„Soll sie bleiben oder gehen?" fragte Pam direkt an mich gewandt.

„Sie sollte gehen. Sie würde alle anderen doch nur verschrecken."

Ich war so in die Sache vertieft, so sehr darin verstrickt, mein merkwürdiges Talent einmal offen zu benutzen, daß ich Bill nicht ansah. Ich hatte das Gefühl, wenn ich ihn ansähe, würde mich das schwächen. Ich wußte, wo er war, daß er und Long Shadow sich nicht gerührt hatten, seit die Befragung begonnen hatte.

Pam schleppte die heulende Ginger fort. Ich weiß nicht, was sie mit der Kellnerin machte, aber sie kehrte mit einer anderen wieder, die ein ähnliches Gewand trug. Der Name dieser Frau war Belinda, und sie war älter und weiser. Belinda hatte braunes Haar, trug eine Brille und hatte den verführerischsten Schmollmund, den ich je gesehen hatte.

„Belinda, mit welchem Vampir war Ginger zusammen?" fragte Eric unvermittelt, sobald die Frau Platz genommen hatte und ich ihr Handgelenk umfaßt hielt. Die Kellnerin hatte genug gesunden Menschenverstand, das ganze Verfahren schweigend hinzunehmen und genügend Grips, zu wissen, daß sie ehrlich sein mußte.

„Mit jedem, der sie haben wollte", sagte Belinda unumwunden.

In Belindas Kopf sah ich ein Bild, wobei sie den Namen dazu nicht dachte.

„Mit welchem der anwesenden Vampire?" fragte ich dann, und plötzlich hatte ich den Namen. Ehe ich den Mund öffnen konnte, glitt mein Blick in die Ecke, und dann war er, Long Shadow, auch schon über mir; nach einem Riesensatz über den Stuhl, auf dem Belinda saß, landete er auf mir, die ich neben dem Stuhl hockte. Ich wurde umgeworfen und knallte gegen Erics Schreibtisch, und nur der Tatsa-

Vorübergehend tot

che, daß dabei mein Arm hochflog, habe ich es zu verdanken, daß die Fangzähne Long Shadows meine Kehle verfehlten und er sie mir nicht herausreißen konnte. Statt dessen senkten sich die Fangzähne mit roher Gewalt in meinen Unterarm, woraufhin ich schrie oder zumindest zu schreien versuchte, aber nach dem Aufprall war nicht mehr viel Luft in meinen Lungen verblieben, so daß mein Schrei eher wie ein ängstliches Krächzen klang.

Das einzige, was mir bewußt war, war die schwere Gestalt, die auf mir lag, der Schmerz in meinem Arm und meine eigene Angst. Bei den Rattrays hatte ich erst befürchtet, sie könnten mich umbringen, als es fast schon zu spät gewesen war, aber bei Long Shadow wußte ich genau, er würde mich auf der Stelle umbringen, um zu verhindern, daß sein Name über meine Lippen kam. Als ich dann den schrecklichen Lärm hörte und der Körper des Vampirs sich noch heftiger an mich preßte, hatte ich überhaupt keine Vorstellung davon, was das wohl bedeuten mochte. Ich hatte über meinen Arm hinweg Long Shadows Augen sehen können. Sie waren groß, braun, wahnsinnig, kalt. Plötzlich jedoch wurden sie matt und ausdruckslos. Dann schoß dem Vampir Blut aus dem Mund. Es floß an meinem Arm entlang in meinen offenen Mund. Ich mußte würgen. Long Shadows Zähne zogen sich zurück, und dann fiel sein Gesicht in sich zusammen. Er bekam immer mehr Falten, immer mehr Runzeln, seine Augen wurden zu gallertartigen Seen. In großen Büscheln fiel dickes, schwarzes Haar auf mein Gesicht.

Ich war so geschockt, daß ich mich nicht rühren konnte. Hände packten mich an der Schulter und zogen mich unter der verwesenden Leiche hervor. Dann stieß ich mich mit den Füßen ab und half nach.

Es stank nicht, aber es war auch so ekelhaft genug. Die Leiche wurde schwarz und streifig, und dann das absolute Entsetzen, der Schrecken, mit ansehen zu müssen, wie Long Shadow mit ungeheurer Geschwindigkeit zerfiel. Ein Pflock ragte ihm aus dem Rücken. Eric stand da und sah zu, wie wir alle es taten, hielt jedoch einen Holzhammer in der Hand. Bill stand hinter mir, denn er hatte mich unter Long Shadow hervorgezogen. Pam stand an der Tür und hielt Belindas Arm umklammert. Die Kellnerin wirkte völlig erschüttert, und bestimmt sah ich genauso aus.

Nun verschwand sogar das Gerippe und wurde zu Rauch. Wir alle verharrten stockstef, bis das letzte Wölkchen entschwunden war. Auf dem Teppichboden verblieb eine Art Brandfleck.

„Da müssen Sie aber einen Läufer drüberlegen", sagte ich plötzlich unvermittelt. Ehrlich: Ich konnte das Schweigen ganz einfach nicht mehr ertragen.

„Dein Mund ist blutig", sagte Eric. Alle Vampire hatten voll ausgefahrene Fänge. Sie waren ziemlich erregt.

„Er hat in mich hineingeblutet."

„Ist dir irgend etwas davon in den Hals geraten?"

„Wahrscheinlich. Was heißt das?"

„Das wird man sehen", sagte Pam. Ihre Stimme klang dunkel und rauh. Sie beäugte Belinda in einer Art, die mich ziemlich nervös gemacht hätte. Belinda jedoch, so unglaublich das klingen mag, schien sich zu spreizen wie ein Pfau. „In der Regel", fuhr Pam fort, den Blick unverwandt auf den Schmollmund der Kellnerin gerichtet, „trinken wir von Menschen, nicht umgekehrt."

Eric sah mich höchst interessiert an, und zwar mit demselben Interesse, mit dem Pam Belinda fixierte. „Wie siehst du nun die Welt, Sookie?" fragte er mit einer so weichen Stimme, daß kein Außenstehender je auf die Idee gekommen wäre, daß er gerade einen alten Freund vernichtet hatte.

Wie *sah* ich die Welt? Alles wirkte heller, klarer, die Geräusche klangen deutlicher, ich hörte besser. Ich wollte mich umdrehen und Bill anschauen, fürchtete mich aber davor, Eric aus den Augen zu lassen.

„Ich glaube, Bill und ich sollten jetzt lieber gehen", sagte ich, als sei etwas anderes ohnehin nicht denkbar. „Ich habe getan, worum Sie mich gebeten haben, und nun müssen wir fort. Keine Repressalien Bruce, Belinda und Ginger gegenüber, ja? So war es abgemacht." Hoch erhobenen Hauptes und mit einer Unbekümmertheit, die ich keineswegs empfand, schritt ich zur Tür. „Sie müssen doch bestimmt nachsehen, ob vorn im Lokal alles in Ordnung ist", fuhr ich fort. „Wer bedient denn heute nacht am Tresen?"

„Wir haben eine Vertretung engagiert", murmelte Eric geistesabwesend, und seine Augen ließen meine Kehle nicht eine Sekunde aus dem Blick. „Du riechst so anders, Sookie", murmelte er fasziniert und trat einen Schritt näher.

„Nicht vergessen, Eric: Wir hatten eine Abmachung!" Mein Lächeln war breit und verkrampft, meine Stimme überschlug sich fast vor Jovialität. „Bill und ich gehen jetzt heim, nicht wahr?" Ich riskierte einen Blick hinter mich, auf Bill, woraufhin mir mein Herz in die

Vorübergehend tot

Hose rutschte. Bills Augen standen ganz weit und starr offen: Seine Lippen hatten sich zu einem lautlosen Knurren verzogen, und er hatte die ausgefahrenen Fangzähne in ganzer Länge entblößt. Mit enorm geweiteten Pupillen starrte er Eric unverwandt an.

„Geh aus dem Weg, Pam", sagte ich ruhig, aber bestimmt. Pam, durch meine Bitte von der eigenen Blutgier abgelenkt, nahm zum ersten Mal wahr, wie sich die Situation im Büro entwickelt hatte. Sie stieß die Bürotür auf, schob Belinda hindurch und trat neben die Tür, um auch Bill und mich hengehenzulassen. „Ruf Ginger", schlug ich vor, und das, was ich damit meinte, drang selbst durch den Nebel an Begierde, der Pam fest im Griff hatte. „Ginger", rief sie heiser, und das blonde Mädchen stolperte aus einer Tür weiter unten im Flur. „Eric braucht dich." Gingers Miene leuchtete auf, als hätte sie ein Rendezvous mit David Duchovny. Fast so schnell, wie ein Vampir gewesen wäre, stand sie im Büro und rieb sich an Eric. Wie aus einer Verzauberung erwacht sah der große Vampir auf Ginger hinab, als die Frau ihm mit beiden Händen über die Brust fuhr. Er beugte sich vor, um sie zu küssen, und warf mir über den Kopf der Kellnerin hinweg einen raschen Blick zu. „Wir sehen uns wieder", sagte er, und dann zog ich Bill so rasch durch die Tür, daß unser ganzer Aufbruch nicht länger dauerte als ein Blinzeln. Bill wollte nicht gehen; es war, als würde ich einen widerstrebenden Hund an der Leine hinter mir herziehen. Sobald wir im Flur standen, schien er sich jedoch der Notwendigkeit, schnellstmöglich zu verschwinden, durchaus bewußt, und Seite an Seite eilten wir aus dem Fangtasia und hinüber zu Bills Auto.

Ich warf einen kurzen Blick an mir herunter: Ich war blutverschmiert und zerknittert und roch seltsam. Igitt. Ich sah Bill an, um meinen Widerwillen mit ihm zu teilen, aber mein Freund starrte mich in einer Art und Weise an, die völlig unmißverständlich war.

„Nein!" sagte ich. „Du läßt jetzt dieses Auto an und haust hier ab, ehe noch was passiert, Bill! Ich sage dir frei heraus: Ich bin nicht in Stimmung."

Er beugte sich über den Sitz zu mir herüber und schloß mich in die Arme, ehe ich noch protestieren konnte. Dann lag sein Mund auf meinem, und gleich darauf leckte er mir das Blut aus dem Gesicht.

Ich hatte in diesem Moment furchtbar Angst, aber gleichzeitig war ich auch wütend. Ich packte Bill bei den Ohren und zog seinen Kopf unter Aufbietung all meiner Kräfte von mir weg. All meine Kräfte: das waren mehr, als ich gedacht hatte.

Bills Augen glichen immer noch Höhlen, in deren Tiefen Geister hausten.

„Bill!" kreischte ich. Ich schüttelte ihn kräftig. „Komm zu dir!"

Langsam trat seine eigene Persönlichkeit wieder in Bills Augen. Er küßte mich sanft auf die Lippen.

„Gut, können wir dann nach Hause fahren?" fragte ich und schämte mich dafür, daß meine Stimme so zittrig klang.

„Sicher", erwiderte er und klang selbst nicht besonders gefaßt.

„War das da eben wie Haie, die Blut wittern?" fragte ich, nachdem ein Schweigen von beinahe fünfzehn Minuten Länge uns fast aus Shreveport hinausgebracht hatte.

„Ein treffender Vergleich."

Zu entschuldigen brauchte sich Bill nicht – er hatte getan, was die Natur ihm zu tun befahl, falls man davon ausgehen konnte, daß Vampire viel mit Natur zu tun haben. Mein Freund machte sich auch gar nicht die Mühe, sich zu entschuldigen. Ich jedoch hätte mich irgendwie über eine Entschuldigung gefreut.

„Wie es aussieht, stecke ich wohl ziemlich in der Patsche?" fragte ich schließlich. Es war zwei Uhr morgens, und ich stellte fest, daß die Frage mich bei weitem nicht so störte oder mitnahm, wie es doch eigentlich der Fall hätte sein müssen.

„Eric wird dich beim Wort nehmen", sagte Bill. „Ob er dich in Ruhe lassen wird, weiß ich nicht. Ich wünschte ..." Aber er sprach nicht weiter. Ich hörte Bill zum ersten Mal sagen, er wünsche irgend etwas.

„60.000 Dollar sind doch für einen Vampir sicher nicht die Welt!" merkte ich an. „Ihr scheint alle ziemlich viel Geld zu haben."

„Vampire rauben ihre Opfer aus", sagte Bill beiläufig. „Am Anfang nehmen wir der Leiche das Geld weg. Später, wenn wir mehr Erfahrung haben, beherrschen wir die Sache so gut, daß wir einen Menschen überzeugen können, uns freiwillig Geld zu geben und dies dann zu vergessen. Einige von uns beschäftigen Manager, die ihr Geld verwalten, andere betätigen sich auf dem Immobilienmarkt, und wieder andere leben von den Zinserträgen ihrer Investitionen. Pam und Eric hatten die Bar zusammen eröffnet, wobei Eric einen Großteil des Geldes stellte und Pam den Rest. Beide kannten Long Shadow seit 100 Jahren, und so haben sie ihn als Barmann eingestellt. Er hat sie betrogen."

„Was mag ihn veranlaßt haben, die beiden zu bestehlen?"

„Er hatte wohl irgendein Unternehmen vor, für das er Kapital brauchte", sagte Bill ein wenig geistesabwesend. „Er lebte ja bürgerlich, das heißt, er konnte nicht einfach hingehen, einen Bankdirektor hypnotisieren, damit er ihm sein ganzes Geld gibt, und den Mann hinterher umbringen. Also hat er sich bei Eric bedient."

„Hätte Eric ihm das Geld nicht auch geliehen?"

„Wenn Long Shadow nicht zu stolz gewesen wäre, um zu fragen, wohl schon", erwiderte Bill.

Wieder schwiegen wir eine lange Zeit. Schließlich sagte ich: „Ich habe eigentlich immer gedacht, Vampire seien klüger als Menschen, aber das stimmt gar nicht, oder?"

„Nicht immer", stimmte Bill mir zu.

Als wir die Außenbezirke Bon Temps' erreichten, bat ich Bill, mich zu Hause abzusetzen. Er sah mich von der Seite an, aber er sagte nichts. Vielleicht waren Vampire ja doch intelligenter als Menschen.

Charlaine Harris

Kapitel 10

Als ich mich am nächsten Tag fertigmachte, um zur Arbeit zu gehen, mußte ich mir eingestehen, daß ich von Vampiren erst einmal die Nase voll hatte. Das galt auch für Bill.

Es war an der Zeit, mich daran zu erinnern, daß ich ein Mensch war.

Allerdings einer, der sich ziemlich verändert hatte: Auch das mußte ich mir bei dieser Gelegenheit eingestehen, und darin lag ein gewisses Problem.

Weltbewegend waren die Veränderungen an und für sich nicht, die in mir stattgefunden hatten. Meine erste Bekanntschaft mit Bills Blut – in der Nacht, in der die Ratten mich zusammengeschlagen hatten – hatte quasi im Handumdrehen alle meine Wunden geheilt, und ich hatte mich hinterher gesünder und stärker gefühlt als vorher, ohne jedoch gleich zu denken, ich sei nun ein anderer Mensch. Vielleicht – ja, vielleicht war ich mir schöner und begehrenswerter vorgekommen, das schon.

Seit meinem zweiten Schluck Vampirblut kam ich mir ungeheuer stark und mutig vor, weil ich unversehens viel mehr Selbstvertrauen hatte. Ich fühlte mich wohl und sicher in meiner Sexualität und wußte um deren Kräfte. Zudem schien es ganz offensichtlich, daß ich mit meiner Behinderung weitaus selbstbewußter und selbstbestimmter umgehen konnte.

Long Shadows Blut war mir mehr oder weniger rein zufällig in den Mund geflossen. Als ich jedoch am Morgen nach der schrecklichen Nacht in Shreveport in den Spiegel sah, mußte ich feststellen, daß meine Zähne weißer und spitzer geworden waren. Mein Haar wirkte heller und viel lebendiger als vorher, meine Augen glänzten. Ich sah aus wie wandelnde Reklame für tägliche Körperpflege und gesunde Lebensweise: Leute, eßt mehr Obst! Trinkt mehr Milch! Die üble Bißwunde an meinem Arm (der letzte Bissen, wie mir nun klar wurde, den Long Shadow auf dieser Erde zu sich genommen hatte) war noch nicht vollständig verheilt, aber auf dem besten Wege dazu.

Dann kippte meine Handtasche um, als ich sie hochnehmen wollte, und alles Wechselgeld, das ich lose darin aufbewahrte, rollte mir unter das Sofa. Ich hob daraufhin das Sofa mit der einen Hand hoch und sammelte mit der anderen die Münzen wieder ein.

Oha!

Ich richtete mich auf und holte tief Luft. Immerhin tat das Sonnenlicht meinen Augen nicht weh, und ich wollte auch nicht gleich jeden beißen, der mir über den Weg lief. Ich hatte meinen Frühstückstoast mit Appetit und Vergnügen verzehrt und mich nicht statt dessen nach Tomatensaft gesehnt. Ich war also nicht dabei, mich langsam, aber sicher in eine Vampirin zu verwandeln. Vielleicht war ich jetzt so etwas wie ein erweiterter Mensch?

Mein Leben war ohne Beziehung auf jeden Fall leichter gewesen.

Als ich im Merlottes ankam, waren die Vorbereitungen für den Mittagsansturm alle schon getroffen. Nur die Zitronen und Limetten galt es noch aufzuschneiden. Wir servieren diese Früchte nicht nur zu verschiedenen alkoholischen Mixgetränken, sondern auch zum Tee. Ich holte mir ein großes Schneidebrett und ein scharfes Messer. Als ich die Zitronen aus dem großen Kühlschrank nahm, band Lafayette sich gerade seine überdimensionale Schürze um.

„Hast du dir Strähnchen ins Haar machen lassen, Sookie?" wollte er wissen.

Ich schüttelte den Kopf. Lafayette sah unter der schneeweißen Kochschürze aus wie die reinste Farbsymphonie: Er trug ein knallrotes, enges T-Shirt mit dünnen Trägern zu einer dunkellila Jeans und roten Riemchensandalen. Sein Lidschatten hatte ungefähr die Farbe reifer Erdbeeren.

„Es wirkt auf jeden Fall sehr viel heller", bemerkte er skeptisch und zog die sorgfältig gezupften Brauen hoch.

„Ich war viel in der Sonne in letzter Zeit", erklärte ich. Dawn war nie mit Lafayette ausgekommen. Ob das nun daran lag, daß der Mann schwarz war, oder daran, daß er schwul war, hätte ich nicht sagen können. Vielleicht an beidem. Arlene und Charlsie akzeptierten den Koch, gaben sich aber keine Mühe, freundlich zu ihm zu sein. Ich jedoch hatte Lafayette immer irgendwie richtig gern gehabt, denn er führte ein Leben, das nicht einfach war, mit Anmut und Schwung.

Nun wollte ich meine Aufmerksamkeit dem Schneidebrett widmen. Dort lagen die Zitronen, allesamt säuberlich geviertelt; die Limetten waren in Scheiben geschnitten. Meine Hand hielt das scharfe Küchenmesser und war ganz naß vom Zitronen- und Limonensaft. Ich hatte die Arbeit erledigt, ohne es überhaupt mitzubekommen. Innerhalb von dreißig Sekunden. Ich schloß die Augen: oh mein Gott.

Als ich die Augen wieder öffnete, glitt Lafayettes Blick gerade von meinem Gesicht zu meinen Händen.

„Sag mir, daß ich das gerade nicht gesehen habe, Lieblingsfreundin", bat er.

„Hast du auch nicht", sagte ich, wobei meine Stimme, wie ich zu meiner eigenen Verwunderung feststellen konnte, kühl und gelassen klang. „Entschuldige bitte: Ich muß das hier wegräumen." Ich verfrachtete die Früchte in zwei verschiedene Behälter und schob diese in die große Kühltruhe hinter der Bar, in der Sam das Bier aufbewahrte. Als ich die Kühlschranktür schloß, stand plötzlich Sam da, die Arme vor der Brust verschränkt, und sah nicht besonders glücklich aus.

„Alles in Ordnung mit dir?" fragte er, wobei mich seine hellblauen Augen von oben bis unten musterten. „Hast du irgend etwas mit deinem Haar gemacht?" wollte er dann leicht verunsichert wissen.

Ich lachte, denn ich hatte gerade bemerkt, daß mein Visier ganz glatt und problemlos an seinen Platz geglitten war, daß das gar nicht unbedingt ein schmerzhafter Prozeß zu sein brauchte! „Ich war viel in der Sonne", beantwortete ich vergnügt Sams Frage.

„Was ist mit deinem Arm los?"

Ich sah auf meinen rechten Unterarm. Den Biß dort hatte ich mit einem Verband abgedeckt.

„Da hat mich ein Hund gebissen."

„Der war doch hoffentlich geimpft?"

„Aber ja doch."

Ich sah zu meinem Chef auf, wobei ich nicht sehr weit aufzusehen brauchte, und es schien mir, als funkle sein drahtiges, lockiges, rotblondes Haar förmlich vor Energie. Ich spürte seine Verunsicherung, seine Lust. Mein Körper reagierte sofort. Ich konzentrierte mich ganz auf Sams schmale Lippen, und der satte Geruch seines Rasierwassers füllte mir Nase und Lungen. Er kam etwas näher. Ich spürte seinen Atem, ich wußte, daß nun sein Penis steif wurde.

In diesem Moment kam Charlsie Tooten durch die Vordertür und ließ sie mit einem Knall hinter sich zufallen. Wir traten beide hastig einen Schritt zurück. Gott sei gedankt für Charlsie, dachte ich erleichtert. Rundlich, nicht sehr intelligent, gutwillig und unendlich fleißig: Charlsie war der Traum eines jeden Arbeitgebers. Sie und ihr Mann

Ralph waren bereits auf der Schule ein Paar gewesen. Ralph arbeitete in einer der Fabriken der Gegend, in denen Hühnerfleisch verarbeitet wurde, und die beiden hatte eine Tochter, die in die elfte Klasse der Oberschule ging, und eine weitere, die bereits verheiratet war. Charlsie liebte die Arbeit im Merlottes, denn so kam sie unter Leute. Sie konnte wunderbar mit Betrunkenen umgehen und schaffte es immer, sie aus der Kneipe zu befördern, ehe es zu Streit oder gar Handgreiflichkeiten kommen konnte.

„Hallo, ihr beiden!" begrüßte Charlsie uns fröhlich. Ihre dunkelbraunen Locken (L'Oréal, wenn man Lafayette glauben durfte) waren derart straff und rigide zurückgebunden, daß sie ihr in einem fröhlichen Wasserfall vom Scheitel flossen. Charlsies Bluse war blütenweiß und makellos rein, und die Taschen ihrer Shorts klafften auf, da der Inhalt der Hose selbst zu eng gepackt war. Charlsie trug eine schlichte schwarze Stützstrumpfhose, Keds und künstliche Nägel in einer Art Burgunderrot.

„Meine älteste Tochter ist schwanger! Ab heute dürft Ihr Oma zu mir sagen!" verkündete sie, und es war nicht zu übersehen, wie glücklich sie war. Ich umarmte sie stürmisch, wie es in diesen Fällen üblich ist, und Sam klopfte ihr freundschaftlich auf die Schulter. Wir waren beide ungeheuer froh darüber, daß Charlsie aufgetaucht war.

„Wann kommt denn das Baby?" wollte ich wissen, und das war genau das Stichwort, auf das meine Kollegin gewartet hatte. Die nächsten fünf Minuten brauchte ich den Mund nicht mehr aufzumachen. Dann gesellte sich Arlene zu uns, deren Make-up nur notdürftig die Knutschflecke an ihrem Hals verdeckte, und Charlsie durfte alles noch einmal von vorne erzählen. Während sie noch munter plapperte, traf mein Blick den Sams. Wir verharrten so einen winzigen Moment lang und wandten dann beide zur gleichen Zeit unseren Blick wieder ab.

Nun trudelten auch langsam die Mittagsgäste ein, was den ganzen Vorfall vergessen machte.

Mittags trank niemand viel; die meisten Gäste beschränkten sich auf ein Glas Bier oder Wein, und ein Großteil trank überhaupt nur Eistee oder Wasser. Mittags kamen Gäste, die gerade in der Nähe gewesen waren, als es Zeit zum Mittagessen wurde, und Stammgäste, die relativ häufig auf die Idee kamen, sie könnten ja mal ins Merlottes gehen, sowie die örtlichen Alkoholiker, für die der Schluck am Mittag unter Umständen bereits der vierte oder fünfte des Tages war.

Vorübergehend tot

Ich machte mich daran, Bestellungen aufzunehmen, als mir die Bitte meines Bruders wieder einfiel.

Also hörte ich den ganzen Tag über den Gedanken unserer Gäste zu, und das war ungeheuer anstrengend. Noch nie hatte ich einen ganzen Tag lang gelauscht, noch nie war mein Visier so lange oben geblieben. Es mochte sein, daß das Lauschen jetzt nicht mehr ganz so schmerzhaft war, wie es vorher gewesen war; vielleicht ließ mich das, was ich zu hören bekam, auch in stärkerem Maße einfach kalt. An einem meiner Tische saß Sheriff Dearborn zusammen mit Bürgermeister Sterling Norris, dem alten Freund meiner Oma. Mr. Norris stand auf, um mir die Schulter zu tätscheln, als ich zu den beiden Männern trat, und mir fiel ein, daß ich ihn das letzte Mal bei der Beerdigung meiner Großmutter gesehen hatte.

„Wie geht es dir, Sookie?" fragte er freundlich besorgt. Er selbst sah nicht gut aus.

„Mir geht es hervorragend, Mr. Norris, und Ihnen?"

„Ich bin ein alter Mann, Sookie", erwiderte er mit einem verunsicherten kleinen Lächeln und wartete dann noch nicht einmal meine Proteste ab. „Diese Morde machen mich fertig. Wir haben in Bon Temps keinen Mord mehr gehabt, seit Darryl Mayhew Sue Mayhew erschoß, und an der Sache war nun weiß Gott nichts Rätselhaftes."

„Das war ... wann? Vor sechs Jahren etwa?" erkundigte ich mich beim Sheriff, weil ich noch etwas bei den beiden stehen bleiben wollte. Mein Anblick stimmte Mr. Norris traurig, weil er sicher war, daß man meinen Bruder bald wegen des Mordes an Maudette Pickens verhaften würde, und das seiner Meinung nach nur heißen konnte, daß Jason wohl auch meine Großmutter umgebracht hatte. Ich senkte den Kopf, damit der Bürgermeister den Ausdruck in meinen Augen nicht mitbekam.

„Ich glaube, ja", sagte der Sheriff nachdenklich. „Mal sehen: Ich weiß noch genau, daß ich mich gerade in Schale geworfen hatte, weil wir zu einer Tanzvorführung Jean-Annes gehen wollten ... das war dann also ... ja, du hast recht, Sookie: Das war vor sechs Jahren." Der Sheriff nickte wohlwollend. „War Jason heute schon hier?" fragte er dann ganz beiläufig, als sei ihm die Frage gerade erst in den Sinn gekommen.

„Nein", erwiderte ich. „Ich habe ihn heute noch nicht gesehen." Der Sheriff bestellte daraufhin einen Eistee und einen Hamburger und dachte an den Tag, an dem er Jason zusammen mit seiner Jean-Anne erwischt hatte; die beiden hatten heftig auf der Ladefläche von Jasons Pick-up herumgemacht.

Oh mein Gott: Weiter dachte der Sheriff, Jean-Anne könne von Glück sagen, daß sie nicht erwürgt worden war. Dann hatte er einen ganz klaren Gedanken, der mich ins Mark traf. Sheriff Dearborn dachte: ‚Diese Mädchen sind doch sowieso das Letzte vom Allerletzten'.

Dearborns Gedanken bekam ich klar und in allen Einzelheiten mit, weil der Sheriff leicht zu durchleuchten war. Ich spürte sogar alle Nuancen seiner Überlegungen: billige Arbeitskräfte, dachte er, keine College-Ausbildung, sie vögeln mit Vampiren ... sie sind der Bodensatz der Gesellschaft.

Verletzt und wütend – diese beiden Worte beschreiben noch nicht einmal annähernd, wie ich mich fühlte, nachdem ich diese Einschätzung mitangehört hatte.

Danach ging ich wie ein Automat von Tisch zu Tisch, servierte Essen und Getränke, sammelte leere Gläser und Essensreste ein, arbeitete also so fleißig und gewissenhaft, wie ich es immer tat, wobei das schreckliche Grinsen mein Gesicht fast schmerzhaft in die Breite zog. Ich redete mit ungefähr zwanzig Leuten, die ich kannte, und die Gedanken der meisten von ihnen waren so unschuldig, wie der Tag lang ist. Die meisten unserer Gäste dachten an ihre Arbeit, an Dinge, die zu Hause zu erledigen waren, oder an kleinere Probleme, die sie demnächst in Angriff nehmen wollten: den Verkäufer von Sears dazu zu bewegen, sich die defekte Geschirrspülmaschine anzusehen zum Beispiel, oder das Haus gründlich zu putzen, weil sich für das Wochenende Besuch angekündigt hatte.

Arlene war erleichtert, weil sie ihre Regel bekommen hatte.

Charlsies Überlegungen waren allesamt rosarot und galten der eigenen Unsterblichkeit: ihrem Enkelkind. Sie betete ganz ehrlich und aus tiefstem Herzen, ihrer Tochter möge eine unkomplizierte Schwangerschaft und eine gefahrlose Geburt beschert sein.

Lafayette dachte, daß es immer unheimlicher würde, mit mir zusammenzuarbeiten.

Wachtmeister Kevin Pryor fragte sich, was seine Partnerin Kenya wohl mit ihrem freien Tag anfangen möchte. Er selbst half seiner Mutter dabei, den Geräteschuppen auszuräumen, und fand das eine ganz gräßliche Beschäftigung.

Vorübergehend tot

Ich bekam sowohl laut ausgesprochen als auch unausgesprochen zahlreiche Kommentare zu meinem Haar, meiner Haut und dem Verband an meinem Arm zu hören. Eine ganze Reihe Männer und eine Frau fanden mich so, wie ich jetzt aussah, begehrenswerter als vorher. Ein paar Männer, die an der Expedition gegen die Vampire in Monroe teilgenommen hatten, bereuten ihre impulsive Tat inzwischen, weil sie dachten, nun hätten sie bestimmt keine Chance mehr bei mir, weil ich Vampire mochte. Ich nahm mir vor, mir zu merken, wer das war. Ich wollte auf keinen Fall vergessen, daß bei dem Angriff ja ebensogut auch mein Bill hätte ums Leben kommen können – der Rest der Vampirgemeinde stand bei mir allerdings an dem Tag nicht besonders hoch im Kurs.

Andy aß zusammen mit seiner Schwester Portia zu Mittag. Das taten die beiden mindestens einmal die Woche. Portia war die weibliche Version Andys: mittelgroß, stabil gebaut, mit entschlossenem Mund und energischem Kinn. Bei der großen Familienähnlichkeit kam Andy deutlich besser weg als Portia. Ich hatte gehört, sie sei eine tüchtige Anwältin, und wäre sie keine Frau gewesen, dann hätte ich sie unter Umständen sogar Jason vorgeschlagen, als der dachte, er brauche einen Anwalt. Wobei es mir eher um Portias Wohlergehen gegangen war als um Jasons.

Die junge Anwältin fühlte sich tief im Innern ungeheuer niedergeschlagen. Da hatte sie nun eine hervorragende Ausbildung genossen und verdiente gutes Geld, aber niemand wollte mit ihr ausgehen. Das beschäftigte sie sehr.

Andy ging es gegen den Strich, daß ich immer noch mit diesem Bill Compton herumzog; gleichzeitig fand er es spannend, wie viel hübscher ich inzwischen geworden war, und fragte sich, was Vampire wohl im Bett so draufhatten. Dann tat es ihm leid, daß er Jason würde verhaften müssen, wobei er fand, gegen Jason läge auch nicht viel mehr vor als gegen andere Männer, nur wirkte Jason so sehr viel verängstigter als die anderen, und das konnte doch nur heißen, daß er etwas zu verbergen hatte. Dann waren da noch die Videos, die Jason beim Sex mit Maudette und Dawn zeigten, wobei es sich noch dazu nicht um normalen Allerweltssex handelte.

Während ich Andys Gedanken las und verarbeitete, starrte ich ihn ziemlich unverwandt an, und das verunsicherte den Mann. Andy wußte ja schließlich, wozu ich in der Lage war. „Holst du mir nun mein

Bier, Sookie?" fragte er dann endlich, wobei er mit seiner riesigen Hand in der Luft herumwedelte, um meine Aufmerksamkeit zu erregen.

„Klar, Andy", sagte ich ein wenig geistesabwesend und holte eine Flasche Bier aus der Kühltruhe. „Noch Tee, Portia?"

„Nein danke", erwiderte Portia höflich und tupfte sich die Lippen mit einer Papierserviette ab. Portia mußte an ihre Schulzeit denken und daran, wie sie damals für eine einzige Verabredung mit dem anbetungswürdigen Jason Stackhouse problemlos ihre Seele verkauft hätte. Sie fragte sich, was wohl aus Jason geworden sein möchte, ob es in dessen Kopf einen einzigen Gedanken gäbe, der sie, Portia, interessieren könnte. Oder war sein herrlicher Leib es wert, jegliche Hoffnung auf intellektuelle Übereinstimmung dafür in den Wind zu schlagen? Die Videos hatte Portia nicht gesehen; sie wußte noch nicht einmal, daß sie existierten. Andy verhielt sich also wie ein anständiger Polizist.

Ich versuchte, mir Portia zusammen mit Jason vorzustellen, und da konnte ich nicht anders – ich mußte lächeln. Das wäre bestimmt für beide ein völlig neuartiges Erlebnis gewesen! Nicht zum ersten Mal wünschte ich, ich könnte bei anderen Leuten im Kopf Ideen auch säen und nicht nur ernten.

Am Ende meiner Schicht wußte ich – gar nichts. Nichts Neues jedenfalls – außer vielleicht, daß es in den Videos, die mein Bruder so dummerweise gedreht hatte, auch um leichte Bondage gegangen war. Keine schlimmen Fesselszenen, aber dennoch mußte Andy an die Würgemale am Hals der Opfer denken: Sie rührten von Schnüren her.

Alles in allem war es also ein ziemlich sinnloses Unterfangen gewesen, meinen Kopf zu öffnen, um dadurch meinem Bruder zu helfen. Die Informationen, die ich erhalten hatte, machten mich eigentlich nur besorgter, als ich ohnehin schon war, und es waren keine neuen Erkenntnisse zutage getreten, die ihm unter Umständen hätten nützen können.

Am Abend würden natürlich andere Gäste in unserem Lokal sein. Einfach so zum Vergnügen war ich noch nie im Merlottes gewesen – ob ich am Abend wiederkommen sollte? Was Bill wohl vorhatte? Wollte ich den denn überhaupt sehen?

Ich fühlte mich sehr allein und einsam. Es gab niemanden, mit dem ich über Bill hätte reden können, niemanden, den es nicht zumindest leicht schockiert hätte, daß ich überhaupt mit einem Vampir zusam-

Vorübergehend tot

men war. Wie konnte ich denn zu Arlene gehen und ihr erzählen, wie traurig und bedrückt ich war, weil Bills Vampirkumpel allesamt grauenerregend und völlig skrupellos waren? Daß ich in der vergangenen Nacht von einem von ihnen gebissen worden war? Daß dieser Vampir dann in meinen Mund geblutet hatte, weil er gepfählt worden war, während er noch auf mir lag? Mit dieser Art von Problemen hatte Arlene nie umzugehen gelernt, damit konnte ich ihr nicht kommen.

Mir fiel aber auch sonst niemand ein, der mit so etwas umgehen konnte.

Ich konnte mich nicht erinnern, je davon gehört zu haben, daß jemand mit einem Vampir zusammen war, ohne Vampirgroupie zu sein. Vampirgroupies war es egal, mit welchem Vampir sie schliefen, Hauptsache, es war einer. Fangbanger gingen mit jedem Blutsauger mit – das half mir auch nicht weiter.

Als ich mich anschickte, nach Hause zu gehen, schaffte es mein verbessertes, verändertes Aussehen nicht mehr, mich zuversichtlich und selbstbewußt zu stimmen. Statt dessen kam ich mir vor wie eine Mißgeburt.

Ich bosselte ein wenig im Haus herum, hielt einen kurzen Mittagsschlaf, goß Omas Blumen. Als es dunkel wurde, aß ich etwas, das ich mir vorher in die Mikrowelle geschoben hatte. Bis zur letzten Sekunde wußte ich nicht, ob ich denn nun ausgehen sollte oder nicht. Dann zog ich kurz entschlossen ein rotes Hemd und eine weiße Hose an, behängte mich ein bißchen mit Schmuck und fuhr zurück zum Merlottes.

Es war schon sehr merkwürdig, das Lokal als Gast zu betreten. Sam hatte seinen Platz hinter der Bar eingenommen, und seine Brauen schossen hoch, als er mich durch die Tür treten sah. Drei Kellnerinnen, die ich zumindest vom Sehen kannte, arbeiteten in dieser Schicht, und wie ich durch die Servierluke feststellen konnte, briet ein anderer Koch die Hamburger.

Jason hockte am Tresen. Der Barhocker neben ihm war leer – welch ein Wunder! –, und so kletterte ich darauf.

Er wandte sich mir zu, sein Gesicht ganz so, wie er es einer neuen Frau zeigen wollte: ein entspannter, locker lächelnder Mund, große, glänzende Augen. Bei meinem Anblick erfuhr seine Miene eine bemerkenswerte Veränderung. „Was zum Teufel machst du denn hier, Sookie?" wollte er wissen, wobei sein Ton leicht verärgert klang.

„Wie ich deinen Gedanken entnehme, bist du nicht erfreut, mich zu sehen", erwiderte ich. Dann blieb Sam vor mir stehen, und ich bat, ohne ihn anzusehen, um einen Bourbon mit Cola. „Ich habe getan, worum du mich gebeten hast", flüsterte ich nun meinem Bruder zu. „Bis jetzt habe ich nichts herausgefunden. Deswegen bin ich heute abend hier, um es noch bei anderen Leuten zu versuchen."

„Danke, Sookie", meinte Jason nach einer langen Pause. „Ich glaube, mir war nicht ganz klar, worum ich dich da eigentlich gebeten hatte. Hast du irgendwas mit deinem Haar angestellt?"

Als Sam dann das Glas zu mir herüberschob, bezahlte mir Jason sogar den Whiskey-Cola.

Viel schienen wir einander nicht zu sagen zu haben, aber in diesem Fall war das auch ganz in Ordnung so, denn ich versuchte, den anderen Gästen zuzuhören. Es waren ein paar Fremde in der Kneipe, und die knöpfte ich mir als erste vor, um zu sehen, ob sie vielleicht als Verdächtige gelten konnten. Bald mußte ich mir eingestehen, daß dem nicht so war, auch wenn mir das etwas gegen den Strich ging. Der eine dachte fast ausschließlich daran, wie sehr ihm seine Frau fehlte, und in seinen Gedanken schwang ganz klar die Botschaft mit, daß er dieser Frau treu war. Ein anderer dachte an das Merlottes, in dem er an diesem Abend zum ersten Mal war und daran, daß ihm die Drinks hier schmeckten. Wieder ein anderer war vollauf damit beschäftigt, gerade zu sitzen und hoffte inständig, er würde es schaffen, sein Auto zurück zum Motel zu fahren.

Ich trank noch einen Whiskey-Cola.

Jason und ich hatten uns gerade ein wenig darüber ausgetauscht, was wohl an Anwaltskosten zusammenkommen mochte, wenn die Erbschaftsangelegenheiten meiner Oma geregelt waren. Dann sah Jason zu Tür und sagte: „Oho!"

„Was ist?" fragte ich, mochte mich aber nicht umdrehen und nachsehen, was ihm aufgefallen war.

„Schwesterherz, der Liebste naht – und nicht allein."

Zuerst befürchtete ich, Bill hätte einen seiner Vampirkumpel mitgebracht, was sehr unklug von ihm gewesen wäre und alle schrecklich aufgeregt hätte. Aber dann drehte ich mich um und verstand, warum Jason so wütend geklungen hatte. Bill war mit einer jungen Frau zusammen, einem Menschen. Er hielt das Mädel am Arm, und sie schmiß sich an ihn heran, als würde sie das professionell betreiben, während

Vorübergehend tot

Bill die ganze Zeit seinen Blick über die Menge im Lokal gleiten ließ. Ich gelangte zu der Überzeugung, daß er genau mitbekommen wollte, wie ich reagierte.

Als ich dann vom Barhocker kletterte, gelangte ich zu einer weiteren Überzeugung.

Ich war betrunken. Ich trinke nur sehr selten Alkohol, und nach zwei Whiskey-Cola innerhalb kürzester Zeit war ich richtig betrunken. Nun, vielleicht nicht so, daß ich mich nicht mehr auf den Beinen hätte halten können, aber doch ziemlich beschwipst.

Als Bill mich nun sah und unsere Blicke sich kreuzten, erkannte ich, daß er nicht wirklich erwartet hatte, mich hier zu treffen. Zwar konnte ich seine Gedanken nicht lesen wie die Erics in jenem einen, schrecklichen Moment, aber ich konnte seine Körpersprache deuten.

„Hallo Vampir-Bill!" rief Jasons Kumpel Hoyt. Bill nickte ihm höflich zu, steuerte jedoch das Mädchen – dunkel, zierlich – in meine Richtung.

Ich wußte wirklich nicht, was ich tun sollte.

„Schwesterherz, was wird hier gespielt?" fragte Jason, der offenbar langsam in Rage geriet. „Das Mädel da ist eine Fangbangerin aus Monroe. Ich hab' sie gekannt, als sie noch auf Menschen stand."

Ich wußte immer noch nicht, was ich tun sollte. Mein Schmerz drohte, mich zu überwältigen, aber mein Stolz bestand stur darauf, den Schmerz zu überspielen. Dann mußte ich natürlich diesem ganzen Eintopf aus Emotionen auch noch eine Prise Schuldgefühle hinzufügen: Ich war bei Einbruch der Dunkelheit nicht dort gewesen, wo Bill mich erwartet hatte, und hatte ihm auch keine Nachricht hinterlassen. Andererseits – in diesem Fall dürfte es sich um das vierte oder fünfte andererseits gehandelt haben –, hatte ich in der Nacht zuvor bei der Show in Shreveport, zu der ich zitiert worden war, ziemlich viele schreckliche und schockierende Dinge erleben müssen. Nach Shreveport war ich letztlich ja überhaupt *nur* gegangen, weil meine Bindung an Bill mich dazu gezwungen hatte!

In mir lagen also die Gefühle im Widerstreit, und das führte dazu, daß ich überhaupt nichts tat. Einerseits wollte ich mich auf die Frau an Bills Seite stürzen und sie windelweich prügeln – andererseits war ich so erzogen, daß Schlägereien in öffentlichen Lokalen für mich nicht in Frage kamen. (Bill wollte ich auch windelweich schlagen, aber da hätte ich genauso gut und mit dem gleichen Ergebnis mit dem Kopf gegen die Wand rennen können.) Dann wäre ich noch gern einfach in Tränen ausgebrochen, denn man hatte meine Gefühle unschön verletzt – aber Heulen war ein Zeichen von Schwäche. Sowieso war es am sichersten, gar keine Gefühle zu zeigen, denn Jason war drauf und dran, sich auf Bill zu stürzen, und die kleinste Ermutigung meinerseits hätte ihn wie eine Kanonenkugel losgehen lassen.

Mir waren das einfach zu viele Konflikte auf einmal – und das, wo ich noch dazu viel zu viel Alkohol intus hatte.

Ich ließ mir all diese Optionen durch den Kopf gehen und durchdachte sie, so gut es ging. Währenddessen kam Bill, die junge Frau im Schlepptau, zwischen den Tischreihen hindurch immer näher. Ich mußte feststellen, daß es im Lokal ungeheuer still geworden war. Statt andere zu beobachten, wurde ich nun selbst beobachtet.

Da fühlte ich, wie mir die Tränen in die Augen schossen, sich meine Hände zu Fäusten ballten, und dachte: „Wunderbar! Da hast du dir ja von allen Möglichkeiten die beiden schlechtesten gewählt."

„Sookie", grüßte Bill. „Das hier hat Eric mir auf die Türschwelle gelegt."

Ich verstand wirklich nicht, was er damit meinte.

„Ja und?" fragte ich wütend, wobei ich dem Mädchen in die Augen sah; sie waren groß, schwarz und glitzerten erregt. Ich hielt die eigenen Augen weit aufgerissen, denn wenn ich blinzelte, würden mir sofort die Tränen über die Wangen kullern.

„Als Belohnung", erklärte Bill, und ich konnte seiner Stimme nicht anhören, wie er sich bei der ganzen Sache fühlte.

„Er wollte dir einen *ausgeben?*" fragte ich und mochte kaum glauben, wie giftig meine Stimme klang.

Jason legte mir die Hand auf die Schulter. „Ruhig Blut, Mädchen", sagte er, wobei seine Stimme genauso leise und fies klang wie meine. „Er ist es nicht wert."

Noch wußte ich nicht, was Bill nicht wert war, aber ich stand kurz davor, es herauszufinden. Nach all den Jahren, in denen ich mein Leben immer so vollständig im Griff hatte haben müssen, war es ein fast erregendes Gefühl, nicht zu wissen, was ich als nächstes tun würde.

Bill beobachtete mich aufmerksam und angespannt. Er wirkte im grellen Neonlicht des Tresens unglaublich weiß. Er hatte nicht von der Frau getrunken, und seine Fangzähne waren eingefahren.

„Komm, wir müssen reden", sagte er.

„Mit ihr?" Das klang fast wie ein Knurren.

„Nein", erwiderte Bill. „Mit mir mußt du reden. Sie muß ich zurückschicken."

Bill klang ruhig und distanziert, was mich beeindruckte. Also folgte ich meinem Freund nach draußen, wobei ich den Kopf hoch erhoben hielt und niemandem direkt in die Augen sah. Bill hielt nach wie vor den Arm der Kleinen umklammert, und sie trippelte praktisch auf Zehenspitzen neben ihm her, um mit ihm mithalten zu können. Erst als ich mich – kurz bevor wir auf den Parkplatz traten – umdrehte und Jason direkt hinter mir sah, bekam ich mit, daß mein Bruder uns gefolgt war. Auch hier draußen herrschte ein reges Kommen und Gehen, aber es war doch ein wenig besser als drinnen im überfüllten Lokal.

„Hi!" meldete sich nun das Mädchen in munterem Plauderton. „Ich bin Desiree. Ich glaube, wir kennen uns, Jason."

„Was tust du hier, Desiree?" fragte Jason, wobei seine Stimme ganz ruhig und gelassen klang. Man hätte fast meinen können, Jason selbst sei ebenso ruhig und gelassen.

„Eric hat mich hier rübergeschickt nach Bon Temps, als Belohnung für Bill", erklärte Desiree geziert und warf Bill von der Seite her einen koketten Blick zu. „Der scheint allerdings nicht begeistert. Das kann ich gar nicht verstehen! Ich bin doch mehr oder weniger ein ganz besonderer Jahrgang!"

„Eric?" fragte Jason. Die Frage war an mich gerichtet.

„Ein Vampir aus Shreveport. Ihm gehört dort ein Nachtclub, und er ist einer der Obermuftis."

„Er hat sie einfach bei mir auf der Türschwelle abgeladen", ergänzte Bill. „Ich hatte ihn nicht darum gebeten."

„Was wirst du denn nun tun?"

„Ich schicke sie zurück", wiederholte Bill. „Sookie, wir müssen miteinander reden."

Ich holte tief Luft. Ich spürte, wie meine Fäuste sich lockerten.

„Desiree braucht jemanden, der sie nach Monroe fährt?" fragte Jason.

Bill war überrascht. „Ja. Würden Sie mir den Gefallen tun? Ich muß mit Ihrer Schwester reden."

„Klar", sagte Jason ganz fröhlich und zuvorkommend, was mich sofort mißtrauisch stimmte.

„Ich kann einfach nicht glauben, daß du mich zurückweist!" nörgelte Desiree und blickte schmollend zu Bill empor. „Mich hat noch nie jemand zurückgewiesen."

„Ich bin Eric natürlich sehr dankbar und glaube gern, daß Sie – wie sagten Sie doch gleich? – ein besonderer Jahrgang sind", erwiderte Bill höflich. „Ich habe jedoch meinen eigenen Weinkeller."

Klein-Desiree sah ihn ein paar Sekunden lang verständnislos an, ehe in ihren braunen Augen ganz langsam die Erkenntnis aufflackerte. „Ist das da Ihre Frau?" fragte sie und deutete mit einer Kopfbewegung auf mich.

„Ja."

Jason scharrte nervös mit den Füßen, als Bill das so unumwunden kundtat.

Desiree betrachtete mich prüfend und abschätzend von oben bis unten. „Sie hat komische Augen", erklärte sie dann.

„Sie ist meine Schwester", sagte Jason.

„Oh. Das tut mir leid. Du bist viel ... normaler." Nun musterte die junge Frau meinen Bruder von Kopf bis Fuß, und was sie sah, schien sie weit mehr zu erfreuen als mein Anblick. „Hey, wie heißt du denn mit Nachnamen?"

Jason nahm ihre Hand, um sie zum Pick-up zu führen. „Stackhouse", beantwortete er im Forteilen ihre Frage, wobei er sie von der Seite her mit seinem Charme bombardierte. „Ich fahre dich nach Hause, und du erzählst mir ein wenig darüber, was du so machst. Was hältst du davon?"

Ich wandte mich wieder an Bill, wobei ich mich immer noch fragte, was Jason wohl zu seinem großzügigen Angebot veranlaßt haben mochte. Ich begegnete Bills Blick, und mir war, als würde ich gegen eine Ziegelmauer prallen.

„Du willst also mit mir reden", sagte ich mit belegter Stimme.

„Nicht hier. Komm mit zu mir."

Ich scharrte mit dem Fuß im Kies. „Nicht zu dir nach Hause!"

„Dann zu dir."

„Nein."

Er hob seine schön geschwungenen Brauen. „Wohin dann?"

Das war eine gute Frage.

„Zum Teich meiner Eltern." Da Jason ja gerade Fräulein Dunkel und Winzig nach Hause fuhr, würden wir dort allein sein.

Vorübergehend tot

„Ich fahre hinter dir her", sagte Bill kurz angebunden, woraufhin wir uns trennten, um zu unseren Autos zu gehen.

Das Grundstück, auf dem ich meine ersten Lebensjahre verbracht hatte, lag im Westen von Bon Temps. Ich bog in die vertraute Kieseinfahrt ein und parkte beim Haus, einem bescheidenen Holzhaus im Landhausstil, das Jason ziemlich gut in Schuß hielt. Bill kletterte im selben Moment wie ich aus seinem Wagen, und ich forderte ihn mit einer Handbewegung auf, mir zu folgen. Wir gingen ums Haus herum, eine kleine Böschung hinab und folgten dann einem Pfad, der mit großen Steinen bepflastert war. Schon bald, nach etwa einer Minute, standen wir an dem kleinen Teich, den mein Vater im Garten hinter dem Haus angelegt, bepflanzt und mit Fischen bevölkert hatte, in der Hoffnung, dort noch jahrelang mit seinem Sohn zusammen angeln zu können.

Neben dem Teich gab es eine Art Holzveranda, von der aus man auf das Wasser schauen konnte, und dort lag auf einem der Klappstühle aus Metall eine zusammengefaltete Wolldecke. Bill nahm die Decke, schüttelte sie aus und breitete sie auf dem Gras vor der Veranda aus. Widerstrebend nahm ich Platz, denn die Decke kam mir aus demselben Grund nicht sicher vor, aus dem heraus auch ein Treffen in Bills Haus oder in meinem nicht in Frage gekommen war: Wenn ich Bill zu nahe kam, dann konnte ich nur noch an eins denken, nämlich daran, ihm möglichst schnell noch näher zu kommen.

Ich zog die Knie an die Brust, schlang beide Arme darum und starrte auf das Wasser hinaus. Auf der anderen Seite des Teichs hing eine kleine Außenleuchte, deren Licht sich in der ruhigen Wasseroberfläche spiegelte. Bill lag neben mir auf dem Rücken. Ich spürte seinen Blick auf meinem Gesicht. Er hatte seine Finger ineinander verschlungen, und seine Hände ruhten auf seinem Brustkorb. Er war sorgsam darum bemüht, mir nur nicht mit den Händen zu nahe zu kommen.

„Letzte Nacht hat dir Angst gemacht", begann er in neutralem Ton unser Gespräch.

„Dir nicht? Nicht wenigstens ein kleines bißchen?" fragte ich ruhiger, als ich eigentlich für möglich gehalten hätte.

„Ich hatte Angst um dich. Gut: ein wenig wohl auch um mich."

Ich hätte mich am liebsten auf den Bauch gelegt, befürchtete aber, Bill dadurch zu nahe zu kommen. Ich sah seine Haut im Mondlicht glänzen und sehnte mich sehr danach, ihn zu berühren.

„Mir macht Angst, daß Eric unser Leben kontrollieren kann, solange wir ein Paar sind."

„Möchtest du lieber kein Paar mehr mit mir sein?"

Der Schmerz in mir war so groß, daß ich mir die Hand auf die Brust legen und fest zupressen mußte.

„Sookie?" Bill kniete neben mir und hatte den Arm um mich gelegt.

Ich konnte nicht antworten. Dazu fehlte mir der Atem.

„Liebst du mich?" fragte Bill.

Ich nickte.

„Warum redest du dann davon, mich zu verlassen?"

Nun bahnte sich der Schmerz in Form von Tränen durch meine Augen hindurch einen Weg nach draußen.

„Ich habe zu viel Angst vor den anderen Vampiren, davor, wie sie sind. Worum wird er mich als nächstes bitten? Er wird doch auf jeden Fall versuchen, mich zu irgend etwas zu zwingen. Er wird sagen, daß er dich sonst vernichtet. Oder er droht, Jason etwas anzutun, und das kann er ja auch."

Bills Stimme klang so leise wie der Laut einer Grille im Grase, noch vor einem Monat hätte ich ihn nicht hören können. „Nicht weinen", bat er. „Sookie, ich muß dir ein paar Sachen sagen, die du nicht gern hören wirst."

Zu dem Zeitpunkt wäre die einzige Nachricht, die Bill mir hätte überbringen und die mich hätte freuen können, die von Erics Vernichtung gewesen.

„Eric ist jetzt ziemlich von dir fasziniert. Er weiß, daß du geistige Kräfte besitzt, die den meisten Menschen nicht zur Verfügung stehen oder die sie ignorieren, wenn sie wissen, daß sie sie haben. Er geht davon aus, daß dein Blut sehr reichhaltig und sehr süß ist." Bei diesen Worten wurde Bills Stimme ganz rauh, und ich zitterte. „Du bist schön. Jetzt bist sogar noch schöner. Eric ahnt nicht, daß du dreimal unser Blut getrunken hast."

„Du weißt, daß Long Shadow in meinen Mund geblutet hat?"

„Ja. Ich habe es gesehen."

„Dreimal: Ist da irgend etwas Magisches dran?"

Er lachte sein tiefes, rumpelndes, rostiges Lachen. „Nein. Aber je mehr Vampirblut du trinkst, desto begehrenswerter wirst du für unsereins und eigentlich auch für jeden anderen, was du bestimmt schon mitbekommen hast – und Desiree hält sich für einen guten Jahrgang! Ich frage mich, welcher Vampir ihr das erzählt hat!"

„Einer, der ihr an die Wäsche wollte", sagte ich trocken, und Bill lachte erneut. Ich liebte es, ihn lachen zu hören.

„Wenn du mir sagst, wie schön ich aussehe und so, willst du mir damit zu verstehen geben, daß Eric mich – nun ja – daß er mich begehrt?"

„Ja."

„Was hindert ihn daran, mich einfach so zu nehmen? Du sagst, er sei stärker als du."

„Mehr als alles andere hindern ihn Sitte und Anstand."

Ich konnte mir ein Kichern gerade noch so verkneifen.

„Das kannst du ruhig ernst nehmen, Sookie. Wir Vampire halten uns an die Sitten. Wir müssen schließlich Jahrhunderte lang zusammen existieren."

„Gibt es außer Sitte und Anstand noch etwas, was Eric bedenken müßte?"

„Ich mag nicht so stark sein wie Eric, aber ein funkelnagelneuer Vampir bin ich auch nicht mehr. Eric könnte im Kampf mit mir schwer verletzt werden, und wenn er Pech hat, könnte ich ihn sogar besiegen."

„Gibt es sonst noch etwas?"

„Vielleicht dich selbst", sagte Bill vorsichtig.

„Wie das denn?"

„Wenn du anderweitig für ihn wertvoll sein kannst, läßt er dich vielleicht in Ruhe, solange er weiß, daß du das wirklich und aus ganzem Herzen so willst."

„Aber ich möchte ihm nicht anderweitig von Nutzen ein. Ich möchte ihn nie wiedersehen!"

„Du hast Eric versprochen, ihm auch weiterhin zu helfen", rief Bill mir ins Gedächtnis.

„Unter der Bedingung, daß er den Dieb der Polizei übergibt!" erwiderte ich ungehalten. „Aber was hat Eric statt dessen getan? Er hat ihn gepfählt!"

„Womit er dir das Leben rettete."

„Ich hatte immerhin auch seinen Dieb gefunden!"

„Sookie, du weißt wirklich nicht viel über die Welt."

Ich starrte ihn überrascht an. „Das kann gut sein."

„Es geht kaum einmal etwas so ... ganz glatt." Bill starrte in die Finsternis. „Manchmal glaube ich ja fast schon, selbst ich wüßte nicht viel, nicht mehr jedenfalls." Eine weitere melancholische Pause. „Ich mußte bisher nur einmal mit ansehen, wie ein Vampir einen anderen pfählte. Langsam, aber sicher bewegt Eric sich außerhalb der Grenzen unserer Welt."

„Dann werden ihn ja wohl kaum Sitte und Anstand, die du vorhin noch so lobend erwähnt hast, von irgend etwas abhalten."

„Pam kann ihn vielleicht dazu bewegen, sich weiter an die alten Wege zu halten."

„Was bedeutet sie ihm?"

„Eric hat Pam erschaffen. Das heißt: Er hat sie vor Jahrhunderten als Vampirin erschaffen. Von Zeit zu Zeit kehrt sie zu ihm zurück und hilft ihm bei den Unternehmungen, die er gerade vorhat. Eric war immer schon ein Schlitzohr, und je älter er wird, desto starrsinniger wird er." Eric starrsinnig zu nennen schien mir die größte Untertreibung des Jahrhunderts.

„Haben wir nun also lange genug um den heißen Brei herumgeredet?" wollte ich wissen.

Darüber schien Bill nachdenken zu müssen. „Ja", sagte er dann, und in seinem Ton schwang Bedauern mit. „Du möchtest außer mit mir mit Vampiren nichts zu tun haben, und ich habe dir gerade erklärt, daß wir in dieser Frage keine Wahl haben."

„Was hat es mit dieser Desiree auf sich?"

„Eric hat dafür gesorgt, daß sie jemand auf meiner Türschwelle ablegt. Dabei hat er wohl gehofft, ich würde mich über das hübsche Geschenk freuen. Außerdem hätte es meine Hingabe an dich in Frage gestellt, wenn ich von ihr getrunken hätte. Gut möglich, daß er noch dazu irgendwie Desirees Blut vergiftet hat, so daß mich ihr Blut, hätte ich es zu mir genommen, geschwächt hätte. Desiree hätte sich durchaus zu meiner Achillesferse entwickeln können." Er zuckte die Achseln. „Du hast wirklich gedacht, ich hätte mich mit ihr verabredet und würde mit ihr ausgehen?"

„Ja." Ich spürte, wie sich meine Miene verfinsterte, als ich daran dachte, wie Bill mit diesem Mädchen in unser Lokal gekommen war.

„Du warst nicht daheim. Ich mußte schließlich losziehen und dich suchen." Bills Ton klang nicht anklagend, besonders zufrieden allerdings auch nicht.

Vorübergehend tot

„Ich habe versucht, Jason zu helfen. Außerdem war ich noch ärgerlich wegen gestern nacht."

„Ist denn zwischen uns jetzt alles wieder in Ordnung?"

„Nein, aber es ist soweit in Ordnung, wie es das zwischen uns überhaupt sein kann", sagte ich. „Ich nehme an, solche Sachen laufen nie glatt, ganz egal, wen man liebt. Aber auf Hindernisse so drastischer Art war ich nicht eingestellt. Es gibt wohl für dich keine Möglichkeit, irgendwann einmal einen höheren Rang zu bekleiden als Eric, nicht? Wo er doch soviel älter ist als du und Alter das entscheidende Kriterium ist?"

„Nein", stimmte Bill mir zu, „einen höheren Rang kann ich nie bekleiden ..." Dann wirkte er plötzlich sehr nachdenklich. „Obwohl: Es gibt da durchaus etwas, was ich in dieser Sache unternehmen könnte. Ungern zwar – eigentlich widerspricht das meinem Wesen –, aber zumindest wären wir dann sicherer."

Ich ließ ihn in Ruhe nachdenken.

„Ja!" Nach langem Grübeln war Bill anscheinend zu einem befriedigenden Schluß gekommen. Er bot mir allerdings nicht an zu erklären, worum es eigentlich ging, und ich fragte ihn auch nicht.

„Ich liebe dich", sagte er dann, als sei das auf jeden Fall unter dem Strich das Endergebnis, ganz gleich, für welche Vorgehensweise er sich entschied. Sein Gesicht hing über mir im Halbdunkel, leuchtend und wunderschön.

„Ich dich auch", entgegnete ich und stemmte beide Hände gegen seine Brust, damit er mich nicht in Versuchung führen konnte. „Aber im Augenblick steht zu viel gegen uns. Wenn wir uns Eric vom Hals schaffen könnten, wäre das bereits eine große Hilfe. Dann ist da natürlich noch eine andere Sache: Wir müssen dafür sorgen, daß die Ermittlungen bezüglich der Morde zu einem Ende kommen. Damit hätten wir eine weitere große Sorge vom Halse. Der Mörder ist für den Tod deiner Freunde und für den Dawns und Maudettes verantwortlich." Ich machte eine Pause und holte Luft. „Genau wie für den Tod meiner Großmutter." Dann mußte ich blinzeln, um meine Tränen zurückzuhalten. Ich hatte mich langsam daran gewöhnt, daß Oma nicht mehr da war, wenn ich nach Hause kam, und ich gewöhnte mich auch langsam an die Tatsache, daß ich nicht mehr mit ihr reden, ihr nicht erzählen konnte, wie mein Tag gewesen war. Aber von Zeit zu Zeit verspürte ich noch einen Schmerz, der so tief ging, daß er mir den Atem raubte.

„Warum denkst du, daß derselbe Mörder auch dafür verantwortlich ist, daß die Vampire in Monroe verbrannt wurden?"

„Ich glaube, es war der Mörder, der den Männern an jenem Abend in der Kneipe diese Idee in den Kopf gesetzt hat, diese Bürgerwehrsache. Ich glaube, es war der Mörder, der von einer Gruppe zur anderen gegangen ist und die Jungs angestachelt hat. Ich wohne hier schon mein Leben lang und habe noch nie erlebt, daß die Leute sich so aufgeführt haben. Es muß einen Grund dafür geben, daß sie es diesmal getan haben."

„Er hat sie aufgehetzt? Er hat den Brand geschürt?"

„Ja."

„Dein Lauschen hat nichts zutage gefördert?"

„Nein", mußte ich mit finsterer Miene eingestehen. „Aber das heißt nicht, daß es morgen genauso ereignislos verlaufen muß."

„Du bist Optimistin, Sookie."

„Ja, das bin ich. Ich muß Optimistin sein." Ich tätschelte Bills Wange und dachte daran, wie gerechtfertigt mein Optimismus gewesen war, denn schließlich war ja mein Vampir in mein Leben getreten.

„Dann lauschst du also weiter und hoffst, daß das irgendwann einmal Früchte tragen wird", sagte Bill. „Ich widme mich zunächst einer anderen Sache. Ich sehe dich morgen, ja? Bei dir daheim? Ich werde vielleicht ... nein, laß mich dir das dann erklären."

„Gut." Ich war sehr neugierig, aber offenbar war Bill ja nicht bereit, mir jetzt schon mehr zu sagen.

Auf dem Heimweg folgte ich bis zu meiner eigenen Auffahrt den Rücklichtern von Bills Wagen und dachte darüber nach, wie froh ich sein konnte, daß seine Anwesenheit mich schützt und wie viel mehr ich mich sonst in den letzten Wochen gefürchtet hätte. Dann lenkte ich mein Auto vorsichtig den Kiesweg hinauf, wobei ich wünschte, Bill hätte nicht nach Hause fahren müssen, um von dort aus ein paar dringende Telefonate zu erledigen. In den wenigen Nächten, die wir in letzter Zeit getrennt voneinander verbracht hatten, hatte ich zwar nicht gerade ununterbrochen vor Angst geschlottert, aber ich war sehr schreckhaft und angespannt gewesen. War ich allein im Haus, dann verbrachte ich viel Zeit damit, immer wieder nachzuprüfen, ob alle Fenster und Türen verschlossen waren. Ich war es nicht gewohnt, so zu leben. Beim Gedanken an die Nacht, die vor mir lag, wurde mir das Herz ganz schwer.

Ehe ich aus dem Auto stieg, ließ ich den Blick wachsam durch meinen Garten schweifen, wobei ich froh darüber war, daß ich daran gedacht hatte, die Außenbeleuchtung einzuschalten, ehe ich zum Merlottes fuhr. Normalerweise kommt Tina angelaufen, wenn ich nach längerer Abwesenheit zurückkehre, denn sie will dann ganz schnell ins Haus, um ein wenig Katzenfutter zu knabbern, aber in dieser Nacht war sie wohl irgendwo in den Wäldern auf Jagd.

Noch im Auto suchte ich mir den Haustürschlüssel aus dem Schlüsselbund heraus, der an meinem Schlüsselring hing. Dann hastete ich mit großen Schritten zur Vordertür, steckte den Schlüssel ins Schloß, drehte ihn um, sprang ins Haus, knalle die Tür hinter mir zu und verriegelte sie gleich wieder, alles in absoluter Rekordzeit. So kann man nicht leben, dachte ich und schüttelte verzweifelt den Kopf. Ich hatte den Gedanken noch nicht zu Ende gedacht, da schlug etwas mit einem dumpfen Aufprall gegen meine Vordertür, und ich konnte einfach nicht anders, ich kreischte laut auf.

Ich rannte zum schnurlosen Telefon beim Sofa und tippte mit zitternden Fingern Bills Nummer ein, während ich gleichzeitig im Zimmer hin- und herlief und sämtliche Jalousien herunterließ. Was, wenn sein Telefon besetzt war? Er hatte doch gesagt, er wolle nach Hause, um zu telefonieren!

Aber ich erwischte Bill, als dieser gerade zur Tür hereinkam. „Ja?" meldete er sich. Bill klang immer ein wenig mißtrauisch, wenn er ans Telefon ging.

„Bill", keuchte ich völlig verängstigt. „Hier draußen ist irgendwas!"

Kommentarlos knallte er den Hörer auf die Gabel. Ein Vampir in Aktion.

Innerhalb von zwei Minuten war er da. Ich spähte durch eine der Jalousien, deren Lamellen ich ein klein wenig auseinandergeschoben hatte, vorsichtig in den Garten hinaus, und da sah ich ihn: schneller und leiser, als ein Mensch es je könnte, trat er aus dem kleinen Wald und eilte über mein Grundstück. Die Erleichterung, die ich bei seinem Anblick empfand, war überwältigend. Eine Sekunde lang schämte ich mich dafür, ihn gerufen zu haben – ich hätte allein mit dieser Situation fertig werden müssen! Aber dann dachte ich: wieso? Wenn du in deiner Bekanntschaft ein schier unbesiegbares Wesen hast, das noch dazu sagt, es verehrt dich, ein Wesen, das schier unverwundbar ist, dann rufst du es doch, wenn du Hilfe brauchst!

Bill suchte den Garten und das Wäldchen ab. Er bewegte sich dabei völlig lautlos und ungeheuer anmutig. Schließlich kam er die Treppe heraufgeschwebt. Er beugte sich über etwas, das auf der vorderen Veranda lag. Der Winkel war zu spitz, ich konnte nicht sehen, was es war. Als er sich dann aufrichtete, hielt er etwas in Händen, und seine Miene war ... absolut undurchdringlich.

Das war ganz und gar kein gutes Zeichen.

Widerstrebend ging ich, um die Vordertür zu öffnen. Ich drückte auch die Fliegentür auf.

Bill hielt die Leiche meiner Katze in Händen.

„Tina?" sagte ich und hörte, wie meine Stimme zitterte, aber das war mir völlig egal. „Ist sie tot?"

Bill nickte, eine einzige, winzige Bewegung mit dem Kopf.

„Was – wie?"

„Erwürgt, glaube ich."

Ich spürte, wie mein Gesicht in tausend Stücke zerfiel. Bill mußte dastehen und die Leiche halten, und ich weinte mir die Seele aus dem Leib.

„Ich habe diese Virginia-Eiche noch nicht besorgt", sagte ich dann, als ich mich ein wenig beruhigt hatte. Meine Stimme klang immer noch nicht besonders sicher. „Wir können sie in diesem Loch begraben." So gingen wir also in den Garten hinter dem Haus, wobei der arme Bill Tina trug und versuchte, so zu tun, als mache ihm das gar nichts aus, und ich versuchte, nicht gleich wieder zusammenzubrechen. Bill kniete nieder und legte das kleine, schwarze Fellbündel in die Grube. Ich holte die Schaufel und machte mich daran, das Loch zu füllen, aber beim Anblick der ersten Schaufel Erde, die Tinas Fell traf, löste ich mich wieder in Tränen auf. Da nahm mir Bill schweigend die Schaufel aus der Hand, und ich drehte dem Loch den Rücken zu, während er die schreckliche Arbeit beendete.

„Komm ins Haus", sagte er, als alles erledigt war. Seine Stimme klang ganz lieb und sanft.

Wir gingen also zurück, wobei wir wieder um das ganze Haus herumgehen mußten, weil ich ja die Hintertür noch nicht aufgeschlossen hatte und wir nur durch die Vordertür gehen konnten.

Bill streichelte und tröstete mich; dabei wußte ich doch genau, daß er selbst sich nicht viel aus Tina gemacht hatte. „Gott segne dich, Bill", flüsterte ich und hatte plötzlich schreckliche Angst, auch er könnte mir noch genommen werden, weswegen ich panisch beide Arme um ihn schlang. Erst als meine Tränen versiegt waren und nur noch ein Schluckauf übrigblieb, sah ich auf und hoffte sehr, ihn durch meinen Gefühlsausbruch nicht überfordert zu haben.

Bill war ungeheuer wütend. Er starrte auf die Wand über meinem Kopf, seine Augen glühten, und er schien mir das furchterregendste Wesen, das ich in meinem ganzen Leben je zu Gesicht bekommen hatte.

„Hast du draußen im Garten irgend etwas gefunden?" fragte ich.

„Nein. Wohl Spuren seiner Anwesenheit: ein paar Fußabdrücke, einen Geruch, der immer noch über allem lag. Nichts, was sich vor Gericht als Beweismittel verwenden ließe", fügte er rasch hinzu, als könne er meine Gedanken lesen.

„Würde es dir etwas ausmachen, hier zu bleiben, bis ... du dich vor der Sonne verstecken mußt?"

„Natürlich nicht." Er starrte mich an, was mir klarmachte, daß er ohnehin vorgehabt hatte zu bleiben, ganz egal, ob ich das gewollt hätte oder nicht.

„Wenn du immer noch telefonieren willst, dann tu das doch einfach von hier aus. Ich habe nichts dagegen." Damit meinte ich, daß ich nichts dagegen hatte, wenn diese Gespräche auf meiner Telefonrechnung auftauchten.

Ich wusch mir das Gesicht und nahm eine Schmerztablette, ehe ich mir das Nachthemd anzog. Ich war trauriger als je zuvor seit Großmutters Tod, aber ich trauerte anders als nach ihrer Ermordung. Natürlich fällt der Tod eines Haustiers in eine andere Kategorie als der eines Familienmitglieds, und das sagte ich mir selbst an diesem Abend sehr streng. Aber irgendwie schien diese Erkenntnis meinen schrecklichen Kummer nicht lindern zu können. Ich ging alles durch, was meiner Meinung nach meine Empfindungen hätte relativieren müssen, aber ich kam keiner vernünftigen Erwägung näher, denn ich blieb immer wieder an dem Wissen hängen, daß ich Tina vier Jahre lang gefüttert, gebürstet und liebgehabt hatte und daß sie mir fehlen würde.

Charlaine Harris

Kapitel 11

Meine Nerven lagen am nächsten Tag ziemlich blank. Als ich zur Arbeit kam und Arlene erzählte, was vorgefallen war, nahm sie mich in den Arm, drückte mich kräftig und sagte: „Am liebsten würde ich das Schwein umbringen, das der armen Tina das angetan hat!" Irgendwie fühlte ich mich nach diesen Worten gleich viel besser. Charlsie zeigte sich genauso besorgt und mitfühlend, nur ging es ihr mehr um den Schock, den ich erlitten hatte, und weniger um Tinas qualvolles Sterben. Sam blickte beunruhigt und finster drein; er war der Meinung, ich sollte den Sheriff oder Andy anrufen und einem der beiden mitteilen, was geschehen war. Letztlich rief ich Bud Dearborn an.

„Derlei tritt in der Regel in Wellen auf", erklärte der Sheriff mir mit seiner tiefen, brummigen Stimme. „Aber außer dir hat niemand ein totes oder verschwundenes Haustier gemeldet. Ich fürchte, hier geht es um dich persönlich. Dieser Vampir, mit dem du befreundet bist: Mag er Katzen?"

Ich schloß die Augen und atmete ein paar Mal tief ein und aus. Ich telefonierte von Sams Büro aus. Sam saß am Schreibtisch und füllte den Bestellschein für die nächste Getränkelieferung aus.

„Bill war zu Hause, als derjenige, der Tina ermordet hat, mir ihre Leiche auf die Veranda warf", sagte ich, so ruhig ich konnte. „Ich habe ihn sofort danach angerufen, und er ist selbst ans Telefon gegangen." Sam sah fragend hoch, und ich verdrehte die Augen, um ihn wissen zu lassen, was ich von den Verdächtigungen des Sheriffs hielt.

„Er hat dir dann gesagt, daß deine Katze erwürgt worden ist?" fuhr Bud nachdenklich fort.

„Ja."

„Hast du denn den Strick?"

„Nein. Ich habe noch nicht einmal gesehen, was für einer es gewesen sein könnte."

„Was hast du mit dem Kätzchen gemacht?"

„Wir haben sie begraben."

„War das deine Idee oder die Mr. Comptons?"

„Meine." Was hätten wir denn sonst mit Tina tun sollen?

„Vielleicht kommen wir und graben Tina wieder aus. Wenn wir den Strick und die Katze hätten, könnten wir vielleicht feststellen, ob zwischen der Art, wie sie erwürgt wurde, und der, wie Maudette und Dawn erwürgt worden sind, eine Übereinstimmung besteht."

„Es tut mir leid, daran habe ich gar nicht gedacht."

„Nun, das spielt ja auch keine große Rolle mehr. Ohne den Strick, meine ich."

„Na, dann auf Wiedersehen", verabschiedete ich mich und legte auf, vielleicht ein wenig entschiedener, als eigentlich notwendig gewesen wäre. Sam zog fragend die Brauen hoch.

„Bud ist ein Affe!" teilte ich ihm erbost mit.

„Bud ist kein schlechter Polizist", widersprach Sam mir gelassen. „Niemand hier in der Gegend ist an derart kranke Morde gewöhnt."

„Da hast du recht", mußte ich nach einer kleinen Pause eingestehen. „Das war nicht fair von mir. Aber wie er immerfort ,Strick' sagte, als wäre das ein Wort, das er gerade erst gelernt hätte und worauf er ungeheuer stolz wäre. Es tut mir leid, daß ich so wütend auf ihn geworden bin."

„Niemand verlangt von dir, daß du ständig perfekt bist, Sookie."

„Heißt das, ich darf mich von Zeit zu Zeit mal richtig danebenbenehmen und brauche nicht immerfort alles zu verstehen und zu verzeihen? Danke, Chef!" Ich lächelte Sam an, wobei ich spürte, wie mühsam sich meine Lippen verzogen. Dann glitt ich von der Tischkante, auf die ich mich beim Telefonieren gehockt hatte, dehnte und reckte mich ausführlich, und erst als ich sah, mit welch hungrigem Blick Sam jede einzelne meiner Bewegungen verfolgte, wurde mir wieder ganz bewußt, wo ich war. „Nun aber los, an die Arbeit!" rief ich gespielt munter und eilte aus dem Zimmer, peinlich darauf bedacht, auch den kleinsten Hüftschwung zu vermeiden.

„Könntest du heute abend wohl ein paar Stunden auf die Kinder aufpassen?" fragte Arlene mich kurz darauf ein wenig schüchtern. Ich dachte an unsere letzte Unterhaltung darüber, ob ich ihre Kinder hüten könnte oder nicht, daran, wie betroffen und beleidigt ich gewesen war, als Arlene zögerte, ihre Kinder in einem Haus zu lassen, in dem ein Vampir verkehrte. Sie hatte mich beschuldigt, nicht wie eine Mutter zu denken, und nun versuchte sie wohl, sich zu entschuldigen.

Vorübergehend tot

„Die Kinder hüten? Gern!" antwortete ich und wartete ab, ob Bill auch diesmal zur Sprache kommen würde. Das war aber nicht der Fall. „Von wann bis wann?"

„Rene und ich wollen nach Monroe ins Kino. Kann ich die Kinder so gegen halb sieben bringen?"

„Halb sieben ist in Ordnung. Haben die beiden dann schon gegessen?"

„Abfüttern werde ich sie. Sie sind bestimmt entzückt darüber, endlich mal wieder zu Tante Sookie zu dürfen."

„Ich bin genauso entzückt."

„Danke", sagte Arlene. Dann zögerte sie, wollte ganz offensichtlich etwas sagen und überlegte es sich dann anscheinend anders. „Wir sehen uns also so gegen halb sieben."

Ich kam etwa um fünf nach Hause. Den gesamten Nachhauseweg hatte ich gegen die grelle Sonne anfahren müssen, die geglitzert und geglänzt hatte, als wolle sie mich niederstarren. Ich zog mich um – ein blaugrünes Strickensemble mit kurzer Hose – und bürstete mir die Haare zu einem Pferdeschwanz, den ich dann mit einem Bananenclip zusammenhielt. Daraufhin setzte ich mich allein an den Küchentisch, was nicht wirklich gemütlich war, und verzehrte ein belegtes Brot. Mein Haus fühlte sich groß und leer an, und ich war sehr froh, als ich sah, wie der Wagen mit Rene, Coby und Lisa darin vorfuhr.

„Arlene hat Schwierigkeiten mit einem künstlichen Fingernagel", erklärte Rene, peinlich berührt, ein so intimes, weibliches Detail überhaupt erwähnen zu müssen. „Lisa und Coby konnten nicht warten, sie wollten unbedingt zu dir." Ich sah, daß Rene immer noch Arbeitskleidung trug – die schweren Stiefel, das Messer am Gürtel, den Hut, das ganze Drum und Dran eben. So würde Arlene nirgends mit ihm hingehen! Er mußte vorher noch duschen und sich umziehen.

Coby war acht, Lisa fünf. Beide hingen an mir wie zwei riesige Ohrringe, während Rene sich über sie beugte, um ihnen einen Abschiedskuß zu geben. Renes Zuneigung zu diesen Kindern hatte ihm in meinem Buch ein dickes, goldenes Sternchen eingebracht, und ich lächelte dem Liebsten meiner Kollegin wohlwollend zu, während ich die Kinder bei der Hand nahm, um sie in die Küche zu führen, wo wir alle zusammen Eis essen wollten.

„Wir sehen uns dann so gegen halb elf, elf", verabschiedete sich Rene, die Hand bereits auf der Türklinke. „Wenn es dir recht ist?"

„Natürlich", erwiderte ich. Ich hatte den Mund schon aufgemacht, um anzubieten, die Kinder über Nacht bei mir zu behalten, wie wir es bei anderen Gelegenheiten bereits getan hatten, aber dann mußte ich an Tinas leblosen Körper denken. Vielleicht sollten sie diese Nacht lieber nicht bei mir schlafen. Ich lieferte den beiden Kleinen einen Wettlauf in die Küche, und ein oder zwei Minuten später hörte ich Renes uralten Pick-up die Auffahrt hinunterklappern.

In der Küche angekommen stemmte ich erst einmal Lisa hoch, wobei ich ausrief: „Ich kann dich ja kaum noch tragen, Mädel! Du bist groß geworden! Was ist mit dir, Coby, rasierst du dich schon?" Die nächste halbe Stunde verbrachten wir am Küchentisch. Die Kinder aßen Eis und berichteten mir ganz aufgeregt, was sie seit unserem letzten Treffen alles gelernt hatten.

Dann wollte Lisa mir unbedingt etwas vorlesen, und ich suchte ein Malbuch hervor, in dem die Namen der Zahlen und Farben jeweils auch in Druckbuchstaben standen. Stolz las Lisa mir diese Namen vor, und dann mußte Coby natürlich beweisen, daß er viel besser lesen konnte als seine Schwester. Dann wollten die beiden ihre Lieblingssendung im Fernsehen ansehen, und ehe ich mich versah, war es dunkel geworden.

„Mein Freund kommt heute abend auch noch vorbei", erklärte ich da den beiden. „Er heißt Bill."

„Mama hat uns erzählt, daß du einen besonderen Freund hast", sagte Coby. „Ich hoffe nur, daß ich den mag, und ich hoffe, er behandelt dich anständig!"

„Oh ja, das tut er!" versicherte ich dem kleinen Jungen, der sich kerzengerade aufgerichtet und in die Brust geworfen hatte, bereit, mich zu verteidigen, sollte sich irgendein besonderer Freund in seinen Augen als nicht nett genug erweisen.

„Schickt er dir Blumen?" wollte Lisa wissen, die sehr romantisch veranlagt ist.

„Nein, bisher noch nicht. Aber vielleicht kannst du ihm einen kleinen Tip geben? Andeuten, daß ich gern welche bekäme?"

„Hat er dich gefragt, ob du ihn heiraten willst?"

„Nein, aber ich habe ihn auch nicht gefragt."

Natürlich suchte sich Bill genau diesen Moment aus, um an die Tür zu klopfen.

„Ich habe Besuch", sagte ich lächelnd, als ich öffnete.

„Das höre ich", erwiderte Bill.

Ich nahm ihn bei der Hand und führte ihn in die Küche.

„Bill – das hier ist Coby, und die junge Dame da drüben heißt Lisa." Mit diesen Worten stellte ich die drei einander ganz förmlich vor.

„Das trifft sich hervorragend", sagte Bill zu meiner großen Verwunderung. „Genau die beiden wollte ich unbedingt kennenlernen. Lisa, Coby: Ist es euch recht, wenn ich mit eurer Tante Sookie zusammen bin?"

Die beiden betrachteten ihn nachdenklich. „Eigentlich ist sie gar nicht unsere richtige Tante", erwiderte Coby dann, der offenbar sicherstellen wollte, woran er mit Bill war. „Sie ist eine gute Freundin unserer Mama."

„Eine gute Freundin eurer Mama? Aha."

„Ja, und sie sagt, du schickst ihr keine Blumen", sagte Lisa, deren Stimme plötzlich glasklar und nur zu verständlich klang. Wie froh ich war, daß sie ihr kleines Problem mit der Aussprache des Buchstabens R so gut in den Griff bekommen hatte, die kleine Kröte!

Bill warf mir von der Seite her einen fragenden Blick zu, und ich zuckte die Achseln. „Sie hat mich danach gefragt", erklärte ich ein wenig hilflos.

„Ach so ist das", meinte Bill bedächtig. „Da werde ich mich wohl bessern müssen. Vielen Dank, daß du mich darauf hingewiesen hast. Wann hat Tante Sookie denn Geburtstag, weißt du das?"

Ich spürte, wie mein Gesicht rot wurde und ganz heiß anlief. „Bill!" sagte ich. „Nun laß es aber gut sein."

„Weißt du es, Coby?" fragte Bill den Jungen.

Bedauernd schüttelte Coby den Kopf. „Aber ich weiß, daß der Geburtstag im Sommer ist. Letztes Jahr hat Mama Sookie an ihrem Geburtstag zum Mittagessen in Shreveport eingeladen, und das war im Sommer. Rene hat auf uns aufgepaßt."

„Wie klug von dir, daß du dir das gemerkt hast, Coby", sagte Bill.

„Ich bin noch viel klüger! Rate mal, was ich in der Schule gelernt habe!" Damit war Coby nicht mehr zu halten.

Während Coby erzählte und erzählte, beobachtete Lisa die ganze Zeit unverwandt Bill. Als ihr Bruder endlich eine Pause einlegte, sagte sie: „Du bist ziemlich weiß, Bill."

„Das stimmt", erwiderte mein Vampir. „Das ist meine normale Gesichtsfarbe."

Die beiden Kinder wechselten vielsagende Blicke. Ich wußte genau, daß sie sich schweigend darüber verständigten, daß ‚normale Gesichtsfarbe' bestimmt eine Krankheit war und es unhöflich wäre, noch weiter zu fragen. Von Zeit zu Zeit können Kinder erstaunlich taktvoll sein.

Anfangs verhielt sich Bill ein wenig steif, aber er wurde immer lockerer, je weiter der Abend voranschritt. Gegen neun war ich ziemlich erschöpft und hätte das auch jedem gegenüber unumwunden zugegeben, aber Bill beschäftigte sich auch um elf, als Arlene und Rene kamen, um Lisa und Coby abzuholen, noch immer hellwach und begeistert mit den beiden Kindern.

Ich hatte meine beiden Freunde gerade Bill vorgestellt, und alle hatten einander auf völlig normale Art und Weise die Hände geschüttelt, als ein weiterer Besucher sich anschickte, auf meiner Türschwelle aufzutauchen.

Aus dem nahen Wald schlenderte ein gutaussehender Vampir mit dichtem, zu einer unglaublich hohen Welle aus der Stirn zurückgekämmtem Haar herbei. Währenddessen verstaute Arlene schon die Kinder im Auto, und Rene stand noch mit Bill zusammen und plauderte. Mein Vampir winkte dem neuen Vampir beiläufig zu, und der hob die Hand, um Bills Gruß zu erwidern und gesellte sich dann zu Rene und Bill, als ginge er davon aus, daß er erwartet wurde.

Von der Schaukel auf der vorderen Veranda aus sah ich zu, wie Bill Rene und den Neuen einander vorstellte und Mann und Vampir sich die Hand schüttelten. Rene starrte den Neuankömmling ziemlich unverblümt und mit leicht offenstehendem Mund an, und ich sah, daß er sich sicher war, den Untoten zu kennen. Bill warf Rene einen bedeutungsvollen Blick zu und schüttelte den Kopf, und Rene schloß den Mund wieder und verkniff sich den Kommentar, den er offenbar gerade hatte von sich geben wollen – was für ein Kommentar das auch immer gewesen sein mochte.

Der Neuankömmling war ein eher stämmiger Bursche und größer als Bill. Er trug eine verwaschene Jeans und ein T-Shirt mit der Aufschrift „I visited Graceland". Die Absätze seiner schweren Stiefel waren ziemlich abgelatscht. In der Hand hielt er eine der Plastikflaschen, mit denen man sich Flüssigkeit in den Mund spritzen kann und aus der er sich von Zeit zu Zeit einen kräftigen Spritzer synthetisches Blut zuführte. Die Höflichkeit in Person, dieser Fremde!

Möglicherweise hatte mir Renes Verhalten den ersten Hinweis geliefert: Je länger ich den Vampir ansah, desto vertrauter schien er mir. Ich versuchte, ihn mir mit einer wärmeren Gesichtsfarbe vorzustellen, dem Ganzen hier und da ein paar Linien hinzuzufügen, ihn mir aufrechter stehend auszumalen und seine Gesichtszüge ein wenig zu beleben.
Grundgütiger Himmel!
Der Mann aus Memphis!
Nun wandte Rene sich zum Gehen, und Bill steuerte den Neuankömmling in meine Richtung, damit auch ich ihn begrüßen konnte. Schon aus fünf Metern Entfernung rief der Neue mir mit ausgeprägtem Südstaatlerakzent fröhlich zu: „Hallo! Bill sagt, irgendwer hat Ihre Katze umgebracht!"

Gequält schloß mein Vampir einen Moment lang die Augen, und ich konnte nur sprachlos nicken.

„Das tut mir leid", fuhr der neue Vampir fort. „Ich mag Katzen!" Irgendwie wußte ich genau, daß er damit nicht meinte, daß er gern ihr Fell streichelte. Ich hoffte inständig, die Kinder hätten nichts mitbekommen, aber nun tauchte Arlenes verschrecktes Gesicht im Rückfenster von Renes Pick-up auf. Der ganze gute Ruf, all das Vertrauen, das Bill so mühsam aufgebaut hatte, war jetzt wohl mit einem Schlag futsch.

Hinter dem Rücken des neuen Vampirs schüttelte Rene ein wenig fassungslos den Kopf. Dann kletterte er auf den Fahrersitz seines Pick-up, startete den Motor, rief uns noch einmal auf Wiedersehen zu und streckte den Kopf aus dem Fenster, um den Neuankömmling mit einem letzten, ungläubigen Blick zu mustern. Er hatte wohl auch irgend etwas zu Arlene gesagt, denn der Kopf meiner Freundin tauchte erneut am Fenster auf. Arlene musterte den Fremden neugierig und ausführlich, solange sie konnte. Kaum hatte ich noch mitbekommen, wie ihr Unterkiefer vor Staunen herabfiel, da war ihr Kopf auch schon wieder im Wageninnern verschwunden, und der Pick-up fuhr mit quietschenden Reifen die Auffahrt hinunter.

„Sookie", wandte sich Bill mit leicht warnendem Unterton an mich, „darf ich dir *Bubba* vorstellen?"

„Bubba", wiederholte ich und mochte meinen Ohren kaum trauen.

„Bubba", bestätigte der neue Vampir gut gelaunt, und sein furchterregendes Lächeln verkündete nichts als Wohlwollen. „Das bin ich. Freut mich, Sie kennenzulernen."

Ich schüttelte dem Vampir die Hand und zwang mich, sein Lächeln zu erwidern. Allmächtiger Gott – ich hatte nie gedacht, daß *er* mir je die Hand schütteln würde. Aber er hatte sich eindeutig nicht zu seinem Besten verändert.

„Bubba, würde es dir etwas ausmachen, hier auf der Veranda zu warten? Ich möchte mit Sookie das Arrangement besprechen, das wir getroffen haben."

„Ist recht", erwiderte Bubba unbekümmert. Er ließ sich auf der Schaukel nieder, so glücklich und hirnlos wie ein Pfund Brot.

Bill und ich gingen ins Wohnzimmer, aber ehe sich die Verandatür hinter uns geschlossen hatte, fiel mir noch auf, daß ein Großteil der nächtlichen Geräusche – all die Insekten und Frösche – mit Bubbas Auftauchen einfach verstummt war. „Ich wollte dir die Sache eigentlich erklären, ehe Bubba angestiefelt kommt", flüsterte Bill. „Aber das ging ja nicht."

Ich sagte: „Ist Bubba der, für den ich ihn halte?"

„Ja. Wie du siehst, stimmt zumindest ein Teil der Geschichten, in denen behauptet wird, er sei gesehen worden. Aber bitte, nenn' ihn *nicht* beim Namen! Nenn' ihn Bubba. Irgend etwas ist schiefgelaufen, als er herüberwechselte – vom Menschen zum Vampir wurde, meine ich –; daran mag all die Chemie schuld sein, die er im Körper hatte."

„Aber er war wirklich tot, oder?"

„Nicht ... ganz. Einer von uns hat da unten im Leichenschauhaus gearbeitet und war ein großer Fan von ihm. Er konnte einen winzigkleinen Funken Leben ausmachen, der immer noch glomm, und so brachte er ihn zu uns herüber. Allerdings im Eilverfahren."

„Brachte ihn herüber?"

„Machte ihn zum Vampir", erklärte Bill. „Aber das war ein Fehler. Nach dem, was mir Freunde erzählen, wurde er nie wieder der Alte. Er hat ungefähr so viel Grips wie ein Baumstamm, weshalb er sich mit Gelegenheitsjobs für andere Vampire über Wasser hält. So richtig auf die Öffentlichkeit können wir ihn nicht loslassen, das hast du ja selbst gesehen."

Ich nickte, und mein Mund stand immer noch offen. Natürlich nicht. „Mein Gott", murmelte ich. In meinem Garten saß eine königliche Hoheit.

„Also: Vergiß nie, wie dumm und impulsiv er ist. Verbring nicht zu viel Zeit mit ihm allein und nenn' ihn nie anders als Bubba. Ein zusätzliches

Vorübergehend tot

Problem besteht darin, daß er Haustiere mag, wie er dir ja selbst schon erzählt hat. Er nährt sich fast ausschließlich von Haustieren, wodurch er auch nicht gerade berechenbarer wird. Aber jetzt will ich dir noch erklären, warum ich ihn überhaupt hierher gebracht habe ..."

Ich stand da, die Arme vor der Brust verschränkt, und erwartete Bills Erklärung mit einigem Interesse.

„Liebling, ich muß für ein paar Tage die Stadt verlassen", hob mein Liebster an.

Diese Ankündigung kam ziemlich unerwartet und warf mich völlig aus dem Konzept.

„Was ... warum? Nein, warte: Das brauche ich nicht wirklich zu wissen!" Ich machte eine abwehrende Bewegung mit beiden Händen, um nur nicht den Eindruck aufkommen zu lassen, Bill sei verpflichtet, mich in seine Geschäfte einzuweihen.

„Das erkläre ich dir, wenn ich wieder zurück bin", sagte mein Freund bestimmt.

„Was hat das mit deinem Kumpel – Bubba – zu tun?" Ich mußte die Frage einfach stellen, auch wenn ich das unangenehme Gefühl hatte, die Antwort eigentlich bereits zu kennen.

„Bubba wird auf dich aufpassen, während ich fort bin", sagte Bill, genau wie ich erwartet hatte.

Ich zog die Brauen hoch.

„Ich weiß, er hat nicht besonders viel ...", auf der Suche nach Worten blickte Bill sich ein wenig hilflos um, „... viel irgendwas. Aber er ist stark, er tut, was ich ihm sage, und er wird dafür sorgen, daß niemand bei dir einbricht."

„Er bleibt also draußen im Wald?"

„Aber auf jeden Fall!" erklärte Bill mit Nachdruck. „Er hat Befehl, noch nicht einmal hoch zum Haus zu kommen, und reden soll er mit dir auch nicht. Er soll sich bei Dunkelwerden einfach irgendeinen Ort suchen, von dem aus er das Haus im Auge hat, und dann die ganze Nacht über wachen."

Dann durfte ich auf keinen Fall vergessen, die Rollos herunterzulassen. Die Vorstellung, ein dümmlicher Vampir könnte durch meine Fenster linsen, war nicht besonders erbaulich.

„Du findest es wirklich notwendig, daß er hier wacht?" fragte ich ein wenig hilflos. „Ich kann mich nämlich gar nicht daran erinnern, daß du mich nach meiner Meinung gefragt hast."

„Liebling!" setzte Bill in einem übertrieben geduldigen Tonfall an, „ich gebe mir ja wirklich alle Mühe, mich daran zu gewöhnen, wie Frauen heutzutage behandelt werden wollen. Aber leicht fällt es mir nicht, es geht völlig gegen meine Natur. Besonders jetzt, wo ich befürchten muß, daß dir große Gefahr droht. Da versuche ich, alles so zu organisieren, daß ich mir keine Sorgen machen muß, solange ich fort bin. Ich wünschte, ich bräuchte überhaupt nicht zu fahren, und das, was ich vorhabe, geht mir eigentlich auch ziemlich gegen den Strich, aber ich muß es tun, und zwar für uns beide."

Ich betrachtete Bill lange und abwägend. „Gut", sagte ich dann, „ich glaube, ich habe dich verstanden. Das Arrangement gefällt mir zwar nicht besonders, aber ich habe Angst des Nachts, und ich nehme an ... also gut!"

Wenn ich ganz ehrlich sein soll, glaubte ich nicht, daß es überhaupt eine Rolle spielte, ob ich nun meine Zustimmung gab oder nicht. Wie hätte ich Bubba zum Gehen bewegen können, wenn er nicht gehen wollte? Selbst der Polizeiapparat in unserer kleinen Stadt verfügte ja nicht über die Mittel und die Ausrüstung, mit Vampiren fertig zu werden, und beim Anblick dieses einen, besonderen Vampirs würden ohnehin alle Beamten so lange stocksteif mit offenen Mündern in der Gegend herumstehen, bis es ihm gelungen war, sie allesamt in Stücke zu reißen! Ich wußte Bills Besorgnis zu schätzen und bekam langsam das Gefühl, ihm ein Dankeschön zu schulden. Also nahm ich ihn kurz in die Arme und drückte ihn ein wenig an mich.

„Wenn du unbedingt gehen mußt, dann paß gut auf dich auf!" sagte ich dazu, wobei ich mir alle Mühe gab, nicht allzu verloren zu klingen. „Weißt du denn schon, wo du wohnen kannst?"

„Ja. Ich werde in New Orleans wohnen. Im ‚Blood in the Quarter' hatten sie ein Zimmer frei."

Über das Hotel ‚Blood in the Quarter' hatte ich bereits einen Artikel gelesen. Es war das erste der Welt, das sich auf die Unterbringung von Vampiren spezialisiert hatte. Das Hotel versprach seinen Besuchern absolute Sicherheit und hatte dieses Versprechen bislang auch halten können. Noch dazu lag es direkt im French Quarter der Stadt. Bei Dämmerung war es jeden Abend umzingelt von Fangbangern und Touristen, die miterleben wollten, wie die Vampire herauskamen.

Beim Gedanken an New Orleans wurde ich ein wenig neidisch. Ich strengte mich sehr an, nicht wie ein trauriges kleines Hündchen auszusehen, das durch die Tür zurück ins Haus geschoben wird, weil seine Besitzer allein ausgehen wollen, und sorgte rasch dafür, daß mein Lächeln wieder dort saß, wo es hingehörte. „Na, dann amüsier dich schön!" sagte ich strahlend. „Hast du schon gepackt? Die Fahrt dauert doch bestimmt ein paar Stunden, und die Nacht ist schon fortgeschritten."

„Der Wagen ist fertig", entgegnete Bill, und erst jetzt verstand ich, daß er seine Abreise hinausgezögert hatte, um mit mir und Arlenes Kindern zusammensein zu können. „Du hast recht: Ich muß jetzt wirklich los." Dann zögerte er, offensichtlich auf der Suche nach den passenden Worten, streckte mir aber schließlich statt dessen einfach beide Hände hin. Ich ergriff sie, und er zog mich sanft näher zu sich heran. Ich trat in seine Umarmung und rieb mein Gesicht an seiner Brust. Meine Arme legten sich um Bill, und ich drückte mich an ihn.

„Du wirst mir fehlen", sagte mein Vampir, wobei seine Stimme nur ein schwacher Hauch in der Luft war, aber ich hörte sie trotzdem. Ich spürte seine Lippen, die mir einen ganz leichten Kuß auf das Haar drückten; dann löste er sich von mir und trat durch die Vordertür hinaus. Von der vorderen Veranda her hörte ich seine Stimme Bubba ein paar letzte Anweisungen erteilen, gefolgt vom Quietschen der Schaukel, als Bubba aufstand.

Aus dem Fenster sah ich erst wieder, als ich Bills Wagen die Auffahrt hinunterfahren hörte. Ich sah, wie Bubba zum Wäldchen schlenderte. Später duschte ich, wobei ich mir ständig versicherte, daß Bubba Bills vollstes Vertrauen genoß, denn sonst hätte mein Freund den anderen Vampir nicht hier gelassen, um mich zu bewachen. Aber unter dem Strich war ich mir immer noch nicht ganz schlüssig darüber, vor wem ich mehr Angst haben sollte: vor dem Mörder, nach dem Bubba Ausschau hielt, oder vor Bubba selbst.

* * *

Am nächsten Tag auf der Arbeit fragte Arlene, warum der unbekannte Vampir zu mir gekommen war. Ich wunderte mich nicht darüber, daß sie das Thema ansprach.

„Bill muß für ein paar Tage verreisen, und da er sich Sorgen macht ..." Ich hatte gehofft, es dabei belassen zu können, aber nun hatte sich auch Charlsie zu uns gesellt – im Merlottes war an diesem Tag nicht viel zu tun, da die Handelskammer im ‚Fins and Hooves' ein Mittagessen mit Gastredner veranstaltete und die Damen der Vereinigung ‚Kartoffel und Choral' im riesigen Haus der alten Mrs. Bellefleur gemeinsam ihre Kartoffeln samt geistiger Erbauung zu sich nahmen.

„Willst du damit sagen", fragte Charlsie mit großen leuchtenden Augen, „daß dir dein Liebster einen Leibwächter besorgt hat?"

Ich nickte zögernd. So konnte man es sagen.

„Wie romantisch", seufzte Charlsie.

So konnte man es auch sehen.

„Aber was für einen! Den solltest du mal sehen!" warf Arlene nun ein, die ihre Zunge so lange im Zaum gehalten hatte, wie ihr irgend möglich gewesen war. „Er sieht haargenau aus wie ..."

„Der Eindruck legt sich, sobald man mit ihm redet", unterbrach ich. „Dann ist da überhaupt keine Ähnlichkeit mehr." Das war die reine Wahrheit. „Im übrigen hört er den Namen gar nicht gern – du weißt schon, welchen."

„Oh!" hauchte Arlene, als befürchte sie, Bubba könne uns am helllichten Tage zuhören.

„Ich muß allerdings sagen, daß ich mich sicherer fühle, jetzt, wo sich Bubba im Wald herumtreibt", sagte ich, was mehr oder weniger auch den Tatsachen entsprach.

„Ist er denn nicht bei dir im Haus?" fragte Charlsie, wobei sie eindeutig ein wenig enttäuscht klang.

„Guter Gott, nein, wo denkst du hin!" sagte ich und entschuldigte mich im Stillen bei Gott, weil ich seinen Namen mißbraucht hatte – in letzter Zeit entschuldigte ich mich ziemlich oft im Geiste bei Gott. „Nein, Bubba bleibt nachts im Wald und beobachtet das Haus."

„War das ernstgemeint mit den Katzen?" Arlene sah aus, als sei ihr beim bloßen Gedanken daran ein wenig übel.

„Er hat nur Spaß gemacht. Sein Humor ist nicht gerade beeindruckend." Ich hatte die Zähne zusammengebissen und log meine Kolleginnen schamlos an, denn eigentlich war ich ziemlich sicher, daß Bubba nur zu gern einen Schluck Katzenblut zu sich nahm.

Besonders überzeugend hatte ich wohl nicht geklungen, denn Arlene schüttelte den Kopf, woraufhin ich beschloß, es sei Zeit, das Thema zu wechseln. „Hattet ihr beiden denn einen schönen Abend gestern, du und Rene?"

Vorübergehend tot

„Rene war letzte Nacht prima, findest du nicht?" fragte Arlene mit hochroten Wangen.

Eine oft verheiratete Frau, die errötete. „Sag du's mir."

„Du nun wieder! Ich meinte doch nur, daß er zu Bill und sogar zu diesem Bubba richtig höflich war."

„Hätte er denn aus irgendeinem Grund unhöflich zu den beiden sein sollen?"

„Rene hat Probleme, was Vampire betrifft", erklärte Arlene kopfschüttelnd. „Ich weiß, die habe ich auch", ergänzte sie hastig, als ich die Brauen hob. „Aber Rene hat tiefsitzende Vorurteile. Cindy war eine Zeitlang mit einem Vampir zusammen, womit Rene nur sehr schlecht umgehen konnte."

„Wie geht es Cindy? Gut?" fragte ich, denn ich hatte großes Interesse daran, etwas über den Gesundheitszustand einer Frau zu erfahren, die einmal mit einem Vampir zusammengewesen war.

„Ich habe sie eine ganze Weile nicht gesehen", gab sie zu, „aber Rene fährt sie etwa jede zweite Woche besuchen. Es geht ihr gut, sie hat wieder auf den rechten Weg gefunden. Sie arbeitet in einer Krankenhauskantine."

Sam hatte hinter dem Tresen gestanden und den Kühlschrank mit Flaschenblut aufgefüllt. Nun mischte er sich in unsere Unterhaltung ein. „Vielleicht hätte Cindy ja Interesse, wieder hierher zu ziehen. Lindsey Krause, die in der anderen Schicht arbeitet, hat nämlich gekündigt, weil sie nach Little Rock zieht."

Mit diesem Einwurf hatte Sam unser Interesse auf ein ganz anderes Thema gelenkt. Wie es aussah, verlor das Merlottes eine Kellnerin nach der anderen, und bald würden wir ernsthaft unterbesetzt sein. Minijobs schienen sich seit ein paar Monaten irgendwie nicht mehr besonders großer Beliebtheit zu erfreuen.

„Hat sich schon irgendwer beworben?" wollte Arlene wissen.

„Ich müßte mal meine Unterlagen durchsehen", sagte Sam und klang nicht besonders begeistert bei der Vorstellung. Arlene und ich waren die einzigen beiden Bardamen, Kellnerinnen, Serviererinnen oder wie immer man es nennen mochte, die Sam länger als zwei Jahre hatte halten können. Wobei das nicht ganz stimmte: Außer uns gab es noch Susanne Mitchell, die in der anderen Schicht arbeitete. Sam verbrachte viel Zeit damit, irgendwelche Leute einzustellen und manchmal auch damit, sie wieder hinauszuwerfen. „Könntest du nicht den Stapel mit den Bewerbungen durchgehen, Sookie, die aussortieren, bei denen du weißt, daß sie weggezogen sind oder einen anderen Job angenommen haben, und mir dann die nennen, die du mir wirklich empfehlen kannst? Das wäre eine große Zeitersparnis für mich."

„Gern!" erwiderte ich und erinnerte mich daran, daß ihm vor ein paar Jahren, ehe Sam dann Dawn eingestellt hatte, Arlene einmal diese Vorarbeit abgenommen hatte. Arlene und ich kannten uns viel besser aus als Sam, hatten mehr Kontakt zu Leuten in der Stadt als unser Chef, der sich nie an irgendwelchen gesellschaftlichen Aktivitäten zu beteiligen schien. Seit sechs Jahren wohnte Sam nun in Bon Temps, und ich kannte niemanden, der gewußt hätte, was für ein Leben er geführt hatte, ehe er das Merlottes erwarb.

Mit einem dicken Stapel Bewerbungsmappen ließ ich mich an Sams Schreibtisch nieder. Wenige Minuten später hatte ich ein sehr effektives System entwickelt, nach dem ich nun vorging. Ich sortierte die Bewerbungen in drei Haufen: Frauen, die weggezogen waren, Frauen, die einen anderen Job gefunden hatten, Frauen, die in Frage kamen.

Als nächstes ergaben sich ein vierter und ein fünfter Haufen: Frauen, mit denen ich nicht arbeiten wollte, weil ich sie nicht ausstehen konnte, und tote Frauen. Die erste Bewerbungsmappe auf dem fünften Stapel, dem für tote Frauen, stammte von einem Mädchen, das am vergangenen Weihnachtstag bei einem Autounfall gestorben war. Beim Anblick ihres Namens vorne auf der Mappe tat mir ihre Familie noch einmal von ganzem Herzen leid. Auf der zweiten Mappe, die ich dem fünften Haufen hinzufügte, stand der Name Maudette Pickens.

Drei Monate vor ihrem Tod hatte sich Maudette bei Sam um einen Job beworben. Ich konnte mir lebhaft vorstellen, daß die Arbeit im Grabbit Kwik nicht gerade inspirierend gewesen war. Auch Maudette tat mir noch einmal furchtbar leid, als ich ihre Bewerbung überflog und sah, wie schlecht ihre Rechtschreibung, wie krakelig ihre Handschrift gewesen waren. Dann versuchte ich, mir vorzustellen, was Jason wohl zu der Ansicht bewogen haben mochte, Sex mit dieser armen Frau – und das Filmen desselben – sei eine sinnvolle Art gewesen, die Zeit zu verbringen. Erneut konnte ich nicht umhin, mich über den merkwürdigen Geisteszustand meines Bruders zu wundern. Ich hatte Jason nicht mehr zu Gesicht bekommen, seit er mit Desiree entschwunden war. Hoffentlich war er heil heimgekommen – Desiree war wirklich ein ziemlicher Knaller gewesen. Ich wünschte mir, Jason

Vorübergehend tot

würde mit Liz Barrett seßhaft werden; die Frau besaß so viel Rückgrat, daß es auch für meinen Bruder noch reichte.

In letzter Zeit machte ich mir eigentlich immer nur Sorgen, wenn ich an meinen Bruder dachte. Hätte er doch bloß Maudette Pickens und Dawn nicht so gut gekannt! Auch wenn das ja für viele Männer in dieser Gegend galt, die alle Maudette und Dawn flüchtig oder intim gekannt hatten. Noch dazu waren beide Frauen von Vampiren gebissen worden, Dawn hatte auf brutalen Sex gestanden – Maudettes Vorlieben in dieser Frage waren mir unbekannt. Im Grabbit Kwik tankten viele Männer, und viele holten sich dort auch einen Kaffee. Dasselbe galt für das Merlottes: Auch hierher kamen viele Männer, um einen Schluck zu trinken. Männer überall, sozusagen, aber außer meinem blöden Bruder hatte niemand den Sex mit Dawn und Maudette auf Video aufgenommen!

Während ich grübelte, starrte ich auf einen großen Plastikbecher, der auf Sams Schreibtisch stand und früher einmal Eistee enthalten hatte. Es handelte sich um einen grünen Becher mit einer Aufschrift in leuchtendem Orange: „Der große Kühle gegen den Durst – aus dem Grabbit Kwik." Sam hatte ebenfalls beide Frauen gekannt; Dawn hatte für ihn gearbeitet, Maudette sich bei ihm um einen Job beworben.

Sam sah es ganz und gar nicht gern, daß ich mit einem Vampir ausging. Vielleicht wollte er nicht, daß überhaupt irgendwer mit Vampiren ausging.

In diesem Moment kam mein Chef ins Büro, und ich zuckte zusammen, als sei ich gerade dabei gewesen, etwas zu tun, was ich nicht hätte tun dürfen. Meinen eigenen Kriterien zufolge hatte ich das auch getan: Es war schlimm, Böses über einen Freund zu denken.

„Welcher Stapel ist der mit den Guten?" wollte Sam wissen, wobei er mir gleichzeitig einen leicht verwunderten Blick zuwarf.

Ich reichte ihm einen kleinen Stapel mit etwa zehn Bewerbungen. „Amy Burley", erklärte ich dazu und zeigte auf die Mappe, die zuoberst lag, „hat Erfahrung und arbeitet nur aushilfsweise immer mal ein paar Stunden in der Good Times Bar. Charlsie hat mit ihr zusammengearbeitet. Am besten erkundigst du dich also noch bei Charlsie, ehe du die Frau zum Vorstellungsgespräch bittest."

„Danke, Sookie, das spart mir wirklich allerhand Arbeit."

Ich nickte kurz, um zu zeigen, daß ich Sams Dank zur Kenntnis genommen hatte.

„Ist alles in Ordnung?" fragte mein Chef daraufhin besorgt. „Du wirkst ein wenig geistesabwesend."

Ich betrachtete ihn grübelnd. Sam sah nicht anders aus als sonst auch immer – aber sein Kopf war mir verschlossen. Wie er das wohl machte? Der einzige andere Kopf, der völlig unzugänglich für mich war, war Bills. Ihn konnte ich nicht hören, weil er Vampir war. Aber Sam war ganz gewiß kein Vampir.

„Mir fehlt Bill", sagte ich, um Sam ein wenig zu provozieren. Würde er mir nun einen Vortrag über die Gefahren halten, denen man sich aussetzte, wenn man mit einem Vampir schlief?

„Es ist doch Tag", erwiderte Sam schlicht. „Tagsüber kann er doch gar nicht bei dir sein."

„Natürlich nicht!" sagte ich ungehalten und wollte gerade hinzufügen, Bill hätte die Stadt verlassen. Dann fragte ich mich jedoch, ob es klug war, Sam so etwas zu erzählen, solange ich auch nur noch den kleinsten Funken Verdacht gegen meinen Chef hegte. Wortlos und abrupt verließ ich daraufhin das Büro, wobei Sam mir verwundert hinterher starrte.

Später konnte ich beobachten, wie Sam und Arlene lange zusammenstanden und sich unterhielten, wobei sie mir immer wieder Seitenblicke zuwarfen, die mir zeigten, daß ich das Thema ihrer Unterhaltung war. Sam zog sich in sein Büro zurück und wirkte besorgter denn je. Den Rest des Tages über kam es zwischen ihm und mir zu keiner weiteren Unterhaltung.

An diesem Abend fiel es mir schwer, nach Hause zu fahren, da ich wußte, ich würde bis zum Morgen allein sein. An anderen Abenden, an denen ich allein zu Hause gewesen war, hatte ich doch zumindest die beruhigende Gewißheit gehabt, daß ich Bill nur anzurufen brauchte, und er würde sofort bei mir sein. Nun war er fort. Ich versuchte, froh darüber zu sein, daß mich jemand bewachen würde, sobald es dunkel wurde und Bubba aus welchem Loch auch immer hervorgekrabbelt käme, aber es gelang mir nicht.

Ich rief Jason an, der aber nicht zu Hause war. Daraufhin rief ich im Merlottes an, in der Hoffnung, ihn dort anzutreffen, aber Terry Bellefleur, der meinen Anruf entgegennahm, erklärte, Jason sei an diesem Abend noch nicht da gewesen.

Ich fragte mich, warum Sam nicht arbeitete, was er wohl vorhatte und warum es so aussah, als würde er sich so gut wie nie mit Frauen

Vorübergehend tot

verabreden. Das konnte nicht daran liegen, daß ihm keine Angebote gemacht wurden: Ich hatte oft genug beobachtet, wie Frauen mit meinem Chef flirteten.

Besonders Dawn war ziemlich aggressiv hinter Sam hergewesen.

Es gelang mir an diesem Abend nicht, mich auf einen wirklich erfreulichen Gedanken zu konzentrieren.

Das ging damit los, daß ich mich fragte, ob Bubba der Revolvermann – oder treffenderweise wohl eher Revolvervampir – gewesen war, den Bill angerufen hatte, als er Onkel Bartlett hatte um die Ecke bringen wollen. Als nächstes fragte ich mich, warum Bill wohl ausgerechnet eine geistig so minderbemittelte Kreatur ausgesucht hatte, um mich bewachen zu lassen.

Jedes einzelne Buch, das ich zur Hand nahm, schien irgendwie nicht das richtige zu sein. Jede Fernsehsendung, die ich mir anzuschauen versuchte, wirkte unpassend und lächerlich. Ich versuchte, meine *Time* zu lesen und verstrickte mich in Überlegungen darüber, warum es so viele Nationen anscheinend darauf angelegt hatten, Selbstmord zu begehen, woraufhin ich die Zeitschrift letztlich erbost einmal quer durch das Wohnzimmer schleuderte.

Mein Verstand irrte umher wie ein Hamster im Laufrad. Er mochte sich auf nichts konzentrieren, sich nirgendwo wohlfühlen.

Als das Telefon klingelte, tat ich vor Schreck einen ziemlichen Satz.

„Hallo?" meldete ich mich vorsichtig und mit belegter Stimme.

„Jason ist jetzt hier", teilte mir Terry Bellefleur mit. „Er würde dir gern einen ausgeben."

Ganz wohl war mir nicht beim Gedanken daran, zu meinem Auto gehen zu müssen, wo es doch draußen schon so dunkel war. Noch weniger wohl war mir beim Gedanken, später dann allein in ein leeres Haus heimzukehren – in ein Haus, von dem ich zumindest hoffte, es sei dann leer. Dann schalt ich mich im Geist selbst streng einen Angsthasen: Ich hatte doch einen Bewacher, einen sehr starken, wenn auch sehr hirnlosen Bewacher.

„Gut", sagte ich zu Terry. „Ich bin in einer Minute da."

Ohne weiteren Kommentar legte Terry den Hörer auf – wahrlich die Geschwätzigkeit in Person.

Ich zog mir einen Jeansrock und ein gelbes T-Shirt an und eilte rasch zu meinem Auto, nachdem ich mich erst einmal vorsichtig nach allen Seiten umgeschaut hatte. Alle Außenlichter brannten hell, und in ihrem Schein schloß ich nun blitzschnell mein Auto auf, warf mich auf den Fahrersitz und verriegelte im Handumdrehen wieder die Tür hinter mir.

Auf jeden Fall konnte man so auf Dauer nicht leben!

* * *

Beim Merlottes parkte ich ganz automatisch auf dem Angestelltenparkplatz. Ein Hund strich um unseren Müllcontainer, und ehe ich ins Haus ging, streichelte ich den Kopf des Tieres. Wir mußten ungefähr einmal die Woche den Tierschutzverein rufen, um streunende oder ausgesetzte Hunde fortschaffen zu lassen. Sehr viele dieser Tiere waren trächtig, was mich jedes Mal regelrecht krank machte.

Hinterm Tresen stand Terry.

„Hey", begrüßte ich ihn, während ich mich suchend im Lokal umschaute. „Wo ist denn Jason?"

„Hier nicht", erwiderte Terry. „Er war den ganzen Abend noch nicht da. Das hatte ich dir doch am Telefon auch schon gesagt."

Ich sah ihn mit offenem Mund an. „Aber du hast doch dann später angerufen, um mir mitzuteilen, daß er gekommen ist."

„Nein, das habe ich nicht getan."

Terry und ich starrten einander an, wobei ich sehen konnte, daß mein Kollege einen seiner ganz schlechten Tage hatte. In seinem Kopf wanden sich ineinander verschlungen die Schlangen aus seiner Armeezeit zusammen mit denen aus seinem Kampf gegen Alkohol und Drogen. Äußerlich sah man ihm nur an, daß er erhitzt war und stark schwitzte, obwohl die Klimaanlage lief. Auch waren seine Bewegungen abgehackt und unbeholfen. Der arme Terry.

„Du hast mich wirklich nicht angerufen?" hakte ich so neutral wie irgend möglich noch einmal nach.

„Das habe ich dir doch gerade erklärt, oder?" Terry klang streitsüchtig.

Da konnte ich nur hoffen, daß sich an diesem Abend kein Kunde mit meinem Kollegen anlegte.

Mit einem versöhnlichen Lächeln auf den Lippen zog ich mich aus der Kneipe zurück.

An der Hintertür wartete immer noch der Hund; er winselte, als er mich sah.

„Du bist wohl hungrig, mein Junge?" fragte ich, woraufhin er direkt auf mich zukam, ohne vorsichtig zu zögern und die Lage immer wieder neu einzuschätzen, wie ich es von streunenden Hunden gewöhnt war. Nun stand er im Licht einer der Außenlampen direkt vor mir, weswegen ich erkennen konnte, daß er, wollte man nach seinem glänzenden, gepflegten Fell gehen, wohl erst vor kurzem ausgesetzt worden war. Es handelte sich um einen Collie – zumindest größtenteils. Ich war drauf und dran, noch einmal zurückzugehen, um den, der heute für die Küche verantwortlich war, um ein paar Reste zu bitten, aber dann hatte ich eine viel bessere Idee.

„Ich weiß, der schlimme, alte Bubba schleicht ums Haus, aber vielleicht könntest du mit mir *ins* Haus kommen", sagte ich mit dem Babystimmchen, in dem ich gern mit Tieren rede, wenn ich glaube, daß mir niemand zuhört. „Kannst du denn draußen pinkeln, damit wir im Haus keine Schweinerei bekommen?"

Als habe er mich genau verstanden, markierte der Collie folgsam eine Ecke des Müllcontainers.

„Guter Hund, lieber Hund! Was ist, sollen wir ein bißchen autofahren?" Mit diesen Worten öffnete ich meine Beifahrertür, wobei ich hoffte, der Hund würde mir die Sitze nicht allzu dreckig machen. Der Collie zögerte. „Komm schon! Du kriegst auch was Feines zu fressen, wenn wir zu Hause sind." Nicht in allen Fällen ist Bestechung etwas Schlimmes.

Nach ein paar weiteren zögernden Blicken und nachdem er ausführlich meine Hand berochen hatte, sprang der Hund auf den Beifahrersitz und schaute erwartungsvoll durch die Windschutzscheibe, als hätte er sich nunmehr voll und ganz dem Abenteuer Autofahrt verschrieben.

Ich teilte ihm mit, ich wisse das sehr zu schätzen, und kraulte ihn hinter den Ohren. Nachdem wir losgefahren waren, wurde mir schnell klar, daß dieser Hund Autofahren gewohnt war.

„Wenn wir bei mir zu Hause ankommen, Kumpel", erklärte ich ihm streng, „dann rennen wir so schnell es geht zur Tür, haben wir uns verstanden? Im Wald lebt nämlich ein Oger, der dich nur zu gern fressen würde."

Der Hund kläffte aufgeregt.

„Aber er wird keine Gelegenheit dazu erhalten!" fuhr ich beruhigend fort. Wie schön es war, jemanden zu haben, mit dem ich reden konnte. Sogar die Tatsache, daß er mir nicht antworten konnte, war schön, zumindest im Augenblick noch. Zudem brauchte ich mein Visier nicht zu schließen, denn schließlich war der Hund kein Mensch. Wie entspannend! „Wir beeilen uns einfach!"

„Wuff", stimmte mein Gefährte mir zu.

„Ich muß dir irgendeinen Namen gebe", fuhr ich fort. „Was hältst du von ... Buffy?"

Der Hund knurrte.

„Gut. Rover?"

Winseln.

„Gefällt mir auch nicht. Hmmm." Nun bogen wir in meine Auffahrt ein.

„Vielleicht hast du ja auch schon einen Namen", überlegte ich dann laut. „Laß mich mal nachsehen, ob du etwas am Hals trägst." Ich stellte den Motor aus und strich dem Hund mit den Fingern durchs dichte Fell. Er trug nicht einmal ein Flohhalsband. „Besonders gut haben sie sich ja nicht um dich gekümmert", sagte ich. „Aber das ist nun vorbei. Ich werde dir eine gute Mama sein." Mit diesen letzten, leicht schwachsinnigen Worten hatte ich meinen Haustürschlüssel aus dem Schlüsselbund herausgesucht, hielt ihn parat und öffnete entschlossen meine Wagentür. Wie der Blitz setzte der Hund an mir vorbei und stand in meinem Garten, wo er sich sorgsam umsah. Er hielt die Nase hoch in die Luft, schnüffelte, und in seiner Kehle bildete sich ein leises Knurren.

„Alles in Ordnung, Schatz; das ist nur der gute Vampir, der auf das Haus aufpaßt. Komm schnell!" Ich mußte dem Hund gut zureden, aber schließlich gelang es mir, ihn dazu zu bewegen, mit mir ins Haus zu kommen. Rasch verschloß ich hinter uns beiden die Tür.

Nun trottete der Hund einmal durchs gesamte Wohnzimmer, wobei er alles genau beroch und besah. Ich sah ihm ein paar Minuten zu, um sicherzugehen, daß er nichts annagen oder gar sein Bein heben würde. Dann ging ich in die Küche, denn ich wollte ihm irgend etwas zu Fressen zusammensuchen. Zuerst einmal füllte ich eine große Schüssel mit Wasser, nahm dann eine weitere Plastikschüssel, in der meine Oma immer den Salat aufbewahrt hatte, und füllte sie mit den Resten von Tinas Katzenfutter und ein wenig Fleisch, das von meinem eigenen Essen übriggeblieben war. Das würde ihm schon schmecken – er hatte doch bestimmt ordentlich Hunger. Endlich hatte sich der Hund bis zur Küche vorgearbeitet. Sofort lief er auf die beiden Schüsseln zu, schnüffelte am Futter herum und warf mir dann einen langen, fragenden Blick zu.

„Tut mir leid. Hundefutter habe ich keins. Mit etwas Besserem kann ich nicht aufwarten. Aber wenn du bei mir bleibst, besorge ich morgen anständiges Hundefutter." Der Hund starrte mich noch ein paar Sekunden lang an, dann beugte er den Kopf über den Freßnapf. Er aß ein wenig Fleisch, trank ein paar Schluck Wasser und wandte seine Aufmerksamkeit dann wieder erwartungsvoll mir zu.

„Darf ich dich Rex nennen?"

Ein leises Knurren.

„Was hältst du von Dean?" fragte ich. „Dean ist doch ein schöner Name." Ein netter Typ, der mir oft in einem Buchladen von Shreveport half, hieß Dean. Die Augen des Collies glichen ein wenig denen des Buchhändlers: hellwach und so, als würde ihnen nichts entgehen. Zudem war Dean ein besonderer Name, zumindest für einen Hund. Ich kannte keinen anderen Hund, der so hieß. „Ich wette, du bist schlauer als Bubba", meinte ich nachdenklich, und der Hund gab sein kurzes, scharfes Bellen von sich.

„Also gut, Dean, machen wir uns fertig fürs Bett!" Immer noch gefiel es mir sehr, jemanden zu haben, mit dem ich reden konnte. Der Hund trottete hinter mir her ins Schlafzimmer, wo er alle Möbelstücke einer sorgfältigen Prüfung unterzog. Ich zog Rock und T-Shirt aus, faltete beides ordentlich zusammen, trat aus dem Slip und hakte mir den BH auf. Aufmerksam sah mir der Hund zu, als ich nun ein sauberes Nachthemd aus der Kommode nahm und ins Bad ging, um zu duschen. Sauber und entspannt trat ich aus der Dusche. Dean hockte in der Tür und hielt den Kopf neugierig zur Seite geneigt.

„Wir tun das, um sauber zu werden", erklärte ich. „Menschen duschen gern. Ich weiß, das gilt für Hunde nicht. Es ist wohl eine reine Menschensache." Ich putzte mir die Zähne und zog mein Nachthemd an. „Was ist, Dean: wollen wir schlafen gehen?"

Als Antwort hüpfte der Collie auf mein Bett, drehte sich dort einmal im Kreis und legte sich hin.

„He! Nun mach aber mal halblang." Da hatte ich mir ja etwas Schönes eingebrockt! Oma hätte einen Anfall bekommen, wenn sie gewußt hätte, daß sich ein Hund auf ihrem Bett befand. Gegen Tiere hatte Oma nichts einzuwenden gehabt – solange sie die Nacht draußen verbrachten. Der Mensch gehörte ihrer Meinung nach ins Haus, das Haustier nach draußen, und nun hatte ich einen Vampir draußen vor dem Haus und einen Collie in meinem Bett.

„Runter mit dir", sagte ich streng, wobei ich auf den Bettvorleger deutete.

Langsam und widerstrebend kletterte der Collie wieder vom Bett, warf mir einen vorwurfsvollen Blick zu und machte sich auf dem Bettvorleger breit.

„Da bleibst du auch!" wies ich ihn energisch an und kletterte nun selbst ins Bett. Ich war sehr müde und nun, wo mein Hund hier war, nicht mehr halb so ängstlich wie vorher. Auch wenn mir nicht klar war, welche Hilfe ich von ihm erwarten konnte, sollte wirklich ein Eindringling in mein Schlafzimmer gelangen. Er kannte mich noch nicht lange genug, um sich im Ernstfall wie ein loyaler Hund zu verhalten. Aber ich war bereit, jeglichen Trost anzunehmen, der mir geboten wurde, und so entspannte ich mich und glitt langsam in den Schlaf. Kurz bevor ich endgültig einschlief, spürte ich das Bett unter dem Gewicht des Collies nachgeben. Eine schmale Zunge fuhr mir einmal über die Wange, dann ließ sich der Hund ganz dicht bei mir nieder. Ich drehte mich um und tätschelte ihn. Irgendwie war es nett, ihn neben mir zu wissen.

Unversehens war es Morgen. Ich hörte die Vögel vor meinem Fenster ordentlich einen draufmachen. Sie zwitscherten auf Teufel komm raus, und es war wunderschön, entspannt und kuschelig im Bett zu liegen. Durch das Nachthemd hindurch spürte ich die Wärme, die von meinem Hund ausging. Wahrscheinlich war es mir irgendwann in der Nacht zu warm geworden, weswegen ich die Bettdecke weggeschoben hatte. Noch immer schläfrig tätschelte ich den Kopf des Tiers, wobei meine Finger träge durch das weiche Fell glitten. Dean schmiegte sich enger an mich, schnüffelte an meinem Gesicht herum, legte den Arm um mich ...

Den Arm?

Mit einem Aufschrei sprang ich aus dem Bett.

In meinem Bett lag auf einen Ellbogen gestützt Sam, die sonnige Seite nach oben gekehrt, und betrachtete mich ziemlich amüsiert.

„Ach du meine Güte! Wie bist du hierher gekommen? Was tust du hier? Wo ist Dean?" Entsetzt bedeckte ich mein Gesicht mit beiden Händen und drehte mich hastig um, aber ich hatte schon alles gesehen, was es an Sam zu sehen gab.

„Wuff!" sagte Sam, ein Hundelaut aus einer Menschenkehle, und mit Siebenmeilenstiefeln stürmte die Erkenntnis auf mich ein.

Ich drehte mich mit einem Ruck wieder zu ihm um, bereit, mich ihm zu stellen, so wütend, daß ich befürchten mußte, mir würde gleich eine Sicherung durchbrennen.

„Du hast mir letzte Nacht beim Ausziehen zugeguckt, du ... du ... verdammter Hund du!"

„Sookie", flehte Sam beschwörend, „hör mir bitte zu!"

Aber das ging nicht, denn mir war gerade ein weiterer Gedanke durch den Kopf geschossen. „Oh Gott, Bill bringt dich um!" Damit sank ich auf den Schemel, der neben der Badezimmertür stand, legte die Ellbogen auf die Knie und ließ den Kopf sinken. „Oh nein!" stöhnte ich. „Nein, nein." Sam kniete vor mir. Das drahtige, rotgoldene Haar auf seinem Kopf setzte sich auf der Brust fort und zog sich dann in einer Linie bis zu ... ich schloß erneut die Augen.

„Sookie, ich hatte Angst um dich, als Arlene mir sagte, du würdest allein sein", setzte Sam an.

„Hat sie dir denn nicht von Bubba erzählt?"

„Bubba?"

„Dieser Vampir, den Bill mir dagelassen hat, damit er auf mein Haus aufpaßt."

„Ach ja, jetzt erinnere ich mich. Sie sagte, er erinnere sie an einen Sänger."

„Nun, der Vampir heißt Bubba. Falls es dich interessiert: Er läßt gern Tiere ausbluten, nur so zum Spaß."

Voller Genugtuung konnte ich nun (durch meine Finger hindurch) sehen, wie Sam ganz blaß wurde.

„Na, dann kann ich ja wirklich von Glück sagen, daß du mich ins Haus gelassen hast", sagte er nach einer langen Pause.

Das erinnerte mich natürlich wieder an die Verkleidung, in der er in der Nacht zuvor aufgetreten war, und ich fragte: „Was bist du, Sam?"

„Ich bin ein Gestaltwandler. Ich dachte, es sei an der Zeit, daß du das erfährst."

„Mußte ich es denn unbedingt auf diese Art und Weise erfahren?"

Sam schien peinlich berührt. „Eigentlich hatte ich vor, aufzuwachen und mich davonzuschleichen, ehe du die Augen aufmachst. Ich habe verschlafen. Auf allen Vieren herumzulaufen ist ziemlich ermüdend."

„Ich dachte, Menschen verwandeln sich nur in Wölfe."

„Nein. Ich kann mich in alles verwandeln."

Das interessierte mich brennend, weswegen ich die Hände fallen ließ und versuchte, mich auf Sams Gesicht zu konzentrieren. „Wie oft?" fragte ich. „Kannst du es dir aussuchen?"

„Bei Vollmond muß ich mich wandeln", erklärte Sam. „Zu jeder anderen Zeit kann ich die Veränderung per Willenskraft herbeiführen, aber das ist schwieriger und dauert länger. Ich verwandle mich immer in das letzte Tier, das ich vor der Verwandlung gesehen habe. Also habe ich bei mir daheim auf dem Couchtisch immer ein Hundebuch liegen. Ich habe es auf der Seite aufgeschlagen, die das Foto eines Collies zeigt. Collies sind groß, wirken aber nicht bedrohlich."

„Also könntest du auch ein Vogel sein?"

„Ja, aber fliegen ist schwer. Ich habe Angst davor, zwischen Starkstromleitungen zu geraten und gebraten zu werden oder aber gegen eine Fensterscheibe zu fliegen."

„Warum? Warum wolltest du, daß ich es weiß?"

„Weil es mir so vorkam, als würdest du ziemlich gut mit der Tatsache fertig werden, daß Bill ein Vampir ist. Es hatte sogar den Anschein, als würdest du sein Vampirsein genießen. Also dachte ich mir, ich probiere einfach mal aus, ob du auch mit meiner ... Beschaffenheit umgehen kannst."

„Das, was du bist", sagte ich ein wenig schroff, denn nun war ich im Kopf auf eine völlig andere Schiene geraten, „läßt sich aber nicht mit einer Viruserkrankung erklären. Ich meine: Du veränderst dich doch ganz und gar!"

Daraufhin sagte Sam gar nichts. Er sah mich nur unverwandt an, und seine Augen waren nun zwar blau, blickten aber noch genauso hellwach wie die des Collies, und auch ihnen schien so gut wie nichts zu entgehen.

„Ein Gestaltwandler zu sein ist ja nun eindeutig übernatürlich, und wenn dein Zustand übernatürlich ist, dann können andere Sachen es auch sein. Das heißt also", fuhr ich ganz langsam fort, „daß Bill gar kein Virus hat. Was ein Vampir ist, das kann man nicht wirklich mit einer Allergie gegen Knoblauch oder Silber oder Sonnenlicht erklären

Vorübergehend tot

... das ist doch der reinste Schwachsinn, den die Vampire da verbreiten, man könnte es fast schon Propaganda nennen, und es geht darum ... es geht darum, daß man sie eher akzeptiert, wenn man denkt, sie leiden an einer Krankheit. Aber in Wirklichkeit sind sie ... sie sind in Wirklichkeit ..."

Ich stürzte ins Badezimmer, wo ich mich übergeben mußte.

Glücklicherweise schaffte ich es bis zur Toilette.

„Ja", sagte Sam, der im Türrahmen lehnte, und seine Stimme klang traurig. „Tut mir leid, Sookie, aber Bill hat nicht einfach ein Virus. Er ist wirklich und wahrhaftig tot."

*   *   *

Ich wusch mir das Gesicht und putzte mir zweimal die Zähne. Dann setzte ich mich auf meine Bettkante, denn weiter kam ich nicht, dazu war ich viel zu müde. Sam hockte sich neben mich. Er legte tröstend den Arm um mich, und nach einiger Zeit schmiegte ich mich eng an ihn und legte meine Wange in seine Halsbeuge.

„Weißt du, einmal hörte ich im Radio eine Informationssendung", sagte ich völlig unvermittelt. „Es ging um Kryogenik, genauer gesagt darum, daß viele Leute sich entscheiden, nur ihren Kopf einfrieren zu lassen, weil das wesentlich billiger ist, als den ganzen Körper einzufrieren."

„Umm?"

„Rate mal, welches Lied sie am Schluß der Sendung spielten?"

„Ich kann das nicht erraten, Sookie. Welches Lied spielten sie denn?"

„Put Your Head On My Shoulder."

Zuerst gab Sam nur einen halb erstickten Laut von sich, dann aber bog er sich vor Lachen.

„Hör mal, Sam", sagte ich, als er sich beruhigt hatte, „ich habe zur Kenntnis genommen, was du mir erzählt hast, aber ich muß das mit Bill klären. Ich liebe Bill. Ich bin ihm treu, und er ist nicht hier, hat also keine Chance, seine Sicht der Dinge darzulegen."

„Mir geht es auch nicht darum, dich Bill zu entfremden, Sookie. Auch wenn das prima wäre!" Hierbei lächelte Sam ein strahlendes, viel zu seltenes Lächeln. Nun, wo ich sein Geheimnis kannte, wirkte er in meiner Gegenwart viel entspannter.

„Worum geht es denn dann?"

„Es geht darum, dafür zu sorgen, daß du am Leben bleibst, bis man den Mörder gefunden hat."

„Deswegen bist du also nackt in meinem Bett aufgewacht? Um mich zu beschützen?"

Er besaß genug Anstand, beschämt dreinzublicken. „Nun, wahrscheinlich hätte ich das in der Tat besser planen können. Aber glaub mir, ich dachte wirklich, du brauchst jemanden bei dir. Arlene hatte mir ja erzählt, daß Bill nicht in der Stadt ist. Du hättest mir nie gestattet, in Menschengestalt die Nacht hier zu verbringen, das wußte ich ganz genau."

„Beruhigt es dich denn jetzt zu wissen, daß Bubba bei Nacht mein Haus bewacht?"

„Vampire sind stark und grausam", mußte Sam zugeben. „Ich nehme an, dieser Bubba schuldet Bill irgend etwas, sonst würde er ihm keinen Gefallen erweisen. Vampire sind nicht groß darin, sich gegenseitig Gefallen zu tun. In ihrer Welt herrschen rigide Strukturen."

Wahrscheinlich hätte ich Sams Worten mehr Aufmerksamkeit schenken sollen, aber ich dachte angestrengt darüber nach, daß es wohl besser sei, ihm nicht zu erklären, woher Bubba kam.

„Wenn es dich gibt und Bill, dann kann ich wohl davon ausgehen, daß es auch noch ein paar andere Dinge gibt, die außerhalb der Natur stehen", sagte ich, und mit einem Mal wurde mir klar, daß mich hier ein ganzes Schatzkästchen an Gedanken erwartete. Seit ich Bill kannte, hatte ich nicht mehr ganz so sehr das Bedürfnis verspürt, interessante Dinge zu horten, um später einmal darüber nachdenken zu können, aber es konnte ja unmöglich schaden, auf alle Eventualitäten vorbereitet zu sein. „Davon mußt du mir später einmal unbedingt ausführlich erzählen." Der Yeti? Nessie? An die Existenz des Ungeheuers von Loch Ness hatte ich persönlich ja schon immer geglaubt.

„Ich sollte wohl zusehen, daß ich nach Hause komme", sagte Sam, sah mich dabei aber hoffnungsvoll an. Er war immer noch nackt.

„Ja, das glaube ich allerdings auch. Aber – verdammt! Ach, Mist aber auch!" Wütend stapfte ich die Treppe hinauf ins Obergeschoß meines Hauses, auf der Suche nach etwas, was mein Chef anziehen konnte. Meines Wissens hatte Jason dort oben für irgendeinen Notfall ein paar Sachen aufbewahrt.

Vorübergehend tot

So war es dann auch; im ersten Schlafzimmer oben fand ich eine Jeans und ein Arbeitshemd. Oben unter dem Blechdach war es bereits recht warm, denn dieser Bereich des Hauses hatte einen anderen Thermostat als die unteren Räume. So war ich froh, wieder hinunter in die wohltemperierte Luft zu kommen.

„Hier." Ich überreichte Sam die Sachen. „Ich hoffe, sie passen einigermaßen." Sam sah so aus, als würde er unsere Unterhaltung gern noch einmal wieder aufnehmen, aber mir war mittlerweile nur zu bewußt, wie dünn mein Nylonnachthemd war und daß er selbst gar nichts am Leibe trug.

„Du ziehst dir jetzt die Klamotten an", befahl ich streng, „und zwar im Wohnzimmer!" Damit scheuchte ich ihn aus dem Schlafzimmer und schloß die Tür hinter ihm. Ich dachte, wenn ich nun auch noch den Schlüssel im Schloß umdrehte, wäre das eine zu große Beleidigung, also ließ ich das lieber sein. Ich kleidete mich allerdings in Rekordzeit an: frische Unterwäsche sowie den Jeansrock und das gelbe Hemd, die ich auch am Vorabend getragen hatte. Ich legte Make-up auf, legte mir Ohrringe an und band mein Haar mit einem leuchtend gelben, dicken Gummiband zum Pferdeschwanz. Meine Laune hob sich um einiges, als ich nun in den Spiegel sah, aber dann verwandelte sich mein zufriedenes Lächeln in ein Stirnrunzeln, denn ich meinte, draußen einen Pick-up vorfahren zu hören.

Ich schoß aus dem Schlafzimmer, als hätte eine Kanone mich abgefeuert, wobei ich aus ganzem Herzen hoffte, Sam habe sich bereits umgekleidet und hielte sich nun versteckt. Mein Chef hatte sogar noch mehr getan: Er hatte sich in einen Hund zurückverwandelt. Jasons Kleidungsstücke lagen auf dem Fußboden verteilt, und ich hob sie rasch auf, um sie in den Flurschrank zu stopfen.

„Guter Hund!" lobte ich begeistert und kraulte den Collie hinter den Ohren. Der reagierte, indem er seine kalte schwarze Nase unter meinen Rock schob. „Das kannst du sein lassen", tadelte ich und warf einen Blick aus dem Fenster, das nach vorn hinausging. „Andy Bellefleur kommt", teilte ich dem Hund mit.

Draußen kletterte Andy aus seinem Dodge Ram, reckte sich lange und ausführlich und kam dann mit großen Schritten auf meine Vordertür zu. Ich öffnete, Dean an meiner Seite.

Ich sah Andy fragend an. „So, wie du aussiehst, warst du die ganze Nacht auf, Andy", begrüßte ich ihn. „Darf ich dir einen Kaffee kochen?"

Der Hund neben mir trat unruhig von einer Pfote auf die andere.

„Das wäre toll", sagte Andy. „Darf ich hereinkommen?"

„Klar", sagte ich und trat beiseite. Dean knurrte.

„Einen guten Wachhund hast du da. Komm ruhig, Junge." Andy hockte sich hin, um dem Hund, den ich noch nicht einmal im Geist Sam nennen konnte, die Hand hinzustrecken. Dean beschnüffelte Andys Hand, mochte sie aber nicht lecken. Statt dessen achtete er genau darauf, sich immer zwischen Andy und mir aufzuhalten.

„Komm mit nach hinten in die Küche", sagte ich, und Andy richtete sich wieder auf, um mir zu folgen. Im Handumdrehen hatte ich Kaffee gekocht und ein paar Scheiben Brot in den Toaster gesteckt. Zwar vergingen noch ein paar Minuten damit, Sahne, Zucker und Löffel zusammenzusuchen, aber dann führte kein Weg mehr daran vorbei: Ich mußte mich der Frage stellen, was Andy Bellefleur in meinem Haus wollte. Andys Gesicht war eingefallen, und der Mann sah zehn Jahre älter aus, als er meines Wissens nach war. Ein Höflichkeitsbesuch war das hier gewiß nicht.

„Wo warst du letzte Nacht? Du hast nicht gearbeitet?"

„Nein, habe ich nicht. Ich war hier – bis auf eine kurze Fahrt zum Merlottes."

„War Bill letzte Nacht irgendwann einmal hier?"

„Nein, Bill ist in New Orleans. Er wohnt in diesem neuen Hotel nur für Vampire im French Quarter."

„Bist du sicher, daß er sich auch wirklich dort aufhält?"

„Ja." Ich spürte, wie sich meine Züge anspannten. Jetzt kam die schlimme Nachricht.

„Ich war die ganze Nacht wach", setzte Andy an.

„Ja."

„Ich komme gerade von einem weiteren Tatort."

„Ja." Ich lugte in Andys Kopf. „Amy?" Ich starrte dem Kriminalbeamten direkt in die Augen, um ganz sicher zu gehen. „Amy, die in der Good Times Bar arbeitete?" Der Name auf der Bewerbungsmappe ganz oben auf dem Stapel, den ich Sam noch genannt hatte? Ich sah den Hund neben mir an. Der lag auf dem Boden, die Schnauze zwischen den Pfoten, und sah genauso traurig und wie vor den Kopf geschlagen aus, wie ich mich fühlte. Er winselte jämmerlich.

Andys braune Augen bohrten ein Loch in mein Gesicht. „Woher weißt du das?"

„Laß den Scheiß, du weißt, daß ich Gedanken lesen kann. Wie schrecklich! Die arme Amy. War es wie bei den anderen?"

„Ja", erwiderte Andy, „wie bei den anderen. Nur die Bißspuren waren frischer."

Ich dachte an die Nacht, in der Bill und ich auf Erics Ruf hin nach Shreveport hatten fahren müssen. Hatte Amy in dieser Nacht Bill Blut gegeben? Mir gelang es noch nicht einmal nachzurechnen, wie viele Nächte das nun her war. Die fremdartigen und schrecklichen Ereignisse der letzten Wochen schienen mein Zeitgefühl völlig durcheinandergebracht zu haben.

Hilflos sank ich auf einen der hölzernen Küchenstühle und schüttelte ein paar Minuten schweigend und geistesabwesend den Kopf, völlig perplex über die Wendung, die mein Leben genommen hatte.

In Amy Burleys Leben würde es keine Wendungen und Überraschungen mehr geben. Ich schüttelte die merkwürdige Lethargie ab, die mich überkommen hatte, stand auf und schenkte den Kaffee ein.

„Bill war seit der Nacht vor der gestrigen nicht mehr hier."

„Du warst die ganze Nacht über hier?"

„Ja. Mein Hund kann es bestätigen." Mit diesen Worten lächelte ich auf meinen Hund hinunter, der winselte, als er sich nun von mir beachtet wußte. Er kam zu mir, legte mir seinen wolligen Kopf auf die Knie und ließ sich hinter den Ohren kraulen, während ich meinen Kaffee trank.

„Hast du etwas von deinem Bruder gehört?" wollte Andy als nächstes wissen.

„Nein, aber gestern abend erhielt ich einen merkwürdigen Telefonanruf: Jemand behauptete, Jason sei im Merlottes." Kaum hatte ich die Worte ausgesprochen, als mir auch schon klar wurde, daß der Anruf nur von Sam gekommen sein konnte. Er hatte mich in das Lokal gelockt, um sicherzustellen, daß er mich würde nach Hause begleiten können. Dean gähnte, ein riesiges Gähnen, bei dem sein Kiefer leicht knackte und bei dem man jeden einzelnen seiner scharfen, weißen Zähne sehen konnte.

Ich wünschte, ich hätte den Mund gehalten.

Aber nun mußte ich Andy die ganze Sache erklären. Der Detective hing halb wach auf meinem Küchenstuhl, sein kariertes Hemd zerknittert und mit Kaffeeflecken verunziert, seine Jeans durch das lange

Tragen völlig aus der Form. Er sehnte sich nach seinem Bett, wie ein Pferd sich nach dem eigenen Stall sehnt.

„Du mußt dich ein wenig ausruhen", sagte ich sanft. Irgend etwas war traurig an Andy Bellefleur, irgendwie wirkte der Mann erschüttert.

„Es sind die Morde", erklärte er, und seine Stimme klang vor lauter Erschöpfung ganz zittrig. „Diese armen, armen Frauen – und sie waren sich in so vielen Dingen ähnlich."

„Ungelernte Arbeitskräfte mit geringer Bildung, die in Kneipen arbeiteten? Die nichts dagegen hatten, es von Zeit zu Zeit mit einem Vampir zu treiben?"

Der Detective nickte, und die Augen fielen ihm zu.

„Mit anderen Worten: Frauen wie ich."

Schlagartig riß Andy die Augen wieder auf. Er war erschüttert über seinen Fehler. „Sookie ..."

„Ich verstehe schon, Andy", sagte ich. „In manchen Aspekten sind wir ja wirklich alle gleich, und wenn du davon ausgehst, daß der Angriff auf meine Großmutter eigentlich mir gegolten hat, dann muß ich wohl annehmen, daß ich die einzige Überlebende bin."

Ich fragte mich, wer sonst noch übrig sein mochte, wen der Mörder noch umbringen konnte. War ich wirklich die einzige, die noch am Leben war und seinen Kriterien gerecht wurde? Das war der schrekkenerregendste Gedanke, der mir an diesem Tag bislang in den Kopf gekommen war.

Inzwischen war Andy mehr oder weniger über seiner Kaffeetasse eingeschlafen.

„Warum legst du dich nicht im Gästezimmer hin?" schlug ich ihm leise vor. „Du mußt wirklich ein wenig schlafen. Ich glaube nicht, daß du in diesem Zustand noch Auto fahren solltest."

„Das ist sehr nett von dir", sagte Andy mit schleppender Stimme, wobei er sich noch dazu ein wenig überrascht anhörte, als gehöre Nettigkeit nicht zu den Dingen, die er von mir erwartete. „Aber ich muß nach Hause, ich muß meinen Wecker stellen können. Ich darf allerhöchstens drei Stunden schlafen."

„Ich verspreche dir, dich zu wecken", versicherte ich. Dabei wollte ich Andy eigentlich gar nicht in meinem Haus schlafen lassen, ich wollte nur nicht, daß er auf dem Heimweg einen Autounfall baute. Das würde die alte Mrs. Bellefleur mir nie verzeihen und Portia höchstwahrscheinlich auch nicht. „Du legst dich jetzt schön hier in diesem Zimmer ins Bett", sagte ich und führte ihn zu meinem früheren Schlafzimmer, in dem mein altes Einzelbett frisch bezogen und ordentlich gemacht stand. „Leg dich einfach oben auf die Bettdecke, und ich stelle inzwischen den Wecker." Genau das tat ich, während Andy mir dabei zusah. „Jetzt versuchst du ein wenig zu schlafen. Ich muß etwas erledigen, aber dann komme ich gleich wieder." Mittlerweile protestierte Andy nicht mehr, sondern ließ sich einfach schwer auf das Bett fallen, während ich den Raum verließ und die Tür hinter mir zuzog.

Der Hund war mir gefolgt, während ich Andy zu Bett brachte, und nun sagte ich zu ihm, in einem ganz anderen Ton als dem, in dem ich vorher mit dem Detective gesprochen hatte: „Du ziehst dich jetzt auf der Stelle an!"

Andy steckte den Kopf aus der Schlafzimmertür. „Sookie, mit wem redest du da?"

„Mit dem Hund," sagte ich. „Er bringt mir jeden Morgen sein Halsband, und ich lege es ihm dann an."

„Warum nimmst du es überhaupt ab?"

„Das Metall daran klingelt. Davon werde ich in der Nacht wach. Geh zu Bett!"

„Schön." Andy wirkte ganz so, als hätte ihn meine Erklärung zufriedengestellt und schloß seine Tür wieder.

Ich kramte Jasons Kleider aus dem Wandschrank im Flur, legte sie vor den Hund auf das Sofa und drehte mich so, daß ich dem Tier den Rücken zukehrte. Aber dann mußte ich feststellen, daß ich alles im Spiegel über dem Kaminsims mit ansehen konnte.

Die Luft, die den Collie umgab, wurde neblig und schien zuerst vor Energie zu summen und zu vibrieren. Dann veränderte sich die Gestalt im Mittelpunkt dieser elektrischen Konzentration, und als der Dunst sich letztlich auflöste, tauchte Sam auf, der splitterfasernackt auf dem Boden kniete. Ach du meine Güte: was für ein knackiger Po! Ich mußte mich wirklich zwingen, da nicht hinzusehen, sondern mir standhaft zu versichern, daß ich Bill gar nicht untreu geworden war, auch nicht in Gedanken. Bill, so versicherte ich mir streng, hatte einen ebenso schönen und knackigen Po!

„Ich bin fertig", verkündete Sam dann, und zwar so dicht hinter mir, daß ich vor Schreck einen kleinen Satz machte. Rasch stand ich auf und drehte mich um, wonach sich mein Gesicht ganze zehn Zentimeter von dem seinen entfernt befand.

„Sookie", murmelte er hoffnungsvoll, und seine Hand landete auf meiner Schulter, um diese zu streicheln und zu liebkosen.

Ich war sehr wütend, denn eine Hälfte von mir hätte nur zu gern auf diese Liebkosung reagiert.

„Hör mal, Kumpel, du hättest dich mir in den letzten paar Jahren jederzeit anvertrauen können. Wir kennen einander immerhin – wie lange, vier Jahre? Oder sogar noch mehr! Und dennoch hast du gewartet, bis Bill Interesse an mir zeigte, obwohl wir uns fast jeden Tag gesehen haben, und hast dann erst ..." Unfähig, den Satz zu beenden, warf ich verzweifelt beide Hände in die Luft.

Sam zog sich zurück, und das war auch gut so.

„Ich habe nicht gesehen, was direkt vor meiner Nase war, bis die Gefahr bestand, daß es mir jemand wegnahm", sagte er, und seine Stimme klang ganz leise.

Dazu hatte ich nichts zu sagen. „Es wird Zeit, daß du heimgehst", teilte ich ihm mit. „Wir sollten dafür sorgen, daß du da hinkommst, ohne daß dich jemand sieht. Das meine ich ernst, Sam."

Diese ganze Sache war riskant genug, auch ohne daß irgendeine Person mit nichts als Flausen im Kopf – z. B. Rene – Sam in den frühen Morgenstunden in meinem Auto sah, daraus falsche Schlüsse zog und diese dann an Bill weitergab.

Also machten wir uns auf den Weg, Sam kauerte auf dem Rücksitz. Ich bog vorsichtig auf den Angestelltenparkplatz hinter dem Merlottes ein. Da stand ein Pick-up. Schwarz, mit rosa und hellblauen Flammen an beiden Seiten. Jasons Pick-up.

„Oha!" sagte ich.

„Was ist?" Sams Stimme klang ein wenig gedämpft; das lag an der Haltung, die einzunehmen ich ihn gezwungen hatte.

„Ich gehe erst mal nachsehen", sagte ich und fing an, mich zu sorgen. Warum sollte Jason hier parken, auf dem Angestelltenparkplatz? Mir schien außerdem, als befände sich irgendeine Gestalt dort in seinem Wagen.

Ich öffnete meine Wagentür, wobei ich davon ausging, daß das Geräusch die Person im Pick-up auf mich aufmerksam machen würde. Ich wartete, ob sich in Jasons Wagen irgend etwas bewegte. Als das nicht der Fall war, ging ich los. Ganz vorsichtig setzte ich einen Fuß vor

Vorübergehend tot

den anderen und schlich langsam über den Kies auf Jasons Wagen zu, verängstigter, als ich es bei Tageslicht je zuvor gewesen war.

Als ich dicht genug beim Wagenfenster stand, konnte ich erkennen, daß es sich bei der Gestalt im Wageninnern um Jason handelte, der hinter dem Steuer zusammengesunken war. Weiterhin konnte ich sehen, daß Jasons Hemd voller Flecken war, daß sein Kinn auf seiner Brust ruhte und seine Hände schlaff zu beiden Seiten seines Körpers neben ihm auf dem Sitz lagen und daß es sich bei dem Strich, den ich auf seinem hübschen Gesicht wahrgenommen hatte, um einen langen roten Kratzer handelte. Auf der Ablage des Pick-up lag ein Video. Unbeschriftet.

„Sam!" sagte ich, und die Angst in meiner Stimme war mir zuwider. „Komm bitte her."

Schneller, als ich es je für möglich gehalten hätte, stand Sam neben mir, und dann langte er an mir vorbei, um die Tür des Pick-up zu öffnen. Da dieser offensichtlich schon seit ein paar Stunden dort gestanden hatte – auf seiner Kühlerhaube hatte sich Tau gesammelt –, und zwar mit geschlossenen Fenstern in der Frühsommersonne, war der Geruch, der nun herausdrang, ziemlich streng. Er setzte sich aus mindestens drei Bestandteilen zusammen: Blut, Sex und Alkohol.

„Ruf den Notarzt!" bat ich drängend, als Sam in den Wagen griff, um Jasons Puls zu fühlen. Mein Chef warf mir einen zweifelnden Blick zu. „Bist du sicher, daß du das tun willst?" fragte er.

„Natürlich! Er ist bewußtlos!"

„Warte, Sookie, denk darüber nach!"

Wahrscheinlich hätte ich es mir schon eine Minute später anderes überlegt, aber genau in diesem Moment bog Arlene in ihrem uralten blauen Ford auf den Parkplatz ein, und Sam seufzte und ging in seinen Wohnwagen, um zu telefonieren.

Ich war so naiv! Das hatte ich nun davon, daß ich fast jeden Tag meines ganzen Lebens eine gesetzestreue Bürgerin gewesen war.

Ich fuhr mit Jason im Krankenwagen zu unserem winzigen örtlichen Krankenhaus, wobei ich gar nicht mitbekam, daß die Polizei sich Jasons Pick-up ganz genau ansah, wobei ich den Streifenwagen nicht sah, der dem Krankenwagen folgte, wobei ich völlig vertrauensvoll tat, wie mir geheißen wurde, als der behandelnde Arzt in der Notaufnahme mich nach Hause schickte und sagte, er würde mich anrufen, sobald Jason das Bewußtsein wiedererlangte. Der Doktor erklärte mir, während er mich dabei neugierig betrachtete, Jason stünde offenbar unter Einfluß von Alkohol oder Drogen und schlafe von daher so tief. Aber Jason hatte noch nie zuvor zuviel Alkohol getrunken, und er nahm keine Drogen: Der Abstieg unserer Kusine Hadley hin zu einem Leben auf der Straße hatte auf uns beide einen nachhaltigen Eindruck gemacht. Ich teilte dem Arzt all diese Dinge mit, und er hörte mir zu und scheuchte mich dann fort.

Ich wußte nicht, was ich denken sollte. Also fuhr ich nach Hause, wo ich feststellen mußte, daß Andy Bellefleur von seinem Mobiltelefon geweckt worden war. Er hatte mir einen Zettel hinterlassen, auf dem er mir dies mitteilte, mehr aber auch nicht. Später fand ich heraus, daß er wirklich und wahrhaftig im Krankenhaus gewesen war, als auch ich mich noch dort aufhielt, und daß er aus Rücksicht auf mich gewartet hatte, bis ich gegangen war, ehe er Jason mit Handschellen an sein Bett fesselte.

Kapitel 12

Sam kam gegen elf und brachte mir die Nachricht: „Sie verhaften Jason, sobald er zu sich kommt, Sookie. Wie es aussieht, wird das bald sein." Sam sagte mir nicht, wie es kam, daß er so genau Bescheid wußte. Ich fragte ihn auch nicht danach.

Ich starrte meinen Chef an, und die Tränen flossen mir in Strömen über beide Wangen. An jedem anderen Tag wäre mir bestimmt bewußt gewesen, wie unscheinbar ich aussah, wenn ich weinte. Dies war jedoch kein normaler Tag, weswegen mir mein Äußeres auch völlig gleichgültig war. In mir war alles verknotet. Ich hatte eine Heidenangst um Jason, war traurig wegen Amy und wütend auf die Polizei, weil sie einen so dummen Fehler machte. Vor allem aber – dieses Gefühl überlagerte alle anderen – fehlte mir Bill.

„Die Polizei geht davon aus, daß Amy Burley sich gewehrt hat", fuhr Sam fort. „Sie nehmen an, Jason habe sich betrunken, nachdem er sie umgebracht hatte."

„Danke für die Warnung." Meine Stimme klang, als käme sie von weit her. „Nun solltest du aber lieber wieder zur Arbeit gehen."

Nachdem Sam eingesehen hatte, daß ich allein sein wollte, rief ich die Telefonauskunft an und ließ mir die Nummer des Hotels Blood in the Quarter geben. Dann rief ich dort an, wobei ich mir vage vorkam, als täte ich etwas Verbotenes, ohne daß ich hätte sagen können, was genau an meinem Tun verboten sein sollte.

„Blooood ... in the Quarter!" meldete sich eine tiefe Stimme mit dramatischem Timbre. „Der Sarg, in dem Sie sich auch in der Fremde ganz wie zu Hause fühlen."

Liebe Güte. „Guten Morgen", meldete ich mich. „Meine Name ist Sookie Stackhouse, und ich rufe aus Bon Temps an. Ich habe eine dringende Nachricht für Bill Compton – würden Sie ihm bitte etwas ausrichten? Er ist Gast bei Ihnen."

„Fangzahn oder Mensch?"

„... Fangzahn."

„Einen Augenblick bitte."

Eine Minute später meldete sich die tiefe Stimme erneut. „Um welche Nachricht geht es, Ma'am?"

Da mußte ich erst einmal nachdenken.

„Bitte richten Sie Mr. Compton aus, daß ... daß die Polizei meinen Bruder verhaftet hat und ich es sehr zu schätzen wüßte, wenn er nach Hause zurückkäme, sobald er seine Geschäfte erledigt hat."

„Ich habe die Nachricht notiert." Im Hintergrund hörte ich einen Bleistift über Papier kratzen. „Wie war gleich noch Ihr Name?"

„Stackhouse. Sookie Stackhouse."

„Gut, Miss, ich werde dafür sorgen, daß Mister Compton Ihre Nachricht erhält."

„Vielen Dank."

Erst einmal wußte ich dann nicht, was ich sonst noch tun sollte – bis mir einfiel, es könnte schlau sein, Sid Matt Lancaster zu verständigen. Der gab sich Mühe, sich über Jasons bevorstehende Verhaftung schockiert zu zeigen, versprach, sofort ins Krankenhaus zu eilen, sobald er am Nachmittag mit seinen Terminen bei Gericht fertig war, und sich dann umgehend bei mir zu melden, um mir Bericht zu erstatten.

Ich fuhr noch einmal ins Krankenhaus, um in Erfahrung zu bringen, ob sie mir erlauben würden, bei Jason am Bett zu sitzen, bis er wieder zu sich kam. Das erlaubten sie mir nicht. Ich fragte mich, ob mein Bruder vielleicht schon längst wieder bei Bewußtsein war und es mir einfach niemand sagte. Von weitem sah ich Andy, der mir auf dem Krankenhausflur entgegenkam. Bei meinem Anblick machte er auf dem Absatz kehrt und verschwand in die entgegengesetzte Richtung.

Verdammter Feigling.

Dann fuhr ich wieder nach Hause, denn ich wußte nicht, was ich sonst hätte tun sollen. Ohnehin war für mich kein Arbeitstag; das allerdings war mir in diesem Moment auch ziemlich egal. Ich war völlig durch den Wind und mußte feststellen, daß ich mit dieser neuen Sache lange nicht so gut umging, wie ich es eigentlich hätte tun sollen. Als meine Großmutter gestorben war, war ich wesentlich gefaßter gewesen.

Großmutters Tod war allerdings auch eine abgeschlossene, endgültige Sache gewesen: Oma war gestorben, wir hatten sie zu Grabe getragen, irgendwann würde ihr Mörder gefaßt werden, und wir würden dann unser Leben fortsetzen. Wenn die Polizei jetzt dachte, Jason hätte nicht nur die anderen Frauen, sondern auch noch meine Oma umgebracht, dann war die Welt ein so schrecklicher und unsicherer Ort, daß ich am liebsten gar nichts mit ihr zu tun gehabt hätte.

Vorübergehend tot

Was mir allerdings an diesem langen, langen Nachmittag klar wurde, an dem ich einfach nur dasaß und vor mich hinstarrte, das war die Tatsache, daß ganz allein meine Naivität zu Jasons Verhaftung geführt hatte. Hätte ich doch nur meinen Bruder in Sams Wohnwagen verfrachtet, ihn dort gesäubert, das Video versteckt, bis ich es mir hätte ansehen und herausfinden können, was es zeigte, hätte ich doch nur – und das war die Hauptsache – nur nie den Krankenwagen gerufen! Sam hatte bereits am Morgen auf dem Parkplatz an all diese Dinge gedacht, deswegen hatte er mich auch so zweifelnd angeschaut, als ich ihn bat, den Notruf zu wählen. Nach Arlenes Ankunft war mir dann keine andere Wahl mehr geblieben.

Eigentlich hatte ich damit gerechnet, daß mein Telefon nicht stillstehen würde, sobald sich die Nachricht von Jasons Verhaftung herumgesprochen hatte.

Aber niemand rief mich an.

Die Leute wußten wohl alle nicht, was sie zu mir sagen sollten.

Gegen halb fünf tauchte Sid Matt Lancaster auf.

Ohne sich weiter mit Vorreden aufzuhalten, verkündete er: „Sie haben Jason verhaftet, und zwar wegen vorsätzlichen Mordes."

Ich schloß einen Moment lang die Augen. Als ich sie wieder öffnete, mußte ich feststellen, daß Sid Matt mich eindringlich musterte, einen durchtriebenen Ausdruck in seinem sonst so sanften Gesicht. Sids Augen waren braun, schlammbraun, könnte man sagen, eine Farbe, die durch den schwarzen Rahmen seiner konservativen Brille noch verstärkt wurde. Mit seinen Hängebacken und der spitzen Nase ähnelte er stets ein wenig einem Bluthund.

„Was sagt er?" fragte ich.

„Er gibt zu, letzte Nacht mit Amy zusammengewesen zu sein."

Daraufhin mußte ich seufzen.

„Er sagt, sie hätten miteinander geschlafen, er sei auch vorher schon manchmal mit Amy ins Bett gegangen. Er sagt, er habe Amy eine ganze Weile nicht mehr zu Gesicht bekommen, denn sie sei wütend auf ihn gewesen, seiner anderen Frauengeschichten wegen, sehr wütend sogar, und habe sich bei ihrem letzten Stelldichein vor der vergangenen Nacht ziemlich eifersüchtig gebärdet. Er sagt, es habe ihn sehr gewundert, als Amy sich letzte Nacht in der Good Times Bar so offensiv an ihn heranmachte. Er sagt, Amy habe sich die ganze Nacht lang merkwürdig aufgeführt, so, als habe sie irgend etwas vor, etwas, von dem er, Jason, nichts wußte. Er erinnert sich daran, daß er mit ihr geschlafen hat, er erinnert sich daran, daß sie danach zusammen im Bett gelegen und etwas getrunken haben. Danach erinnert er sich an gar nichts mehr – nur noch daran, im Krankenhaus wieder zu sich gekommen zu sein."

„Jemand will es aussehen lassen, als sei Jason der Mörder", verkündete ich entschieden, wobei mir schon klar war, daß ich mich anhörte wie die Heldin in einem zweitklassigen Fernsehfilm.

„Natürlich." Sid Matt schaute so überzeugt und gelassen drein, als sei er selbst letzte Nacht in Amys Wohnung dabeigewesen.

Verdammt: Wer sagte mir denn, daß er nicht dort gewesen war?

„Hören Sie zu, Sid Matt", sagte ich, beugte mich vor und brachte ihn dazu, mir in die Augen zu sehen. „Selbst wenn ich aus irgendwelchen Gründen glauben sollte, daß Jason Amy, Dawn und Maudette umgebracht hat – ich werde nie, nie glauben, daß er die Hand gegen meine Oma erhoben hat!"

„Nun gut." Sid Matt war bereit, sich meinen Überlegungen zu stellen, und zwar aufrecht und ohne Hintergedanken, das jedenfalls signalisierte seine Körpersprache. „Sookie, lassen Sie uns einfach mal einen Moment lang annehmen, Jason sei wirklich irgendwie an diesen Morden beteiligt gewesen. Vielleicht hat dann ja – und so sieht es bestimmt auch die Polizei – Ihr Freund Bill Ihre Großmutter umgebracht, weil die alte Dame mit Ihrer Beziehung zu ihm nicht einverstanden war."

Ich versuchte, so auszusehen, als würde ich mir diesen Schwachsinn durch den Kopf gehen lassen. „Nur hatte meine Oma Bill gern, und es hat sie gefreut, daß wir miteinander ausgingen."

Einen Moment lang flackerte im Gesicht des Anwalts der nackte Unglaube auf, dann zeigte er wieder sein Pokergesicht. Er selbst würde sich gewiß nicht freuen, wenn seine Tochter mit einem Vampir ausging; er konnte sich wahrhaftig kein verantwortungsbewußtes Elternteil denken, das beim Gedanken an eine solche Beziehung etwas anderes als Abscheu empfand. Zudem konnte er sich beim besten Willen nicht vorstellen, wie er eine Gruppe von Geschworenen davon überzeugen könnte, daß es meine Oma gefreut haben sollte, daß ich eine Beziehung zu einem Typen unterhielt, der mehr als hundert Jahre älter war als ich und dazu noch nicht einmal lebendig.

Das waren Sid Matts Gedanken.

„Haben Sie Bill je persönlich kennengelernt?" fragte ich ihn.

Daraufhin wirkte er peinlich berührt. „Nein", mußte er zugeben. „Miss Sookie, Sie sollten vielleicht wissen, daß ich für diese ganzen Vampirgeschichten nicht viel übrig habe. Ich glaube, wir brechen in dieser Frage momentan ein Stück aus einer Mauer heraus, und meiner Meinung nach sollten wir lieber dafür sorgen, daß diese Mauer stark und unversehrt bleibt: die Mauer zwischen uns und diesen sogenannten Viruserkrankten. Ich glaube, diese Mauer ist von Gott so gewollt, und ich für meinen Teil werde dafür sorgen, daß der Abschnitt der Mauer, für den ich verantwortlich bin, intakt bleibt."

„Das Problem mit dieser Mauer ist nur, Sid Matt", erwiderte ich, „daß zum Beispiel ich persönlich so erschaffen wurde, daß ich rittlings obendrauf sitze." Mein Leben lang hatte ich sorgsam den Mund gehalten, was meine ‚Gabe' betraf. Nun mußte ich feststellen, daß ich sie problemlos jedem unter die Nase halten würde, wenn ich Jason damit helfen konnte.

Sid rückte die Brille auf dem schmalen Nasenrücken zurecht. „Nun!" verkündete er tapfer. „Ich bin sicher, Gott hat Ihnen das Problem, von dem ich habe reden hören, nicht ohne guten Grund geschenkt. Sie müssen lernen, es einzusetzen, um Seinen Ruhm zu mehren."

So hatte es noch niemand gesehen. Darüber würde ich ausführlich nachdenken, wenn ich wieder Zeit dazu hatte.

„Ich fürchte, durch meine Schuld sind wir vom Thema abgekommen, und ich weiß, wie kostbar Ihre Zeit ist", entschuldigte ich mich und versuchte, mich wieder auf das Naheliegende zu konzentrieren. „Ich möchte, daß Jason gegen Kaution aus der Haft entlassen wird. Es weisen doch nur Indizien darauf hin, daß er für Amys Tod verantwortlich ist, richtig?"

„Er hat gestanden, mit dem Opfer unmittelbar vor der Tat zusammengewesen zu sein. Einer der ermittelnden Polizisten hat mir zudem ziemlich eindeutige Hinweise in Bezug auf das Video zukommen lassen, das bei Ihrem Bruder gefunden wurde. Es zeigt Ihren Bruder beim Sex mit dem Opfer. Der Film hat die Zeit und das Datum festgehalten, an dem er aufgenommen wurde; daraus geht hervor, daß dies Stunden, wenn nicht sogar nur Minuten vor der Tat geschah."

Zur Hölle mit Jasons perversen Schlafzimmervorlieben. „Jason trinkt nie viel. Als ich ihn heute morgen in seinem Pick-up fand, stank er nach Alkohol. Ich glaube, man hat ihn damit übergossen. Das wird sich meiner Meinung nach auch feststellen lassen. Vielleicht hatte ihm Amy ein Betäubungsmittel in den Cocktail getan, den er in ihrem Bett getrunken hat."

„Warum hätte sie das tun sollen?"

„Weil sie wütend auf Jason war, wie viele andere Frauen auch. Weil sie ihn so sehr begehrte; weil er sich mit fast jeder hier verabreden konnte, wenn er Lust dazu hatte. Wobei ‚verabreden' ein Euphemismus ist!"

Sid Matt wirkte ein wenig erstaunt darüber, daß ich diesen Begriff überhaupt kannte.

„Er konnte mit fast jeder ins Bett gehen, die er begehrte. Für die meisten Typen wäre das wohl der Traum ihrer schlaflosen Nächte." Plötzlich legte sich bleierne Müdigkeit um mich wie eine Nebelwolke. „Aber nun hockt der traumhafte Jason im Gefängnis."

„Sie denken, ein anderer Mann hat ihm das angetan? Versucht, ihm die Tat in die Schuhe zu schieben, es so hinzustellen, als sei Jason der Mörder?"

„Genau so sehe ich die Sache!" Ich beugte mich vor und versuchte, den skeptischen Anwalt mit der ganzen Kraft meiner eigenen Überzeugung ebenfalls zu überzeugen. „Jemand, der ihn beneidete. Jemand, der Jasons Gewohnheiten kannte, der wußte, wo er sich oft aufhielt. Der diese Frauen umbringt, wenn er weiß, daß Jason gerade nicht bei der Arbeit ist. Jemand, der weiß, daß Jason mit diesen Frauen geschlafen hat, der weiß, daß er sein Liebesleben gern auf Video aufzeichnet."

„Das alles trifft auf eine Menge Leute zu", stellte Sid Matt ganz pragmatisch fest.

Leider mußte ich ihm Recht geben. „Ja. Selbst, wenn Jason höflich genug war, nicht jedem gleich auf die Nase zu binden, mit wem er alles ins Bett stieg – wen das interessierte, der brauchte nur abzuwarten, mit wem mein Bruder zur Sperrstunde die Kneipe verließ. Der Betreffende mußte nichts weiter tun, als ein wenig die Augen offenzuhalten, vielleicht hatte er die Videos bei einem Besuch in Jasons Wohnung gesehen ..." Mein Bruder mochte ja unmoralisch sein, aber ich glaubte trotzdem nicht, daß er diese Videos irgendwem vorgeführt hatte. Allerdings mochte es angehen, daß er einem anderen Mann erzählt hatte, wie gern er sie drehte ... „Dann hat unser Mann Amy irgendeinen Tauschhandel vorgeschlagen, weil er wußte, wie sauer sie auf Jason war. Vielleicht hat er ihr erzählt, er wolle Jason einen Streich spielen, einen handfesten Denkzettel verpassen, irgend etwas in der Art."

„Ihr Bruder ist bis jetzt noch nie verhaftet worden?" fragte Sid Matt nachdenklich.

„Nein." Obwohl er, wollte man ihm selbst Glauben schenken, ein paar Mal haarscharf daran vorbeigeschlittert war.

„Keine Vorstrafen, ein geschätztes Mitglied der Gemeinde mit fester Arbeitsstelle. Es besteht durchaus die Chance, daß ich ihn auf Kaution freibekomme. Aber wenn er sich dann absetzt, verlieren Sie alles, was Sie besitzen."

Mir war es wirklich und wahrhaftig nicht ein einziges Mal in den Sinn gekommen, daß Jason die Kaution sausen lassen und sich absetzen könnte. Ich wußte auch nicht, wie man überhaupt eine Kaution stellt und was ich in dieser Frage nun unternehmen mußte. Ich wußte lediglich, daß ich wollte, daß Jason das Gefängnis verlassen konnte. Als würde er ... als würde er schuldiger aussehen, wenn er die lange Zeit bis zur Prozeßeröffnung hinter Gittern verbringen mußte.

„Versuchen Sie doch bitte, das herauszufinden, und sagen Sie mir dann, was ich tun muß", bat ich Sid Matt. „Darf ich ihn in der Zwischenzeit denn besuchen?"

„Ihm wäre es lieber, wenn Sie das nicht tun würden", antwortete Sid Matt.

Das tat weh. „Warum?" fragte ich und bemühte mich wirklich sehr, nicht schon wieder tränenüberströmt zusammenzubrechen.

„Er schämt sich", sagte der Anwalt.

Welch faszinierende Vorstellung: ein Jason, der sich schämte.

„Also", sagte ich ganz langsam, während ich versuchte, mir darüber klar zu werden, wie ich weiter vorgehen sollte, da mich das unbefriedigende Treffen mit Sid Matt ungeheuer ermüdete. „Sie rufen mich an, sobald ich irgend etwas Konkretes tun kann?"

Sid Matt nickte, wobei seine Hängebacken leicht vibrierten. Ich verunsicherte den Mann, er war aus ganzem Herzen froh, mein Haus verlassen zu können.

Der Anwalt fuhr in seinem Pick-up von dannen, wobei er sich schon im Fahren einen Cowboyhut auf den Kopf stülpte.

Ich wartete, bis es vollständig dunkel geworden war; dann ging ich hinaus, um nach Bubba zu sehen. Er saß mit ausgestreckten Beinen unter einer kalifornischen Eiche, neben sich Blutflaschen: die vollen rechts, die leeren links.

Ich hatte eine Taschenlampe, und Bubba dort in ihrem Schein sitzen zu sehen war ein ziemlicher Schock, auch wenn ich ja gewußt hatte, daß er dort war. Nachdenklich schüttelte ich den Kopf; irgend etwas war in der Tat schiefgelaufen, als man Bubba ‚hinübergeholt' hatte, daran konnte nicht der geringste Zweifel bestehen. Ich war heilfroh, die Gedanken des Vampirs nicht lesen zu können, der verrückt glitzernde Ausdruck seiner Augen reichte mir völlig.

„Hey Süße", sagte er mit einem Südstaatenakzent, so dickflüssig wie Melasse. „Wie geht's denn? Möchtest du mir ein wenig Gesellschaft leisten?"

„Ich wollte nur sichergehen, daß du es auch bequem hast", sagte ich.

„Ich könnte mir schon ein paar Orte vorstellen, an denen ich es bequemer hätte, aber da du Bills Mädel bist, will ich von denen lieber gar nicht reden."

„Wunderbar", erklärte ich bestimmt.

„Irgendwelche Katzen in der Gegend? Dieses Flaschenzeug geht mir allmählich gepflegt auf die Nerven."

„Keine Katzen. Aber ich bin sicher, daß Bill bald zurückkommt. Dann kannst du wieder heimgehen." Ich machte mich auf den Rückweg ins Haus, denn in Bubbas Gegenwart fühlte ich mich nicht wohl genug, um eine Unterhaltung – wenn man hier überhaupt von Unterhaltung reden konnte – endlos fortzusetzen. Ich fragte mich, welchen Gedanken der Vampir bei seinen langen Nachtwachen wohl nachhängen mochte. Ich fragte mich, ob er sich an seine Vergangenheit erinnerte.

„Was ist mit dem Hund?" rief er mir nach.

„Der ist nach Hause gegangen", gab ich über die Schulter zurück.

„Zu schade", sagte Bubba mehr zu sich selbst und so leise, daß ich ihn fast nicht gehört hätte.

Ich machte mich bettfertig. Ich sah fern. Ich aß ein bißchen Eis und kaute obendrein sogar noch auf einem Müsliriegel herum. Nichts von dem, womit ich mich sonst tröstete, schien mich an diesem Abend beruhigen zu wollen. Mein Bruder saß im Gefängnis, mein Liebster weilte in New Orleans, meine Oma war tot, und irgendwer hatte meine Katze ermordet. Ich fühlte mich einsam und allein und tat mir selbst aus ganzer Seele leid.

Manchmal geht es nicht anders, dann muß man sich einfach in Selbstmitleid suhlen.

Vorübergehend tot

Bill hatte meinen Anruf nicht erwidert.

Das war Wasser auf die Mühlen meines Jammers. Wahrscheinlich hatte er in New Orleans eine willige Hure gefunden oder irgendeinen Fangbanger wie die, die jede Nacht vor der Tür des Blood in the Quarter herumlungerten, in der Hoffnung auf eine ‚Verabredung' mit einem Vampir.

Wäre ich eine Frau, die gern trinkt, dann hätte ich mich betrunken. Wäre ich eine Frau, die leichthin mit jedem ins Bett geht, hätte ich den wunderhübschen JB du Rone angerufen und mit ihm geschlafen. Aber ich bin weder so dramatisch noch so kraß, also aß ich still vor mich hin ein Schälchen Eis nach dem anderen und schaute mir im Fernsehen uralte Filme an. Irgendein irrer Zufall hatte dazu geführt, daß sie an diesem Abend ausgerechnet den Schinken *Blue Hawaii* zeigten.

So gegen Mitternacht ging ich dann endlich zu Bett.

Ich erwachte von einem Schrei direkt vor meinem Schlafzimmerfenster und setzte mich senkrecht im Bett auf. Ich hörte dumpfe Schläge, ein Wummern und dann endlich eine Stimme, bei der ich sicher war, daß es sich um die Bubbas handelte, die schrie: „Komm zurück, du Wichser!"

Nachdem ich ein paar Minuten lang nichts mehr gehört hatte, zog ich mir den Bademantel über und ging zur Vordertür. Der vom Außenlicht beleuchtete Garten schien leer. Dann konnte ich ganz am linken Rand des Gartens eine Bewegung ausmachen, und als ich den Kopf durch die Tür steckte, sah ich, daß es Bubba war, der zu seinem Versteck zurücktrottete.

„Was war?" rief ich ihm leise zu.

Bubba wechselte die Richtung und kam auf die Veranda geschlurft.

„Da ist doch wirklich so ein Arschloch – Verzeihung, die Dame! – ums Haus herumgeschlichen", erklärte er. Seine braunen Augen glühten, und er sah seinem früheren Ich viel ähnlicher als sonst. „Ich konnte ihn schon hören, ehe er wirklich hier war, und so dachte ich, den erwische ich ganz bestimmt. Aber er nahm eine Abkürzung durch den Wald, um zur Straße zu gelangen. Dort hatte er dann einen Pickup stehen."

„Hast du ihn sehen können?" wollte ich wissen.

„Nicht so gut, daß ich ihn beschreiben könnte." Bubba blickte beschämt drein. „Er fuhr, wie gesagt, einen Pick-up. Aber ich könnte

Ihnen nicht einmal sagen, welche Farbe der hat. Er war dunkel, mehr weiß ich nicht."

„Trotzdem hast du mich gerettet", sagte ich und hoffte sehr, daß man an meiner Stimme hören konnte, wie sehr ich dem Vampir dankbar war. Mich überkamen warme, liebevolle Gefühle für Bill, weil er dafür gesorgt hatte, daß ich beschützt wurde. Selbst Bubba sah besser aus, als er in meinen Augen je ausgesehen hatte. „Herzlichen Dank, Bubba."

„Keine Ursache, nicht weiter der Rede wert!" erwiderte er würdevoll. Einen Augenblick lang richtete er sich kerzengerade auf, warf den Kopf zurück, und auf seinem Gesicht lag das schläfrige Lächeln ... er war es wirklich! Schon hatte ich den Mund geöffnet, um ihn bei seinem Namen zu nennen, da fiel mir Bills Warnung ein, und ich schloß den Mund wieder.

*   *   *

Am nächsten Tag kam Jason gegen Kaution frei.

Es kostete ein Vermögen. Ich unterschrieb alles, was Sid Matt mir vorlegte, obwohl die Bürgschaft für die Kaution zum großen Teil aus Jasons Haus, seinem Pick-up und dem Boot, mit dem er fischen fuhr, bestand. Hätte Jason Vorstrafen gehabt – und sei es nur wegen eines Verstoßes gegen die Straßenverkehrsordnung –, dann hätten sie ihm wohl gar nicht gestattet, eine Kaution zu stellen.

In der Hitze des Spätvormittags stand ich auf den Stufen zum Gerichtsgebäude. Ich trug mein nüchternes, dunkelblaues Kostüm. Der Schweiß rann mir in Strömen über das Gesicht und sammelte sich zwischen meinen Lippen in dieser ekelhaft klebrigen Art, die immer dazu führt, daß man am liebsten sofort unter die Dusche springen möchte. Jason blieb vor mir stehen. Ich war nicht sicher, ob er mit mir reden würde. Sein Gesicht wirkte um Jahre gealtert. Nun waren die Sorgen gekommen und hatten sich seiner bemächtigt, richtige Sorgen, die nicht so einfach wieder verschwinden oder mit der Zeit weniger werden würden, wie Kummer es tat.

„Ich kann mit dir nicht darüber reden", sagte er so leise, daß ich ihn fast nicht verstanden hätte. „Du weißt, daß ich nicht der Täter bin. Ein oder zwei Schlägereien auf Kneipenparkplätzen wegen einer Frau – gewalttätiger bin ich nie in meinem Leben geworden."

Ich berührte seine Schulter, ließ meine Hand aber sofort wieder fallen, als er nicht auf meine Berührung reagierte. „Ich habe keinen Augenblick geglaubt, du könntest es getan habe. Ich werde das auch nie glauben. Es tut mir unendlich leid, daß ich gestern so blöd war und den Notarzt gerufen habe. Wenn mir klar gewesen wäre, daß das Blut nicht von dir stammte, hätte ich dich einfach in Sams Wohnwagen verfrachtet und sauber gemacht. Das Video hätte ich verbrannt. Ich hatte aber solche Angst, das Blut könnte deins sein." Ich spürte, wie mir die Tränen in die Augen stiegen. Es war nun aber wirklich nicht der richtige Augenblick zum Heulen, und so riß ich mich zusammen, spannte all meine Muskeln an und spürte, wie mein Gesicht zur Maske erstarrte. In Jasons Kopf herrschte das reinste Chaos, er war sozusagen ein mentaler Schweinestall. Die ungesunde Mischung, die dort brodelte, bestand aus Schamgefühlen darüber, daß seine sexuellen Vorlieben nun Gegenstand öffentlicher Erörterung werden würden, Schuldgefühlen, weil Amys Tod ihn nicht stärker betrübte, Entsetzen angesichts der Tatsache, daß überhaupt irgendein Mensch auf der Welt denken konnte, er hätte seine Großmutter umgebracht und hätte es dabei eigentlich auf seine Schwester abgesehen gehabt.

„Wir schaffen das schon", sagte ich hilflos.

„Wir schaffen das schon", wiederholte Jason, wobei er versuchte, sich einen Anstrich von Stärke zu geben und so zu tun, als würde er seine eigenen Worte auch glauben. Jasons Selbstvertrauen, dieses goldene Selbstvertrauen, das ihn so unwiderstehlich machte – es würde wohl einige, wenn nicht gar sehr viel Zeit vergehen, ehe man es wieder an seiner Haltung, in seinem Gesicht, im Klang seiner Stimme wiederfinden konnte.

Vielleicht aber würde es auch nie wiederkehren.

Wir trennten uns gleich dort vor dem Gerichtsgebäude. Außerdem, was wir bereits gesagt hatten, wußten wir einander nicht mehr zu sagen.

Dann hockte ich mich ins Merlottes, starrte alle Männer an, die hereinkamen und las ihre Gedanken, den ganzen Tag lang. Keiner von ihnen brüstete sich in Gedanken damit, vier Frauen umgebracht und unbeschadet damit durchgekommen zu sein. Zur Mittagessenszeit kamen Rene und Hoyt durch die Tür und gingen rückwärts wieder hinaus, als sie mich am Tresen sitzen sahen. Ich nehme an, es war ihnen zu peinlich.

Schließlich zwang Sam mich zu gehen. Er sagte, ich sei zu unheimlich, ich würde alle Gäste vergraulen, die mir vielleicht nützliche Informationen geben könnten.

Ich schlich durch die Hintertür hinaus in die gleißende Sonne, die allerdings gerade untergehen wollte. Ich dachte an Bubba, an Bill, an all die anderen Kreaturen, die nun aus ihrem tiefen Schlaf erwachten, um auf Erden zu wandeln.

Ich hielt am Grabbit Kwik, um mir rasch einen Liter Milch für meine Frühstücksflocken zu kaufen. Der neue Kassierer war ein pickliger Jüngling mit riesigem Adamsapfel. Er starrte mich neugierig an und wollte offenbar haarklein alles, was es an mir, der Schwester eines Mörders, zu sehen gab, in seinem Gedächtnis speichern. Ich spürte genau, daß er es kaum erwarten konnte, mich wieder gehen zu sehen, damit er zum Telefon rennen und alles brühwarm seiner Freundin berichten konnte. Er hätte zu gern die Bißspuren an meinem Hals gesehen. Er fragte sich, ob es wohl irgendeine Möglichkeit gab, herauszufinden, wie Vampire ‚es' trieben.

Das war der Müll, den ich mir tagaus, tagein anhören mußte. Ganz gleich, wie sehr ich mich auf etwas anderes konzentrierte, ganz gleich, wie dicht ich mein Visier geschlossen hielt, wie breit mein Lächeln war, der Müll drang immer wieder bis in meinen Kopf.

Ich kam zu Hause an, als es gerade dunkel zu werden begann. Nachdem ich die Milch in den Kühlschrank gestellt und mein Kostüm ausgezogen hatte, zog ich Shorts sowie ein schwarzes Garth Brooks-T-Shirt an, um dann nachzudenken, wie ich den Abend verbringen sollte. Ich war viel zu angespannt, um ein Buch zu lesen, und ohnehin hätte ich eigentlich in die Leihbücherei fahren und mir neuen Lesestoff besorgen müssen, was unter diesen Umständen jedoch eine fürchterliche Tortur geworden wäre. Im Fernsehen lief an diesem Abend kein einziger guter Film. Kurz dachte ich daran, mir *Braveheart* noch einmal anzusehen, denn der Anblick Mel Gibsons im Kilt hebt meine Stimmung eigentlich unweigerlich. Aber dann fiel mir ein, wie blutrünstig der Film war, viel zu blutrünstig für die Verfassung, in der ich mich befand. Ich dachte, die Szene, in der dem Mädchen die Kehle durchgeschnitten wird, würde ich bestimmt nicht noch einmal ertragen können, auch wenn ich ja genau wußte, wann ich mir die Augen zuzuhalten hatte.

Vorübergehend tot

Ich war gerade ins Badezimmer gegangen, wo ich mir die Schminke aus dem verschwitzten Gesicht waschen wollte, als ich glaubte, draußen etwas jaulen zu hören.

Ich drehte die Wasserhähne ab. Dann stand ich stocksteif und völlig still da, wobei mir war, als spüre ich die Fühler zucken, die ich in alle Richtungen ausgefahren hatte und mit denen ich angestrengt lauschte. Was mochte ... das Wasser, mit dem ich mein Gesicht gewaschen hatte, lief mir über das Gesicht und rann in mein T-Shirt.

Kein Laut. Nicht ein einziger.

Ich schlich zur Vordertür, weil sich diese näher an Bubbas Wachposten im Wald befand.

Ich öffnete die Tür einen Spalt breit. Ich schrie: „Bubba?"
Keine Antwort.

Ich versuchte es noch einmal.

Mir schien, als hielten selbst die Heuschrecken und die Kröten die Luft an. Die Nacht war so still, sie mochte alles und jeden verbergen. Irgend etwas ging dort draußen in der Dunkelheit auf die Jagd.

Angestrengt versuchte ich nachzudenken, aber mein Herz schlug so laut, daß es mich dabei behinderte.

Als erstes sollte ich die Polizei anrufen.

Ich mußte jedoch feststellen, daß ich dazu keine Gelegenheit mehr hatte. Mein Telefon war tot.

Das ließ mir zwei Möglichkeiten: Ich konnte hier im Haus warten, bis der Mörder zu mir kam, oder ich konnte hinaus in den Wald gehen.

Eine harte Entscheidung! Ich ging von einem Zimmer ins nächste, löschte alle Lampen und biß mir die Unterlippe blutig, während ich versuchte, mich mit mir selbst auf ein bestimmtes Vorgehen zu einigen. Das Haus bot mir zumindest etwas Schutz: Es hatte Türschlösser und Wände, Ecken und Winkel. Aber ich wußte genau, daß jeder, der fest dazu entschlossen war, hier einbrechen konnte, und dann würde ich in der Falle sitzen.

Dann also der Wald. Wie sollte ich ungesehen aus dem Haus gelangen? Zunächst löschte ich alle Außenlichter. Die Hintertür lag dichter am Wald als die Vordertür, da fiel die Wahl leicht. Im Wald kannte ich mich aus. Ich hätte eigentlich durchaus in der Lage sein müssen, mich dort bis zum Tagesanbruch zu verstecken. Vielleicht gelang es mir auch, es bis hinüber zu Bills Haus zu schaffen. Sein Telefon funktionierte doch bestimmt noch, und ich besaß den Schlüssel zu seinem Haus.

Ich konnte auch versuchen, bis zu meinem Auto zu kommen und es zu starten. Aber das würde bedeuten, ein paar Sekunden lang an einem Ort zu verharren, noch dazu sichtbar, sozusagen auf dem Präsentierteller.

Nein, der Wald schien für mich wirklich die beste Wahl zu sein.

Also steckte ich den Schlüssel von Bills Haus in eine meiner Hosentaschen, dazu das Taschenmesser meines Opas, das meine Großmutter in der Schublade des Wohnzimmertischs aufbewahrt hatte, weil sie damit Pakete zu öffnen pflegte. In die andere Hosentasche steckte ich eine winzige Taschenlampe. Meine Oma besaß ein uraltes Gewehr, das sich stets im Flurschrank befand und das meinem Vater gehört hatte, als er noch ein Junge gewesen war. Meine Großmutter hatte damit im wesentlichen auf Schlangen geschossen. Nun, auch ich hatte da draußen eine Schlange, die es zu erschießen galt. Das verdammte Gewehr war mir immer schon zuwider gewesen, ebenso die bloße Vorstellung, es wirklich abfeuern zu müssen, aber nun schien es an der Zeit, sich zu bewaffnen.

Das Gewehr war nicht im Schrank.

Ich mochte meinen Sinnen kaum trauen. Ich tastete mich durch den ganzen Flurschrank.

Er war in meinem Haus gewesen!

Aber bei mir war nicht eingebrochen worden.

Jemand, den ich hereingebeten hatte. Wer war hiergewesen? Ich versuchte, sie alle aufzuzählen, während ich zurück zur Hintertür schlich, nicht ohne mir vorher die Turnschuhe neu zugebunden zu haben, um nur ja nicht auf lose Schnürsenkel zu treten. Hastig, mehr oder weniger mit einer Hand, raffte ich mein Haar, damit es mir nicht ins Gesicht hing, zu einem unordentlichen Pferdeschwanz zusammen und steckte ihn durch ein einfaches Gummiband. Aber während ich all das tat, dachte ich die ganze Zeit über das gestohlene Gewehr nach.

Wer war alles in meinem Haus gewesen? Bill, Jason, Arlene, Rene, die Kinder, Andy Bellefleur, Sam, Sid Matt; ich war mir ziemlich sicher, daß ich jeden von ihnen einmal eine Minute oder zwei alleingelassen hatte, vielleicht hatte das gereicht, das Gewehr irgendwo draußen zu deponieren, um es sich später holen zu können.

Dann erinnerte ich mich an den Tag, an dem wir meine Großmutter beerdigt hatten. In den Tagen nach Großmutters Tod und auch am

Vorübergehend tot

Beerdigungstag selbst war ich ständig im Haus aus und ein gegangen, und ich konnte mich einfach nicht mehr daran erinnern, ob ich das Gewehr nach der Trauerfeier und dem anschließenden Kaffeetrinken bei mir zu Hause noch einmal gesehen hatte. Allerdings wäre es nicht einfach gewesen, sich mit einem geraubten Gewehr aus einem überfüllten Haus zu schleichen, in dem es den ganzen Tag über geschäftig zuging. Außerdem, dachte ich weiter, hätte ich sein Verschwinden mittlerweile bestimmt bemerkt. Ich war mir sogar ziemlich sicher, daß mir das Fehlen der Waffe auf keinen Fall so lange entgangen wäre.

Aber all diese Überlegungen mußte ich erst einmal beiseite schieben und mich ganz auf mein eigentliches Anliegen konzentrieren: schlauer zu sein als das, was da draußen im Dunkeln auf mich lauerte. Was immer das auch sein mochte.

Ich öffnete die Hintertür, ging in die Hocke und watschelte im Entengang ganz vorsichtig und leise nach draußen, bemüht, mich so klein zu machen wie möglich. Sanft zog ich die Tür hinter mir zu, ohne sie ganz zu schließen. Ich hielt mich von der Treppe fern. Statt dessen streckte ich ein Bein aus und tastete mich mit dem Fuß bis zum Boden vor, während ich gleichzeitig auf der Veranda hocken blieb. Dann verlagerte ich mein Gewicht auf das vordere Bein, zog das andere vorsichtig nach und duckte mich rasch wieder. Fast war es so, als würde ich wieder wie früher als Kind mit Jason im Wald Verstecken spielen.

Ich betete inbrünstig, es möge bloß nicht Jason sein, mit dem ich da im Wald Verstecken spielte.

Zuerst diente mir die alte Badewanne, die meine Großmutter noch mit Blumen bepflanzt hatte, als Deckung, dann kroch ich hinüber zu Omas Auto, denn das, so hatte ich mir gedacht, sollte als zweites mein Ziel sein. Ich sah mir den Himmel an: Wir hatten zunehmenden Mond; es war eine sternklare Nacht. Die Luft war schwer und warm; es war immer noch heiß. Schon nach wenigen Minuten waren meine Arme von einer klebrigen Schweißschicht überzogen.

Der nächste Schritt: vom Auto hinüber zur Mimose.

Diesmal schaffte ich es nicht, völlig lautlos voranzukommen. Ich stolperte über einen Baumstumpf und prallte hart auf dem Boden auf, wobei ich mich auf die Innenseite der Wange beißen mußte, um einen Aufschrei zu unterdrücken. Ein heftiger Schmerz durchzuckte mein rechtes Bein und die Hüfte; ich wußte, die rauhen Kanten des Baumstumpfs hatten meinen Oberschenkel schwer mitgenommen.

Warum nur war ich nie herausgekommen und hatte diesen Stumpf glatt abgesägt? Oma hatte Jason gebeten, das zu tun, aber der hatte einfach nie die Zeit dafür gefunden.

Da hörte – nein: spürte ich eine Bewegung. Ich schlug alle Vorsicht in den Wind, sprang auf und rannte, so schnell ich konnte, auf die Bäume zu. Jemand brach aus dem Unterholz rechts von mir hervor und stürzte auf mich zu. Aber ich wußte genau, wo ich hinlief und konnte mich schon bald mit einem riesigen Satz, der mich selbst sehr erstaunte, an den untersten Ast des Lieblingskletterbaums unserer Kindheit klammern und mich daran hochziehen. Sollte ich es schaffen, den nächsten Morgen noch zu erleben, dann würde mich bestimmt heftiger Muskelkater plagen, aber immerhin war es die Sache wert. Ich auf dem Ast, versuchte, möglichst geräuschlos zu atmen, und hätte doch am liebsten gekeucht und gestöhnt wie ein Hund, der schlecht träumt.

Wie sehr ich mir wünschte, dies möge ein Traum sein. Aber es war keiner; kein Weg führte an der Erkenntnis vorbei, daß ich, Sookie Stackhouse, Kellnerin und Gedankenleserin, hier mitten in stockfinsterer Nacht auf einem Ast im Wald hockte, mit nichts weiter bewaffnet als mit einem Taschenmesser.

Unter mir bewegte sich etwas: Ein Mann schlich durch den Wald. Von seinem Handgelenk baumelte ein Stück Schnur. Jesus hilf! Der Mond war fast voll, aber der Kopf des Mannes blieb hartnäckig im Schatten meines Baumes, und so konnte ich nicht erkennen, wer es war. Er ging unter mir hindurch, ohne mich zu sehen.

Ich wagte erst wieder zu atmen, als er außer Sicht war. So leise ich konnte, kletterte ich vom Baum und machte mich ganz vorsichtig auf den Weg hinüber zur Straße. Wenn ich es bis zur Straße schaffte, würde ich vielleicht ein Auto anhalten können. Dann mußte ich daran denken, wie selten jemand auf dieser Straße entlangfuhr – vielleicht war es besser, den Weg über den Friedhof hinüber zu Bills Haus zu suchen. Ich dachte an den Friedhof bei Nacht, an den Mörder, der überall nach mir Ausschau hielt. Ich zitterte.

Wie unsinnig, sich mehr und immer noch mehr zu ängstigen, wo ich mich doch auf das Hier und Jetzt zu konzentrieren hatte, schalt ich mich selbst energisch. Bei jedem Schritt achtete ich genau darauf, wohin ich meine Füße setzte; ich bewegte mich langsam, vorsichtig.

Vorübergehend tot

Hier im Unterholz zu stürzen würde ziemlichen Lärm machen – dann wäre er in Sekundenschnelle bei mir.

Etwa zehn Meter südöstlich von dem Baum, auf dem ich gehockt hatte, fand ich die tote Katze. Die Kehle des Tiers war eine einzige klaffende Wunde. Im Mondlicht wirkten alle Farben verwaschen, und so konnte ich noch nicht einmal mehr erkennen, welche Farbe ihr Fell gehabt hatte, aber bei den dunklen Flecken rings um die kleine Leiche handelte es sich ganz eindeutig um Blut. Vorsichtig schlich ich noch ein paar Meter weiter und stieß dann auf Bubba. Er war entweder ohnmächtig oder tot – bei einem Vampir läßt sich der Unterschied so einfach nicht feststellen. Zumindest ragte kein Pfahl aus seinem Herzen, und man hatte ihm auch nicht den Kopf abgeschlagen. Also konnte ich durchaus hoffen, daß er lediglich nicht bei Bewußtsein war.

Jemand hatte Bubba eine Katze gebracht, der man vorher ein Betäubungsmittel verabreicht hatte. Jemand, dem bekannt gewesen war, daß Bubba mich bewachte; der von Bubbas Vorliebe für Katzenblut wußte.

Ich hörte ein Knacken hinter mir. Jemand war auf einen Ast getreten. Ich glitt in den Schatten des nächsten Baumes. Ich war wütend, sehr wütend, hatte Angst und fragte mich, ob ich wohl in dieser Nacht würde sterben müssen.

Zwar trug ich mein Gewehr nicht bei mir, dafür verfügte ich jedoch über ein eingebautes Werkzeug. Ich schloß die Augen und schickte meinen Verstand auf die Suche.

Ein Wust aus Dunkelheit, rot, schwarz. Haß.

Unwillkürlich zuckte ich zurück, aber das konnte ich mir nicht erlauben! Ich mußte zuhören, es war mein einziger Schutz. Ich ließ mein Visier vollständig fahren.

Beim Anblick der Bilder, die in meinen Kopf strömten, wurde mir ganz schlecht, sie vermittelten mir nichts als nacktes Entsetzen. Dawn, die jemanden bat, sie zu schlagen, die erkennen mußte, daß dieser jemand ihre Strumpfhose in der Hand hielt, sie zwischen seinen beiden Händen in die Länge zog, sich anschickte, ihr die Strumpfhose um den Hals zu schlingen, fest zuzuziehen. Eine kurze Aufnahme Maudettes, nackt, die jemanden anflehte. Eine Frau, die ich noch nie gesehen hatte, die mir den Rücken zuwandte, einen nackten Rücken voller Striemen, voller blauer Flecke. Dann meine Großmutter – meine

Großmutter! – in unserer vertrauten Küche, wie sie voller Zorn um ihr Leben kämpfte.

Ich war gelähmt vom Schock, dem Entsetzen, das mich bei all dem überkam. Wessen Gedanken las ich da? Ich sah Arlenes Kinder auf dem Boden in meinem Wohnzimmer spielen; ich sah mich selbst, aber nicht so, wie ich mich sah, wenn ich morgens in den Spiegel schaute. Jetzt trug ich tiefe Löcher am Hals, ich grinste wissend und lüstern, streichelte einladend über die Innenseite meiner Oberschenkel.

Ich war im Kopf Rene Leniers. Diese Bilder sah Rene, wenn er mich sah.

Rene war wahnsinnig.

Nun wußte ich auch, warum ich seine Gedanken nie deutlich hatte entziffern können; er hielt sie an einem geheimen Ort versteckt, getrennt von seinem bewußten Ich.

In diesem Moment sah er hinter einem der Bäume einen Umriß und fragte sich, ob dies wohl die Silhouette einer Frau sein konnte.

Er konnte mich sehen.

Ich machte mich aus dem Staub und rannte westwärts auf den Friedhof zu. Ich konnte den Dingen, die in seinem Kopf vor sich gingen, nicht mehr zuhören, denn mein eigener Kopf mußte sich nun ausschließlich aufs Laufen konzentrieren, darauf, den Hindernissen auszuweichen, die sich mir in Gestalt von Bäumen, Büschen, abgebrochenen Ästen und einem kleinen Rinnsal, in dem sich Regenwasser gesammelt hatte, in den Weg stellten. Meine Beine stampften über den Boden, meine Arme schwangen vor und zurück, mein Atem klang wie das Pfeifen eines Dudelsacks.

Ich brach aus dem Wald hervor und befand mich auf dem Friedhof. Der älteste Teil der Anlage lag ein wenig weiter nördlich, dort, wo sich auch Bills Haus befand – da gab es die besten Verstecke. Ich setzte über die Grabsteine, die modernen, die sich eng an den Boden schmiegten und hinter denen man sich nicht verstecken konnte. Ich sprang über das Grab meiner Oma, wo die Erde noch nackt war und es noch keinen Grabstein gab. Omas Mörder war mir dicht auf den Fersen, und ich Närrin drehte mich um, um zu sehen, wo er sein mochte, und da sah ich im hellen Mondlicht ganz klar Renes struppigen Kopf, und gleichzeitig sah ich auch, wie nah er schon war.

Der Friedhof bildete insgesamt eine kleine Senke. Ich rannte den sanften Abhang an der einen Seite der Senke hinab und fing an, auf der anderen Seite wieder hinaufzulaufen. Als ich der Meinung war, zwischen mir und Rene befänden sich inzwischen genügend große Grabsteine und Statuen, hechtete ich mit einem letzten Satz hinter eine mächtige Granitsäule, auf deren Spitze ein Kreuz thronte. Dort blieb ich stehen und preßte meinen Körper gegen den glatten, kühlen, harten Stein. Ich legte mir selbst ganz fest die Hand auf den Mund, denn meine Lungen rangen so heftig nach Luft, daß es fast wie ein Schluchzen klang, und dieses Geräusch mußte ich unterdrücken. Ich zwang mich zu innerer Ruhe, um Renes Gedanken lesen zu können, aber sie waren in einem so kruden Durcheinander, daß es mir unmöglich war, sie zu entziffern. Das einzige, was ich deutlich hören konnte, war die Wut, die er empfand. Dann aber stand mir jäh eine plötzliche Erkenntnis ganz klar vor Augen.

„Deine Schwester!" rief ich aus. „Ist Cindy noch am Leben, Rene?"

„Du Miststück!" kreischte mein Gegner, und in der nächsten Sekunde erfuhr ich, daß Renes eigene Schwester die erste Frau gewesen war, die hatte sterben müssen. Renes Schwester, die, die Vampire gemocht hatte, die, die er angeblich immer noch von Zeit zu Zeit besuchte – zumindest war Arlene dieser Meinung. Rene hatte seine Schwester Cindy, die Kellnerin, umgebracht, und als er sie umbrachte, hatte sie die rosa-weiß gestreifte Uniform getragen, in der sie in der Krankenhauscafeteria gearbeitet hatte. Rene hatte Cindy mit ihren Schürzenbändern erdrosselt. Dann hatte er sich an ihrer Leiche vergangen. So tief war sie in seinen Augen gesunken, daß ihr auch Sex mit dem eigenen Bruder nichts mehr ausmachen würde – so dachte Rene darüber, wenn man das denken nennen wollte, was in seinem Kopf vorging. Jeder, der duldete, daß ein Vampir es mit ihm trieb, verdiente seiner Meinung nach den Tod. Cindys Leiche hatte Rene versteckt, weil er sich ihrer geschämt hatte. Die anderen waren alle nicht sein eigen Fleisch und Blut gewesen, die hatte er ruhig am Tatort liegen lassen können.

Ich war in Renes krankes Innenleben gezogen worden wie ein Zweig, der in einen Wasserstrudel gerät, und was ich in seinem Kopf erlebte, schockierte mich so, daß ich dort hinter meiner Säule leicht schwankte. Als ich dann wieder in meinen eigenen Kopf zurückkehrte, war Rene bereits über mir. Er versetzte mir mit aller Kraft einen Faustschlag ins Gesicht, wobei er wohl erwartete, mich niederzustrecken. Der Schlag brach mir das Nasenbein und tat so weh, daß ich fast in

Ohnmacht gefallen wäre, aber ich wurde nicht bewußtlos und brach auch nicht zusammen. Ich schlug zurück. Mein Schlag war nicht sehr gut plaziert, denn es mangelte mir an Erfahrung. So traf ich Rene zwar zwischen den Rippen, und er stöhnte laut auf, landete aber bereits in der nächsten Sekunde den Gegenschlag.

Seine Faust brach mir das Schlüsselbein. Aber ich ging nicht zu Boden.

Rene hatte nicht geahnt, wie stark ich war. Sein Gesicht, das ich im Mondlicht ganz deutlich erkennen konnte, wirkte völlig überrascht und schockiert, als ich nun zurückschlug, und ich dankte mit Inbrunst dem Vampirblut, das ich zu mir genommen hatte. Ganz deutlich stand mir meine tapfere Oma vor Augen, als ich mich auf Rene stürzte, ihn bei den Ohren packte und versuchte, seinen Kopf gegen die Granitsäule zu schmettern. Renes Hände flogen hoch und packten meine Unterarme. Er versuchte, mich wegzudrücken, um meinen Griff zu lockern, was ihm letztlich auch gelang. Aber nun war er gewarnt. Ich las in seinen Augen, wie sehr ihn mein Verhalten überraschte und daß er sich von jetzt an besser in Acht nehmen würde. Ich versuchte, ihm mein Knie in den Schritt zu rammen, aber er sah den Tritt kommen und drehte sich ein ganz klein wenig zur Seite, so daß mein Bein ins Leere schoß. Ich hatte das Gleichgewicht noch nicht wiedererlangt, als er mir auch schon einen kräftigen Stoß versetzte und ich mit einem Aufprall, bei dem alle meine Zähne schmerzhaft aufeinander krachten, zu Boden ging.

In Sekundenschnelle hockte Rene rittlings auf mir. Bei unserem Kampf war ihm jedoch sein Strick abhanden gekommen, und während er mit der einen Hand meinen Hals umklammert hielt, tastete er mit der anderen nach der Mordwaffe, für die er sich nun einmal entschieden hatte. Er hockte auf meinem rechten Arm, der war also festgenagelt, aber mein linker war frei, mit dem konnte ich schlagen und kratzen. Rene vermochte diese Schläge nicht abzuwehren, denn er mußte weiterhin nach dem Strick suchen, mit dem er mich erwürgen wollte. Dieser Strick war fester Bestandteil seines Rituals, ohne ihn ging es nicht, und dann traf meine schlagende Linke auf ein vertrautes Objekt.

Rene trug Arbeitskleidung; an seinem Gürtel baumelte immer noch das Messer. Hastig riß ich den Verschluß der Lederscheide auf und zog das Messer hervor. „Verdammt, das hätte ich abnehmen sollen", dachte mein Gegner, doch da fuhr ihm die scharfe Schneide auch schon mit

Vorübergehend tot

Wucht ins weiche Fleisch seiner Taille. Ich riß das Messer nach oben. Dann zog ich es wieder heraus.

Rene schrie wie am Spieß.

Stolpernd kam er auf die Beine, beugte den Oberkörper zur Seite und versuchte verzweifelt, mit beiden Händen das Blut zu stoppen, das ihm aus der Wunde schoß.

Hastig rutschte ich rückwärts, stand dann auf und versuchte, schnell ein wenig Distanz zwischen mich und diesen Mann zu bringen, der gewiß ebenso ein Monster war, wie Bill eines darstellte.

„Guter Gott, Weib", schrie Rene, „was hast du mir da angetan?"

Das war ja nun wirklich ein starkes Stück.

Rene war mittlerweile völlig in Panik; er fürchtete, entdeckt zu werden, fürchtete ein Ende seiner Spielchen, ein Ende seines Rachefeldzugs.

„Mädchen wie du, ihr verdient den Tod!" zischte er. „Du bist in meinem Kopf, ich fühle das genau, du Mißgeburt, du!"

„Wer ist hier die Mißgeburt?" zischte ich zurück. „Verrecke, du Schweinehund!"

Ich hatte nicht gewußt, daß ich zu so etwas in der Lage war. Ich stand neben einem Grabstein, das blutige Messer immer noch in der Hand, und lauerte in Angriffsstellung darauf, daß sich mein Gegner erneut auf mich stürzte.

Der drehte sich verzweifelt stolpernd im Kreis, und ich sah ihm mit völlig versteinertem Gesicht dabei zu. Ich verschloß mein Denken vor ihm, wollte nicht hören, daß er spürte, wie sich der Tod von hinten an ihn heranschlich. Als er zu Boden ging, stand ich immer noch bereit, ihm das Messer ein zweites Mal in den Leib zu rammen. Dann, als ich ganz sicher sein konnte, daß er sich nicht mehr bewegte, ging ich zu Bills Haus. Ich ging, ich rannte nicht. In jener Nacht sagte ich mir, das sei so, weil ich gar nicht mehr hätte rennen können, aber jetzt, im Nachhinein, bin ich mir da nicht mehr so sicher. Ich sah die ganze Zeit das Bild meiner Oma vor mir, das Rene mit sich herumtrug. Das Bild meiner Oma, wie sie in ihrem eigenen Haus hatte um ihr Leben kämpfen müssen.

Ich fischte Bills Haustürschlüssel aus meiner Hosentasche, fast ein wenig erstaunt darüber, daß der sich immer noch dort befand.

Es gelang mir irgendwie, den Schlüssel ins Schloß zu stecken und auch zu drehen. Dann stolperte ich in Bills Wohnzimmer und tastete nach dem Telefon. Meine Finger glitten ein wenig hilflos über die Tasten und versuchten herauszufinden, wo sich die neun befand, wo die eins – 911: die Nummer des Notrufs. Ich schaffte es sogar, die entsprechenden Tasten zu drücken, auch fest genug, daß sie mir mit einem leisen Piepen versicherten, daß ich erfolgreich gewesen war. Dann meldete sich ohne jegliche Vorwarnung mein Bewußtsein ab, und ich sank in Ohnmacht.

*   *   *

Ich wußte, ich war im Krankenhaus, denn ich war umgeben vom sauberen Geruch von Krankenhausbettwäsche.

Als Nächstes stellte ich fest, daß mir jeder einzelne Knochen wehtat und daß sich irgendwer bei mir im Zimmer aufhielt. Ich öffnete die Augen, was mir beträchtliche Mühe bereitete.

Es war Andy Bellefleur. Sein kantiges Gesicht wirkte womöglich noch erschöpfter als beim letzten Mal, als ich ihn gesehen hatte.

„Kannst du mich hören?" wollte er wissen.

Ich nickte, nur eine winzigkleine Bewegung, bei der aber dennoch ein heftiger Schmerz durch meinen ganzen Kopf zuckte.

„Wir haben ihn", hob Andy an, und dann wollte er mir noch viel mehr erzählen, aber ich schlief wieder ein.

Als ich erneut erwachte, war es Tag, und ich fühlte mich viel wacher als beim Mal zuvor.

Auch jetzt war jemand bei mir im Zimmer.

„Wer ist da?" erkundigte ich mich flüsternd, und selbst diese drei Worte taten unendlich weh.

Aus einem Stuhl in der Ecke erhob sich daraufhin Kevin, rollte das Kreuzworträtselheft zusammen, mit dem er sich beschäftigt hatte, und steckte es in die Tasche seiner Uniformjacke.

„Wo ist Kenya?" flüsterte ich.

Er grinste mich völlig unerwartet an. „Sie war ein paar Stunden lang hier", erklärte er. „Sie wird bald zurück sein. Ich habe sie nur ein wenig abgelöst, damit sie Mittagessen gehen kann."

Kevins dünnes Gesicht, ja, sein ganzer magerer Körper drückten nichts als Zustimmung und Bewunderung aus. „Sie sind wirklich eine ziemlich zähe Dame!" teilte er mir nun mit.

Vorübergehend tot

„Besonders zäh fühle ich mich aber nicht", brachte ich mühsam hervor.

„Sie sind ziemlich schwer verletzt", verkündete er, als wäre mir das etwas Neues.

„Rene."

„Wir fanden ihn auf dem Friedhof", beruhigte mich Kevin. „Sie hatten ihn ziemlich schwer erwischt, aber er war immer noch bei Bewußtsein und hat uns erzählt, daß er versucht hat, Sie umzubringen."

„Gut."

„Es schien ihm wirklich sehr leid zu tun, daß er sein Werk nicht hatte vollenden können. Ich kann kaum glauben, daß er uns das alles so erzählt hat, aber er hatte wohl große Schmerzen und ziemlich viel Angst, als wir bei ihm ankamen. Er hat uns erzählt, die ganze Sache sei Ihre Schuld, Sie hätten sich einfach nicht hinlegen und sterben wollen wie die anderen. Er sagte, das müsse an Ihren Genen liegen, da Ihre Oma ..." Hier unterbrach Kevin sich, denn ihm war wohl klar, daß er kurz davor stand, ein Gebiet zu betreten, dessen Erörterung sehr schmerzhaft für mich war.

„Meine Oma hat sich auch gewehrt", flüsterte ich.

In diesem Moment kam Kenya ins Zimmer, massiv, unbeeindruckt, in der Hand einen Plastikbecher mit heißem, duftendem Kaffee.

„Sie ist wach!" verkündete Kevin und strahlte seine Partnerin an.

„Gut", erwiderte Kenya, wobei sie sich nicht so anhörte, als würde sie sich vor Freude gleich überschlagen. „Hat sie gesagt, was passiert ist? Vielleicht sollten wir Andy benachrichtigen."

„Ja, er sagte, wir sollen ihn rufen. Aber er schläft gerade mal vier Stunden."

„Wir sollen ihn anrufen, hat er gesagt."

Kevin zuckte die Achseln und ging zum Telefon neben meinem Bett. Ich glitt in einen Dämmerschlaf, in dem ich aber trotzdem noch hörte, wie Kenya und Kevin miteinander flüsterten, während sie auf Andy warteten. Das heißt, Kevin erzählte von seinen Jagdhunden und Kenya, nahm ich an, hörte ihm zu.

Nun war Andy ins Zimmer gekommen, denn ich konnte seine Gedanken spüren, das Muster seines Verstandes. Schwer ließ er sich neben mein Bett auf einen Stuhl sinken. Als er sich über mich beugte, um mich anzusehen, öffnete ich die Augen, und wir wechselten einen langen Blick.

Zwei Paar Füße in Schuhen, wie sie der Polizeidienst vorschreibt, traten hinaus auf den Flur.

„Er ist immer noch am Leben", sagte Andy unvermittelt. „Er hört gar nicht auf zu reden."

Ich bewegte meinen Kopf ein paar Millimeter in der Hoffnung, dies möge als Nicken gelten.

„Er sagt, es geht alles auf seine Schwester zurück, die eine Beziehung mit einem Vampir hatte. Offenbar hatte sie irgendwann nur noch so wenig Blut im Leib, daß Rene befürchtete, sie könnte sich selbst in eine Vampirin verwandeln, wenn er sie nicht daran hinderte. Eines Abends hat er ihr in ihrer Wohnung ein Ultimatum gestellt. Aber sie hat sich ihm nicht gebeugt, hat gesagt, sie wolle sich nicht von ihrem Liebsten trennen. Sie wollte gerade los zur Arbeit und war dabei, sich ihre Schürze umzubinden, als sie anfingen, sich zu streiten. Er riß ihr die Schürze aus der Hand und erwürgte sie damit ... tat ihr dann auch noch anderes an."

Andy sah aus, als sei ihm übel.

„Ich weiß", flüsterte ich.

„Mir kommt es so vor", setzte Andy dann erneut an, „als sei er zu der Überzeugung gelangt, alles, selbst so ein schrecklicher Akt, ließe sich rechtfertigen, wenn man wie er der Meinung war, Menschen wie seine Schwester verdienten den Tod. Die Morde hier, scheint es, ähneln auch zwei unaufgeklärten Morden in Shreveport, und wenn Rene weiterhin so drauflos plappert, dann können wir fest damit rechnen, daß er auf diese Morde ebenfalls zu sprechen kommt. Wenn er überlebt, heißt das."

Wie entsetzlich! Die armen Frauen. Ich spürte, wie sich meine Lippen zusammenpreßten.

„Kannst du mir erzählen, was dir widerfahren ist?" fragte Andy leise. „Nimm dir Zeit. Es macht nichts, wenn du flüsterst. Dein ganzer Hals ist voller blauer Flecken."

Darauf hätte er mich nicht hinzuweisen brauchen – ich hatte mir schon so etwas gedacht. Murmelnd lieferte ich meinen Bericht der Ereignisse des vergangenen Abends, wobei ich kein Detail ausließ. Andy hatte ein kleines Tonbandgerät eingeschaltet, nachdem er mich gefragt hatte, ob mir das recht sei. Ich hatte ihm zu verstehen gegeben, daß er es ruhig laufen lassen konnte, und so hatte er es direkt neben meinen Kopf auf das Kissen gelegt, so dicht an meinen Mund, wie es irgend ging. Er wollte auf jeden Fall wirklich die ganze Geschichte mitbekommen.

„Ist Mr. Compton immer noch verreist?" fragte er dann, als ich geendet hatte.

„New Orleans", flüsterte ich. Mittlerweile war ich kaum noch in der Lage zu reden.

„Jetzt, wo wir wissen, daß das Gewehr dir gehört, suchen wir in Renes Haus danach. Das ist ein weiteres Indiz gegen ihn."

Nun trat eine strahlende junge Frau ganz in Weiß ins Zimmer, warf einen Blick auf mein Gesicht und sagte, Andy müsse ein andermal wiederkommen.

Daraufhin nickte Andy mir zu, streichelte ein wenig unbeholfen meine Hand und ging, wobei er der Ärztin über die Schulter einen bewundernden Blick zuwarf. Sie war es wert, bewundert zu werden, aber außerdem trug sie einen Ehering. Andy war also wieder einmal zu spät dran.

Die Ärztin fand ihn zu ernst und dachte, er blicke zu finster drein.

Ich wollte das alles gar nicht hören.

Aber ich hatte nicht genügend Energie, andere aus meinem Kopf herauszuhalten.

„Wie fühlen Sie sich, Miss Stackhouse?" fragte die junge Frau ein wenig zu laut. Sie war eine schlanke Brünette mit großen braunen Augen und vollen Lippen.

„Scheußlich", flüsterte ich.

„Das kann ich mir vorstellen", sagte sie und nickte ein paar Mal, während sie mich untersuchte. Ich bezweifelte, daß sie das wirklich konnte. Ich wäre jede Wette eingegangen, daß sie noch nie auf einem Friedhof von einem mehrfachen Mörder zusammengeschlagen worden war.

„Noch dazu haben Sie gerade Ihre Großmutter verloren?" fragte sie mitleidig, und ich nickte, wobei ich den Kopf lediglich ein paar Millimeter bewegte.

„Vor etwa sechs Monaten starb mein Mann", sagte sie. „Ich weiß, was Kummer ist. Es ist sehr schwer, immer tapfer zu sein, nicht wahr?"

Wer hätte das gedacht.

„Er hatte Krebs", erklärte sie – sie hatte mir die Frage vom Gesicht ablesen können. Ich versuchte, ihr nun auch lediglich mit den Augen mein Beileid auszusprechen, aber das war so gut wie unmöglich.

„Nun ja." Die junge Frau richtete sich auf und war wieder ganz die geschäftige Ärztin. „Sie werden auf jeden Fall am Leben bleiben. Sie haben ein gebrochenes Schlüsselbein, zwei gebrochene Rippen und eine gebrochene Nase."

Hirte von Judäa! Kein Wunder, daß ich mich so zerschlagen fühlte.

„Ihr Gesicht und der Hals weisen erhebliche Prellungen auf. Wie sehr Ihr Hals in Mitleidenschaft gezogen wurde, haben Sie sicher schon selbst feststellen können."

Ich versuchte, mir auszumalen, wie ich wohl aussehen mochte. Wie gut, daß ich keinen Spiegel zur Hand hatte.

„Dazu kommen unzählige kleinere Prellungen und Schnittwunden an Armen und Beinen." Die Ärztin lächelte. „Mit Ihrem Magen ist alles in bester Ordnung, und das gilt auch für Ihre Füße."

Haha. Sehr witzig.

„Ich habe Ihnen Schmerzmittel verschrieben, klingeln Sie also bitte nach der Schwester, wenn Sie sich schlecht fühlen."

Hinter ihrem Rücken streckte ein Besucher den Kopf durch die Tür. Sie drehte sich um, womit sie mir die Sicht verstellte, und sagte: „Hallo?"

„Ist dies Sookie Stackhouses Zimmer?"

„Ja. Ich bin gerade fertig mit der Untersuchung, Sie können also hereinkommen." Die Ärztin (laut Namensschild am Kittel hieß sie Sonntag) sah mich fragend an, um meine Erlaubnis einzuholen. Ich brachte mühsam ein kaum hörbares „Sicher" zustande.

Daraufhin glitt JB du Rone an mein Bett und sah so wunderschön aus wie der stürmische Liebhaber auf dem Schutzumschlag eines Groschenromans. Sein lohfarbenes Haar schimmerte im Neonlicht, seine Augen hatten haargenau dieselbe Farbe wie sein Haar, und die Muskeln, die man dank seines ärmellosen Hemdes bewundern konnte, sahen aus, wie gemeißelt mit einem ... nun, mit einem Meißel eben. JB blickte auf mich herab, während Dr. Sonntag seinen Anblick durstig in sich aufsog.

„Hey Sookie, wie geht's dir denn so?" fragte er und strich mir sanft mit dem Finger über die Wange. Dann küßte er liebevoll eine der wenigen Stellen auf meiner Stirn, auf der sich kein blauer Fleck befand.

„Danke", flüsterte ich. „Wird schon wieder. Darf ich dir meine Ärztin vorstellen?"

Vorübergehend tot

JB du Rone richtete seine großen Augen auf Dr. Sonntag, die praktisch über ihre eigenen Füße stolperte, als sie nun herbeieilte, um sich förmlich mittels Handschlag mit ihm bekannt zu machen.

„Als ich mich damals hab' impfen lassen, waren die Ärzte noch nicht so hübsch", sagte JB ernsthaft und ganz und gar ehrlich.

„Sie waren nicht mehr bei einem Arzt, seit Sie Kind waren?" wollte Dr. Sonntag baß erstaunt wissen.

„Ich werde nie krank." Er strahlte. „Ich bin stark wie ein Ochse."

Und mit ungefähr genauso viel Verstand gesegnet. Aber Dr. Sonntag hatte Köpfchen für zwei.

Ihr fiel kein Grund mehr ein, weswegen sie noch in meinem Zimmer hätte ausharren können, und so ging sie, nicht ohne JB über die Schulter noch einen letzten, sehnsüchtigen Blick zuzuwerfen, als sie bereits in der Tür stand.

JB beugte sich zu mir hinab und fragte besorgt: „Kann ich dir irgendetwas besorgen, Sookie? Ein paar Cracker vielleicht?"

Beim Gedanken an Cracker in meinem Mund schossen mir die Tränen in die Augen. „Nein, danke", hauchte ich. „Die Ärztin ist verwitwet."

In einer Unterhaltung mit JB konnte man jederzeit das Thema wechseln, ohne daß er sich fragte, warum man das wohl tat.

„Wow", sagte er beeindruckt. „Sie ist klug und alleinstehend."

Ich wackelte bedeutungsvoll mit den Brauen.

„Du findest, ich sollte sie fragen, ob sie mit mir ausgehen will?" JB blickte so nachdenklich drein, wie es ihm überhaupt möglich war. „Das ist vielleicht gar keine schlechte Idee." Er lächelte auf mich herab. „Solange *du* nicht mit mir ausgehen willst. Du warst immer schon die erste Wahl für mich. Du brauchst nur mit dem kleinen Finger zu winken, und schon komme ich gelaufen."

Was für ein süßer Typ. Ich glaubte ihm seine Hingabe nicht eine Sekunde lang, aber ich glaubte durchaus, daß er wußte, wie man dafür sorgt, daß eine Frau sich gut fühlt. Selbst an einem Tag, an dem sie – wie ich an diesem – genau wußte, daß sie umwerfend scheußlich aussieht. Noch dazu fühlte ich mich scheußlich. Wo waren nur die Schmerztabletten? Ich versuchte, JB ein Lächeln zuzuwerfen.

„Du hast Schmerzen", sagte er. „Ich schicke dir die Schwester."

Wunderbar! Der kleine Knopf, mit dem sich die Schwester rufen ließ, war mir so unendlich weit entfernt vorgekommen, so völlig unerreichbar.

JB küßte mich noch einmal und sagte dann, ehe er ging: „Ich werde auch versuchen, diese Ärztin zu finden, Sookie. Ich habe da noch ein paar Fragen, die deine Genesung betreffen, die ich gern mit ihr besprechen würde."

Nachdem die Schwester dem Tropf an meinem Arm irgend etwas zugesetzt hatte, lag ich einfach nur da und freute mich darauf, daß die Schmerzen bald nachlassen würden. Da ging erneut die Tür auf.

Jason kam herein. Lange stand er schweigend am Fußende meines Bettes und starrte hinunter auf mein Gesicht. Schließlich sagte er mit schwerer Stimme: „Ich konnte kurz mit der Ärztin sprechen, ehe sie mit JB in der Cafeteria verschwunden ist. Sie hat aufgezählt, was alles mit dir nicht stimmt." Er trat vom Bett weg, drehte eine Runde durch das Zimmer und kam wieder zurück. „Du siehst scheußlich aus."

„Danke!" flüsterte ich.

„Ach ja, dein Hals, das hatte ich vergessen."

Er fing an, mich zu streicheln, überlegte es sich dann aber anders.

„Hör mal, Schwesterchen, ich weiß, ich müßte dir danken, aber irgendwie zieht es mich völlig runter, daß du meine Stelle eingenommen hast, als es Zeit wurde zu kämpfen."

Wenn ich gekonnt hätte, hätte ich ihn getreten.

Seine Stelle eingenommen! Also wirklich!

„Ich schulde dir was, Schwesterherz, ich schulde dir riesig was. Ich war so dämlich, ich dachte, Rene sei mein Freund."

Betrogen. Jason fühlte sich betrogen.

Dann kam Arlene, und die Dinge wurden noch besser.

Arlene sah schrecklich aus. Ihr rotes Haar war ein einziger, wirrer Filz, sie war ungeschminkt, und ihre Kleider hatte sie irgendwie zusammengestoppelt. Ich hatte Arlene noch nie mit unfrisiertem Haar, ohne strahlendes, schrilles Make-up gesehen.

Sie sah auf mich herunter – Mann, würde ich mich freuen, wenn ich wieder stehen konnte! –, und eine Sekunde lang schien ihr Gesicht hart wie Granit. Dann aber ließ sie meinen Anblick wirklich an sich heran, und ihre Gesichtszüge zerfielen in tausend Einzelteile.

Vorübergehend tot

„Ich war so wütend auf dich, ich habe das alles nicht geglaubt, aber jetzt, wo ich dich sehe ... was er getan hat ... oh Sookie, kannst du mir je verzeihen?"

Mein Gott, ich wollte, daß sie wieder verschwand! Ich versuchte, Jason wortlos zu vermitteln, wie mir zumute war, und oh Wunder: Dieses eine, einzige Mal drang ich zu ihm durch. Er legte den Arm um Arlenes Schulter und führte sie hinaus. Arlene schluchzte. „Ich habe es doch nicht gewußt!" sagte sie und war kaum zu verstehen. „Ich habe es doch nicht gewußt."

„Zum Teufel, ich doch auch nicht", sagte Jason.

Nachdem ich versucht hatte, ein kleines Schälchen wirklich köstliche grüne Götterspeise zu mir zu nehmen, hielt ich ein Mittagsschläfchen.

Mein großes Abenteuer am Nachmittag bestand darin, mehr oder weniger ohne fremde Hilfe aufs Klo und zurückzugehen. Danach saß ich etwa zehn Minuten lang in einem Stuhl, und dann war ich bereit, wieder ins Bett zu gehen. Ich sah in den kleinen Spiegel, der sich im Rahmen meines Klapptischs verbarg – und sofort tat es mir mehr als leid.

Ich hatte ein wenig Fieber, nicht viel, aber doch so viel, daß ich mich zittrig und dünnhäutig fühlte. Mein Gesicht war grau und blau, meine Nase auf die doppelte Größe angeschwollen. Mein rechtes Auge war fast zugeschwollen. Ich erschauderte bei meinem eigenen Anblick, und selbst das tat weh. Meine Beine – ach, zum Teufel: Die mochte ich mir noch nicht einmal ansehen. Ganz vorsichtig ließ ich mich in die Kissen sinken und wünschte, der Tag wäre bereits vorbei. Wahrscheinlich würde es mir in ungefähr vier Tagen wieder prima gehen. Arbeit! Wann konnte ich wieder zur Arbeit gehen?

Ein leises Klopfen an der Tür lenkte mich ab. Noch so ein verdammter Besucher! Diesmal war es jemand, den ich nicht kannte. Eine ältere Dame mit blauem Haar und einer Brille mit rotem Gestell schob einen Rollwagen ins Zimmer. Sie trug den gelben Kittel, den die ‚Sonnenscheindamen' genannten freiwilligen Helferinnen des Krankenhauses bei der Arbeit tragen mußten.

Der Rollwagen lag voller Blumen für die Patienten in diesem Stockwerk.

„Ich bringe Ihnen einen Ladung guter Wünsche!" zwitscherte die sonnige Dame fröhlich.

Ich lächelte, aber dies Lächeln war wohl ziemlich abschreckend, denn die Fröhlichkeit meiner Besucherin nahm bei seinem Anblick deutlich ab.

„Die hier sind für Sie", fuhr sie dann geschäftig fort und hob einen mit einer roten Schleife verzierten Blumentopf vom Wagen. „Hier ist auch eine Karte. Lassen Sie mich sehen – die hier sind auch für Sie ..." Diesmal handelte es sich um einen Strauß: rosa Rosen, rosa Nelken und weißes Schleierkraut. Auch von diesem zupfte die Dame die Karte ab. Dann ließ sie ihren Blick abschließend noch einmal über den Rollwagen gleiten, um entzückt auszurufen: „Sie haben aber auch wirklich Glück! Hier sind noch mehr Blumen für Sie!"

Im Mittelpunkt der dritten Gabe stand eine bizarre rote Blume, die ich noch nie zuvor gesehen hatte, umgeben von anderen, mir eher vertrauten Blüten. Diesen Strauß betrachtete ich ein wenig mißtrauisch. Die Sonnenscheindame überreichte mir pflichtbewußt die Karte, die sie aus der Plastikklammer am Strauß genommen hatte.

Nachdem sich der freiwillige Sonnenschein aus meinem Zimmer gelächelt hatte, öffnete ich die drei winzigen Umschläge, wobei ich trocken feststellen mußte, daß sich meine Beweglichkeit offenbar in dem Maße besserte, wie meine Laune sich hob.

Die Topfpflanze war von Sam und ‚all deinen Kollegen im Merlottes'. Abgefaßt hatte sie Sam. Gerührt strich ich über die glänzenden Blätter und fragte mich, wo ich den Topf hinstellen sollte, wenn ich wieder zu Hause war. Die Schnittblumen waren von Sid Matt Lancaster und Elva Deene Lancaster – pfui. Das Arrangement mit der merkwürdigen roten Blüte im Mittelpunkt (ich fand inzwischen, die Blume sähe fast schon obszön aus, wie das Geschlechtsteil einer Dame) war eindeutig das interessanteste der drei. Ich öffnete neugierig die dazugehörige Karte. Sie enthielt nur eine Unterschrift: „Eric."

Das hatte mir gerade noch gefehlt. Woher zum Teufel wußte er, daß ich im Krankenhaus lag? Warum hatte ich von Bill noch nichts gehört?

Nach etwas köstlicher roter Götterspeise zum Abendbrot konzentrierte ich mich ein paar Stunden lang auf das Fernsehen, denn zu lesen hatte ich nichts dabei, und ich wußte auch nicht, ob meine Augen überhaupt imstande gewesen wären zu lesen. Meine Prellungen und blauen Flecken wirkten stündlich charmanter, und ich fühlte mich hundemüde, auch wenn ich den ganzen Tag nicht weiter gegangen war

Vorübergehend tot

als einmal zur Toilette und zweimal ein wenig im Zimmer umher. Ich schaltete den Fernseher aus und drehte mich auf die Seite. Bald schlief ich ein, woraufhin der Schmerz aus meinem Körper in meine Träume sickerte. Ich hatte Alpträume. In diesen Alpträumen rannte ich; ich rannte über den Friedhof, wobei ich um mein Leben bangte; ich fiel über Grabsteine in offene Gräber; ich traf alle, die ich gekannt hatte und die auf diesem Friedhof begraben lagen: meinen Vater, meine Mutter, meine Oma, Maudette, Dawn Green und sogar einen Freund aus Kindertagen, der bei einem Jagdunfall ums Leben gekommen war. Ich suchte verzweifelt nach einem bestimmten Grabstein, denn wenn ich den fand, würde ich in Sicherheit sein. Wenn ich den fand, würden alle wieder in ihren Gräbern verschwinden und mich in Ruhe lassen. Ich rannte von einem Grabstein zum anderen, legte meine Hand auf jeden einzelnen, hoffte inständig, dieser eine möge der richtige sein, winselte vor Angst.

„Süße, du bist in Sicherheit!" ertönte da eine vertraute, kühle Stimme.

„Bill", murmelte ich. Ich wandte mich zu einem Grabstein, den ich bisher noch nicht berührt hatte. Ich legte meine Finger darauf, und sie ertasteten Buchstaben: ‚William Erasmus Compton'. Mir war, als hätte mir jemand einen Eimer Eiswasser über den Kopf gegossen. Ich holte tief Luft, um zu schreien, aber meine Kehle gehorchte mir nicht und reagierte nur mit heftigen Schmerzen. Nun hatte ich zu viel Luft in der Lunge. Es kam mir vor, als würde ich ersticken. Ich hustete und keuchte, wobei mir so gut wie jede einzelne Körperstelle wehtat, die ich gebrochen hatte, so daß ich wach wurde. Eine Hand schob sich unter meine Wange, kühle Finger, die sich auf meiner heißen Haut wunderbar anfühlten. Ich gab mir alle Mühe, nicht zu wimmern, konnte aber nicht verhindern, daß sich hinten in meiner Kehle ein leiser Laut bildete und sich den Weg zwischen meinen Lippen hindurchbahnte.

„Dreh dich zum Licht, Liebling", bat Bill, wobei seine Stimme leicht und ganz und gar nicht unmäßig besorgt klang.

Die Schwester hatte das Licht im Badezimmer brennen lassen, aber ich hatte mich so gedreht, daß ich es im Rücken hatte. Nun rollte ich mich gehorsam auf den Rücken und sah hinauf zu meinem Vampir.

Der zischte.

„Ich bringe ihn um!" sagte er mit einer schlichten Gewißheit, die mich ins Mark traf.

Im Zimmer herrschte eine Spannung, die gereicht hätte, eine ganze Armee nervöser Menschen auf die Suche nach ihren Beruhigungspillen zu schicken.

„Hallo Bill," krächzte ich. „Ich freue mich auch, dich zu sehen. Wo hast du denn gesteckt? Vielen Dank, daß du meinen Anruf erwidert hast."

Das verschlug ihm die Sprache. Er blinzelte. Ich spürte deutlich, wie er sich anstrengte, wieder ruhig zu werden.

„Ich habe nicht angerufen", sagte er, „weil ich dir persönlich mitteilen wollte, was geschehen ist." Ich konnte seine Miene nicht recht deuten – wenn ich einen Tip hätte abgeben sollen, dann hätte ich gesagt, er sähe aus, als sei er stolz auf sich.

Erst einmal aber erzählte er nicht weiter, sondern betrachtete prüfend alles, was von mir zu sehen war.

„Die hier tut nicht weh", erklärte ich zuvorkommend, wenn auch krächzend, und streckte ihm meine eine Hand hin. Er küßte sie sanft und beschäftigte sich eine Weile liebevoll mit ihr, in einer Weise, die ein leichtes Prickeln durch meinen Körper schickte. Glauben Sie mir: Ein leichtes Prickeln war mehr, als ich unter diesen Umständen je für möglich gehalten hätte.

„Erzähl mir, was man dir angetan hat!" verlangte er.

„Dann beug dich zu mir, damit ich flüstern kann. Sprechen tut nämlich weh."

Er zog einen Stuhl heran, ließ die Seitenwand des Bettes herab und legte sein Kinn so auf die verschränkten Arme, daß sein Gesicht nur noch etwa zehn Zentimeter von dem meinen entfernt war.

„Dein Nasenbein ist gebrochen", stellte er fest.

Ich verdrehte die Augen. „Wie schön, daß du das bemerkt hast", flüsterte ich. „Ich werde gleich morgen meine Ärztin darauf aufmerksam machen."

Bill kniff die Augen zusammen. „Hör auf, um den heißen Brei herumzureden."

„Also gut: Die Nase ist gebrochen, dazu zwei Rippen und das Schlüsselbein."

Aber Bill wollte mich ganz sehen und zog die Decke weg. Das war mir zutiefst unangenehm. Natürlich trug ich eins dieser schrecklichen Krankenhausnachthemden, was ja in der Regel schon ausreicht, einem die Stimmung zu verderben, aber noch dazu hatte ich nicht richtig baden können, mein Gesicht leuchtete in den unmöglichsten Farbschattierungen, und mein Haar war lange nicht gebürstet worden.

„Ich möchte dich mit nach Hause nehmen", verkündete Bill, nachdem er seine Hände überall auf meinem Körper hatte herumspazieren und jeden einzelnen Schnitt, jede Prellung hatte untersuchen lassen. Mein Arzt, der Vampir.

Mit einer Geste bat ich ihn, sich wieder tief zu mir herunterzubeugen. „Nein!" hauchte ich dann und deutete auf den Tropf. Bill beäugte die Vorrichtung daraufhin mit einigem Mißtrauen, wußte aber natürlich, worum es sich dabei handelte.

„Den kann ich dir herausnehmen", sagte er.

Vehement schüttelte ich den Kopf.

„Du möchtest nicht, daß ich mich um dich kümmere?"

Verzweifelt stieß ich Luft aus, was höllisch schmerzte. So kamen wir nicht weiter.

Ich deutete mit der rechten Hand Schreibbewegungen an, woraufhin Bill die Schubladen des Nachttischs durchsuchte, bis er einen Notizblock fand. Merkwürdigerweise hatte er einen Kugelschreiber dabei. „Sie entlassen mich morgen aus dem Krankenhaus, wenn das Fieber nicht höher wird", schrieb ich.

„Wer fährt dich nach Hause?" fragte er. Mein Vampir stand jetzt wieder neben dem Bett und blickte streng und mißbilligend auf mich herab wie ein Lehrer, dessen bester Schüler leider notorisch zu spät zum Unterricht erscheint.

„Ich werde die Schwester bitten, Jason anzurufen oder Charlsie Tooten", schrieb ich. Hätten die Dinge anders gelegen, wäre mir als erstes Arlenes Name in den Sinn gekommen.

„Ich werde dasein, sobald es dunkel wird", versprach er.

Ich blickte in Bills blasses Gesicht. Im Dämmerlicht des Krankenhauszimmers schien das klare Weiß in seinen Augen fast zu leuchten.

„Ich kann dich heilen", erbot er sich. „Ich würde dir gern ein wenig Blut geben."

Ich erinnerte mich daran, wie mein Haar heller geworden war, daran, daß ich momentan mindestens doppelt so stark war wie je zuvor in meinem Leben. Ich schüttelte den Kopf.

„Warum nicht?" wollte er wissen, als sei ich lediglich durstig gewesen, und er hätte mir einen Schluck Wasser angeboten und könne nun gar nicht verstehen, warum ich den ablehnte. Ich fragte mich, ob ich wohl seine Gefühle verletzt hatte.

Ich nahm Bills Hand und führte sie an den Mund. Dann küßte ich ganz sanft seine Handfläche und legte die Hand an diejenige meiner beiden Wangen, die nicht ganz so schmerzte.

„Die Leute haben mitbekommen, daß ich mich verändere", schrieb ich nach einer Weile. „Ich selbst habe mitbekommen, wie ich mich verändere."

Einen Moment lang senkte Bill den Kopf. Dann sah er mich traurig an.

„Du weißt, was passiert ist?" schrieb ich.

„Einen Teil der Ereignisse hat Bubba mir schildern können", erwiderte er, wobei sich sein Gesicht beim Gedanken an diesen strohdummen Vampir bedrohlich verfinsterte. „Den Rest weiß ich von Sam, und dann habe ich mir auf der Polizeiwache den genauen Polizeibericht durchgelesen."

„Das hat Andy dir erlaubt?" kritzelte ich ungläubig.

„Niemand hat gewußt, daß ich da war", erwiderte Bill sorglos.

Ich versuchte, mir das vorzustellen, aber der bloße Gedanke jagte mit Schauder den Rücken hinunter.

Ich warf ihm einen mißbilligenden Blick zu.

„Erzähl mir, was in New Orleans geschehen ist", kritzelte ich dann rasch, denn ich war kurz davor, wieder einzuschlafen.

„Dazu mußt du ein wenig über unsere Strukturen erfahren", antwortete Bill zögernd.

„Oha, geheime Vampirangelegenheiten?" krächzte ich.

Nun war er an der Reihe, mir einen mißbilligenden Blick zuzuwerfen.

„Wir sind bis zu einem gewissen Grad organisiert", erklärte er. „Ich war auf der Suche nach etwas, was uns vor Eric schützen könnte." Ohne es zu wollen glitt mein Blick hinüber zu dem roten Blumenbukett.

„Ich wußte, daß es für Eric viel schwieriger sein würde, sich in mein Privatleben zu mischen, wenn ich ebenso wie er Funktionär wäre."

Ich blickte ihn aufmunternd an – zumindest versuchte ich, ihn aufmunternd anzublicken.

„Also ging ich zu unserem Regionaltreffen und bewarb mich dort um ein Amt, auch wenn ich mich vorher nie am politischen Leben

Vorübergehend tot

beteiligt hatte. Durch konzentrierte Lobbyarbeit gelang es mir wirklich, gewählt zu werden."

Das war ja irre: Bill als Gewerkschaftsfunktionär? Was wohl mit konzentrierter Lobbyarbeit gemeint war? Sollte das heißen, Bill hatte alle Gegenkandidaten umbringen müssen? Oder hatte er allen Wahlberechtigten eine Flasche Blut, Blutgruppe A positiv, spendiert?

„In welches Amt wurdest du gewählt?" schrieb ich langsam und versuchte, mir Bill auf einer politischen Veranstaltung vorzustellen. Gleichzeitig versuchte ich, mir den Anschein zu geben, als sei ich stolz auf ihn. Das schien nämlich die Reaktion zu sein, die Bill von mir erwartete.

„Ich bin jetzt der Ermittler für den fünften Bereich", sagte er. „Was das heißt, das erkläre ich dir, wenn du wieder daheim bist. Ich möchte dich jetzt nicht allzusehr ermüden."

Ich nickte und strahlte ihn an, wobei ich aus ganzem Herzen hoffte, er möge nicht auf die Idee kommen zu fragen, wer mir die Blumen geschickt hatte. Ob ich mich schriftlich bei Eric bedanken mußte? Warum schweifte mein Kopf eigentlich ständig ab und beschäftigte sich mit völlig nebensächlichen Fragen? Das lag wohl an den Schmerzmitteln.

Ich winkte Bill näher heran. Er kam zu mir, und sein Kopf lag auf dem Bett neben meinem. „Bring Rene nicht um", flüsterte ich.

Daraufhin sah er kalt aus, kälter, am kältesten.

„Vielleicht habe ich das schon selbst erledigt", fügte ich hinzu. „Er liegt auf der Intensivstation. Aber selbst wenn er am Leben bleibt: Es hat schon genügend Morde gegeben. Bitte laß zu, daß sich das Gesetz mit Rene befaßt. Ich will keine weiteren Hexenjagden auf dich erleben. Ich will Frieden für uns." Das Reden fiel mir immer schwerer. Ich nahm Bills Hand in meine beiden Hände und hielt sie an die Wange, die die wenigsten blauen Flecke aufwies. Wie sehr er mir gefehlt hatte – dieses Gefühl wurde ganz plötzlich zu einem festen Klumpen mitten in meiner Brust, und ich streckte die Arme aus. Bill ließ sich vorsichtig auf der Bettkante nieder, schob mir ganz, ganz sanft die Arme unter den Oberkörper und hob mich hoch, immer nur wenige Millimeter auf einmal, damit mir genügend Zeit bliebe, mich zu melden, wenn etwas weh tat.

„Ich werde ihn nicht umbringen", flüsterte Bill mir ins Ohr.

„Liebling", hauchte ich und wußte, daß sein scharfes Gehör selbst diese winzigen Laute auffangen konnte. „Du hast mir gefehlt!" Ich hörte seinen kurzen Seufzer, seine Arme legten sich ein wenig fester um mich, und seine Hände fingen an, mir sanft über den Rücken zu streichen. „Ich wüßte gern, wie schnell du heilen kannst!" sagte er. „Ohne meine Hilfe."

„Ich werde versuchen, mich zu beeilen", flüsterte ich. „Ich wette, die Ärztin kommt auch so aus dem Staunen nicht heraus."

Ein Collie trottete den Flur entlang, blickte in die offene Tür, sagte: „Wuff" und trottete weiter. Verwundert wandte sich Bill um. Ach ja, es war Vollmond diese Nacht – durch das Fenster sah ich den Mond jetzt auch. Noch etwas anderes sah ich: Am pechschwarzen Himmel tauchte ein weißes Gesicht auf und schwebte nun zwischen dem Mond und mir. Ein höchst attraktives Gesicht, umrahmt von langem goldenem Haar. Eric der Vampir grinste auf mich herab und verschwand dann langsam wieder aus meinem Blickfeld. Er flog.

„Bald ist alles wieder normal", sagte Bill und legte mich behutsam nieder, um hinüberzugehen und das Licht im Badezimmer auszuschalten. Seine Haut leuchtete schimmernd in der Dunkelheit.

„Aber klar", flüsterte ich. „Ja. Ganz normal."

Wie es weitergeht,
erfahren Sie im nächsten Band
mit dem Titel:

UNTOT in Dallas

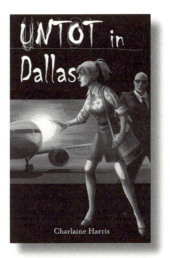

Außerdem bei Feder&Schwert:
Geschichten aus der Nightside

Mein Name ist Taylor, John Taylor. Auf meiner Visitenkarte steht „Privatdetektiv", aber eigentlich bin ich Experte im Wiederauffinden von Verlorenem. Das ist Teil meiner Gabe, meines Geburtsrechts als Kind der Nightside.

Mir ist es vor langer Zeit mit knapper Not gelungen, mit heiler Haut und einigermaßen intaktem Verstand von dort wegzugehen. Jetzt verdiene ich mein Geld auf den sonnenbeschienenen Straßen Londons.

Aber in letzter Zeit liefen die Geschäfte schlecht, also sagte ich nicht nein, als Joanna Barrett bei mir auftauchte, nach Geld roch und mich bat, ihre ausgerissene Tochter zu finden.

Dann fand ich heraus, wohin genau das Mädchen gegangen war.

Nach Nightside. Zweieinhalb Quadratkilometer Hölle mitten in der Stadt, wo es immer drei Uhr morgens ist. Wo man mit Mythen spazierengehen und mit Monstern zechen kann. Wo nichts ist, wie es scheint – aber alles möglich.

Ich hatte geschworen, niemals zurückzukehren. Aber ein Kind ist in Gefahr, und eine Frau setzt auf mich. Ich habe also keine Wahl – ich kehre heim ...

Nightside 1:
Die dunkle Seite der Nacht
208 Seiten, Taschenbuch
ISBN 978-3-937255-94-1

Nightside 2: Ein Spiel von Licht und Schatten
208 Seiten, Taschenbuch
ISBN 978-3-86762-004-8

Nightside 3: Wer die Nachtigall hört
208 Seiten, Taschenbuch
ISBN 978-3-86762-026-0

Nightside 4: Der Fluch der Dunklen Mutter
272 Seiten, Taschenbuch
ISBN 978-3-86762-027-7

Es beginnt mit Blut und Tod in den Straßen des nächtlichen Toronto. Die Privatdetektivin Vicki Nelson wird Augenzeugin eines schrecklichen Mordes. Bald folgt ein grauenhafter Todesfall dem nächsten, und in der Stadt macht sich die Überzeugung breit, daß ein Vampir sein Unwesen treibt. Vicki, die selbst nicht weiß, was sie glauben soll, wird immer tiefer in die Untersuchung und das Böse, das dahinter lauert, verwickelt ...

Tanya Huff, **Blutzoll**
288 Seiten, Taschenbuch
ISBN 978-3-937255-22-4

Zwei geheimnisvolle Todesfälle im Torontoer Museum halten Vicki Nelson, Mike Celluci und Henry Fitzroy auf Trab.

Jahrhunderte war er eingeschlossen in einen Sarkophag, der nie wieder geöffnet werden sollte, geduldig auf eine Gelegenheit wartend. Doch das Warten hat ein Ende. Nun greift er nach dem Geist der ahnungslosen Städter, um sich mit ihrer Hilfe für sich und seinen Gott ein Reich zu schaffen, und nur drei Leute haben eine Ahnung, was vor sich geht ...

Tanya Huff, **Blutlinien**
312 Seiten, Taschenbuch
ISBN 978-3-937255-23-1

Tanya Huff, **Blutspur**
312 Seiten, Taschenbuch
ISBN 978-3-937255-82-8

Jahrhundertelang lebten die Werwölfe Kanadas in Frieden mit den Menschen. Doch jetzt muß jemand ihr Geheimnis entdeckt haben – jemand, der einen nach dem anderen mit Silberkugeln erschießt.

Vicki und ihr Vampirfreund werden in dieser Sache um Hilfe gebeten und müssen bald fürchten, daß der Fall eine Nummer zu groß für sie sein könnte ...

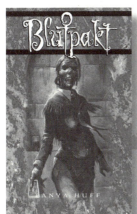

Jemand ist entschlossen, die Geheimnisse des Lebens nach dem Tode zu ergründen und gedenkt, Vicki Nelsons Mutter zum Versuchskaninchen zu machen! Wird die Privatdetektivin es zusammen mit ihren Partnern, Mike Celluci und Henry Fitzroy, zu verhindern wissen, daß Mrs. Nelson zu einer der wandelnden Toten wird?

Tanya Huff, **Blutpakt**
312 Seiten, Taschenbuch
ISBN 978-3-937255-83-5

Tanya Huff, **Blutschuld**
368 Seiten, Taschenbuch
ISBN 978-3-86762-024-6

Bei Henry Fitzroy spukt es.

Der Vampir, Henry hat Jahrhunderte überlebt, indem er sich an den Kodex der Vampire hielt. Doch jetzt ist Henry kurz davor, das Undenkbare zu tun. Er wird den Kodex brechen ...

Der gefährlichste Junge der Welt?

Dieser Roman erzählt vom gefährlichsten Jungen der Welt. Timothy ist eine Laune der Natur. Er ist der einzige lebende Mensch ohne magische Kräfte und hat sein bisheriges Leben verborgen auf einer einsamen Insel zugebracht. Als Timothy schließlich in seine Geburtsstadt zurückkehrt, ist er vom Strom der Magie fasziniert und überwältigt. Doch er schwebt auch in Todesgefahr.

Assassinen beobachten jeden seiner Schritte, und die Regierung will seinen Tod. Timothy kann sich nicht vorstellen, welche Bedrohung er wohl darstellen mag; schließlich hat er in dieser Welt keine Macht. Oder?

Der UnMagier 1:
Rabenfreund
304 Seiten, Taschenbuch
ISBN 978-3-937255-64-4

Nachdem Timothy erfahren hat, wie er seine Schwäche als Waffe einsetzen kann, reist er in eine von Kriegen zerrissene Dimension, um den Wyrm zu helfen. Doch während Timothy verdeckt Informationen über die uralte Fehde zwischen den Wyrm und dem Parlament der Magi sammelt, stößt er noch auf eine ganz andere Geschichte – eine von friedlichen Wyrmern und einer Verschwörung unter Leitung des Parlaments ...

Der UnMagier 2:
Drachengeheimnisse
304 Seiten, Taschenbuch
ISBN 978-3-937255-87-3

Das Ringen um die Führung im Alhazred-Orden wird härter, als Leanders Anrecht in Frage gestellt wird. Die Ereignisse nehmen eine schokkierende Wendung, als Timothy entdeckt, daß ein längst totgeglaubter Feind sich wieder erhebt und bald genug finstere Macht gesammelt hat, um alles ins Chaos zu stürzen.

Der UnMagier 3:
Geisterfeuer
304 Seiten, Taschenbuch
ISBN 978-3-937255-99-6

Vorsicht: unmagisch!

Kaum haben Timothy und Cassandra ein Übel abwenden können, bahnt sich ein noch größeres Problem an. Der böse Magier Alhazred war so eng mit der Energiematrix verknüpft, daß sein Sturz einen magischen Spannungsabfall verursachte, der alle Magie schwächte. Das unerwartete Ereignis brachte auch die Dimensionsbarriere, die die bösartigen Wyrmer aus Arkanum fernhielt, zum Schwanken. Zum ersten Mal seit Jahrzehnten haben die Wyrmer Gelegenheit, blutige Rache am Parlament der Magi zu nehmen, das sie einst vernichten wollte. Können Timothy und Cassandra die Fehde beenden, ehe die Wyrmer Arkanum und das ganze Land verwüsten?

Der UnMagier 4:
Wyrmkrieg
240 Seiten, Taschenbuch
ISBN 978-3-86762-015-4

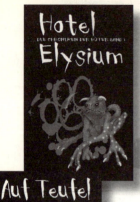

Hüter sind Angehörige einer Blutlinie, deren Aufgabe es ist, das metaphysische Gleichgewicht der Welt zu wahren. Claire Hansen ist eine solche Hüterin. Sie und ihr Kater Austin werden in ein Hotel gerufen, das sie plötzlich leiten muß, während in Zimmer 6 seit fünfzig Jahren eine böse Hüterin schläft, die man dazu verwendet hat, einen Höllenschlund im Heizungsraum zu verstopfen. Außerdem stellt sich die Frage, warum Zimmer 4 keine Fenster hat ...

Tanya Huff:
Die Chroniken der Hüter 1: Hotel Elysium
432 Seiten, Taschenbuch
ISBN 978-3-935282-88-8

Tanya Huff:
Die Chroniken der Hüter 2: Auf Teufel komm raus
352 Seiten, Taschenbuch
ISBN 978-3-935282-89-5

Ein skurriler Lesespaß der besonderen Art!

Tanya Huff:
Die Chroniken der Hüter 3: Hüte sich wer kann
368 Seiten, Taschenbuch
ISBN 978-3-935282-90-1